KB107141

현대시론

신익호 저

박문사

| 현대시론 |

　대학강단에서 30여 년 이상 현대시론 강의를 해오면서도 직접 집 필한 교재가 없어 타인의 저서를 활용했기 때문에 마음 한켠에는 표 현할 수 없는 자존심이 작은 짐으로 남아 있었다. 그 동안 문학과 기 독교, 시인론, 현대문학과 패러디 등에 관련된 몇 권의 저서는 남겼지 만, 현대시론에 관련된 텍스트적 성격의 글은 차일피일 미루어 왔었 다. 아마도 논문 성격의 글이 아니기 때문에 연구 실적이라는 구실에 우선 순위가 밀린 탓이기도 하다.

　그러나 몇 년 남지 않은 정년을 앞두고 늦게나마 『현대시론』을 내 놓게 되어 무거운 짐을 벗을 수 있을 것 같다. 그 동안 현대시론 강의 를 하면서 꾸준히 관련자료를 모아 왔지만, 집필의 구체화는 3년 전 부터 온라인으로 강의한 내용을 다듬어 원고로 작성하면서부터이다. 원고를 쓰는 중에 수많은 관련 자료들을 참고하면서, 또한 수업 중에 학생들과의 토론을 통해 여러 번의 시행착오 과정을 거쳐 내용을 수 정·보완하였다. 이 저서를 집필하는 중에 원론적이고 보편적인 이론 이나 내용, 인용된 작품들은 구체적으로 주석을 달지 않고 활용하였 음을 밝혀둔다.

다소 늦게 교재 성격의 저서를 내놓게 되었지만, 필자는 앞으로도 내용을 계속 수정·보완하여 알찬 시 이론서가 되도록 노력할 것이다. 이 책이 나오기까지 원고 교정을 맡아준 안현심 선생과 워드 작업을 도와준 송이 학부생에게 고마움을 느끼며, 어려운 여건 속에서도 흔쾌히 이 책을 출간해 준 박문사 윤석현 사장님께 감사를 드린다.

2014. 9.
저자 씀

차례

제1장 **시란 무엇인가?**

1 시의 정의

　'詩'는 言과 寺가 합쳐진 회의문자1)로 '말로써 짓는 절'이란 의미를 지닌다. 이것은 마치 절에서 스님이 수도하는 도량의 과정을 거치듯 시인이 수도하는 자세로 말을 아끼고 다듬어서 시를 쓴다는 뜻이다. 이 '言'은 인간의 발성기관을 통해 나오는 똑똑하고 음조가 고른 말을 뜻한다. '寺'는 『예기』에서 음이 비슷한 持와 함께 통용되었고, 이 持는 "손으로 받치고 잡는다"(承)는 의미를 지녔다. 詩는 『시경』의 「毛詩序」에서 志와 같은 뜻으로, 즉 "뜻이 무엇을 향하는 바이다. 마음속에 있으면 뜻이 되고 말로 드러나면 시가 된다"는 의미를 지니고 있다.2) 이런 의미를 정리해 본다면, 詩란 음조가 고른 말로 뜻이 나아가는 바를 받치고 잡는다는 의미를 지닌다고 할 수 있다. 서양에서 시의 어원인 poiesis도 그리스어 동사 포이에오(poieo)의 명사형으로

---

1) 회의문자는 대체로 의미기호와 소리기호로 구성되는데, 詩의 경우 言이 의미기호이고 寺가 소리기호이다.
2) 毛詩序 詩者志之所之也 在心爲志 發言爲詩

9

'창조하다', '만들다', '시 창작 기술' 등의 의미를 내포한다. 오늘날 poem이 시 정신을 담아내는 그릇 같은 구체적인 형태(형식)를 뜻한다면, poetry는 장르 개념으로 구체적인 시 형식 속에 담겨진 어떤 기운 같은 시 정신(내용)을 뜻한다.

시인은 원시시대에 예언자와 같은 존재로서 신에게 인간의 뜻을 전하고 간구하는 역할을 했다. 건강한 남성들은 사냥하며 농사짓는 역할을 했다면, 그런 역할을 할 수 없는 사람은 집단생활에서 구성원의 한 사람으로서 최소한의 역할을 분담했어야 했을 것이다. 이때 불가항력적인 인간의 한계 상황에서 시인 같은 사람은 주술적인 내용을 통해 신에게 간구하며 기원하는 주술사의 역할을 했다고 볼 수 있다. 원시사회에서 재앙을 퇴치하고 추수기나 파종기 때 인간의 소원을 간구하며 신을 찬미한 제례의식에서 이런 단면을 엿볼 수 있다.

원시종교에서 주술적인 내용의 시와 노래, 춤 등은 경외의 대상인 제신(諸神)과 영통할 수 있는 매개체가 되었다. 이런 춤과 노래와 악기의 반주가 어우러진 민요무용(ballad dance)에서 노래의 가사가 시대의 발전에 따라 독립해 문학의 원형, 즉 서정시가 된 것이다.

문자를 사용하기 이전 원시시대의 시 형태는 운율적 요소나 감정적 요소 중심의 자연발생적·즉흥적인 음성언어였으나 점차 문자 언어화되면서 인위적인 노력과 기교가 가미되어 정형화되었다. 정형화된 시는 점차 인간 문명이 발달하고 의식 구조가 복잡·다양화되면서 일정한 틀의 형식을 벗어나 자유시나 산문시 형태로 발전하게 되었다. 이렇게 발전해 온 시에 대한 정의를 오늘날까지 수많은 사람들이 언급해 왔지만, 엘리어트(T. S. Eliot)가 "시의 정의는 오류의 역사"라고 했던 만큼 필요 충분 조건을 갖춘 시의 정의에 대한 정확한 개념은 없다고 해도 과언이 아니다. 그만큼 시의 형식 내용이나 기능과 효용,

창작 방법론이나 시대적 가치관 등에 따라 다양하게 정의되는 것이다. 이런 시에 대한 정의를 다양한 관점에서 살펴보면 다음과 같다.

> ㉠·시는 율어에 의한 모방이다 - 아리스토텔레스(Aristoteles)
> ㉡·詩三百一言而蔽之曰 思無邪 -『論語』
> ·시는 가르치고 즐거움을 주고자 하는 말하는 그림이다.
>   - 시드니(P. Sidney)
> ·시는 교훈을 주거나 즐거움을 주고, 또는 즐거움과 유익을 동시에 주고자 한다. - 호라티우스(Horatius)
> ㉢·詩言志 歌永言 -『書經』
> ·詩文以氣爲主 氣發於性 意憑於氣 言出於情 情卽意也 -『補閑集』
> ·시는 강력한 감정의 자연발생적인 유출이다.
>   - 워즈워드(W. Wordsworth)
> ·시는 상상과 감정을 통한 인생의 해석이다. - 허드슨(W.H. Hudson)
> ㉣·시는 언어의 건축이다. - 하이데거(M. Heidegger)
> ·시는 역설과 아이러니의 구성체이다. - 브룩스(C. Brooks)
> ·좋은 시란 외연과 내포의 극단적 대립에서 모든 의미를 통일한 것이다. - 테이트(A. Tate)

㉠은 고전주의와 사실주의에 큰 영향을 미친 모방론적 관점의 견해로, 아리스토텔레스[3]는 리듬을 통한 모방성을 강조한다. 모방은 단순히 있는 그대로의 실재성을 옮기는 모사 차원이 아니라 개연성과 보편성을 바탕으로 새롭게 경험할 수 있는 당위적 진실성의 창조 행위이며, 대상의 본질이나 궁극적인 것 자체의 내면적 속성을 표현하는 것이다. ㉡은 효용론적 관점으로, 시가 우리의 삶에 어떤 교훈적

---

3) 아리스토텔레스는 시를 서정시(lyric), 서사시(epic), 극시(drama)로 분류하였지만, 이들 양식이 오늘날에 각각 시(poetry), 소설(novel), 희곡(drama)으로 정착하였다. 따라서 서구에서 본래 시란 이들 양식을 포괄하는 개념인 문학을 가리키는 명칭이라 할 수 있다.

가르침이나 심미적 즐거움을 주느냐의 실용적 입장에서 본 것이다. 『논어』에서 언급한 '思無邪'는 『시경』에 실린 삼백여 편의 모든 시가 조금도 사악함이 없이 인간의 정서를 아름답게 순화시켜 준다는 것이다. 시드니나 호라티우스는 시가 교훈과 즐거움을 동시에 주는 유익한 것으로 보았다.

ⓒ은 표현론적 관점으로, 『서경』에서는 "시는 뜻을 말로 표현하고, 노래는 그 말로 표현한 것을 읊조리는 것"으로, 『보한집』에서는 "시란 무엇을 표현하고자 하는 기가 위주가 되고, 기는 천성 같은 성품에서 나오고, 뜻은 기에 의지하고, 말은 뜻을 담아내는 사물 같은 정에서 나오니 그 정은 곧 뜻이다"라고 정의한다. 이기(理氣) 철학에서 性은 세계와 접촉하지 않아 어떤 형태를 드러내지 않는 상태라면, 情은 세계와 접촉해서 구체적인 모습을 드러내는 상태이다. 情은 어떤 관념적 의미를 담아내는 이미지와 같은 것이다. 가령 '내 마음은 호수'에서 '호수'라는 이미지는 평안하고 고요한 마음 상태를 반영하므로 '마음=호수'가 情卽意也의 상태라 할 수 있다. 워즈워드는 시란 인위적인 작위성이 없이 내적 감정을 자발적으로 분출시키지 않을 수 없는 것으로, 허드슨은 시란 상상과 감정을 통해 삶의 가치나 인생의 의미를 표현하는 것으로 정의하였다.

ⓓ은 신비평의 영향에 따른 객관론적 관점으로, 하이데거는 '언어는 존재의 집'이라 정의하여 시적 표현의 매개체인 언어를 통해 건축물을 지어가듯 시를 완성해가는 것으로 보았다. 브룩스는 시를 상호 모순적이고 반어적인 역설과 아이러니의 구성체로, 테이트는 좋은 시란 외연적 표현과 그 표현 속에 담겨진 다양한 의미의 내포적 긴장 관계에서 조화를 이루는 것이라고 정의하였다. 이처럼 시에 대한 정의는 시대의 변화에 따라 다양하게 언급되어 왔음을 알 수 있다.

② 서정시의 장르적 특성

서정시(lyric)는 그리스어 '리라'(lyre)라는 현악기에 맞추어 부른 노래에서 유래했듯, 음악적인 리듬과 불가분리의 관계를 갖는다. 서정시는 인간의 행동을 모방하지 않고 노래 대신 읽기 위해 창작된 개인의 주관적 정서를 표현하는 단시의 한 형태이다. 동양에서의 시가는 노래와 시의 미분화된 상태로서, 우리나라는 개화기 때까지 이런 형태를 유지해 왔다. 시적 인식은 어떤 대상을 기술하고 재현하는 것이 아니라 주관적 경험을 통해 세계를 자아화하여 새롭게 인식하고 체험하는 것이다.

1) 주관적 의식 반영

과학이 실험이나 공식을 토대로 분석하고 논리적 전개를 바탕으로 하는 객관성을 추구한다면, 시는 다분히 주관적인 내면세계의 감정을 객관화로 지향하려는 경향을 띤다. 시적 자질인 감정은 외부 자극에 대한 인간의 주체적 반응으로써 개별성을 형성하는 의식의 원형질이다. 흔히 감정과 정서는 포괄적인 개념으로 같이 사용하기도 한다. 희로애락애오욕의 다양한 감정은 인간 누구나가 갖고 있는 기본적인 속성이다. 정서는 이처럼 다양한 감정이 세분화된 양상으로 생리적인 현상을 수반한다. 정서의 주관성은 인간의 감정 속에 뿌리내리며 사람마다 표현에 따라 개인적인 편차를 지닌다. 사람마다 어떤 감정을 느끼지만 그 표현의 척도는 다르다고 할 수 있다.

시적 표현은 세계와 대상을 자아의 정서에 어울리게 동화시키는 '세계의 자아화'이다. 이런 자아를 '서정적 자아'라 하는데, 즉 주관과 객관, 감정과 이성이 구분되지 않을 뿐만 아니라 어떤 대상도 접촉 없이 스스로 존재하는 자아다. 시인의 역할은 타자와의 분열과 갈등을 야기시키고 소외감을 불러오는 현상을 시적 자아의 동일화로써 대상과 내면세계를 조화시키는 것이다. 따라서 시인은 시적 형상화를 통해 주관적인 감정을 그대로 분출시키는 것이 아니라 가능한 한 감정을 절제하고 여과시켜 객관화한 정서를 고취시킬 필요가 있다.

시적 표현은 대상을 그대로 재현하기 위한 진술이 아니라 구체성과 명확성을 통한 자기 표현이다. 단지 무의미하게 표상하는 진술 차원이 아니라 시적 주체의 감정을 어떤 이미지에 내면화해 동일화시키는 것이다. 이런 시적 동일화 원리는 동화와 투사의 형태로 구분할 수 있다. 동화는 자아와 갈등 관계인 세계를 자아의 욕망, 가치관, 감정 등에 맞추어 끌어들임으로써 동일화한다면, 투사는 자신을 세계에 던져 감정이입함으로써 대상과 일체화되는 것이다. 이처럼 자아와 세계의 동일성으로서의 만남이 미적 체험의 상태라 할 수 있다.

모가지가 길어서 슬픈 짐승이여
언제나 점잖은 편 말이 없구나
冠이 향기로운 너는
무척 높은 족속이었나 보다.

물 속의 제 그림자를 들여다 보고
잃었던 전설을 생각해 내고는
어찌할 수 없는 향수에
슬픈 모가지를 하고 먼 데 산을 쳐다본다. - 노천명의 「사슴」 전문 -

시적 화자는 '사슴'에게 자신을 투사함으로써 고고한 모습을 지향한다. 객체에 자신의 특성이나 태도, 주관적 감정의 변화 과정을 부여하여 자신과 동일화함으로써 공감적인 연속성을 갖는 것이다. 거울과 같은 물을 바라보는 사슴은 자기 관조의 세계를 그려내는 시적 자아의 귀족적 풍모의 고결한 모습이다. 세속에 물들지 않고 범접할 수 없는 고결한 품격은 '점잖고', '관이 향기로운' 사슴으로 투영된다. 화자는 대상인 사슴을 자신의 의지나 욕망에 따라 자아화하지 않고, 세속적 삶과 동떨어진 고고한 자세와 고독, 향수감을 사슴에 투사시키는, 즉 감정이입함으로써 사슴과 자아의 동일화를 꾀하는 것이다.

사슴의 속성(1연)과 행위(2연)의 묘사를 통한 자아의 동일화는 고독한 존재에 머물지 않고 인간의 존재론적 비극성을 반영한다. "물 속의 제 그림자를 들여다"보는 나르시소스(narsissos)적 행위를 통한 존재 확인과 "잃었던 전설을 생각해"내는 행위를 통한 과거 회귀, "먼데 산을 바라"봄으로써 미래의 전망을 제시하고 있는 듯하나, "어찌할 수 없는 향수" 때문에 체념하고 마는 숙명론에 머물러 절대 고독 속에 침잠한다.[4] 이런 고독한 모습은 시대적 상황에서 오는 소외감이나 단절감에서 기인하기보다 기질적이며 상대적인 속성을 지닌다고 할 수 있다.

> 한 오십 년 남짓 웃은 웃음이리
> 아니야, 한 오십 년 흘린 피눈물이리.
>
> 빨갛구려, 알알이 밝혔구려,
> 청사초롱, 청사초롱.
>
> 아아, 눈 감으리

---

4) 김효중, 「노천명의 '사슴'」, 『한국현대시 대표작품 연구』, 국학자료원 (1998), p.270 참조.

까치밥으로 두어 개 남을 때까지
발가벗고 신방 차리는 소리.

청살문을 닫아라
홍살문도 닫아라.   - 조태일의 「홍시들」 전문 -

　한 오십 년 남짓 피눈물 나는 '웃음'은 갈등 관계이지만, 3연에서는
오히려 남녀가 발가벗고 '신방 차리는 소리'의 성적 이미지로 발전해
조화의 관계를 형성한다. '청살문'과 '홍살문'은 유교적인 전통이나
억압을 상징하는 듯한데, 이 성적 이미지는 윤리적 금기나 굴레를 파
기해 뛰어넘을 수 있는 원시적 생명력의 본질이라 할 수 있다. 이런
생명력은 어떤 굴레나 제도도 인간성의 본질을 억압할 수 없다는 것
을 의미한다. 이 동화의 원리는 황진이 시조에서도 엿볼 수 있는데,
임과 보내는 밤이 짧아 자아와 세계가 갈등이 있기에 동짓달 기나긴
밤을 베어내어 차곡차곡 쌓아두었다가 그리운 임이 오거든 굽이굽이
펴겠다는 내용이다. 임이 없는 긴 밤을 베어내어 짧게 인식하고, 짧은
봄밤을 긴 동짓달 밤으로 끌어들임으로써 세계와의 대립 갈등을 극복
하는 것이다.

2) 응축성(함축성)

　일반적으로 산문이 '축적의 원리'에 의한 객관적 진술이라면, 운문
인 시는 '압축의 원리'에 의한 암시성을 환기한다. 산문이 되도록 풀
어서 구체적으로 표현한다면, 시는 불필요한 사설적 설명을 최대한
억제하거나 생략함으로써 함축적 의미를 내포한다. 시는 시적 대상에
대한 직관이나 체험, 감정이 총체적으로 집중되어 하나의 결정체로

나타난다. 그러려면 고도로 숙련된 언어 사용의 기술로 압축된 형식미와 집중적인 강렬성을 지녀야 한다.

서정주의 「국화 옆에서」에서 '국화꽃'으로 묘사된 중년 여인이 성숙하기까지는 소쩍새가 울고 먹구름 속에서 천둥치며 간밤에 무서리가 내리듯 세월의 인고 과정을 거치게 된다. 이런 성숙 과정이 자연 속에서 느끼게 되는 감정이나 정서와 맞물려 융합·축적되면서 상상력을 통한 정화와 재창조의 과정에서 집중적인 강렬성을 수반하는 것이다. 응축은 단순한 생략이나 요약이 아니라 가능한 한 불필요한 것을 털어내고 가리면서 관념을 숨기는 완전한 융합체이다. 이런 융합체의 표현적 형태 구조인 단형성은 내용이 간단하고 단순한 것이 아니라 많은 것이 설명, 표현될 수 있는 언어의 경제성에 따른 표현 자체의 압축성이다.

3) 순간적 현재성

산문적 성격의 서사성이 연속적인 인과관계적 구조로 역사적 시·공간 속에서 펼쳐진다면, 시는 완결된 인생의 줄거리가 아니라 순간 순간의 구체적 단면을 연속적인 시각으로 보여준다. 이 순간성은 전체적인 인생사에서 단절된 별개의 장면이 아니라 인생 전체와 긴밀한 관계 속에서 유기적인 연속성을 지닌다.

서사시나 소설은 과거적 서술을 지향하지만 시는 과거, 미래도 현재화한다. 서사 형식은 흐르기만 할 뿐이지 현재가 아닌 시간을, 서정 형식은 현재이긴 하지만 흐르지 않는 시간을 갖고 있다.[5] 그것은 산문이 시간의 흐름을 중시하는 스토리 중심인 데 비해, 시는 표현하려

---

5) 로만 야콥슨 외, 박인기 편역, 『현대시의 이론』, 지식산업사(1989), p.101.

는 대상이 현재의 정서이기 때문이다. 시인은 과거의 다양한 체험들을 기억 속에 저장 보관하였다가 회상이나 기억을 통해 현재에 재현하므로 시적 이미지와 상상은 과거와 현재를 공존시키는 방법이다. 허구적 현재란 물리적 시간 개념이 아니라 과거적 사건이나 체험, 미래를 현재의 경험화로 가장하는 문학적 구성이다.

삶이란 다양한 체험의 부단한 연속이지만 그것은 구체적인 순간순간의 단면을 종합한 것이다. 시는 이런 과거의 체험들이 순간적으로 압축되어 통일체를 형성하는 '영원한(충만한) 현재화'이다. 이런 순간적인 현재성은 불변하는 자아의 동일성을 나타내면서 지속적인 시간 속에서 자아를 발견하려는 통시적 인생관을 반영하는 것이다.

서정시는 개인적 자아의 동일성을 전체적인 인생사로써 어떤 행위나 줄거리를 동반하여 펼치는 것이 아니라 개인에 상응하는 순간적인 정서가 대상과 동일화되어 유기체적으로 구성된다. 자아와 세계의 동일성이 수평적 인식이라면 자아와 시간의 동일성은 수직적인 인식이다. 재구성된 체험에서 하나의 지속적인 자아 발견은 통시적 동일성의 한 양태이다.

4) 음악성

일상적 대화가 의미와 소리의 결합체인 언어에서 소리보다 의미의 기호를 통한 의사 전달에 중점을 둔다면, 시적 언어는 의미뿐만 아니라 그 의미를 내포하는 소리기호에도 중점을 둔다. 시는 고도의 언어 기술로써의 의미뿐만 아니라 미세한 소리의 조직까지 빚어내는 미적 효과를 지니기 때문이다. 언어의 소리는 화자의 감정이나 억양, 상황을 구체적으로 반영하여 의미에 영향을 미치기 때문에 매우 중요하다.

시에서 소리는 음악적 요소인 리듬성에 바탕을 둔다. 본래 서정시는 현악기에 맞추어 부른 노래에서 유래했듯 음악적인 리듬과 불가분리의 관계를 갖는다. 그러다 점차 인간의 문명이 발달하고 의식구조가 복잡해지면서 개인 정서를 더 다양하고 세련된 기법으로 표현하고 싶은 욕구가 강해짐에 따라 일정한 표현 형식에 제한된 곡조의 구속에서 벗어나게 되었다. 음악적 곡조로부터는 분리되었지만 운율미는 내재화된 것이다. 산문은 호흡이 길고 의미 전달에 초점을 두기 때문에 리듬의 내적 기여에 한계가 있지만, 운문인 시는 호흡이 짧고 순간적이기 때문에 리듬 효과가 크게 작용한다.

천체 운행을 중심으로 모든 우주의 자연 현상은 주기성과 반복성을 지니므로 리듬적 요소가 있다. 이런 순환 반복성은 생태계의 조화뿐만 아니라 인간의 생체 리듬, 심장 박동, 걸음걸이 등에서 느낄 수 있다. 리듬은 언어가 자연적으로 이루어지는 소리 질서로서 말소리가 말뜻과 조화를 이루어 형성되는 호흡률이다. 리듬은 다양성과 자유스러움 속에서도 질서와 균형을 유지하는 일정한 패턴으로서 시적 정조와 의미뿐만 아니라 다양한 구성 요소들을 통일된 형식으로 조직화하는 데 중요한 내재적 원리가 된다. 이 리듬적 속성은 단순한 소리 현상에 머물지 않고 모든 소리 요소의 자질, 시청각 효과, 휴지와 행·연 구분, 어조와 통사법 등 다양하게 나타난다.

▨ 3 시의 내면적 표현 양식 - 서정시, 서사시, 극시

아리스토텔레스는 『시학』에서 문학 장르를 모방 양식에 따라 서정양식, 서사양식, 극양식으로 분류하였다. 서정양식은 넓은 의미의 뜻으로 시 전체를 아우르는 장르적 개념이다. 그 후 헤겔(Hegel)은 이러한 장르 구분을 토대로 문학 양식에 대해 서정시, 서사시, 극시 등으로 구체화하였다. 서양에서는 전통적으로 서사시나 극시가 중심을 이루다가 18세기 낭만주의 시대에 이르러 장르 인식의 변화에 따라 서정시가 정착하게 되었다. 그러나 동양에서는 서정시가 고대로부터 시의 본령으로 활발히 발전해왔다.

서정시는 주로 자신을 위해 창작하는 자족적 기능을 갖는다. 이러한 기능은 실용성과는 무관하게 자신의 내면 속에 나타나는 응시나 성찰을 표현하고 싶은 계기를 부여한다. 즉 시를 통해 어떤 효과를 전달하거나 목적을 두기보다 단지 표현하고 싶은 욕구 속에서 스스로 기쁨을 느끼며 만족하는 것이다.

서정시는 인과적 논리체계가 아닌 감각적이며 구체적인 형상화로 이루어지기 때문에 다양한 감각이 결합되어 시적 효과를 높인다. 그리고 인간의 영혼과 직접 교감함으로써 내면 속에서 나오는 정서적 울림을 강하게 자극하여 표현한다. 그만큼 서정시는 단시 형태의 음악적 리듬을 통해 현재적·순간적인 감정을 표출하는 1인칭 지향의 자기 고백적 문학이라고 할 수 있다.

이에 반해 서사시나 소설 같은 서사물은 주인공을 설정해 스토리를 전개하기 때문에 과거의 사건을 중시하며 3인칭을 지향하고, 극시나 희곡은 대화와 행동 중심의 공연적 성격을 띠기 때문에 2인칭을 지향한다.

극과 서사시는 똑같이 인간의 행동을 대상으로 하는 모방예술이지만 그 모방의 방법은 다르다. 극이 인간의 행동을 무대 위에서 실현해 보이는 재현적 예술이라면, 서사시는 이야기로써 전하는 설화적 예술이다. 재현이 한 장소에서 인물·사건·배경 등을 통해 동시적으로 보여주는 공간적 예술이라면, 서사시는 계기적 사건의 진행에 따라 인간의 행동을 전개시키는 시간적 예술이다. 공간적 존재는 인간의 감각을 통해 지각하지만, 시간적 계기는 주로 상상을 통해 파악한다.[6] 그러나 이러한 본질성이 주류를 이루는 두 장르는 종합예술로서 때에 따라 상대적 요소를 포함하기도 한다.

그리스·로마시대에 활발히 번창했던 서사시는 중세시대에 들어 쇠퇴하다가 17세기 이후 근대소설 형성에 근원적인 모태가 된다. 서사시는 소설에서 볼 수 있는 갈등과 위기의 서사적 플롯과 등장인물을 통한 스토리를 운문 형태로 창작한 것이다.

서사시는 스케일이 커 인생의 전체적인 진실을 다루며 시간의 흐름에 따라 인간의 행동을 전개시키므로 그 실제성을 상상적으로 제시하는 설화가 중심이 된다. 서사의 플롯 과정에는 주제를 뒷받침하는 등장인물의 일관된 행위, 사건 전개의 통일성, 부분의 독립성 등을 갖추어야 한다. 수 백행으로 전개되는 장시 형태도 각 장마다 나름대로 전체 속에서 부분적인 독립성을 유지하며, 이 부분적 구성이 결합해 주제를 뒷받침할 수 있는 유기적 통일성을 이룬다. 원시사회의 신화와 전설이 민족의 창조적 상상력을 자극해 오랜 시간을 거치면서 잡다한 자료가 결합되어 서사시가 만들어지게 된 것이다.

고대 서사시의 주인공들은 그 시대와 민족의 운명을 대변하는 영웅적 인물이다. 인물들의 활약상은 시대와 공간을 초월하기 때문에 활동 공간이 광활하고 시제는 과거 지향적이다. 주인공의 위대한 행위에는 언제나 초자연적인 존재가 관심을 갖거나 관여하기 때문에 어떤 상황에서도 적극적으로 대처하고 슬기롭게 극복할 수 있게 된다. 문체도 영웅적인 행위에 걸맞게끔 장중하면서도 웅대한 儀式的인 운

---

6) 조신권, 『성서문학의 이해』, 연세대출판부(1978), pp.189~190 참조.

문체를 갖춘다. 주제는 민족정신이나 국가의 운명, 성스러운 가치관을 반영한다.

민족적·전승적 영웅서사시는 역사·신화·전설 등으로 구전되어 오다가 문자로 재구성해 정착된 것으로, 호우머(Homer)의 『Iliad』와 『Odyssey』, 이규보의 『동명왕』이나 이승휴의 『제왕운기』 등이 포함된다. 『일리어드』의 주제가 전쟁이라면, 『오딧세이』의 주제는 인생의 방랑이다. 이 두 편의 서사시에는 영웅의 불행한 죽음으로 끝나는 비극적인 정신과, 얽힘이 풀리어 행복한 결말에 이르는 희극적인 정신, 즉 투쟁과 방랑이라는 인생의 양면성이 잘 모방되어 있다.

예술적 서사시는 르네상스 이후 개인적으로 창작함으로써 영웅적 인물의 활약상보다는 평범한 인물을 설정해 일상사 속에서 큰 스케일로 펼쳐지는 인간의 보편적 삶의 문제를 다루고 있다. 즉 보편적 삶 속에서 전개되는 시련과 모험, 위기적인 상황에서 가슴 졸이는 분노나 두려움, 연민의 정서를 유기적인 구조 속에서 환기시킨다. 이 보편성은 작품 속에 묘사된 주인공의 체험이 우리의 현실적 혹은 잠재적 체험과 조응될 때 느끼는 진실을 뜻한다.

이러한 유형의 작품으로는 『신곡』, 『실락원』, 『데카메론』 등과 국내에서는 김동환의 「국경의 밤」, 신동엽의 「금강」, 김용호의 「남해찬가」 등이 포함된다. 「국경의 밤」은 상층계층인 청년과 재가승의 딸이며 하층계층인 순이와의 만남과 재회를 통한 비극적인 사랑을, 「금강」은 과거의 이야기를 현재화해 미래의 전망을 제시할 목적으로 갑오동학혁명의 배경 하에서 신하늬의 활약상을, 「남해찬가」는 임진왜란 못지않은 한국동란의 민족적 수난기에 이순신 장군의 정신을 받들어 수난을 극복하고 민족의 이상을 구현하자는 내용을 담고 있다.

예술적 서사시와 비슷한 개념으로 국내에서는 장시, 서술시, 단편

서사시 등의 용어가 사용되고 있다. 단시의 반대 개념인 장시는 광의의 개념으로 서사시, 담시, 서술시 등이 포함되고, 협의의 개념은 서정시의 성격을 띤 긴 형태로 엘리어트의 「황무지」나 이를 모방한 김기림의 「기상도」 같은 작품을 들 수 있다. 「기상도」는 총 4백여 행 7항목으로 나눈 극적 구성으로 일촉즉발의 세계 정세를 '김기림'이라는 기상대에서 포착하여 일기예보를 하는 형태로 일관된 주제를 암시하고 있다.

단시가 집약적인 압축미와 마음의 긴장을 유지하는 전형적인 서정소곡 형태라면, 장시는 복합구성으로 연속감과 총체적인 통일성을 지닌다. 그래서 리드(H. Read)는 두 유형의 특징을 호수와 강으로 비유하였다. 호수는 한눈에 바라볼 수 있지만, 강은 유유히 흐르는 연속적인 물줄기 속에서 다양한 풍경의 변화를 체험할 수 있는 것이다.

단편서사시는 수 백 행의 본격적인 서사시에 비해 몇 십 행의 서사시적 성격을 갖춘 시 형태로 1920년대 카프(KAPF) 쪽에서 문학의 대중화와 사실주의의 심화를 위해 창안하였다. 초기 카프의 시적 한계를 극복하기 위해 방향을 제시한 임화의 「우리 오빠와 화로」, 「네거리의 순이」 등이 포함된다.

「우리 오빠와 화로」는 인쇄공인 오빠가 투옥되자 봉투를 붙이며 어렵게 생활하는 누이동생이 동생을 보살피며 굳건히 살아가리라는 다짐을 오빠에게 보내는 편지 형식을 지닌다. 「네거리의 순이」는 화자인 오빠가 누이에게 내일을 기약하기 위해 골목을 투쟁의 준비 장소로 여기라며 근로자로서의 계급적 분노를 나타내고 있다.

김기진이 처음 사용한 이 용어는 서사시 형태인 만큼 등장인물의 설정과 스토리 전개의 플롯 구성이 필연적이다. 사실에 바탕을 둔 체험적 이야기의 구체적 묘사를 통해 강한 사회의식을 회상적·고백적으로 진술하고, 사건의 스토리를 인상적으로 부각시켜 소박하게 표현하는 것이다.

'이야기시'라고 하는 서술시[7]는 서정시 성격을 갖추지만 제3자의 객관적 관찰자 시점에서 이야기 구조로 서술해가는 형태를 띤다. 주로 현실의 부조리나 불합리한 사회 문제를 의식화하고 비판하는 리얼리즘 시에서 볼 수 있다. 이용악의 「낡은 집」에서는 털보네 아들의 어릴 적 친구였던 시적 화자가 객관적 관찰자의 시점에서 그 가족이 야반도주하여 눈길 위에 남겨진 발자국과 폐허가 된 집안의 쓸쓸한 분위기를 생생하게 서술적으로 묘사함으로써 일제 식민지하의 어두운 시대상황을 반영하고 있다.

극시는 중세 르네상스 시대를 거쳐 주로 셰익스피어의 작품에서 크게 발달하였다. 극시는 극의 형식을 취함으로써 대사·독백·방백 등 연극적 요소가 나타난다. 즉 서사적 구성과 시적 표현의 운문으로 창작한 것으로 서사성과 서정성을 결합한 형태이다. 서사적 플롯에 기초한 주인공이 등장하여 자기고백적인 표현을 취함으로써 객관성과 주관성을 동시에 재현하는 것이다. 극시는 본래 희곡으로 쓴 것이 아니고 읽기 위해 창작했기 때문에 무대에 상연하기는 곤란하다. 이에 반해 시극은 무대 상연을 전제로 하기 때문에 극적 효과를 지니며, 시의 형식에 의해 쓴 운문 희곡이라 할 수 있다.

오늘날 시극이 사실주의 연극에 대한 반동으로 표현주의 연극을 주창하기도 하지만, 점차 퇴색하게 된 것은 산업사회와 복잡한 인간 정신의 확대에 따른 사실적 표현과 산문화 경향 때문에 무대를 전제

---

7) 서술시는 서구의 발라드(ballad, 담시) 형태로 볼 수 있는데, 발라드란 이야기를 음송할 수 있도록 단일한 사건을 극적 구성으로 시화한 이야기체 시의 일종이다.

로 하여 창작한다는 한계가 있기 때문이다. 시극은 시인이 쓴다고 하지만 연극에 대한 전문가적 소양과 깊은 관심이 있어야 하고, 연출가 역시 시에 대한 전문적인 소양과 이해가 뒤따라야 하기 때문에 무대에 올려 공연한다는 것은 한계가 따를 수밖에 없다. 시극은 주관과 객관, 과거의 현재화라 할 수 있다. 우리나라에서는 한때 홍윤숙과 신동엽 시인이 실험적인 차원에서 시도했지만 크게 발달하지는 못했다.

▨ 4 시의 외형적 유형 - 정형시, 자유시, 산문시

정형시는 운율과 행, 연의 구성에서 양식화된 외형률의 제약을 받기 때문에 일정한 율격이나 운에 대한 규제가 전제되고 그 틀에 맞추어 의미가 결합된다. 정형시는 일정한 행과 연 구분의 구조를 갖는다. 이러한 외형률의 규격화는 일정한 통제를 통해 조화와 질서, 안정과 균형을 꾀하는 것이다. 이런 외형률의 시로서 서양에서는 Sonnet, Ode, Elegy, Pastoral 등이 있고, 동양에서는 일본의 和歌와 俳句, 중국의 五言絶句나 七言律詩, 우리나라의 시조(3·4)나 경기체가(3·3·4), 민요조(7·5) 등을 들 수 있다.

대체로 동양에서 정형시는 음수율, 음위율, 음성률, 압운 같은 규칙성에 의해 창작되었다. 그러나 현대시에서는 외형률의 리듬이 옛날에 비해 많이 쇠퇴하였다. 옛날에는 인간의 문화나 문명이 발달하지 않았기 때문에 의식구조도 단순하여 일정한 틀에 맞추어 표현하는 데 어려움이 없었지만, 문명이 발달하고 다양화되면서 인간의 복잡한 의식 구조를 일정한 틀에 맞추어 표현한다는 것은 한계가 있었다. 그리하여 그 틀을 깨뜨린 것이 자유시이다.

자유시는 19세기 미국의 민중시인 휘트만(W. Whitman)이 시집『풀잎』(1885)에서 처음으로 추구한 후 프랑스 상징주의 시에서 크게 발전하였다. 이렇게 자유시가 발전하게 된 계기는 인간의 자유분방한 개성과, 무한한 상상력을 중시하고 논리와 형식을 초월하여 자율성을 강조하는 낭만주의 정신과 근대적 자유주의 사상에 따른 것이다.

　따라서 시를 창작할 때는 집단적이고 보편적인 리듬을 차용하지 않고 시인 자신의 개성과 체험에 따라 독특한 리듬을 개성적으로 표출한다. 일정한 형식에 구속받지 않고 표현 내용에 따라 임의대로 그 형식이 정해진다. 그러나 개성적인 감정과 정서의 효과적인 전달을 위해서는 때로 의미의 확대나 축소, 감성의 적절한 제어가 필요하다. 그리고 자유는 무질서나 무원칙으로 형식성을 완전히 배제하는 것이 아니라 표면에 드러나지 않는 유기적인 형식으로 내재율의 통제를 받는다. 다양한 리듬은 채택되지만 감정이 조직화되지 않은 무분별한 자유는 지양해야 한다.

　내재율은 규칙적인 형태에 구속받지 않는 시의 호흡으로 억양과 색조가 빚어내는 조화이면서 모든 시적 구성 요소를 얽어매는 무형의 리듬이다. 내재율은 리듬의 기본 성격인 반복과 병렬을 수반하며 시각적·음성적·의미상에 따른 리듬을 형성한다. 시 속에서 시행은 등가성을 이루기 때문에 한 단어나 한 구절, 한 문장으로도 시행을 구성할 수 있다. 자유시의 행은 리듬이나 이미지의 강조, 의미 강조에 따른 순간순간의 호흡에 따라 배열된다. 행의 연결로 의미의 파장을 일으키고, 연 단위로 의미망을 형성하며, 연과 연의 긴밀한 작용으로 형식과 의미의 유기적 상관성을 유지한다.

이
개미들을 위하여

6月은
연분홍
잠옷 속에 있는 *少女*의
이마 위에서 푸른
六月은
銃殺되고.
　　　　- 전봉건의「개미를 소재로 하나의 시가 쓰여지는 이유」 부분 -

이 시에서 '이', '연분홍', '6月은' 등을 각각 별도의 행으로 처리하고 있는데, 지시대명사 '이'는 항상 체언 앞에서 구체적으로 꾸며주는 역할을 하거나, 대화에서 상대가 화제의 대상을 알고 있을 적에 적당히 생략하여 암시만 주는 데 효과적으로 사용된다. 그런데 여기서는 독립해 사용함으로써 다음 행에 버금가는 의미의 비중을 강조하고 있다. '연분홍'도 다음 행의 구절에 맞먹는 비중을 두어 어떤 의미보다는 빛깔의 이미지를 강조함으로써 행이 이미지의 단락이 될 수 있다는 것을 말해준다. 반복되는 '6月은'은 계절 감각을 강조하고, 마지막 행의 동사는 연결형 어미로 마무리해 압축된 대화의 호흡을 자아낸다.

뜨거운 햇빛 오랜 시간의 회유에도
더 휘지 않는
마를 대로 마른 목관악기의 가을
그 높은 언덕에 떨어지는,
굳은 열매
쌉쓸한 자양(滋養)
에 스며드는

에 스며드는

내 생명의 마지막 남은 맛!　　　　－ 김현승의「견고한 고독」부분 －

　　국어 문법에서 '에' 같은 조사는 독립해서 쓸 수 없는데도 이 시에서는 별도로 반복해 사용함으로써 문법의 통사론적 파괴를 일으키며 앞 행을 강조하고 있다. 그만큼 고독이 인간에게 본질적이며 생명과 같은 절대적 가치성을 지닌다는 것을 강조하는 것이다. 피와 살이 된 고독은 관념적 개념이 아니라 이미 육화된 정신으로, '목관악기의 가을'과 '굳은 열매'와 같은 상관물로서 심미성과 견고성을 반영한다. 이 고독은 영혼의 결정체인 열매에 자양분을 제공하는 최후의 보루와 같은 생명의 원동력이다. 생명력의 자양분을 강조하기 위해 '에 스며드는'을 반복해 사용하여 시행의 등가성을 이루고 있다.

　　산문시는 산문 형태이면서 형태상의 긴장과 구절이 끊어질 듯 이어지는 내재율을 바탕으로 하고 있다. 산문시가 하나의 장르로 인식된 것은 포우(E. A. Poe)의 영향을 받은 보들레르(Boudelaire)의 산문시집『파리의 우울』(1869)을 비롯한 프랑스 상징주의 시의 영향이라고 할 수 있다.

　　산문시는 의미나 이미지의 치밀하고도 미묘한 단락을 통한 암시보다 구와 절로써 논리적 연결을 이어가기 때문에 행 구분이 불필요하다. 이 형태는 리듬 단위나 의미 전개를 자유시처럼 운율이나 행, 연에 두지 않고 문단 단락에 두기 때문에 산만한 느낌이 들어 형태상의 압축과 응결이 보다 필요하다. 산문시가 산문과 다른 것은 형태상의 긴장과 반복과 병렬 등의 운율감, 행과 연 구분이 모호한 줄글 형태, 서정적인 내용을 갖추고 있다는 점이다.

　　오늘날 시의 산문화 경향은 자본주의 시대의 급격한 사회변동과 물신 풍조, 인간 소외 현상의 위기 고조, 복잡다양한 의식 구조의 분석적·토의적 기능 등에 따른 결과이다. 급격한 사회변동은 서정시의 해체와 위기가 고조되면서 산문시가 도래하는 계기가 되었다고 할 수 있다. 산문시는 인간의 마음속 깊이 잠재해 있는 복합적인 의식 내용의 표현에 적합하다. 시의 장형화 경향은 복잡다단한 삶의 제 양상을 담아내는 데에 적합하기 때문이다.

중국에서는 賦(「적벽부」)나 辭(「귀거래사」)가 산문시 형태라 할 수 있다. 「적벽부」는 송나라 때 소동파가 적벽에서 친구와 같이 보내는 즐거움을, 「귀거래사」는 진나라 때 도연명이 귀향해 전원목가적인 삶을 다룬 내용이다. 우리나라에서는 1910년대 후반 김억, 황석우 등에 의해 러시아의 산문시나 프랑스 상징주의 시가 소개된 후 임화, 이상, 한용운, 정지용 등이 쓴 이야기 구조의 시 작품이나 1970년대 민중시의 산문화 경향에서 찾을 수 있다.

> 어쩌랴, 나는 없어라 그리운 물, 설설설 끓이고 싶은 한 가마솥의 뜨거운 물 우리네 아궁이에 지피어지던 어머니의 불, 그 잘 마른 삭정이들, 불의 살점들 하나도 없이 오, 어쩌랴, 또 다시 나 차가운 한 잔의 술로 더불어 오직 혼자일 따름이로다 전재산(全財産)이로다, 비인 집이로다, 들판의 비인 집이로다 하늘 가득 머리 풀어 빗줄기만 울고 울도다
> — 정진규의 「들판의 비인 집이로다」 부분 —

이 시는 마지막 3연의 내용인데, 전반부 내용은 비 오는 날 인간의 고독과 소외감, 과거와 현재의 관계 속에 유년시절을 회상하면서 꿈을 이루지 못한 자아의 갈등을 표현하고 있다. 전체적으로 마침표가 없이 쉼표의 열거로 산문적 논리성이 미약하지만 미적 장치의 특성이 돋보인다. 그리고 "'어쩌랴'- '~들'- '오, 어쩌랴'- '~로다'"의 동일한

통사적 서법과 유장하고 안정된 정서의 4보격을 기틀로 보편적 한의 정서에 따른 비극적 인식이 자리잡고 있다. 3연에서는 '어쩌랴'의 자탄적 서법의 반복을 통해 어쩔 수 없는 참담한 심정을 반영한다. 시적 화자는 슬픔을 느끼면서 비 내리는 저녁 혼자 차가운 술을 마시며 소외감 속에서 자아의 부재성을 인식하고 있다.

이 작품은 형태상으로는 줄글로 설화성이 나타나지만, 중간 중간에 적절한 리듬의 안배를 위해 쉼표를 사용하고, '물'과 '불'의 이미지를 통해 생명력이나 열정, 그리움에 대한 갈망을 나타내고 있다. '들판의 비인 집'의 공간 이미지는 소외와, 극한적 상황에서 느끼는 부재성이나 정체성 상실을 내포한다. 화자가 느끼는 자아는 빈, 혹은 죽어 있는 영혼 상태이다. 이런 상실과 부재성은 '그리운 물', '뜨거운 물', '어머니의 불'이 없다는 사실과 관련된다. 단지 부재하는 그런 생명력과 활력만이 그리울 뿐이다. '차가운 술', 머리 풀어 우는 '빗줄기', '물', '불' 등의 시적 이미지와 함축성, 리듬성이 일반적 산문의 줄글과는 다른 성격을 띠고 있다.

제 2장 시에 대한 관점

    오랜 역사 속에서 시에 대한 정의는 끊임없이 전개되어 왔는데, 다양하게 제기된 시의 정의는 크게 몇 가지 관점으로 요약할 수 있다. 이러한 관점들에 대한 분류는 동서양을 막론하고 시를 어떻게 다양하게 이해해왔는가를 보여주는 단적인 증거이다. 시에 대한 관점은 모방론적 관점(mimetic theories), 효용론적 관점(pragmatic theories), 표현론적 관점(expressive theories), 객관론적 관점(objective theories) 등 네 가지로 나눌 수 있다. 에이브람스(M. H. Abrams)는 이 네 가지 관점을 예술작품에 관계된 다른 요소들과의 도식 체계 속에서 설명하고 있다.

    우주는 시적 대상이 될 수 있는 사물, 사건, 인간 행위, 이념, 감정 등 모든 관념과 사물을 의미하는 우주 자연이다. 작품은 구체적인 시 형태이고, 예술가는 작품을 창작한 시인이며, 청중은 독자라고 볼 수 있다.

이런 도식적 체계를 시 정의에 대한 관점과 연결해보면, 모방론적 관점은 작품과 우주의 관계, 효용론적 관점은 작품과 청중의 관계, 표현론적 관점은 작품과 시인의 관계, 객관론적 관점은 시작품 자체의 자율성 등을 중시하는 것이라고 할 수 있다. 모방론은 시적 대상이 작품에 어떻게 반영되고 수용되었는가를 살피고, 효용론은 작품이 독자에게 어떤 영향을 주었는가를 따진다. 표현론은 시인의 의식, 정서, 상상 등이 작품에 어떻게 드러나는가를, 존재론은 작품의 외재적인 관계를 배제한 채 독립된 객체로서 작품의 구조와 원리에 각각 초점을 두고 있다.

초창기에는 플라톤이나 아리스토텔레스의 영향으로 모방론이, 고전주의 시대에는 효용론이, 낭만주의 시대에는 표현주의, 상징주의 이후 오늘날 현대시에는 존재론이 주요한 시관으로 대두되었다. 존재론에는 미국의 신비평, 러시아의 형식주의, 프랑스의 구조주의 비평 방법론이 포함된다.

■1 모방론적 관점

고대의 플라톤(Platon)과 아리스토텔레스(Aristoteles)가 처음 사용한 모방의 개념은 19세기 이후 오늘날의 현대문학에 이르기까지 다양하면서도 체계화된 모방론으로 발전해왔다. 플라톤은 그가 쓴 『공화국』에서 시인은 추방해야 한다는 '시인 추방론'을 주장하였다. 그가 생각하기에 인간은 이성적 존재이기 때문에 허구적 상상력을 통해 진리를 깨닫기보다는 철학과 같은 이성을 통해 경험해야 한다는 것이다. 시인(예술가)에 의한 허구적 상상력은 인간을 현혹시키고 진리를 왜곡시키기 때문에 철인이 지배하는 공화국에서는 시인을 추방해야 한다는 논리이다.

그는 모든 가치 중심인 영원불변의 세계는 이데아(Idea)밖에 없다고 보았다. 철학적 개념인 이데아는 사물 속에 내재하는 본질적 진리로서 순수한 이성을 통해서만 파악이 가능하다. 그런데 시(문학)는 눈에 보이는 사물이나 현상만을 대상으로 삼는 데 그친다. 이러한 진리를 감각적으로 묘사하는 것이 감각적 세계이고, 감각적 세계를 허구적으로 반영하는 것이 예술적 세계이므로 예술은 그만큼 진리와 거리가 멀다는 것이다. 따라서 시적 모방은 감성의 세계로서 실재와 본체가 아닌, 그 현상을 복사한 허상에 불과하다는 것이다.

가령 하나의 침대를 놓고 볼 때, 침대라는 관념의 진리를 창조하는 자가 창조주(creator)라면, 그런 관념의 진리를 나름대로 모방해서 인간이 실용적으로 쓸 수 있게끔 만든 자는 목수와 같은 제작자(maker)이다. 그는 침대라는 관념을 가시적 형태로 만들어 인간에게 도움을 주었지만, 그 형태 자체가 비가시적인 관념과 정확히 일치할 수 없다. 그런데 예술가(imitator)는 실용적인 침대를 만들기는커녕 그것을 허구적 상상력으로 모방하므로, 그만큼 관념적 진리와 거리가 멀어진다는 것이다. 플라톤은 이데아 외에 어떠한 문학적 상상력으로도 진리를 표현하거나 전달하지 못한다고 본 것이다.

하지만 아리스토텔레스는 『시학』에서 '시인 옹호론'을 주장한다.

모방은 인간의 본능이므로 그것을 추구할 때 즐거움을 동반하며, 궁극적으로는 예술의 근원이 된다고 하였다. 그는 사물의 본질 속에 사물의 존재가 있다고 믿었기 때문에 관념 아닌 현실세계를 중요시 여겼고, 허구적 상상력을 통한 진리 표현이 이성을 통한 관념적 진리를 대변하는 이상의 가치가 있다고 본 것이다. 그것은 문학이 허구적이지만 개연성과 보편성에 바탕을 두고 있기 때문이다. 이 개연성과 보편성은 누구나 살아오면서 경험했던 일이나 부딪쳤던 사건, 혹은 앞으로 살아가면서 경험하고 일어날 수 있는 상황이나 사건 등이다. 아리스토텔레스는 관념이 아닌 현실 속에서 작품의 보편성과 개연성을 바탕으로, 인생을 재해석하고 재창조하는 과정에 진실성을 느낄 수 있다고 본 것이다.

모방론은 16세기 플라톤의 모방론을 수용한 신플라톤주의자들에 의해 더욱 발전된 이론 형태를 보여준다. 그들은 시적 상상력을 통해 보편적 질서인 진선미를 표현함에 있어 긍정적인 입장을 견지하면서 우주 질서의 모방에 중점을 두었다. 플라톤의 영원불변의 관념을 수용하면서도 아리스토텔레스가 긍정적으로 보았던 허구적 상상력을 통해서도 영원불변의 진리에 도달할 수 있다고 본 것이다. 단지 현상 세계의 모방으로 끝날 것이 아니라 영원한 형식의 우주 질서의 모방도 긍정적으로 수용함으로써 플라톤의 딜레마를 극복한 것이다.

18세기 신고전주의자들의 모방론은 고전적 분위기의 고문체, 우회적으로 부드럽게 완화시키는 완곡어법, 형용사절 표현의 형용어법 등 시어의 독특한 어법(diction)에 중점을 두었다. 시어는 일상어와 다르게 우아하면서도 아름답게 조탁된 언어여야 한다는 것이다.

모방론은 18세기 말에 이르러 노발리스(Novalis), 셸리(Shelley) 등 독일 낭만주의 철학이나 문학에서 중요한 부분을 차지하면서 크게 발전하였다. 셸리는 『시의 옹호』에서 시적 상상력을 통해 충분히 절대 관념에 접촉할 수 있고, 은유적 언어를 구사함으로써 구체적이며 밀착된 표현을 할 수 있다고 보았다. 그가 생각한 시적 표현이란 영원한 진리로 표현되는 인생의 이미지인 것이다. 이런 관점은 시가 상상력을 통해 경험적 사실을 표현하는 데 그치지 않고, 진리의 세계를 나타낸다는 낭만주의 시관과 일맥상통한다고 볼 수 있다.

모방론은 18세기 이후 현실주의적 관점에서 '재현'과 '반영'이라는 용어로까지 개념이 확장되어 발전해왔다. 초기의 모방론이 자연 질서의 조화와 영원불변의 진리인 보편성과 이데아를 모방하는 데 의미를 두었다면, 사실주의·자연주의·마르크시즘·이미지즘 등에서는 인간생활의 현실을 사실적으로 또는 의미 있게 보여주는 리얼리티를 반영하는 것으로, 오늘날 미메시스(mimesis) 이론으로까지 진화·발전하였다. 사실주의가 현실의 부조리와 모순을 파헤쳐 고발한다면, 자연주의는 인간의 내면에 숨겨진 본능이나 추악한 단면을 객관적·과학분석적 방법으로 해부하여 파헤쳤다. 시의 이미지즘은 추상적인 관념을 구체적이며 정확한 이미지를 통해 구체화하는 창작 기법이다.

20세기에 이르러 모방론은 패러디 개념으로까지 확대되었다. 한국 고전문학에서 이인로의 용사론(用事論)은 패러디 개념으로서, 인간의 능력은 한계가 있고, 내용은 형식에 좌우되므로 창작할 때 선인들의 문구나 어구를 답습하거나 빌려와 활용하여 재창작한다는 기법이다. 특히 한시를 창작할 때 유명한 경서나 사서를 활용한 것이 그 예이다.

２ 효용론적 관점

효용론적 관점은 목적론적 관점에서 시의 존재 이유를 묻는 것으로, 시 작품과 이것을 감상하는 독자와의 관계를 중시한다. 이 관점은 작품을 감상하는 독자에게 삶의 지식과 윤리적 실천을 가져오는 교훈적 효과를 주느냐, 아니면 미적 쾌락과 정서적 고양을 진작시키는 심리적 효과를 주느냐의 문제와 시의 사회적 기능과 역할을 뜻한다. 따라서 독자에게 어떤 효과와 도움을 주느냐에 초점을 맞추다 보니 작품을 창작하는 문체나 창작 방법 중심의 수사학 발전에 큰 도움을 주었다.

효용론적 관점은 루크리티우스(T. Lucretius)의 '문학당의설', 아리스토텔레스의 정서적 고양의 '정화(Katharsis) 이론', 중세시대의 기독교적 알레고리 기법, 로마시대의 공리주의 문학관 등에서 엿볼 수 있다.

문학당의설은 달콤한 사탕발림으로 아이들에게 쓴 약을 먹일 수 있듯이, 위대한 사상이나 철학적 진리도 사탕발림이라는 쾌락적 기능을 통해 독자에게 다가갈 수 있다는 것이다. 카타르시스 이론은 의학적 용어로서 몸속의 불순물을 완전히 배설시킴으로써 쾌유함을 얻듯이, 비극의 절정에서 인간의 공포와 연민이라는 상반된 감정을 토해냄으로써 마음의 평화와 안정을 얻을 수 있는 것이다. 비극의 절정에서 북받친 감정을 토해냄으로써 심리적 안정과 정서 순화를 느끼는 것이다.

알레고리 기법은 중세시대까지만 해도 성서의 대표적인 비유 형태로서 교훈적인 내용을 전달하기 위해 풍유법으로 사용되었다. 로마시대는 공리주의 문학관에 비중을 두었기 때문에 여가선용이나 소묘적 차원의 흥미보다는 실생활에 도움을 주는 교훈적 가치성을 강조하였다.

문학의 효용론적 관점은 공리적 문학의 교훈적 가치를 강조한 서양의 고전주의에서뿐만 아니라, 동양의 풍교론(風敎論)이나 재도문학론(載道文學論)에서도 찾을 수 있다. 풍교론에서 풍(風)은 풍속이나 도덕적 영향을 내포하고, 재도문학론은 문학을 하나의 도구로 사용하여 교훈적 가치를 싣는다는 것인데, 결과적으로 인격을 수양하는 도구적 수단으로써 문학을 활용하는 것이다.

중세시대에 오면 효용론은 호라티우스(Horatius)나 시드니(P. Sidney)에게서 교훈과 쾌락의 절충적 입장을 취한 것을 엿볼 수 있다. 정서적 자극을 통한 도덕적 고양이 독자를 움직이도록 할 수 있다는 것이다. 쾌락적 기능은 상상력을 통한 허구성 속에서 느끼는 미적 즐거움이나 정서적 감동이다.

호라티우스는 『시의 기술』에서 시창작의 규범이나 수사학적 문체에 비중을 두고 있다. 그는 독자에게 영향을 주는 문체란 시창작의 기술이기 때문에 수사학을 강조하였고, 도덕적 효과를 중요시 여기면서 즐거움과 감동은 부차적인 것으로 보았다. 그러나 시드니는 시란 어떻게든 독자를 감동시켜야 하므로 교훈적인 내용도 감동을 가능하게 만드는 정서를 통해 독자에게 작용해야 한다고 주장하였다. 이처럼 두 기능은 상호 대립하거나 종속적인 관계를 유지하면서 계속 이어져왔다.

효용론은 낭만주의 시대에 이르러 교훈적 기능보다 정서적 감동의 쾌락적 기능을 강조하게 된다. 최고의 교훈이란 최고의 형식적 완성과 그것에서 보는 즐거움을 통해 가능하다는 것이다. 그 즐거움은 세계에 대한 새로운 인식이나 반성적 자각으로, 독자의 영혼을 상승시키고 진실을 담을 수 있도록 승화된 것이다. 독자는 시적 감동을 통해 정서를 체득하고, 독자의 감성과 상상력, 시적 감수성의 수준, 가치관에 따라 반응이 다를 수 있다.

시 작품에서 느끼는 교훈성과 즐거움은 시의 리듬, 이미지, 형식적 구성 요소에서 느끼는 즐거움과 그런 형식 속에 내포되어 있는 교훈적 진리이듯이, 형식과 내용은 분리가 아닌 상호보완적 관계이다. 형식과 내용이 구분되지 않은 즐거움은 신비성을 지닌다. 따라서 시의 효용론적 관점도 교훈성과 쾌락적 기능을 분리시킬 것이 아니라, 상호 보완적 관계로 보아야 한다. 문학은 역사와 철학의 조화이다. 역사가 구체성을 수반한다면, 철학은 추상적 관념이라 할 수 있다. 이처럼 관념적인 사상을 구체적인 형상을 통해 승화시킬 때 문학이 가능한 것이다.

우리나라에서의 효용론적 관점은 개화기의 계몽문학이나 1920년대 카프 중심의 사회주의 문학, 1970년대 현실의 모순과 부조리를 고발한 현실 참여적 민중문학 등이 포함된다. 효용론적 관점은 독자 중심에 치중하다 보니 1960년대 이후 독일의 수용미학이나 미국의 독자 반응비평에 큰 영향을 미쳤다. 이 관점의 단점은 지나치게 독자를 의식하다 보니 독자의 반응에 따라 문학적 가치를 평가하기 쉬운 감정적 오류와 예술의 자율성 결핍에 빠질 수 있다는 것이다.

3 표현론적 관점

작품과 작자(시인)의 관계에 중점을 두는 표현론적 관점은 18세기 이후 낭만주의 시대에 꽃을 피웠다. 모방론적 관점이 객관적 사실이나 현상을 드러내는 데 초점을 둔다면, 표현론적 관점은 시인의 주관적 내면세계와 인간의 보편적인 감정과 삶을 표현하는 데 초점을 둔다. 이 관점은 작품을 쓰는 시인과의 관계를 중시하기 때문에 시인 내면의 직관성이나 주관적 정서의 구체화에 치중할 수밖에 없다. 그러다 보니 선천적으로 타고난 천재성이나 영감, 내면적으로 표현하지 않고는 견딜 수 없이 분출되는 감정의 자발성, 개인의 독창적인 개성이나 창조적 상상력에 중점을 두게 된다.

모방론 중심의 고전주의 시대가 개인의 독창성보다 선인들의 창작 방법이나 이론을 답습했다면, 표현론적 관점 중심의 낭만주의 시대에는 관습이나 형식에 얽매이지 않고, 개인의 무한한 가능성이나 독창성을 강조하면서 미지의 세계나 신비성 추구가 특징을 이루었다.

시에서 '성실성(진실성)'은 작품에 언표화된 정서가 시인이 실제 느낀 감정과 어느 정도 일치하는가이다. 즉 시인의 경험적 자아와 시적 자아 사이의 심리적 거리가 소멸되는 상태이다. 따라서 성실성(진실성)은 독창성을 표현하는 과정에서 실체적 체험의 정신 상태를 얼마나 생동감 있고 조화롭게 표현하였느냐는 것이다. 그러려면 고전주의 시대의 가치 기준인 적격(decorum)의 원리, 관습화된 형식이나 표현에 얽매이지 않고 무한가능한 개인의 독창성에 기반을 둘 수밖에 없다. 이러한 표현론적 관점은 낭만주의 시대에 롱기누스(Longinus)의 '숭고성', 워즈워드(W. Wordsworth)의 '자연발생적 유출', 코울리지(S. T. Coleridge)의 '상상력의 시론'이 기본 축을 이룬다.

롱기누스의 숭고성은 시인의 정신이 잘 나타나는 탁월성인데, 이것은 시신(詩神, Muse)의 영감을 통해 황홀경에 이르는 주술적 주문과 같은 시적 표현을 의미한다. 즉 엑스터시 상태에서 주문처럼 토해내는 독백이다. 숭고성은 지나친 과장이나 기괴한 표현이 아니라 선천적인 재능을 전제로, 신과의 영적 교감을 통한 순간적 엑스터시 상태에서 분출하는 말의 신통력이다. 그러기 위해서는 격렬한 영감을 받을 수 있도록 정신세계에 대해 강력하고 신속한 집중력이 필요할 뿐, 형식을 어떻게 꾸미고 다듬을지는 부차적이다.

워즈워드의 자연발생적 유출에서 '유출'은 시적 감동의 유동성으로, 인위적으로 절제하고 통제하는 것이 아니라 자신도 모르게 토해 내는 내면적 분출이다. 자연발생적이란 개념은 타인에 의지하지 않고, 주체적 입장에서 인위적 구성이나 목적, 효과를 전제하지 않은 채 분출하는 주체성과 자주성을 의미한다.

그의 『서정민요시집』 서문에서 제시한 자연발생적 유출의 개념은 자주적인 주체로서, 선험적이며 내재적인 감수성을 우주 질서와 조화를 이루며 시상의 흐름과 동시에 시어를 선택해 자연스럽게 분출시키는 순수한 상태이다. 자발성은 선험적·내재적인 감수성으로 후천적인 지식이나 기술과는 별개이다. 우주 질서와 조화를 이룰 수 있는 것은 지식이나 기술이 아닌 이 자발성에 있다. 좋은 시란 전통적인 수사나 어떤 언술 형식에도 구속받지 않고 강렬한 감정이 자연스럽게 넘쳐 흐르는 것이다.

코울리지는 『상상력의 시론』에서 '유기체 시론'을 제시하면서 한 편의 시를 하나의 생명체로 비유한다. 생명체란 구성 요소마다 기능과 역할이 다르듯, 한 편의 시도 그것을 구성하는 다양한 요소가 불가분의 수평적 관계에서 기능함으로써 탄생한다. 시의 구성 요소인 시어, 리듬, 이미지, 화자 등이 상호 조화를 이루면서 작용할 때 한 편의 시가 생명체로 탄생하는 것이다. 이 통합체의 구성인자들은 분리해서는 갖지 못할 여러 성질이나 의미, 효과를 나타내므로 유기체적 구조라고 할 수 있다.

유기체 시론은 후에 신비평가들에게 큰 영향을 미친다. 코울리지의 종합적·마술적 상상력은 1차적인 잡다한 경험을 바탕으로 논리적·

현실적 차원을 초월해 상상 속에서 폭력적으로 결합함으로써 새로운 의미를 만들어내는 것이다. 이런 상상력은 시적 제재들을 분별하고 질서화하며 통합하는 능력이다. 코울리지는 또한 고전주의관적 시어를 부정하고, 시적 언어와 산문적 언어를 동일한 차원으로 받아들인다. 시적 언어는 일상 언어인 산문적 언어와 외형적으로는 똑같지만, 기능면에서 다르게 작용한다. 일상 언어가 사실 전달에 의미를 둔다면, 시적 언어는 암시성·내포성·애매성 등으로 기능면에서 변별성이 있을 뿐이지 가시적으로 아무런 차이가 없다는 것이다.

낭만주의 시관의 공통점은 ① 자기표현, 자기 고백적, ② 플롯이나 인물 행위에 중점을 두는 모방론적 관점보다 정서적·내포적·애매성을 지닌 시적 언어에 관심, ③ 단가 형태로서 주관적이며 강력한 감정을 유출하기 위한 리듬 중시, ④ 독창적인 상상력 강조 등이라고 할 수 있다.

낭만주의 시관은 그 후 상징주의 시대에 주술적·신비적인 음악성과 이미지만의 결합 형태인 순수시에까지 영향을 미친다. 상징주의의 시조라 할 수 있는 포우(E. A. Poe)는 환희의 순간은 시와 음악의 긴밀한 관계를 통해 스쳐간다고 하면서, 시는 영혼의 세계를 암시적으로 환기한다는 상징시학의 토대를 마련하였다. 표상이 객관적 대상을 그대로 나타내고 전달하는 것이라면, 표현은 대상에 감정을 이입하여 여과시킴으로써 화자의 내면적 정서와 감정을 반영한 것이다.

동양에서 표현론적 관점은 성리학의 이기(理氣)와 심성론(心性論)의 성정(性情)에 비유할 수 있다. 이규보의 신의론(新意論)은 이인로의 용사론(用事論)과 반대 개념으로 관습적인 표현이나 모방적 표현을 탈피할 것을 강조함으로써 낭만주의 시대의 표현론적 시관과 일맥상통한다. 이규보는 고전주의 시대의 모방론적 관점을 표절이나 환골

탈태의 부정적인 시각으로 본 것이다. 동양에서의 표현론적 관점은 서구 낭만주의 시대의 자유분방한 표현만을 강조한 것이 아니라, 고전주의 시대의 모방론적 대상인 우주의 섭리와 조화, 실용론의 윤리성을 융합하는 포용론적 입장을 보여준다.

우주 존재 법칙의 진리인 성리학에서 이기론(理氣論)은 심성론의 성정론에 비유해 설명할 수 있다. 이(理)는 플라톤의 이데아의 본질과 유사한 개념으로, 본체·무형성·관념성·불변성·우주의 생성 원리 등을 뜻한다면, 기(氣)는 개체성·유형성·구체적 현상·상태 변화 등의 속성을 지닌다. 기(氣)는 만물 생성의 도구인데, 이것을 통해 구체적인 형상으로 나타나야 한다는 것이다. 그러니까 기(氣)의 상태란 속박이나 제한을 벗어나 개인의 독창성과 구체성을 통해 다양한 변화를 보여주는 것이다.

이(理)가 심성론에서 본연지성(本然之性)인 성(性)으로서, 구분되지 않는 순진무구한 천부적 보편성이라면, 기질지성(氣質之性)인 정(情)은 선과 악, 기쁨과 슬픔이 있듯 다양한 개체성을 대변하므로 시창작의 독창성과 관련이 깊다. 이런 표현론적 관점은 동·서양을 막론하고 극단적인 기교주의로 흐를 수 있는 단점을 지닌다. 자기감정의 유추나 표현에 중점을 두어 감정 절제가 뒷받침되지 않는 정서과잉 구조의 허약성, 극단적인 기교, 개성, 강렬성을 강조하다 보면 작품의 형상화 과정에서 의도의 오류를 범할 수 있다.

4 객관론(존재론)적 관점

객관론적 관점은 1차 세계대전이 끝난 후 동구의 형식주의나 영미의 신비평, 프랑스의 구조주의 등의 영향으로 작품 자체의 구조와 자율성을 강조하는, 즉 작품의 내적 통일성과 균형, 작품을 구성하는 언어학적 분석이나 구성 요소의 상호관계를 치밀하게 분석·평가하는 입장을 취한다. 이는 언어를 기호의 차원에서 보고 기표와 기의를 변별하려고 했던 소쉬르의 영향 하에서 촉진된 것이다.

이 관점의 모태는 아리스토텔레스의 서사론에서 전체와 부분의 상호관계, 낭만주의 시대에 생명체의 조직과 같은 유기적 형태 구조론, 크로체(croce)의 형식과 내용의 일치성 등의 이론에 근거를 두고 있다. 이 관점은 작품이 자율적 체계의 독자성을 갖는다는 점에서 객관적이며, 형태적 특성을 중심으로 시 작품을 분석한다는 점에서 형식적 성격을 지닌다. 시 작품도 시인의 실제 감정이나 정신 상태와 일치해야 한다는 낭만주의적 개성론을 거부하는 입장이다.

객관론적 관점은 시 작품을 비평할 때 어떤 영향 관계나 의도 등 외재적 조건을 철저히 배제한 채 작품 자체만을 놓고 구성이나 구조 조직을 과학적으로 분석하여 예술성을 평가하는 객관적 방법을 적용한다. 이런 태도는 근원적으로 19세기에 '예술을 위한 예술'을 강조한 탐미주의나 칸트의 '무목적 합목적성' 등의 예술론에 바탕을 두고 있다. 이런 경향은 시가 목적성을 띠고 인위적인 구성이나 영향 관계에 중점을 두기보다는 시 자체에 중점을 두어 가치성을 부여한다고 볼 수 있다. 가령 꽃에 대한 아름다움의 척도는 상업적 가치나 공간적 위치에 따라 평가된 것보다는 순수한 상태에서 순간적으로 느끼는 아름다움일 것이다.

객관론적 관점에서 중히 여기는 문학성은 러시아 형식주의자들이 강조하는 낯설게 하기, 전경화(前景化, foregrounding), 일상어와 시어의 기능적 차이 등을 중심으로 언어학적 비평 분석에 초점을 두고 있다. 시적 언어란 이미지나 의미만을 동반한 것도 아니고, 시의 음도 그 자체 안에 독자적인 의미 작용을 갖고 있다는 것이다. 형식도 구성 요소의 단순한 집합체가 아니라, 요소 하나하나가 작품 체계를 만들어주는 건설적 기능을 지닌 역동적·구체적인 통합체이다.

언어의 특유한 기능으로 간주하는 문학성은 문학작품을 작품이게끔 하는 것을 의미하는데, 이는 문학만이 가지고 있는 특수한 성질을 구체적으로 설명하게 되는 문학 과학화의 정립이다. 문학 연구는 문화사나 실증적 역사와의 종속 관계를 탈피함으로써 문학교육의 자율적 원리를 발견하는 것이다. 이런 흐름은 당대의 권위주의적인 역사주의나 이미지 중심의 상징주의에 대항해 문학작품의 내재적 연구에 바탕을 두고 있다. 문학적 표현이란 관습적이고 일상적인 언어를 비틀고 뒤로 밀어내면서 낯선 표현을 전면에 부각시켜 전경화한다. 문학성의 표출은 문학적 구조 자체가 언어로 표현되기 때문에 언어학적 비평 분석 방법을 활용하는 것이다.

러시아 형식주의는 '모스크바언어학회'(1915)와 '페테스브르그시어연구회'(OPOYAZ, 1916)[1]가 결합하여 구성되었는데, 당시 사회주의 국가인 러시아가 학문의 자율성을 보장하지 않고 핍박하자, 이 그룹에 속해 있던 학자들이 폴란드와 체코로 탈출하여, 야콥슨(R. Jakobson)을 비롯한 문학비평가와 언어학자들이 모여 체코의 '프라하학파'(체코의 구조주의)를 결성하고, 1930년대에 구조주의라는 용어를 처음 사용하였다. 초기의 프라하학파는 소리의 언어학적 기능 연구에 관심을 가졌으나, 프랑스 구조주의를 거치면서 1960년대 구조주의와 기호

---

1) 모스크바언어학회 구성원은 로만 야콥슨, 보리스 토마셰브스키 등이고, 오포야즈 그룹의 구성원은 빅토르 쉬클로브스키, 유리 티냐노프, 보리스 에이헨바움 등이다. 모스크바 그룹은 야콥슨이 1920년 체코의 프라하에 가버린 이후 해체된다. 프라하언어학회는 러시아 형식주의를 발전시켰으며, 얀 무카로브스키, 니콜라이 트르베츠코이, 르네 웰렉 등이 이론가로 활동하였다.

학으로 발전함으로써 20세기 인문학 발전에 새로운 패러다임을 제시하였다.

이들의 활발한 학문적 활동은 후에 서구의 이미지즘 운동과 주지주의 문학론자들과 합세하여, 1940년대에 영미의 신비평(New Criticism)이 탄생하게 된다. 이미지즘 운동이 시 쪽에서 전개되었다면, 주지주의 문학론은 산문이나 서구의 문명사 비판에 초점을 두었다. 문학 연구가 과학적 방법론으로 적용된 근본적 원인은 언어 현상에 대한 넓은 의미에서의 구조주의적 노력이 언어 과학으로 발전하는 데 자극을 받았기 때문이다.

아울러 미국으로 망명한 로만 야콥슨(R. Jakobson)의 언어학과 시학의 공헌에 힘입은 바 크다고 할 수 있다. 야콥슨에게 문학 연구란 문학작품이 다른 형태의 담론과 구별될 수 있는 형식적인 언어 자질에 중점을 두는, 즉 문학성 탐구이다. 시학은 작품의 통일성과 다양성을 동시에 파악할 수 있는 여러 범주들을 정교하게 하는 장치로 연구 대상이 작품이 아니라 문학 기법이다.

러시아 형식주의는 획일적·고정적 시각을 벗어난 심미적 경향으로 작품의 해석과 평가보다는 시학의 체계화에 중점을 두었다. 이들의 관심은 초기에 시의 음악성에 대한 소리법칙을 해명하려고 언어학적 방법을 통한 시적 구조 연구에 치중하다가 점차 산문 형식 등의 장르 연구로 확대시켰다. 이에 반해 영미의 신비평은 이론적 시학에 관심을 두기보다는 텍스트의 구조에 드러나는 여러 요소가 작품에 수렴되는 방식 연구에 치중하여 개별적 작품의 해석과 평가에 대한 실제적·재단적 비평에 중점을 두었다. 이들은 시적 완성의 기준으로 구조의 통합과 감수성의 통합을 중시하였다.

구조주의의 구조 개념은 작품의 내적 질서나 유기적 조직에 중점을 두면서 문학 외에도 문화나 신화 등 광범위한 학문 영역으로 발전하지만, 신비평이나 형식주의는 문학작품에만 국한되었다. 구조주의는 문학작품을 하나의 체계와 객관성으로 접근하면서 구조나 조직의 내적 질서나 조직을 언어학적 분석을 통해 문학성을 추출한다. 작품의 언어 조직에 관심을 가져 형식과 내용의 이분법적 사고를 부정하고, 텍스트의 구체적 해설과 독서를 강조한다. 그들은 작품을 스스로 존재하는 자족적 실체로 보기 때문에 작품 내에서 의미를 찾는 내재적 접근 방법을 택한다. 그리고 작품의 가치 기준은 복잡성과 구체성의 조화에 있다고 본다. 이 복잡성과 구체성은 바로 논리적 내용인 구조와 표현 형식인 조직의 결합된 이원화이다.

구조란 틀(structure)이고, 조직은 결(texture)이다. 구조가 큰 틀이라면 조직은 미세한 관계이다. 구조가 이성적·논리적으로 해설이 가능하다면, 조직은 설명이 불가능한 비논리성을 수반한다. 시란 논리적인 틀의 구조에 세부적인 결이 조화된 것이라고 할 수 있다. 이 결이 시와 산문을 구분할 수 있는 변별성을 부여한다. 가령 주제가 구조라면, 그 사상을 뒷받침해주는 감정의 조직이 결이다. 리듬 상 가시적인 음수율이 구조라면, 그 틀 안에 숨겨진 운이나 불규칙하게 숨어 보이지 않는 리듬이 결이다. 비유적 표현에서 원관념의 큰 틀이 하나의 구조라면, 그것을 구체적으로 비유해 표현하는 보조관념은 결이 될 수 있다. 이와 같이 틀과 결이 한 편의 시 속에서 분리되지 않고 조화를 이룰 때 문학성이 돋보이는 것이다.

객관론적 관점은 과학 분석적 비평 방법을 통해 미세한 언어 조직의 구조를 밝힘으로써 작품의 문학성 추출에 공헌했지만, 역사의식의 결여나 주체와 독자가 사라진 비인간화 경향, 선택적·소모적 오류에 따른 단점이 존재한다.

제3장 시적 기능과 시어의 특징

1 언어의 일반적 기능과 시적 기능

1) 야콥슨(R. Jakobson)의 언어 전달 체계와 기능

이 글에서는 시어가 속성의 요소인지, 기능적인 요소인지에 대해 야콥슨과 러시아 형식주의자들의 이론을 바탕으로 언어의 일반적 기능과 시적 기능의 차이점을 살펴볼 것이다. 일상생활에서 대화를 이어갈 때는 다음 다섯 가지의 도식적인 체계가 형성된다고 볼 수 있다.

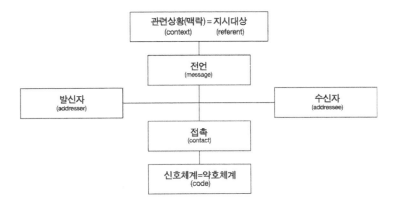

도표에서 보면, 발신자는 말하는 사람이고, 수신자는 발신자를 대상으로 말하는 사람의 내용을 듣는 자이다. 지시대상은 발신자와 수신자의 관계 속에서 구체적으로 무엇을 대상으로 하느냐의 관련상황(맥락)이며, 이 지시대상이 무엇인가를 보면서 문장으로써 메시지가 전달된다. 메시지는 발신자와 수신자 양쪽이 이해하고 있는 관련상황(맥락)을 지시하는 것이다. 이 맥락이 메시지로써 의미를 부여한다.

발신자와 수신자의 메시지 전달 상황에서는 전후 분위기나 여건이 주어진 환경의 접촉을 통해 소통 도구인 언어가 성립된다. 접촉은 청각적일 수도 있고, 시각적일 수도 있다. 이러한 접촉 관계에 우리의 언어인 한글이 약호체계가 된다.

언어적 교통에서 이 약호체계가 발신자와 수신자 사이에 소통되고, 지속되고 있는지 확인할 필요가 있다. 이 중 세 가지(맥락, 접촉, 약호)는 전달 행위를 일으키는 수단으로 작용하며, 나머지 세 가지는 "발화자는 전달 내용을 수화자에게 보낸다"는 것으로 담화사(speech event) 자체를 규정한다.[1) 따라서 이 여섯 가지 관계가 도식적인 체계로서 언어 전달에 각자 하나의 기능으로 작용하지만, 단 하나의 기능만으로 성립하는 언어 메시지란 거의 없다.

이 여섯 가지 요소는 대체로 언어의 교통 속에 섞여 나타나지만, 이 요소들 사이에는 위계질서가 있으므로 언어적 교통이 어떤 요소를 지향하는가에 따라 그 요소가 지배적인 기능을 발휘한다. 메시지의 언어 구조는 무엇보다 그 지배적 기능이 무엇이냐에 따라 달라진다. 대다수의 언어 메시지의 주요 임무는 지시대상을 지향하는 기능에 의해 수행되지만,[2) 거기에 부수되는 다른 기능들도 고려의 대상으로 삼

---

1) 앤터니 이스톱, 박인기 역, 『시와 담론』, 지식산업사(1994), p.30 참조.
2) 로만 야콥슨, 신문수 편역, 『문학 속의 언어학』, 문학과지성사(1989), p.55.

아야 한다. 시에서 사용되는 언어는 선별되고 선택된 언어라기보다 이 여섯 가지 언어 전달 체계에서 시적인 기능을 반영할 때 시어로 작용한다. 따라서 시어란 어떤 속성적 요소가 아니라 이런 언어 중에서 기능적으로 작용할 때 가능한 것이다. 야콥슨의 언어 전달 체계를 기능적인 차원에서 똑같은 도식에다 적용해보면 다음과 같다.

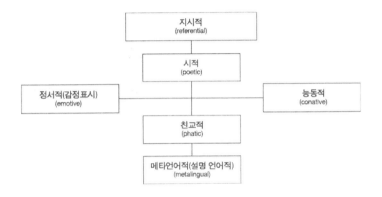

정서적 기능은 발신자인 말하는 사람에게, 능동적 기능은 듣는 사람인 수신자에게, 지시적 기능은 말하는 지시대상에, 시적 기능은 발신자와 수신자의 소통 내용인 메시지 자체에 각각 초점을 두고 있다. 친교적 기능은 발신자와 수신자 사이의 상호관계적 분위기 속에서 대화가 성립되는 접촉에, 메타언어적 기능은 구체적으로 메시지를 담아내는 신호체계에 초점을 둘 때 각각 성립된다.

가령 "오늘은 비가 올 것 같다"는 표현은 말하는 사람의 감정 표시를 대변하기 때문에 정서적 기능에 초점을 두었다고 볼 수 있다. "내 마음은 호수 같다"는 표현은 마음을 잔잔한 호수 상태에 비유한 시적 기능이다. "물을 마시자", "무엇을 보아라" 등의 청유형이나 명령형 형태의 문장은 수신자인 청자에게 초점을 두기 때문에 능동적 기능이다.

"식사하셨습니까?", "안녕하십니까?" 등의 인사말은 뚜렷한 의미 전달보다는 악수와 같이 서로 접촉하는 교화적(交話的)·친교적 기능이라고 할 수 있다. 토론할 때 발신자와 수신자가 서로를 이해하고 있는가에 관해 의사소통이 코드 자체를 향해 있을 때는 메타언어적 기능이다. 유아기에 말을 배우는 어린이의 발화는 메타언어적이다.

이런 기능들의 특징을 종합적으로 정리해보면 다음과 같다. 정서적 기능은 감정표시적 혹은 표현적 기능이라고도 말하는데, 이 기능은 말하는 사람의 옳고 그름, 즉 진위에 관계없이 화자의 감정이나 심리 상태, 정서 표현에 초점을 두는 것으로, 1인칭 지향적 성격과 마술적 기능을 갖는다. 주로 감탄 정조의 어조로 화자의 내면적 표현에 중점을 둔다. 냉소적이거나 화가 난 태도를 나타내는 데 표현적 자질을 이용하여 그 표면적 정보를 전달할 수 있다.

가령 마음에 들지 않는 상대방의 행동을 보고 "참 자아알(잘) 한다 잘해"라고 표현했다면 화자의 분위기를 잘 반영한 것이다. 그러니까 주정적 서정시는 아무래도 정서적인 분위기를 잘 나타낸다고 할 수 있다. 시의 언어는 이런 기능을 다분히 나타내지만, 그렇다고 시적 언어를 지배하는 것은 이런 기능이 아니다. 만일 시적 언어의 기능이 이런 감정 표현에만 있다면 단순한 생리적 반응이나 감탄사로 축약될 것이다.

능동적 기능은 진위 판단을 요하지 않는 명령문이나 단정문 형태로, 명령·요청·권고·질문·호격 등의 성격을 지닌다. 명령문이 평서문과 근본적으로 다른 것은 명령의 진위를 따질 수 없다는 것이다. 명령문과 달리 평서문은 의문문으로 전환이 가능하다. 이 기능은 수신자의 반응에 초점을 두고 2인칭을 지향하므로 무엇을 시키고 권유하는 사역적 기능이나 주문적 성격을 나타낸다. 주술적·주문적 기능은 존재하지 않거나 무생물인 3인칭을 능동적 메시지의 수신자로 전환시킬 수 있다. 선동이나 투쟁, 찬미가의 시 형태가 여기에 포함된다.

지시적 기능은 관련 상황에 초점을 둔 3인칭 지향의 지시적·외연적·인지적 기능으로, 대다수의 언어 메시지의 주요 역할로서 작용한다. 3인칭 지향의 전환적 기능은 무생물(3인칭)을 능동적 기능(2인칭)으로 지칭함으로써 듣는 사람을 전제로 하는 의인화 분위기를 느낄수 있다. 이 기능은 발신자와 수신자 사이의 의사소통에 중점을 두기 때문에 구체적이면서도 객관적인 정보나 의사 전달에 초점을 두는 일상적 언어 형태이다. 진위 판단을 통해 내용의 진리를 따질 수 있는 인식적 기능도 여기에 포함된다.

시적 기능은 의사를 전달하고 상대방에게 권유하는 것이 아니라, 메시지 자체의 자기중심적 지향성에 중점을 두므로 지시적 기능과는 상반적으로 작용한다. 이런 기능은 전언의 내용이라 할 수 있는 발신자·수신자·관련상황·접촉·신호체계로의 지향을 거부할 때 나타나는 것으로 전언의 형식 혹은 발언 행위 자체를 강조한다는 뜻이다.[3] 표현 행위 자체에 관심을 갖는 것은 같은 표현이라도 특수한 미적 효과를 불러오는 언어에 관심을 두는 것이다.

따라서 시 속에 사용된 시어는 특별하게 선택된 언어가 아니라 일상적 언어이지만, 시 속의 전후 문맥이나 리듬의 상호관계 속에서 시적 기능으로 작용할 때 가능하다. 언어에는 언제나 기표가 있기 마련이지만, 산문에서는 기표가 무시되고 전달되는 내용인 기의를 선호하는 경향이 있다면, 시적 기능은 기표가 전달 내용을 강화시켜주는 언어의 특수한 용법이라 할 수 있다.[4]

---

3) 이승훈, 『시작법』, 문학과비평사(1988), p.109.
4) 앤터니 이스톱, 박인기 역, 앞의 책, p.36.

이런 기능은 일상적 언어인 지시적 기능을 모호하게 만들고 다양한 통사론 등 언어학적 층위의 평형적 상호관계 속에서 효과를 반영하기 때문에 기호의 명료성 증진으로 기호와 대상 간의 양분 관계를 심화시킨다. 시적 기능이 지시기능보다 우위를 차지한다 하더라도 지시성이 사라지는 것이 아니고 모호해질 뿐이다. 단지 언어를 그렇게 사용하는 것이 자연스럽고 즐겁기 때문에 사용할 뿐이다.

가령 미국의 아이젠하워 대통령 선거 구호인 "I like Ike[ay layk ayk]"는 시적 기능이 작용하는데, 부분적으로 반복되는 발음상 경쾌한 리듬과 쉽게 기억할 수 있는 대중적 전달 효과가 강한 호소력으로 이어졌다고 볼 수 있다. 이것은 셋의 단음절어에 3개의 이중모음 'ay'가 있고, 이 속에 다시 자음이 균형 있게 따르고 있다. 이 세 단어의 구성은 다른데, 첫 단어에는 자음이 없고 두 번째 단어는 이중모음 사이에 두 개의 자음이 있는가 하면, 세 번째 단어에는 끝음이 자음이다.

3음절의 문구 "I like/ Ike"가 갖는 두 콜론(colon, 고대 운문에서 운율을 이루는 한 단위)은 서로 운을 이루는데, 압운을 이루는 두 단어에서('layk'- 'ayk') 첫 단어는 둘째 단어를 완전히 감싸는 듯한 느낌의 유음적 심상을 자아낸다. 그리고 두 콜론은 두운을 이루고 있는데, 두운을 이루는 두 낱말 중 첫 낱말이 둘째 낱말 속에 내포되어 있어서('ay'- 'ayk') 이 역시 상대방에게 사랑의 주체가 포근히 안긴 유음적인 심상을 불러일으킨다.[5] 이런 효과의 극대화는 기표가 기의를 강화시키는 관계로써 반복되고 응축되는 형태로 기표를 특수하게 사용하기 때문이다.

이런 경우는 우리나라에서 1970년대 김대중 대통령 후보의 선거

---

5) 로만 야콥슨, 신문수 편역, 앞의 책, p.60 참조.

구호에도 나타나는데, "이번에는 2번, 대중은 김대중"으로 대중적 감성에 호소한 좋은 예라고 할 수 있다. 또한 '끔찍한 해리'에서 '끔찍한'은 '두려운', '싫은', '섬뜩한'을 내포하는 완곡한 표현이다. 어느 사찰에서 본 "아니 온 듯 다녀가소서"라는 푯말은 "꽃을 꺾지 말라든지, 쓰레기를 버리지 말라"는 경고문보다 훨씬 은은하고 시적인 표현으로 친밀한 감정적 호소력을 지닌다. 이런 표현들은 시적 기능이 작용하기 때문에 친밀감과 감성적 효과를 가져와 그 파급 효과가 크다고 할 수 있다.

친교적 기능은 접촉 지향의 초점으로, 본론적인 대화 이전에 악수를 나누는 수인사처럼 수다스러운 행동이나 대사를 대화 분위기에 맞게 교환하는 형태이다. 즉 상대방과 대화하기 이전에 분위기를 점검하려는, 또는 수신자가 자기 대화를 제대로 파악하고 대화가 지속되는지 확인하는 제스처로, 주위에 시선과 친밀감을 주기 위한 대화 형태이다.

인간과 동물 관계에서 언어 소통은 되지 않지만 친밀감을 주기 위한 말이나, 어린아이가 모국어 습득 과정에서 활용하는 대화 등이 여기에 포함된다. 아이가 최초로 습득하는 것도 이 친교적 기능인데, 이들은 정보를 통해 의사를 전달하기 전에 의사 전달을 꾀하려 하는 것이다. 이런 기능은 본론적인 대화 이전에 분위기나 상황을 파악하려는 의도가 강하다. 가령 상대방과 전화할 때 "여보세요, 내 말 잘 들립니까?"라는 표현은 상대방에게 자기의 의사가 전달되는지를 확인하기 위한 과정이지, 메시지로서 의미가 담겨 있는 것은 아니다.

메타언어적 기능은 신호체계에 초점을 둔 초언어적·주해적 기능으로, 발신자와 수신자가 동일한 약호체계를 사용하는지 확인할 때 활용하는 것으로 보충 설명적인 형태를 띤다. 대상언어가 어떤 대상을 지시한다는 의미에서 사용된다면, 이 대상언어에 정보를 전달하는 또 하나의 언어가 메타언어이다. 즉 과학자, 논리학자, 언어학자 등이 주로 사용하는 과학적 도구로서의 언어만이 아니라 일상적인 언어 생활에서도 중요한 역할을 하는데, 사전을 편찬할 때 활용하는 언어가 그것이다. 가령 수신자가 "잘 모르겠습니다. 무슨 말씀인가요?"라고 묻거나, '공산당'이란 대상언어를 쉽게 이해시키기 위해 '빨갱이'라는 말로 부연 설명할 수 있듯, 언어에 관한 언어 행위를 메타언어라고 한다. 따라서 어린이의 언어 습득 과정에서 이 메타언어 구사력이 널리 활용될 수밖에 없다. 시에서 원텍스트를 모방하는 패러디 역시 메타언어적 형태라고 할 수 있다.

이처럼 언어 메시지에는 여섯 가지 기능이 어떤 상황 하에서 우열을 두고 배치되어 작용한다. 언어 메시지 속에는 다양한 기능들 중 하나가 위계적으로 지배적인 우성 인자의 특성을 지니고 나타난다. 이러한 위계질서에 따라 언어 전달의 상황은 변화될 수 있는 것이고, 그 기능 또한 다르게 구성되는 것이다.[6]

가령 다양한 시 장르에서도 시적 기능이 주도적이지만 아울러 다른 언어 기능들도 상이한 위계 관계 속에서 작용하는 것이다. 서사시는 3인칭 중심으로 언어의 지시적 기능을 주로 활용하고, 1인칭 지향의 서정시는 정서적 기능과 긴밀한 관계를 갖고, 2인칭의 시는 능동적 기능이 주로 작용한다고 볼 수 있다.

2) 전경화(前景化, foregrounding)와 자동화(自動化)

우리는 일상생활에서 처음에 지각된 대상이나 행동이 여러 번 반

---

6) 권철근 외, 『러시아 형식주의』, 한국외국어대출판부(2001), p.219.

복될 때 무의식적으로 인식에 의해 지각한다. 대상이 앞에 있고 그것을 알고 있지만 반복되다 보면 더 이상 눈으로 보지 않고는 아무것도 말할 수 없다. 습관적인 동작의 일상사는 기억해낼 수 없다. 우리는 일상적 사물을 보고 있다고 하지만, 사실 보지 못하고 자동적으로 대응만 할 뿐이다. 이런 상황에서 생활 감각을 다시 갖거나 대상을 새롭게 느끼기 위해 가능한 한 지각의 어려움과 지속을 증가시키며 애매한 형식을 취한다. 이러한 지각 행위는 그 자체가 목적이므로 오래 끌어야 한다.

전경화는 배경화(후경화)의 반대 개념으로 언어의 지시적인 면과 논리적 관계를 뒤로 물리치고 새로운 의미 효과를 자아낼 수 있는 언표 행위를 강화함으로써 기표가 관심을 끌게 되는 '낯설게 하기'의 기법이다. '낯설게 하기'는 자동화된 언어 의식으로부터 이탈하기 위해 대상을 이상하고 기묘한 것으로 왜곡시켜 이해하기 어렵게 하거나 지각의 시간을 연장시키면서 시각화된 지각을 통해 낯설게 만들어야 한다. 일상어의 규범으로부터 일탈함으로써 독자의 이해를 지연시키고, 주위를 환기시킨다는 것은 그 부분이 전면에 돌출되어 시적 의미의 효과를 부각시키는 것이다. 따라서 이 기법은 대상에 대해 관습적·일상적으로 자동화된 인식과 탈자동화된 새로운 지각 사이의 대립된 관계 속에서 생성된다.

시적 언어는 일상적·관습적인 표현을 비틀어 되도록이면 낯설게 함으로써 그것을 전면에 부각시키고, 관습적이며 반복되는 일상적 표현은 뒤로 밀어내어 후경화시킨다. 이 전경화로 인해 의사 소통은 표현의 목적으로 간주되어 후경으로 밀려나고, 언어는 그 자체를 위해 사용되는 것이다. 이때 전경화는 배경에 남아 있는 다른 요소와 비교해 자동화를 수반한다. 전경화는 문맥·어휘·음운 층의 관계 속에서 형성되지만, 이러한 전경화도 관습화되면 자동화된다. 낯설게 하기 기법은 러시아 형식주의자나 구조주의 시학에서 언급한 것으로, 이들은 운율·리듬 중심으로 연구함으로써 문학성이 언어 자체에 있음을 확신하면서 일상적·문법적 언어는 배경화하고, 낯선 시어를 전면에 제시해 전경화할 것을 주장한다.

시적 언어는 정상적인 언어 규범이나 인습적인 사회 언어의 규범을 일탈해 심미적 정서를 환기시키고, 언어의 생명력을 유지해야 하므로 자동화된 규범적 요소는 전경화된 요소들의 배경(backgrounding)이 되어야 한다. 시적 어법이 미적 기능을 띠는 것은 이처럼 뒤로 물러나는 일상적·표준적 어법이 상호 긴장 관계를 유지하기 때문이다. 일상적 어법이 낯설게 될 때 시적 어법은 드러나면서 스스로 자율적 특성을 띠게 된다. 미적 기능의 전경화되는 요소들은 한 가지만이 아니라 다양한 형태로 존재한다.

무카로브스키(J. Mukařovský)에 의하면 시적 언어를 구성하는 여러 요소들 사이에는 위계질서가 있는데, 이 구성 요소들의 방향을 지시하고 서로 상호관련을 갖도록 조정해가는 주도적인 요소를 지배소라 한다. 지배소(dominant)는 작품 속에서 초점화되는 구성적 요소로서, 다른 구성 요소들을 지배하고 결정지으며 변형시킴으로써 작품의 구조적 통일성을 유지해주는 주도적인 인자이다.

심미적 기능과 관련된 지배소는 전경화된 시어에서 그 정도가 최대치에 속하는 것으로, '다양성 속의 통일성'을 나타내는 특별한 단위체로서 집중과 분산의 기능을 통제하는 요소를 지닌다. 시작품 속의 요소들이 지배소로 향하려는 경향을 보인다면, 분산은 이러한 경향을 거부하려는 비활성적 요소로 구성되어 있다.[7] 이러한 지배소는 음성

---

7) 위의 책, p.220.

적·의미론적·통사론적 자질에 모두 사용이 가능하다.

체코 구조주의자들은 지배소에 리듬의 자질을 중시함으로써, 구조적인 의미와 리듬을 형성하는 전후 조직적인 인과관계로 보았다. 지배소는 전경화의 주도적 기능 수행 인자로서 작품의 구조적 의미와 음운의 층을 형성하는 데 종속과 지배의 상호관계 속에 집중과 일탈, 조화와 부조화 등 다양성에서의 통일을 이루도록 한다.

산에는 꽃 피네
꽃이 피네
갈 봄 여름 없이
꽃이 피네

산에
산에
피는 꽃은
저만치 혼자서 피어 있네

산에서 우는 작은 새여
꽃이 좋아
산에서
사노라네

산에는 꽃 지네
꽃이 지네
갈 봄 여름 없이
꽃이 지네   - 김소월의 「산유화」 전문 -

이 시는 3·3·4조의 반복과 대칭 구조를 이룬다. 1연과 4연, 2연과

3연이 각각 대칭을 이루는데, 전자는 자연의 순환 반복성으로 생성과 소멸을, 후자는 개별적 존재의 공간성으로 고독과 화합을 나타낸다. '피다', '지다'의 서술어와 감탄형 종결어미 '~네'의 운 반복이 경쾌한 리듬을 형성하면서 지배소로 작용하여 긴장 구조를 형성하고 있다. 전체적으로 3, 4음절이 주를 이루면서 매 연마다 3음보 형태를 다르게 배열하여 입체적인 리듬감을 지니는데, 7·5조의 리듬이 배경으로 작용하여 긴장을 유지한다. 1연의 음보 배열은 2·1·2·1, 2연은 1·1·1·3, 3연은 2·1·1·1, 4연은 2·1·2·1 등이며, 1연과 4연은 생성과 소멸, 2연과 3연은 고독과 화합의 대응을 이루고 있다. 즉 7·5조 3음보 형태를 연마다 다르게 배열하여 관습적이고 안일한 리듬감을 일탈함으로써 입체적 구조가 형성되어 경쾌하면서도 장중한 느낌을 자아낸다.

1·4연의 '갈 봄 여름 없이'는 봄·여름·가을·겨울이라는 계절의 순환성을 일탈하고, '가을 봄'을 '갈 봄'으로 표현함으로써 순환적 계절을 압축하고 도치시켜 낯설게 하기를 시도하고 있다. '갈 봄'은 음절을 압축함으로써 급박한 리듬감을 느낄 수 있다. 또한 '갈'은 계절적 '가을'과 시간적 흐름의 '가다'를 동시에 연상할 수 있는 의미의 함축성을 반영한다.

매 연마다 반복되는 감탄형 종결어미 '~네'는 리듬의 운을 형성한다. 2연의 '저만치 혼자서 피어 있네'에서 배경적으로 서술어 앞에 와야 하는 거리 부사인 '저만치'를 전경화하고 도치시켜 강조하고 있는데, 이는 완전하게 멀리 떨어져 있는 것이 아니라 멀면서도 가까운, 그렇지만 동화될 수 없는, 자연과 시적 화자의 단절감으로 인한 고독을 나타낸다고 볼 수 있다.

그리고 '산에 산에'로 이어 쓰지 않고 '산에/ 산에'의 2음보로 나눈

것은 리듬 효과뿐만 아니라 여기저기에 산이 있다는 느낌을 시각적으로 환기시켜 주는 것이다. 이 시에 통일성을 부여하면서 전체를 주도하고 있는 요소는 지배소로서의 일정한 리듬과, '피다' '지다'의 서술어 반복이라고 할 수 있다. 이런 요소들이 구조적 통일성을 유지하기 위해 주도적으로 작용하는 것이다.

> 향단(香丹)아 그넷줄을 밀어라
> 머언 바다로
> 배를 내어 밀듯이,
> 향단(香丹)아
>
> 이 다수굿이 흔들리는 수양버들 나무와
> 벼갯모에 뇌이듯한 풀꽃뎀이로부터,
> 자잘한 나비새끼 꾀꼬리들로부터
> 아조 내어밀듯이, 향단(香丹)아
>
> 산호도 섬도 없는 저 하늘로
> 나를 밀어 올려다오
> 채색(彩色)한 구름같이 나를 밀어 올려다오
> 이 울렁이는 가슴을 밀어 올려다오!
>
> 서(西)으로 가는 달같이는
> 나는 아무래도 갈 수가 없다.
>
> 바람이 파도를 밀어 올리듯이
> 그렇게 나를 밀어 올려다오
> 향단(香丹)아.　　　　　- 서정주의 「추천사(鞦韆詞)」 전문 -

고전소설 「춘향전」을 소재화한 이 시는 춘향이가 그네를 타면서 향단에게 말을 건네는 형식을 취하고 있다. 시적 효과의 지배적인 요소는 춘향과 향단을 차용함으로써 독자에게 친숙감을 주는 인유법, 각 연에서 반복되는 직유법, 다양하게 변주되는 '밀다'의 서술 구조 형태 등이다. 특히 매 연마다 사용되는 직유법과 '내어밀다' '밀어올리다'로 변주된 '밀다'의 서술어는 작품 전체를 지배하면서 통일성을 부여하는 지배소로 작용하고 있다.

춘향은 1연에서 '머언 바다로/ 배를 내어밀듯이' 그넷줄을 밀어 올려달라고 하고, 2연에서는 '수양버들 나무', '풀꽃뎀이', '나비새끼 꾀꼬리들'로부터 내어밀듯이 밀어 올려달라고 한다. 그리고 3연에서는 '채색한 구름같이', 5연에서는 '바람이 파도를 밀어올리듯' 자신을 밀어 올려달라고 부탁한다. 이처럼 '밀다'의 다양한 변주는 운동 방향과 폭이 상승하거나 넓어지게 되는 것을 의미한다. 모든 연이 동사 '밀다'를 사용하고 있지만, 4연만 '가다'에 '없다'라는 부정성의 단정적 어조를 사용함으로써 피할 수 없는 운명임을 암시하고 있다. 이 시는 '밀다'라는 동사의 활용으로 주술적 효과를 성취하지만, 정작 주제는 '가다' 동사가 있는 4연에 둔 것이다.[8]

상승과 하강을 반복하는 '그네'의 속성은 인간의 존재론적 숙명성을 암시한다. 그네가 지상에서 점점 멀어지는 것은 현실적·지상적인 인연을 끊고, 영원한 자유세계로의 비상을 의미한다. 지상적 인연은 사회 굴레나 제도, 사랑의 번뇌이다. 춘향은 '머언 바다'인 이상적 공간에서 이도령과 사랑의 합일을 이루고, 현실의 질긴 숙명으로부터 벗어나고자 갈망한다. 춘향은 행복했던 시절이 그리워 광한루에 나왔지만, 현실의 번뇌에 사로잡혀 있다. 이러한 번뇌는 역설적이게도 현실에 대한 집착에서 야기된다.

---

8) 김환식, 『서정시의 운명』, 역락(2006), p.94.

그가 추구하는 이상세계는 인간적인 번뇌('산호와 섬')가 따르지 않는 무한 공간인 '하늘'이며, 그런 곳에서 '채색한 구름'처럼 아름답고 자유로운 존재이기를 갈망한다. 번뇌를 벗어나 자유로운 세계에서 아름다운 사랑의 감정을 유지하고자 하는 것이다.

인간은 숙명적으로 지상과 인연을 맺고 있기 때문에 이상세계를 갈망하면서도 현실의 굴레를 벗어날 수 없다. '달'같이 순조롭게 갈 수 없는 화자의 한계 인식은 영원성과 세속성 사이에 놓여 있는 갈등으로서 '울렁이는 가슴'의 심적 상태와 비슷하다. 떠나고 싶지만 떠날 수 없는 자아의 모순을 인식하는 감정의 충동상태이다.

달은 초월적·이상적 공간인 서역을 마음대로 갈 수 있지만, 춘향은 그네가 제자리로 하강하듯이 운명의 한계를 극복할 수 없다. 그것은 '바람'이 '파도'를 밀어 올리려고 하지만, 원위치로 돌아올 수밖에 없는 것과 같다. 지상의 굴레는 신분 차별에 따른 속박으로서 춘향으로 하여금 사랑의 번뇌에서 벗어날 수 없다는 것을 인식하게 한다.

3) 은유적 원리와 환유적 원리

야콥슨은 소쉬르의 계열적 관계와 통합적 관계를 빌려 모든 언어가 지니는 메시지를 선택과 결합의 두 축으로 이루어지는 과정의 결과로 보았다. 그는 일정한 순서 속에 존재하는 항목 사이의 관계를 인접성으로, 그 속에 존재하지 않는 항목 사이의 관계를 유사성으로 본다. 인접성이 통합적·수평적 관계로 환유에 해당한다면, 유사성이나 등가성은 계열적·수직적 관계로 은유에 해당한다.

언어 구사 능력 중 은유는 상황에 걸 맞는 단어를 끌어내는 선택 기능과 관련되어 있고, 환유는 인접한 단어를 전후 문맥의 규칙에 맞게 배열하는 결합 기능과 연관되어 있다. 따라서 구심력이 강한 은유적 원리는 연상법칙에 의해 사물의 핵심을 꿰뚫는 시인의 재능에 걸맞고, 원심력이 강한 환유적 원리는 연속법칙에 의해 세부 묘사에 능한 소설가의 재능에 걸맞다고 할 수 있다.

은유와 환유의 두 축은 언어 관계뿐만 아니라 옷이나 음식 같은 물질세계나 불가시적인 정신세계에서도 똑같이 나타난다. 이 두 관계는 절대적이거나 상호 배타적이 아니라 상대적이다. 즉 은유로 볼 수 있는 것도 상황과 맥락에 따라 환유가 될 수 있고, 환유도 상황에 따라 얼마든지 은유로 될 수 있다. 이런 가변적 관계는 수직이나 수평을 이루는 직선이 각도에 따라 달라지듯, 야콥슨은 은유와 환유를 수직과 수평의 두 축으로 설명하고 있다.

이런 이론적 배경은 야콥슨이 실어증에 걸린 환자를 연구하는 과정에서 뒷받침되었다. 그는 실어증에 걸린 환자가 언어를 선택하고 결합하는 과정에서 어느 한쪽의 능력이 부족하다는 것을 알아냈다. 실어증 환자는 기억하는 과정에서 유사성에 장애가 있는 경우와 인접성에 장애가 있는 경우가 나타나는데, 유사성 장애자가 문장의 구성(결합) 능력은 정상이나 언어 항목 가운데서 하나의 말을 다른 말로 바꾸는 표현 능력에 결함이 있다면, 인접성 장애자는 낱말의 선택과 대체 능력은 정상이지만 선택한 낱말을 일정한 순서에 따라 결합하는 능력에 장애가 있는 것이다.

유사성 장애자는 언어의 자율적 선택과 대체 능력의 퇴화로 어떤 단어의 동의어나 우회적 표현('총각'을 미혼 남자로 사용 능력 결핍)을 하지 못하고 같은 낱말이라도 다른 문맥에서 발화되면 단순히 동의이의로 착각한다. 이들은 아무렇게나 흩어진 단어들과 문장이 주어지더라도 문법과 문맥상 맞게 발화하고 발화의 전후 관계에 의지할수록 잘 대처하지만 문장 주체나 핵심 단어의 생략, 발화 초기의 장애에 따라 이들의 대화는 단지 반응적일 뿐이다.[9] 그리고 대명사, 연결사, 조동사처럼 문장 구성을 위해 기능하는 단어들은 잘 기억해 의사소통의 연결고리는 보존하고 있지만, 독백 같은 폐쇄적 담화를 구사하지 못하고 대화 상대방의 암시에 대한 응대가 아니거나 실제 정황에 반응이 아닌 문장 표현에는 어려움을 겪는다. (예, 실제로 비가 내리는 정황을 보지 않으면 "비가 내린다"는 문장을 구사하지 못함.)

인접성 장애자는 낱말을 문법적으로 문맥에 의존하는 정도가 낮은 경우로 어순이나 음소적 구성성분 분해, 어형 변화, 어간과 어미 분리, 시제와 격변화 사용, 파생어나 복합어 분리 등의 구문 규칙 능력을 상실한 경우이다. 이런 장애가 있는 경우는 단어의 선택 능력은 유지하되(예, 가스등→불, 현미경→망원경 등 유사어 사용) 접속사나 전치사, 관사 등을 사용하지 못해 전보문 같은 문장만 남는다. 그리고 긴 문장의 경우 관용화된 상투적 몇몇 문장만 겨우 기억해 사용할 뿐이다. 유사성 장애 환자에게는 환유가 두드러지게 나타나는 반면, 인접성 장애 환자에게는 은유적 성격이 두드러지게 나타나는 것을 알 수 있다. 은유적 관계와 환유적 관계를 다음의 도표에서 살펴볼 수 있다.

---

9) 로만 야콥슨, 신문수 편역, 앞의 책, pp.98~110 참조.
　가령 '나침반' 그림을 보여주자 나침반이라는 단어를 기억해내지 못하고 "그것이 어떤 물건인지 알고 있습니다. 전문용어는 생각나지 않는군요. 그렇습니다. 방향을 나타내는…… 자석이 북쪽을 가리키지요"로 반응한다는 것이다.

선택의 축
(계열체)

은유

결합의 축(통합체) 환유

A	B
시냇물이	소곤대다
개울물	흐른다
강물	노래한다
도랑물	내려간다
여울물	소리지른다

문장이란 서로 배척적인 항목의 집합 가운데서 항목을 하나씩 선택하고, 선택된 항목을 순서대로 연결해감으로써 형성된다. 계열관계는 통합적인 연쇄체의 어떤 위치에서 서로 대치될 수 있는 요소들이며, 그 연상으로 해서 개개 말들의 의미가 가능해진다.[10]

통합관계는 단어가 일정한 순서에 따라 횡적으로 배열되는 것으로 그 과정에서 부분과 전체 간에 상호 의존 관계를 형성한다. 이 통합관계적 연쇄 속의 어떤 말은 다른 말을 대신해서만 그 자리에 있을 수 있는데, 다른 말은 이것을 대치할 수 있는 계열관계적인 수식축에서 나오게 된다. 발화 연쇄에서 단위 요소의 문맥을 결정하는 것은 통합적 국면이고, 의미를 결정하는 것은 계열적 국면이다. 계열적 관계는 하나의 화젯거리가 유사한 다른 화젯거리로 이어지는 은유적 방식이고, 통합적 관계는 그 화젯거리가 인접한 화젯거리로 이어지는 환유적 방식이다. 정상적인 언어 활동에서 이 두 방식은 끊임없이 활용되지만 언어적 스타일이나 감수성의 능력에 따라 어느 한쪽에 편향되는 경향이 있다.

가령 '오두막집'이란 단어를 들었을 때 사람에 따라 '불타버렸다'거나 "초라한 작은 집이다"는 반응이 나타날 수 있다. 이 두 반응은 모

10) T. 토도로프, 신진·윤여복 역, 『상징과 해석』, 동아대출판부(1987), pp.40~42 참조.

두 서술적이지만, 전자가 순수한 서사적 문장으로 환유적 표현이라면, 후자는 주어와 이중적 연결로 은유적 표현이다. 또한 초가집이나 통나무집 같은 동의어, 궁궐 같은 반의어, 짐승굴이나 은신처 같은 은유적 반응을 연상했다면 구문적 유사성에 근거한 대체 능력이 돋보이고, 초가지붕·짚·가난 같은 환유적 반응을 나타낸다면 위치적 유사성과 의미적 인접성을 결합, 대조시키는 능력이 돋보이는 것이다.[11] 따라서 사람들은 개성적인 문체나 장르적 취향에 따라 이 두 양상 속에서 언어를 선택, 결합하거나 열거하면서 언술을 발전시킨다.

도표에서 보듯, 선택의 축(계열체)인 은유적 원리는 하나의 언어 부호를 언어의 다른 부호로 해석하는 메타언어적 활용 능력이 뛰어난 경우이다. "시냇물이 소곤대다"라는 표현에서 '시냇물'이 메시지의 토픽이라면 화자는 '시냇물', '개울물', '강물', '도랑물', '여울물' 등 동일한 의미를 지닌 단어 중에서 '시냇물'을 선택한 것이고, 그 다음에 이 화제에 대해 언급하기 위해 의미적으로 동족 관계의 동사들인 '흐른다', '노래한다', '내려간다', '소리지른다' 중에서 '소곤대다'를 선택해 시적으로 표현한 것이다. 어떤 상황에서 그것이 가장 적합한 시적 표현이라고 생각했기에 그 낱말을 선택했다고 볼 수 있다.

만일 "시냇물이 흐른다"로 표현했다면, 보편적·일상적인 표현이 될 것이고, 어떤 이는 시적으로 표현하기 위해 '도랑물이 노래한다'를 선택할 수도 있을 것이다. 그것은 어떤 낱말이나 어휘가 주어진 상황에 가장 적합하고, 정서나 감정을 자세하게 표현할 수 있느냐에 초점을 두기 때문이다.

가령 "가지가 찢어지게 꽃이 열려 있다"에서 '열려 있다'는 것은 꽃봉오리가 벌어진 것일 수도 있고, 열매가 가득 열려 있다는 뜻일

---

11) 로만 야콥슨, 신문수 편역, 앞의 책, p.111 참조.

수도 있다. 이러한 양의성을 의도한 시인은 '피어 있다', '웃고 있다', '터져 있다' 등에서 '열려 있다'를 선택해 꽃과 결합함으로써 '꽃핌'과 '열매맺음'이 등가의 원리로 작용한다.12)

이 선택의 축(계열체)에 재능을 발휘하는 시인의 은유적 원리가 주로 등가성・유사성・상이성・동의성・반의성 등에 근거해 적절하면서도 필수불가결한 언어를 선택한다면, 결합의 축(통합체)인 환유적원리는 결합이나 배열의 구성을 이루는 밑바탕이 구문적 인접성에 근거를 둔다. 선택한 어휘나 낱말을 전후 문맥의 인접성에 따라 논리적으로 통합하면서 문장을 완성해가는 것이다. 이런 능력은 수필이나소설 같은 일반적인 산문 문장에 재능을 발휘하는 사람들에게 많이나타난다.

이런 두 원리는 작가나 시인의 문체적인 개성이나 문예사조에 따라 다양하게 나타난다. 은유적 상상력은 주로 낭만주의나 상징주의에서 주류를 이루고, 환유적 상상력은 리얼리즘과 같이 현실을 직시하며 정확하게 표현하여 리얼리티를 부여하는 데 적합하다. 따라서 시적 기능이란 등가의 원리가 선택의 축(기호 간의 대체)에서 결합의축(기호 간의 횡적 관계)으로 나아가는 것이라고 할 수 있다. 이 두원리는 라캉(J. Lacan)의 꿈의 이미지에도 그대로 적용할 수 있다. 그는 꿈에서 하나의 이미지가 논리적으로 인접한 이미지로 '전환'하는 것을 환유적 기능이라 하고, 단절된 여러 개의 이미지가 혼용된 꿈이'압축'된 형태를 은유적 기능이라고 하였다.

이런 점에서 본다면, 은유적 원리의 중심축을 이루는 시라 할지라도 서술적 이야기나 이념성이 강한 시에서는 환유적 기능이 부각되는

---

12) 유종호・최동호 편저, 「시적이라는 것」, 『시를 어떻게 볼 것인가』, 현대문학 (1995), pp.25~26.

것이고, 서정성이 강한 작품은 은유적 원리가 크게 작용한 형태이다. 서정성이 강한 작품은 이미지 간에 단절감이 있고 압축미가 중심이라면, 환유적 원리가 작용한 시는 인접성이 밑바탕을 이루기 때문에 이미지 간에 단절감이나 압축성이 있다 해도 독자의 입장에서 쉽게 해독하고 이해할 수 있다.

은유	환유
통시성	공시성
유사성의 원리	인접성의 원리
선택의 관계(계열적)	결합의 관계(통합적)
치환	맥락
내재적 문맥	지시적 문맥
정서적(세미오시스)	객관적(미메시스)
상징, 낭만주의, 모더니즘	고전, 사실주의, 포스트모더니즘
유추 작용	연상 작용
개성적 표현	현실 재현의 목적성
기호와 그 의미 자체	기호 쓰이는 맥락 중심
보편, 일반적(심층적 논리 기초)	특수, 개별성(구체적 사건, 상황)
동일성	차별성
필연성	우연성
서정시	서사시
시적 언어	산문적 언어

은유적 원리가 여러 개 중에서 선별하기 때문에 시간적 특성의 통시성을 지닌다면, 환유적 원리는 동일한 공간에서 인접성에 따라 이어가기 때문에 공간적 특성의 공시성을 지닌다. 은유가 선택 중심으로 A=B라는 치환관계라면, 환유는 인접한 전후 문맥에 따라 유사하게 이어진다. 은유가 함축적인 내재성으로 정서적이라면, 환유는 지시적인 문맥으로 사실 전달 중심의 객관적이다. 은유가 유추현상을 통해 이미지 간의 공통적 현상을 찾는다면, 환유는 인접성에 따른 유

사 관계를 서술 과정에서 이어가므로 연상 작용에 바탕을 둔다.

그러다 보니 은유가 독창적이고 참신한 비유의 치환 관계를 형성한다면, 환유는 현실 자체를 객관적으로 보여주는 데 목적을 둔다. 은유가 기호와 그 의미 자체를 중시한다면, 환유는 기호가 사용된 맥락 관계를 중시하며 상황 묘사에 치중한다. 은유가 언어유희에 비중을 두고 추상적·본질적 성격이 강하다면, 환유는 언어유희보다 삶의 실제 모습을 전달하고, 좀 더 구체적·현실적인 사건을 중시한다. 따라서 은유가 동일성·필연성에 바탕을 둔 시적 언어라면, 환유는 차별성·우연성에 바탕을 둔 산문적 언어라고 할 수 있다.

> 해와 하늘빛이
> 문둥이는 서러워
>
> 보리밭에 달 뜨면
> 애기 하나 먹고
>
> 꽃처럼 붉은 울음을 밤새 울었다.　　　- 서정주의 「문둥이」 전문 -

시인은 천형의 병을 앓는 문둥이의 처절한 고독과 고통을 형상화하기 위해 여러 낱말 중에서 가장 적절하다고 생각되는 "꽃처럼 붉은 울음을 밤새 울었다"로 표현하였다. 즉 '불꽃', '석양', '장미' 등 유사한 이미지 중에서 '꽃'이라는 식물적 이미지를 선택하고, '열정적', '타는', '뜨거운' 등 유사한 의미에서 '붉은'을 선택하였다. '아픔' '눈물' '슬픔' '고통' '설움' 등 유사한 의미에서는 '울음'을, '밤중에' '온종일' '실컷' 등의 유사한 의미에서는 '밤새'를, '흐느꼈다' '절규했다' '몸부림쳤다' 등의 유사한 의미에서는 '울었다'를 선택해 결합의 축으로 완성시켰다.

　마지막 행에서 '꽃'과 '울음'의 이미지는 상호 모순 충돌하는 낯선 표현이다. 꽃의 자질이 식물적·시각적 기쁨의 이미지라면, 울음의 자질은 동물적·청각적 슬픔의 이미지이다. 이처럼 대립되는 이미지를 동등한 관계에서 당돌하게 결합한 것은 관습적인 관계를 일탈함으로써 낯설음의 충격을 주기 위해서이다. 이 부분을 단순하게 표현한다면, "참을 수 없이 자신의 운명을 저주하며 죽고 싶을 정도로 몸부림쳤다"처럼, 전후 문맥의 인접성에 따라 객관적·지시적으로 현실 상황을 나타냈을 것이다.

> 펄럭이네요
> 한 빛은 어둠에 안겨
> 지붕 위에서 지붕이
> 풀 아래서 풀이
> 일어서네요 결코
> 잠들지 않네요.　　　　　　　　- 강은교의 「물방울의 시」 부분 -

　"빛이 어둠 속에서 찬란하게 비친다"라는 문장은 인접성에 따른 논리적 사고의 표현으로 누구나 쉽게 이해할 수 있다. "깃발이 펄럭인다"는 환유적 표현이지만, "펄럭이네요/ 한 빛은 어둠에 안겨"는 '빛이 펄럭인다'의 도치 형태로, 관습적 생각을 일탈하여 당돌한 이미지를 결합함으로써 독자를 놀라게 한다. 여기서 '빛'은 유사한 이미지인 '광선' '태양' '대낮' 중에서 택했고, '펄럭이네'는 '나부끼네' '흔들리네' '휘날리네' '발산하네' 등 비슷한 이미지에서 택해 선택의 축에서 "한 빛은 어둠에 안겨/ 펄럭이네요"로 결합하였다. '빛'과 '어둠'은 상반된 이미지이지만, 밝기의 정도에 따라 나타나는 인접성이 밝음과 어둠의 속성이라고 할 수 있다.

>   나의 마음은 고요한 물결
>   바람이 불어도 흔들리고
>   구름이 지나도 그림자 지는 곳   - 김광섭의 「마음」 부분 -

  "내 마음은 고요한 물결"에서 '내 마음'은 얼굴, 손 등 인간 신체의
속성 중 한 부분으로, 인접성에 따른 환유 관계이다. 그런데 그 '마음'
이 '고요한 물결'이라고 했을 때, 마음이 '잔잔하다' '평온하다' 등으
로 선택의 축을 바탕으로 한 치환적 은유 관계이다. 그리고 2, 3행은
모두 '물결'처럼 인접성에 따라 서술한 동격으로, 의미상으로는 등가
성에 의한 반복적 표현이라고 할 수 있다.

>   날이 저문다.
>   먼 곳에서 빈뜰이 넘어진다.
>   무한천공(無限天空) 바람 겹겹이
>   사람은 혼자 펄럭이고
>   조금씩 파도치는 거리의 집들
>   끝까지 남아 있는 햇빛 하나가
>   어딜까 어딜까 도시를 끌고 간다.   - 강은교의 「자전(自轉) 1」 부분 -

  흔히 '펄럭이고'는 깃발이 나부끼는 관습적 표현인데, '사람은 혼자
펄럭이고'라는 표현은 움직인다는 속성을 통해 사람과 사람이 움직이
는 모습을 깃발이 나부끼는 동적 자질을 바탕으로 등가화해 표현한
것이다. 이런 동적 이미지는 인간 존재의 근원적인 고독·절망·우울
등 허무의 실존적 존재를 야기시키는 시간의 흐름을 암시해 표현한
시적 기능이다. 이런 동적 분위기는 '넘어진다', '펄럭이고', '끌고 간

다'의 서술어를 통해 근원적 허무감을 야기시키는 관념의 정서화로 뒷받침되고 있다.

이러한 시적 기능의 표현은 일상 언어에서도 흔히 나타난다. 가령 "그가 떴다 하면 반드시 사고가 난다"에서 '떴다'는 '출현하다'는 뜻으로, 해가 뜨는 것에서 끌어와 주위의 시선을 사로잡고 돋보이도록 하는 의미로 쓰인다. "이 옷은 좀 빛깔이 튄다"에서 '튄다'는 '콩을 볶는다'는 말에서 차용한 표현이다. 또한 "물 낯바닥에 얼굴이나 비치는 헤엄도 모르는 아이"에서 '물 낯바닥'은 수면 위에 비치는 얼굴을 표현한 어린아이의 언어로서 관습적·안일한 표현을 일탈한 시적 표현이라고 할 수 있다. 이런 표현은 시의 현장감뿐만 아니라 의미 전달의 효과를 높이는 장점이 될 수 있다.

■2 시어의 인식 양상과 특징

1) 시어의 인식 양상

일반적으로 한 편의 시 속에 쓰인 언어를 시어라고 한다. 그러면 시어와 시적인 언어는 다른 의미를 내포하는가? 흔히 일상생활에서 사용하는 일상 언어와 달리 시에서만 사용하는 전문적인 언어를 시적인 언어(poetic diction)라 하고, 시에 쓰인 모든 언어를 총칭하여 시어 (language of poetry)라고 부른다. 시적인 언어는 시대마다 시인이 사용하는 독특한 어법(diction)이나 조사, 단어, 구, 비유 등의 언어적 관심이라고 할 수 있다. 하지만 보편적으로 시적인 언어와 시어는 같은 개념으로 사용하였다.

시어에 대한 개념은 오랜 역사성을 지니고 유파나 개인의 관점에 따라 다르게 나타났다. 고전주의의 공리주의적 시관에서 볼 때, 시어란 인위적이면서도 우아하고 순수한 미적 언어를 뜻한다. 시어는 시인의 특별한 영감을 통해 생성되고, 일상 언어보다 선험적으로 존재하며 한정되어 있다고 보았다. 이 점은 고전주의 시대 문학관이 예술가의 자유분방한 상상력보다는 기존의 관습적 틀에 맞추어 사물의 세계를 모방해야 한다고 믿었기 때문이다. 시어도 일정한 형식의 운율에 맞추어 구사해야 하므로 인위적이고 부자연스러운 표현이 될 수밖에 없었다.

가령 이 당시 시 창작 기법 중 점잖고 부드러운 완곡어법이나 디코럼(decorum)은 정서와 감정에 잘 어울릴 수 있는 어휘를 찾아 갈고 다듬어 적절하게 표현하는 적격, 어울림이었다. 문학에서 어떤 장르, 주인공과 행위, 이야기의 대화 문체가 잘 어울려야 하듯, 훌륭한 시도 주제에 어울리는 문체의 표현뿐만 아니라 모든 미적 기능을 상승시킬 있는 구성 요소의 적절한 조화가 뒷받침되어야 한다. 이처럼 고전주의 시관은 감정을 냉정하게 절제하여 유기적인 관계 속에서 조화를 이루는 객관적·지성적인 표현을 지향하였다.

낭만주의 시대에 오면 워즈워드(Wordsworth)나 코울리지(Coleridge)에 의해 시어의 개념이 변한다. 워즈워드는 고전주의 시관을 비판하면서 시어와 일상어는 근본적으로 차이가 없다고 보았다. 이들은 시가 소수 지식인의 전유물이 아니라, 만인의 향유물이 되기 위해서는 일상적 언어와 소재를 선택해 민중 속으로 들어가 그들의 정서를 표현해야 한다고 보았다. 이 점은 낭만주의 시대의 문학관이 자유분방한 개성을 중시하면서, 일정한 형식에 구애받지 않은 채 무한한 상상력을 펼쳐가는 것을 본질로 하기 때문이다. 따라서 인간의 보편적 정서를 전달할 수 있다면 형식에 구애받지 않고 상상적·감동적 본질을 표현하는 낱말이나 어구가 모두 시어로 가능하였다. 시인의 성실성은 다양한 이질적 언어를 기능적으로 문맥화함으로써 삶의 리얼리티를 드러내는 것이다.

이때의 언어는 정보 전달 차원의 진술적인 기술보다는 개인의 경험과 상상력으로써 유기체적인 구조와 문맥을 통해 새로운 의미를 창조하는 것이었다. 낱말이나 어휘 자체만을 따로 떼어 놓을 때는 일상 언어와 차이가 없지만, 문맥이나 이미지, 리듬 등과 총체적으로 작용할 때는 미적 구조를 갖는다. 가시적으로는 일상 언어와 똑같지만 한 편의 시 속에서 새로운 기능으로 작용함으로써 다양한 정서적 분위기를 환기하고, 유기체적인 구조와 문맥을 통해 함축적 의미를 창출할 수 있다. 작품 전체의 유기적 관계 속에서 낱말은 새로운 의미로 태어나는 것이다. 언어 표현 자체가 다른 것이 아니라 문맥 속에서 의미가 달라지는 것이다.

어떤 낱말은 딴 말과의 접촉에서 그 말이 나타내던 사물의 갖가지 경험을 불러일으켜 그 낱말이 지니던 고정되고 단순화되었던 영역을 벗어나 그 낱말이 내포하고 있으면서도 보이지 않던 의미, 즉 새로운 현상의 세계를 전개하기도 한다.[13] 이런 언어는 인위적이 아니라 자연적이다. 낭만주의의 무한한 상상력과 신비 추구는 개인의 독창성과 자유분방한 시 창작 태도의 자율적 시관을 지향했지만, 때로는 감정의 절제를 동반하지 않는 감상성으로 흘러 시적 표현의 건강성을 해치기도 하였다.

이러한 낭만주의를 비판한 사실주의·자연주의 이후 대두된 상징주의는 시어의 애매성과 암시성을 지향하며 음악의 상징적 분위기를

---

13) 구상, 『현대시 창작입문』, 현대문학(1997), p.46.

표현하는 데 중점을 두었다. 초월적 세계 속에서 우주의 진리와 사물의 본질을 추구하고자 했던 상징주의는 그 방법으로 신비스러운 운율과 암시, 상징의 미적 기교를 강조하였다.

20세기에 들어서면 창작 원리와 구성 기법의 방법론에 중점을 둔 시관에 따라 시어에 대한 개념도 다양하게 발전한다. 반 낭만주의를 표방한 주지주의 시단에서는 주관적인 감정을 절제하고, 지성과 객관적인 시각을 통해 간결하고 견고한 시어를 강조하였다. 흄(T. E. Hulme)은 관념적이고 불투명한 언어를 지양하고, 사소한 것까지도 눈에 보이듯 정확하게 집중적으로 묘사해야 한다고 주장하였다. 특히 이미지스트들은 일상어이지만 정확한 언어를 선택하고, 새로운 각도에서 구체적이면서도 선명한 이미지를 구사할 것을 강조하였다.

엘리어트(T. S. Eliot)는 어떤 대상에 대해 직접적으로 감정을 토로하지 말고, 객관적 관점에서 감정을 이입하는 '객관적 상관물'(감각적 등가물)의 이론을 주장하였다. 즉 구체적인 대상물을 통해 사상이나 관념을 제시한다는 것이다. 그의 개성과 감정의 도피라는 시론은 큰 의미를 지닌다. 시인의 개성은 백금과 같은 촉매제로서, 서로 다른 이 물질을 화합하여 새로운 합성물을 만들어내는 데 큰 역할을 하지만, 그 자체는 합성물의 성분에 포함되지 않는다는 것이다. 시인의 개성 역시 다양한 재료를 결합하여 새로운 시를 만들지만, 시작품 속에는 구성 재료로써 포함되지 않는다는 의미이다.

초현실주의 시론에서는 시어가 인간의 무의식을 가장 순수하게 표현한다고 보았다. 인간의 이성이나 윤리는 무의식의 표현을 억제하므로, 이것들을 회피할 수 있는 방법은 오로지 꿈과 환상의 세계에서 토해내는 언어라는 것이다. 의식이 깨어 있는 상태에서는 사회, 제도, 규범 등의 다양한 요소가 그 표출을 가로막으므로 순수한 인간의 내면세계가 표출되지 않는다. 따라서 인간이 합리적인 의식의 일상생활을 벗어나고자 하는 것은 무한한 가능성을 찾고자 하는 인간성의 순수한 발로라고 할 수 있다.

사물의 현실적·합리적인 관계를 초월하는 것이 '데뻬이즈망'(dépaysement, 연상단절) 기법이다. 데뻬이즈망은 현실적이고 합리적인 사고를 유보한 채 전혀 연관성이 없는 사물들을 폭력적으로 결합하여 새로운 창조 관계를 맺어준다. 사물의 통속적·인습적 현상을 단절하고 전혀 새로운 유사성을 끌어내 이미지의 효과를 배가시키는 것이다. 김춘수가 하나님의 존재를 '푸줏간의 살점', '놋쇠 항아리'(「나의 하느님」)와 같이 충동적이고 돌발적으로 표현한 것은 그 좋은 예라고 할 수 있다. 17세기 형이상학파 시인들이 즐겨 쓴 기상(奇想, conceit) 역시 여기에 속하는 한 형태이다.

리처즈(I. A. Richards)는 언어를 과학적 언어와 정서적 언어로 구분하여 시어의 특징을 설명하였다. 시어란 효과적인 정서를 빚어내는 것이므로 정확하게 사실을 보고하고 지시하는 과학적 언어나 일상어의 차원을 떠난다. 즉 관련 대상에 대한 지시나 논리적 증명을 필요로 하는 과학적·정보적 언어는 진술(statement)에 속하지만, 감성의 태도에 의해 수용되는 시어는 의사진술(擬似陳述, pseudostatement)로써 정확성보다는 정서를 환기하기에 적절한 말이다. 과학적 사실로는 규명되지 않는 인간의 깊이를 추상화를 통해서 비로소 진지하게 감지할 수 있게 된 것이다.[14]

리처즈는 인간의 마음속에 내재하는 모순된 충동을 해소하는 방법으로, 그 갈등 요소를 종합해 조화시키는 것과, 아예 모순된 요소의 부분을 제거하는 방법이 있다고 보았다. 시는 이런 모순된 충동을 해

14) 강남주, 『시란 무엇인가』, 태학사(1997), p.106.

소해주는 방법 중 하나인데, 전자의 방법이 좋은 시의 조건이 될 수 있다는 것이다. 이런 관점은 코울리지가 상상력의 본질을 모순되는 두 가치의 조화에서 찾은 것에 바탕을 두고 있다.

상호 모순된 충동을 모방하는 시어는 시적 문맥에 연결되면서 상상의 폭을 넓혀 독자에게 긴장과 당혹감을 불러일으킨다. 시에서 유추 현상이 단조롭고 상식적일 때 '배제의 시'가 되고, 상반되고 이질적인 요소들을 상호 충돌시켜 긴장 속에서 조화와 균형을 이룰 때 '포괄의 시'가 된다.

가령 '어머니 품 같은 고향'에서는 누구나 쉽게 고향의 포근함이나 안정감을 느낄 수 있다. 그러나 '타향 같은 고향'에서는 고향과 타향이 정반대의 이미지로 비유되기 때문에 독자에게 안일함보다는 당혹감을 불러일으킨다. 그것은 상호 모순된 충동의 이미지를 불러옴으로써 긴장감을 동반한 상상력에 의해 그 의미를 찾으려 하기 때문이다. 긴장은 상호 보완적이거나 대립되는 것 사이의 충돌이나 마찰을 의미한다. 이러한 비유는 물질만능주의와 불합리한 산업사회 구조에 의한 이기주의, 각박한 현실에 처한 고향의 정경을 단적으로 나타낸 것이다.

엠프슨(W. Empson)은 시어의 본질을 애매성에 두고, 애매하고 다의적인 시일수록 시적 효과가 크다고 보았다. 시의 애매성은 ① 무엇을 말할지 아직 결정하지 못하고, ② 동시에 여러 가지를 말하고 싶을 때, ③ 하나의 진술이 다양한 의미를 지닐 때 발생하며, 이런 애매한 의미를 하나로 통일시키는 것은 리듬이라고 하였다. 애매성은 난해성이 아니라 함축적인 표현을 통해 일상 언어에서 전달할 수 없는 다양한 의미를 암시적으로 환기하는 것이다. 어떤 사물이나 관념을 자기화하여 다양한 감성의 조화를 통해 구체적이면서도 개별적 상황으로 묘사하여 암시할 뿐이다.

휠라이트(P. E. Wheelwright)는 시어를 투쟁적 삶의 원리와 긴장 언어의 상호 관계로 파악하였다. 모든 유기체는 상반되는 두 힘이 충돌을 일으키는 가운데 생명력을 유지한다. 즉 감성과 이성, 삶과 죽음, 신과 인간, 자아와 환경 등 투쟁적 삶의 갈등에서 인간의 생은 지탱되고 성숙해간다. 따라서 시는 다양한 경험과 충동을 억압하지 말고 더욱 발전시켜 포괄 수용하는 것이라고 할 수 있다. 무한한 욕망과 자유분방한 충동을 혼란과 무질서로 방치할 것이 아니라, 자연스런 삶의 원리로 승화시켜 긴장감 있는 언어로써 시적 리얼리티를 획득하는 것이다.

엘리어트(T. S. Eliot)는 정서와 사상의 등가물인 '객관적 상관물'(감각적 등가물) 이론으로 추상적인 관념이나 사상을 감각적인 이미지를 통해 구체화시키고, 테이트(A. Tate)는 시적 긴장감은 외연과 내포가 조화를 이룰 때 바람직하다고 보았다. 즉 일상적 언어와 외면적 표현 속에 다양한 의미가 내포되어 상호 결합함으로써 조화를 이룰 때 좋은 시적 표현이 된다는 것이다.

랜섬(J. C. Ransom)은 언어의 구조를 음과 의미로 나누고, 시 창작 시 확정된 의미와 소리의 영역이 불확정한 의미와 소리로 변화되고, 구조와 조직으로 짜여진다는 이원론적 관점을 제시하였다. 이처럼 언어의 발달과 영향에 따른 20세기의 시관은 러시아 형식주의, 영미의 신비평, 프랑스 구조주의, 기호학 등의 학문적 영향으로 형성되었다고 볼 수 있다.

2) 사물성(事物性)

시어란 일상어와 달리 독특한 성격과 기능을 갖는다 해서 일상어와 다른 별개의 언어 체계로 존재하는 것은 아니다. 시어는 어떤 의도와 심미적 효과를 구체적으로 나타내기 위해 비유와 상징을 활용하는 비유적 언어이며, 다양한 감성을 표출하는 표현적 묘사 중심의 정서적 언어이고, 다양한 음성적 장치의 리듬을 수반하는 운율적 언어이다. 일상적 언어가 정보 차원의 사실과 자신의 논리, 생각을 객관적·공적으로 진술하여 상대에게 전달하거나 설득하려고 한다면, 시어는 개인의 주관적 감정과 정서를 함축해 가장 적절한 그릇으로 표현하기 위한 동기에서 선택된 언어이다.

일상어가 외연적·모방적 의미인 미메시스(mimesis)라면, 시어는 내포적·개성적인 언어인 세미오시스(semiosis)이다. 미메시스는 대상을 그대로 복사하는 기술적 묘사를 의미한다면, 세미오시스는 시인의 상상력을 통하여 이루어진 주관적이고 심리적인 표현, 즉 주관에 의한 구성적 재현을 의미한다.[15] 시어는 시인이 시를 쓸 때 시적 표현력을 극대화하는 데 매우 효과적이다. 관습화된 일상어나 산문에서 사용하는 단어들은 의미나 느낌 등이 굳어져 새로운 뉘앙스나 감정을 전달하는 데 한계가 있다. 시인은 시를 쓸 때 시적 효과를 높이기 위해 일반 언어의 문법 규칙이나 어법을 일탈하기도 하고, 기존의 낱말을 고쳐 쓰거나 새로운 낱말을 만들어 쓰기도 한다.

실존주의 철학자 사르트르(J. P. Sartre)는 『존재와 무』에서 모든 존재를 '즉자(卽者)'와 '대자(対者)'로 구분하고 있다. 즉자란 자의식을 갖지 않으며 단지 있음으로 충족되는 존재로, 어떤 의식이나 욕구가 없는 상태이다. 가령 돌멩이는 인간처럼 의식을 자각해 주위 환경을 생각하면서 행동하지 않고, 놓여 있는 상태 그대로 즉자적이다. 이에 반해 '대자'는 인간처럼 자의식을 갖는 존재로서, 대상의 존재를 인식

---

15) 백운복, 『시의 이론과 비평』, 태학사(1997), p.61.

한다는 것은 혼자가 아니라, 주위와 환경에 놓인 상황에서 새로운 여건이나 상황을 판단하고 연계시키기 때문에, 꾸준히 주위를 살피고 자기 위치를 확인하는 의식 지향성을 지닌다.

인간은 자신이 놓인 상황에서 의식을 지향함으로써 의미를 찾고, 자기 위치를 파악하는 존재이다. 그러므로 인간은 언제나 충족된 상태가 아니라, 무엇인가를 찾으며 발견하려는 욕구에 가득 차 있다고 볼 수 있다.

현재에 만족하지 않고 새로운 의식을 지향한다는 것은, 꾸준히 무엇인가를 갈구하기 때문에 충족되지 않는 불만족, 즉 '무'(néant)의 실존 상태에 있는 것이다. 이처럼 '무'로 존재하는 인간은 대자적 존재로서, 언제나 의식을 지향하기 때문에 결핍된 존재라고 할 수 있다. 즉 '무'로서 존재하는 인간은 충족되는 '유'로서의 존재를 갈망하는 것이다. 이처럼 '유'를 갈망하는 의식은 밑 빠진 독처럼 물을 부어도 항상 비어 있다. 현실에 안주하지 않고 무엇인가를 꾸준히 찾아가는 인간의 대자적 의식은, 종교적 관점에서는 욕심이라고 하고, 심리학에서는 욕구라고 할 수도 있다.

대자적 의식은 인과율에 지배되는 즉자의 세계와 달리 자유를 갈망하며, 이것은 의식지향과도 연관된다. 의식으로서의 인간은 인과율을 벗어나기 위해 결단과 선택으로 스스로 결정하고 책임져야 한다. 하지만 이런 선택과 책임도 반드시 만족을 얻지 못하기 때문에 불안감을 불러일으킨다. '유'의 세계에 대한 갈망은 꾸준히 의식의 자유를 갈망하고, 의식의 자유는 자신의 선택과 책임을 불러일으키기 때문에 불안감이 야기될 수밖에 없다.

인간은 대자적 관계에서 야기되는 불안감을 벗어나기 위해 충족된 상태, 있는 그대로의 상태인 즉자의 세계로 돌아가고자 하는 욕구를 지닌다. 불안이나 소외 극복의 책임에 따른 갈등을 벗어나기 위해 충족된 상태, 사물로 놓여 있어 의식되지 않는 상태, 충족된 자연의 인과율이 지배하는 세계로 회귀하고자 하는 것이다. 충족되지 않은 상태에서 충족을 지향하는 것이 실존적 인간인데, 그런 대자가 즉자로 다시 회귀하려는 것, 그것이 시어의 사물성이다.

언어란 '있음'(be)과 '뜻함'(signify), 즉 사물 자체와 그 의미를 내포하는 기호로 구분할 수 있다. 사물 자체가 사물로서의 언어이고, 대화를 통해 의미를 전달하는 기호화된 언어가 도구로서의 언어이다. 사물로서의 언어와 도구로서의 언어는 폴 발레리에 의하면 무용과 보행으로 비유할 수 있다. 보행은 어떤 목적지에 도달하기 위해 곧바로 걸어가는 산문적 언어라면, 무용은 길 가는 중에 춤을 추는 듯한 놀림 그 자체가 목적으로 시적인 언어이다. 보행은 가는 중에 어떤 걸음새를 보여주어도 상관없이 목적지에 도달하는 것이 궁극적인 목표이지만, 춤은 그 행위 자체에 목표가 있기 때문에 맵시가 생명이다.

이런 무용적 요소를 발휘하게 하는 방법은 언어의 압축과 생략, 말의 울림인 리듬 감각에 있다. 이런 점에서 사르트르는 시인을 '언어한테 봉사하는 사람', 산문가를 '언어를 이용하는 사람'으로 구분하고 있다. 시어의 사물성은 언어의 절대화로, 언어를 선택할 시의 의미뿐만 아니라 재질, 울림 등을 살펴 최대한의 가치를 부여하는 것이다. 이 독자성을 갖는 실체로서의 사물적 언어의 태도는 다른 말로 대체될 수가 없다. 기존의 기본적 의미를 수용하면서도 꾸준히 의미를 깨뜨려 새로운 의미가 태어나도록 변신을 꾀할 뿐이다.

사르트르의 '대자' 개념은 하이데거의 '다자인'(Da sein, 현존재) 개념과 비슷한데, 'Da'는 거기이고, 'sein'은 존재를 의미한다. 인간은 그냥 있는 존재가 아닌 '거기'에 있는 존재로서, 추상적·관념적으로 인식되는 세계가 아닌 구체적인 실체로서, 시·공간과 삶을 확보하고 있는 세계에 던져진 하나의 실존적 존재이다. 인간은 구체적인 외형적 육체와 의식을 꾸준히 지향하는, 즉 사물적·의식적인 '세계 내 존재'(다자인)이다.

세계에 던져진 존재라는 것은 침묵하는 것이 아니라, 언제나 자신과 세계를 연결시켜 관심을 갖고 인식하기 때문에 걱정과 불안이 생길 수밖에 없다. 항상 존재와 세계를 의식하며 관심을 가지므로 걱정과 불안이 생기지만, 계속 관심을 갖고 존재 해명에 노력하는 것이다. 인간은 언어를 통해 '다자인'을 증명하는 것이 가능하므로 언어가 있는 곳에 존재 또한 가능하다. 그래서 하이데거는 언어를 '존재의 집'이라고 명명하였다. 존재란 언어를 통해서만 가능하기에 '언어=존재'라는 등식이 성립된다.

시어의 사물성은 현대인의 소외와 불안, 고독이 따르는 대자적 관계에서 인간성 회복을 꾀하는 즉자적 관계이다. 이 즉자적 관계는 물아일체화된 동양적 사고의 세계관으로, 신과 인간, 인간과 자연, 인간과 사회의 조화라고 할 수 있다.

언어의 사물성은 무의식적 심층에 존재하는 원초적 언어의 경험성으로, 강한 호소력과 강렬한 정감을 자아내고 대상과 자아가 분리되거나 차별화되지 않는 화해와 조화의 상태이다. 그런데 현대 과학문명은 대상을 객관화·분석화함으로써 일정한 거리를 유지하므로 소외와 단절감을 불러온다. 현대인은 과학문명의 혜택과 경제적 풍요로움을 누리지만, 아이러니하게도 인간관계는 단절과 소외감 속에서 개인주의적으로 치닫고 있다. 그만큼 의식을 지향한다는 것은 객관화에 의해 대상과의 거리를 유지해야 하므로 단절감이 따르는 것이다.

신화적 세계에서 원시인들의 생활 태도는 언어적 사물성의 사고에 바탕을 둔다. 이런 사고는 설명적·분석적이 아닌 종합적·총체적 사물로서의 언어 지향으로, 도구로써의 목적과 수단이 아닌, 있는 그대로 존재함으로써 만족하는 존재 차원을 지향한다. 현대 문명사회에서 인간은 언어를 사용하지 않을 수 없다. 그런데 언어를 사용할수록 사물을 기호화하기 때문에 그 사물의 본질과 점점 멀어져 단절감이 생긴다.

시어의 사물성은 개념적·추상적인 사물과의 거리가 아니라, 그 본질과 가깝게 일치시키려는 것이다. 문명이 발달하기 이전의 원시사회에서 인간은 구체화된 사물로서 대상에게 의사를 표현하고 소통하였다. 그러나 문명이 발달하면서 사물을 직접 보여주며 의사를 표현하는 것이 아니라, 간소화되고 집약된 방법으로 표현하는 것이 대상의 기호화인 언어이다. 언어가 사물이나 현상을 대신하는 것이 오늘날 현대문화와 언어의 발달이라고 할 수 있다. 이처럼 기호화된 언어로 인해 생활은 편리해졌지만, 그만큼 사물이나 대상과의 거리가 생겨 인간은 소외되고 단절감에 따른 불안과 고독을 떨쳐버릴 수 없다. 사물과의 객관적 거리 유지는 개념적·추상적인 의미의 세계를 형성한다.

원시시대에는 서로 필요한 것을 물물교환하다가 점차 문명이 발달하면서 금이나 은, 화폐를 사용함으로써 사물의 기호화와 상징화가 이루어졌다. 이런 현상은 언어가 사물을 대신하는 것과 같다. 언어 이전에는 사물이 의사를 표시했지만, 문명이 발달하면서 사물을 대신하는 것이 인간의 언어가 된 것이다. 이러한 사물과 언어의 1차적 비유 관계가 점차 언어와 언어의 2차적 비유로 발전하면서 표현이 더욱 난해해지고 추상화되었다.

악보나 색채가 대상 지시의 기호가 아니라 실제 대상이듯, 시어의 사물성은 시 언어 속에 시인의 감성이 배어 있다는 것이다. 로뎅의

'생각하는 사람'은 인간의 생각하는 모습이 아니라, 그 모습 자체가 고독과 고통이며 생각이라는 것이다. '내 마음은 마른 나뭇가지'에서 '마른 나뭇가지'는 가을날 낙엽 진 모습이 아니라, 나뭇가지 자체가 고독인 것이다. 즉 기표를 기의에 일치시켜 언어를 사물로 제시하는 것이다.

우리가 시 속에서 자연을 동경하는 것은 유한적인 인간 존재가 무한불변의 자연을 동경하기 때문이고, 그러한 자연 동경은 의식적 존재가 무의식적 사물이 되어버린 사물화 작업의 단면이라고 할 수 있다. 인간의 낙원 회복은 언어화·기호화된 현대인의 삶이 사물로서의 본질적 세계로 귀의하려는 시도이다. 이런 점에서 산문적 표현은 언어를 도구로써 사용하지만, 시적 표현은 언어에 봉사하는 것이다.

이런 시적 언어가 극단화되면 김춘수가 말하는 '무의미 시'처럼 절대적 이미지로 작용한다. 절대적 이미지는 시적인 의미를 완전히 배제하고, 언어의 기호만이 존재하는 시인의 상상이나 시적 세계 속에만 존재한다. 실제 대상의 관념을 전달하는 수단이 아니므로, 이미지와 장면 연결에 논리성이 미흡하다. 비유적 이미지가 대상이나 관념을 담아내는 기호라면, 절대적 이미지는 어떤 의미를 내포한다는 고정관념적 구속에서 해방되므로 그 자체 언어가 사물화된다. 이런 점에서 본다면, 시 해석이란 기존의 고정된 의미를 찾는 행위가 아니라, 나름대로 의미를 부여하고 새롭게 체험하는 것이라고 할 수 있다.

　　흰달빛
　　자하문(紫霞門)

　　달 안개
　　물 소리

대웅전(大雄殿)
큰보살(菩薩)

바람 소리
솔 소리

범영루(泛影樓)
뜬그림자

흐느히
젖는데

흰달빛
자하문(紫霞門)

바람 소리
물 소리   - 박목월의 「불국사」 전문 -

  이 시는 '불국사'의 배경 상황만 드러낼 뿐 어떤 상상이나 의미, 감
정까지 배제된 상태이다. 각 행들로 독립된 시어들과 고유명사의 한
자 표기는 단청의 아름다움과 은은한 자연의 현상을 시각적·청각적
이미지로 나타낸다. 화자의 개입을 차단하기 위해 6연 외에 서술어를
일체 사용하지 않고, 사물화된 풍경의 구체적 이미지가 환기하는 효
과에 의해 시적 분위기만 형성한다. 언어 속에 담겨진 의미가 배제된
채 언어 기호의 음성으로만 존재한다. 언어의 이원성에서 기의가 제
거된 채 기표만이 남는다. 시의 언어가 사물이 되는 순간 그 작품 전
체는 의미하는 것이 아니라 하나의 뚜렷한 실체가 되는 '존재의 시'
인 것이다.16)

이런 형태는 모든 언어가 대상을 기호화하지 않기 때문에 작품을 의미 내용으로 한정시키지 않고 개방상태에 놓는다. 그리고 조사나 어미 등의 관계사를 생략한 것은 시어로서의 문맥적 의미를 포기한 채 단어와 단어가 제시하는 시·공간적 상황과 지각적 이미지들의 충돌이 빚어내는 정서적 의미만을 환기하는 것이다. 그런데도 동일한 형식의 명사와 합성어의 반복, 매 행마다 바꿔지는 이미지 전환, 각 연의 대칭과 평형 구조 등이 리듬을 자아내고 있다.

전체 8연이지만 2음보 2연씩 대구를 이루어 네 묶음으로 묶을 수 있고, 각 행간의 호응관계와 빈번한 '~리'음의 반복이 미세한 리듬적 질서에 도움이 되고 있다. 그러면서도 각 행은 불완전한 채 자율적으로 통사적 상응을 이루며 행간에 넘나들 수 없이 자족적 현상을 유지한다.

> 어둠 속에서 빛살처럼 쏟아져 나오는
> 또 하나의, 또 하나의, 또 하나의
> 또 하나의
> 선이
> 꽃잎을
> 문다.
> 뱀처럼,
> 또 한 가닥의 선이
> 뒤쫓아 문다.
> 어둠 속에서 불꽃처럼 피어나오는
> 또 한 송이, 또 한 송이, 또 한 송이
> 또 한 송이, 또 한 송이
> 꽃이

---

16) 김용직, 『현대시원론』, 학연사(1988), p.85.

찢어진다.

떨어진다.
거미줄처럼 짜인
무변(無邊)의 망사(網紗),
찬란한 꽃 망사 위에
동그만 우주가
달걀처럼
고요히 내려 앉다. 　　　　　- 문덕수의 「선에 대한 소묘·1」 부분 -

　이 작품도 이미지 대상에는 인과적 관계나 의미가 배제된 채 단절된 기호만이 자유롭게 결합되어 조형적인 회화 효과를 나타내고 있다. 일체의 관념이나 감정이 제거된 채, 초현실주의의 자유연상법과 자동기술법, 분석적 언어 형태의 해체의 묘를 보여준다. 대상 없는 언어로써 이미지는 어떤 가치나 의미에 구속받지 않고 자유로운 상태이다.
　시제에서 암시하듯 선(線)이 모여 면(面)을 이루고, 면이 모여 형(形)을 이루면서, 사물을 극도로 추상화했을 때 얻어지는 집합적 축적물과 같은 효과를 얻는다. '선'은 선과 같이 길게 생긴 모든 사물의 형태를 추상화한 것이다. 어둠 속에서 선이 '빛'이나 '실뱀'처럼 비쳐지고 '꽃'을 이루듯 잠재의식 속에서 유사한 이미지가 인과성 없이 추출 결합됨으로써 선적 분위기 속에서 불립문자화하여 언어를 초월하려는 침묵의 분위기와 주술적 흐름이 포착된다. '꽃'은 가장 아름답고 순수한 인간의식의 결정체이자 초월적 이데아 세계의 상징물이다. '찢어진다', '떨어진다'는 무의식의 절정의 분출 현상이다.
　처음에는 구체적으로 형상이 나타나지 않던 선이 실뱀, 빛살, 꽃 등이 되듯, 단절된 이미지가 결합함으로써 우주 탄생의 준비 과정을 보여주고 있다. 반복되어 배치된 '또 하나의'와 '또 한송이'는 선과 선이

겹쳐지는 상태를 시각적으로 환기한다.[17] 한 가닥의 선이 기하학적 상상력을 통한 매개 과정을 거쳐 '동그만 우주'의 이미지로 완성된다. 이 과정에서 단절된 이미지들 간의 연쇄적 결합은 상호 간의 긴장 상태를 유지하는 것이다.

여기서 공간을 혼돈 상태의 무의식에 대한 상징으로 보면 그 속에서 움직이는 선은 카오스 상태에서 질서를 부여하는 의식이 있는 생명의 흐름과 진행과정을 의미한다고 볼 수 있다.[18] 이 시는 이미지의 구속이나 연계성에서 탈피해, 단절된 이미지가 잠재의식 속에서 뛰쳐나옴으로써 결합되는 조형성에 초점을 두기 때문에, 의미의 고정관념에 사로잡혀 있는 독자에게는 난해하게 비쳐질 수밖에 없다.

3) 구체성(具體性)

언어란 관계 대상에 이름을 붙임으로써 새로운 생명이 탄생하는 창조 과정이다. 인간은 언어에 의해 사물과 거리를 두어 객관적으로 인식하고 사물을 통제한다. 따라서 언어를 떠나서는 어떠한 인식도 의미도 있을 수 없다. 언어 이전의 느낌이나 생각, 경험 등은 단지 존재할 뿐이다.

인간이 대상(사물)에 대해 인식한다는 것은 주체자의 의식이 객체로서의 대상과 논리적 거리를 유지하는 것이다. 이 논리적 거리는 바로 언어를 통해서 가능하다. 언어야말로 침묵하는 사물을 인식하고 소유하려는 인간의 욕구를 대신해 대상에 전달하려는 중개자 역할의

---

17) 이숭원, 「기하학적 상상력과 가치중립적 세계」, 『문덕수문학 연구』, 시문학사 (2004), p.110.
18) 이태동, 「기하학적 상상력의 안과 밖」, 『문덕수문학 연구』, 시문학사(2004), p.482.

유일한 수단이다. 즉 주체로서의 의식이 대상을 인식할 때 언어로서 의미가 부여되어 하나의 존재자로 나타난다. 언어 이전의 인식이나 의미는 불가능하므로 언어를 통해서만 경험이 구체화된다.

인간은 문명이 발전함에 따라 언어를 만듦으로써 편리한 삶을 누릴 뿐만 아니라 인간 문화를 발전시켜왔다. 인간만이 그러한 특권을 누린다는 점에서 상징적 동물이라고 할 수 있다. 사물을 개념화, 상징화하는 인간의 능력은 언어를 통해 문화를 창출시켰고, 또한 언어가 인간의 문화를 발전시켜왔다. 혼돈된 자연의 세계를 인간의 방식으로 질서화·상징화하여 이해할 수 있게 된 것도 언어를 통해 가능해진 것이다.

이렇게 편리한 인간의 일상적 언어생활은 약속된 기호에 의해 추상적 인식으로 와 닿는다. 그만큼 구체적인 대상 그 자체와는 무관한 세계에서 살아간다고 볼 수 있다. 자연의 실제 사물로부터 거리가 멀어지는 객관화·의식화 현상은 대상과 거리를 두기 때문에 단절감과 소외감이 야기된다. 인간이 언어를 사용함으로써 현대문명의 혜택을 누리지만, 그럴수록 언어란 사물의 본질이 아닌 기호이기 때문에 추상화·관념화로 치닫는다. 언어는 어떤 사물이나 현상을 드러내는 수단이지만, 막상 언어로 명명하면 그 실상을 단순화하거나 추상화시켜 버린다.

추상화는 사물이나 존재가 포괄하는 여러 가지 특징이나 의미 가운데 특정한 부위로 한정해 축소시키는 것이다. 이런 개념화·축소화가 우리 삶에 보편화되다 보니 구체적 사물로서의 실제성과는 거리가 있고, 그만큼 본질에서 멀어질 수밖에 없다. 추상화된 언어 세계인 문명과 과학의 세계에 살고자 하면서도, 한편으로는 사물의 실체적 세계, 즉 언어가 발달하지 않은 원초적 자연세계에 회귀하려는 인간의 양면성은 모순적일 수밖에 없다.

시인은 시를 쓰기 위해 추상적인 언어를 사용하지 않을 수 없는데, 이러한 딜레마를 극복하기 위하여 가능한 한 추상적·관념적인 세계를 최소화하면서 구체적인 형상화 작업을 하는 것이다. 이런 노력은 언어를 통해 언어로부터 해방되려는 역설적인 모습이다. 언어로 형상화하는 것 자체가 막연한 상태에서 명료한 상태로 옮아가는 과정이며, 형체가 없는 것을 형체가 있도록 하는 과정이요, 혼돈에서 질서로 정돈되어 가는 과정이다.[19] 다양한 인생 문제들에 대한 막연한 생각들을 구체적으로 재인식하면서 생생한 감동을 느끼게 하는 것이다.

가령 어떤 사람이 '착하다'고 할 때 그 말만으로는 그 사람을 완전히 표현하거나 이해할 수 없다. 이 '착하다'는 표현은 그 사람을 만나 부딪치고 생활함으로써 얻게 되는 구체적인 진면목을 추상화해버린 것이다. 가장 좋은 방법은 그 사람과 직접 접촉하면서 어떤 모습을 지니고 있는지 구체적으로 느끼는 것이다. 언어가 없던 원시시대에는 대상을 지시하거나 경험함으로써 그 대상의 진면목을 그대로 느낄 수 있었다. 가령 사랑은 기호화된 언어 대신 사랑하는 모습을 행동으로 보여줌으로써 사랑의 구체적인 감정을 표현할 수 있었다. 이처럼 시인은 언어 이전의 상태로 되돌아가 사물로 체험하는 것이 언어의 관념성을 극복하는 가장 좋은 방법이다.

그러면 언어를 통해 추상적인 것을 구체화시키는 시의 본질은 무엇인가? 대개 추상적·관념적 언어는 개념적 의미만 전달하고 구체적인 상황이 생략되기 때문에 막연하게 느껴진다. 일반 언어의 애매성은 어떤 사실을 개념화·추상화·객관화하는 데서 오는 구체성이나 리얼리티의 상실에 따른 것이다. 구체적 언어는 낱말의 정확한 개

---

19) 백운복, 앞의 책, p.13.

념이나 표현이 아니라, 언어를 통해 실제적으로 체감하는 인식 차원에서의 의미를 지닌다.

마음속에 형상화되는 심상은 인지행위보다 주로 지각행위에 의해 이루어진다. 막연히 느껴지는 사물이나 상황을 보다 섬세하고 정확하게 인식하기 위해 기존의 언어에다 감각적인 이미지를 구성하여 새로운 언어로 표현하는 것이다. 즉 언어 이전의 구체적인 경험이나 사물을 객관적으로 보여주려는 태도이다. 구체적인 감각성이란 빛깔과 무게와 소리와 냄새가 있어 우리가 보고, 듣고, 냄새 맡고, 느낄 수 있는 언어가 되어야 한다는 뜻이다.[20]

그러나 아무리 구체적이고 정확한 언어 표현일지라도 그 실제 대상과는 일치할 수 없다. 언어는 추상적일 수밖에 없기 때문에 단지 경험 자체가 언어이기를 바랄 뿐이다. 따라서 시인은 언어에서 해방되어 언어 없이 경험의 대상을 표현하고자 한다.

시는 직접적으로 정서를 표출하는 것이 아니라, 구현하고자 하는 정서에 합당한 심상이나 상황, 사건을 구체적으로 객관화하는 것이다. 그럼으로써 막연히 느껴지는 사물이나 상황을 실제적으로 정확하게 체감하고 인식하게 된다. 언어 행위는 일정한 시·공간에서 일어나므로 그에 대한 구체화 작업은 개념의 공간화와 시간화라 할 수 있다. 따라서 가능하면 구체적인 형상으로 와 닿게끔 현장감을 자아내는 표현을 해야 한다.

시적 언어는 일반 언어의 추상성이나 애매성을 극복하고, 감정의 구체성이나 사물의 명료성을 드러내는 데 있다. 이처럼 감각작용이나 지각작용을 통해 얻은 구상어들은 독자에게 구체적·사실적인 감각과 지각적 경험을 불러온다. 문예 사조의 발달 과정에서 17~18세기

---

20) 홍문표, 『시어론』, 양문각(1994), p.119.

신고전주의 시대에는 시어의 추상성이 강조되었지만, 낭만주의 시대로 오면서 감각적 구체성을 더욱 중요시하게 되었다. 상징주의의 추상성은 막연한 것이 아니라, 암시성과 개인적 상징성을 내포하기 때문에 일반적 추상성과는 다르다. 시어의 구체성을 뒷받침하는 현대시의 교과서적 이론은 견고하고 투명한 이미지를 강조한 이미지즘 운동에서 근원을 찾을 수 있다.

철학이나 과학처럼 논리적·분석적 어휘를 추상적 언어라고 한다면, 시적 언어는 구체적·종합적이며, 언어를 통해 언어로부터 벗어나려는 역설적 상황에 놓여 있다. '사랑'이란 말은 관념적·추상적 언어이지만, 문학에서는 구체적인 이야기를 통해, 혹은 다양한 이미지와 감각적 비유를 통해 사랑을 직접 느끼도록 해준다. 이상화는 「나의 침실로」에서 사랑을 복숭아 중에서도 '수밀도'로 형상화하였고, 김소월은 「진달래꽃」에서 '영변에 약산 진달래'로, 서정주는 「화사」에서 '클레오파트라의 붉은 입술'로, 「국화 옆에서」에서는 '봄부터 우는 소쩍새'라는 구체적 이미지를 차용하고 있기 때문에, 독자들은 사랑이란 감정을 생생하게 전달받을 수 있는 것이다.

봄은 바람 속에 있었다.

아이가 돌려놓은 팽이의 주축(主軸)에서

한참
머,
물,
다,
가,
눈동자에

쏙
들어간다.
아이는 웃었다.

나의 눈은 커서
봄이
뿌옇다.   - 임진수의 「눈 속에 들어간 봄」 전문 -

이 시에서 관념적 어휘인 '봄'은 '바람 속', '팽이의 주축', '눈동자 속'에 들어가는 구체적 형상화를 통해 새로운 봄으로 탄생한다. 봄은 따뜻하고 희망적인 계절 이미지를 뛰어넘어 창조적인 현상으로 묘사되기에 이른다. 독자는 눈으로 움직이는 봄을 느낄 수 있고, 피부로 느끼고 만질 수 있다. '머, 물, 다, 가'의 시각적 효과는 기존의 통사 구조를 파괴하면서 팽이가 돌아가는 모습을 선명하게 보여준다. 서로 관련이 없는 듯, 무미건조하고 무의미한 네 개의 글자가 동시에 네 개의 팽이로 시각화된 것이다.

이러한 기법은 표현 형식이 표현의 내용과 비슷하거나 같은 모양을 지닌 유상성(類像性)의 원리라고 할 수 있다.[21] 이런 원리는 의미 전달뿐만 아니라 심상을 형성하는 데도 효율적으로 작용한다. 생동감 있는 봄이 바람 속에 있고, 아이들의 팽이놀이 한복판에 있으며, 급기야 아이의 눈 속으로 들어간다는 형상화에서 독자들은 생생하고도 참신한 봄을 만날 수 있다.

온 집안에 퀴퀴한 돼지 비린내
사무실패들이 이장집 사랑방에서
중톳을 잡아 날궂이를 벌인 덕에

---

21) 김진우, 『시와 언어』, 한국문화사(1998), p.96.

우리들 한산 인부는 헛간에 죽치고
개평 돼지비계를 새우젓에 찍는다
끝발나던 금광시절 요리집 얘기 끝에
음담패설로 신바람이 나다가도
벌써 여니레째 비가 쏟아져
담배도 전표도 바닥난 주머니
작업복과 뼈 속까지 스미는 곰팡내
술이 얼근히 오르면 가마니짝 위에서
국수내기 나이롱뻥을 치고는
비닐 우산으로 머리를 가리고
텅 빈 공사장엘 올라가 본다　　　　　- 신경림의 「장마」 부분 -

　서술시 「장마」는 화자의 주관적인 감정을 개입시키지 않고, 객관적 관찰자 입장에서 일상의 행위나 사건을 생생하게 묘사하고 있다. 장맛비 때문에 하루 일을 공친 인부들이 공사장 헛간에 모여 무료한 하루를 보내는 시골 공사장의 풍경이다. '퀴퀴한 비린내', '날궂이', '헛간', '담배' 등의 후각적 이미지가 지루한 장마와 인부들의 무료한 일상을 생생하게 묘사해준다. 화자의 감정이 배제되고, 제3자가 중립적 입장에서 관찰한 이야기를 전개하며 상황을 보여주는 형태이다.

　화자는 '우리'로 객관화되어 삶을 공유하는 공동체 의식을 반영하면서, 변두리의 소시민적 삶을 생생하게 묘사하고 전달하는 객관적 시선을 유지하고 있다. 서정시에서 느끼는 감각적 이미지나 내면 묘사가 없고, 서사시에서 볼 수 있는 주인공의 성격과 인과관계의 서사 구조는 부재하지만, 사실적 상황을 이야기 형태로써 전개하기 때문에 서술시 형태 구조를 띤다고 할 수 있다.

세상은 나의 기나긴 늪이었다.
무위의 시간이 나를 체념처럼 끌고
식중독 같은 세월을 무표정으로 배회했다.
환각으로 나는 지푸라기보다 가벼워지고
낯선 길의 어깨가 조금씩
한쪽으로 기울어져갔다.
타다 남은 눈의 불꽃 속으로
온갖 상처와 사랑과 두려움이 타오르고
더럽혀진 꿈마저 시든 그늘에 묻혔다.
내가 가 닿지 않아도 악기들은 울렸고
소심한 물살에도 내 손가락은 떨렸다.
한 곳에서 갑자기 깊어지는 늪은
내 살을 지지며 나의 죄를 비트는
절해고도였다 무너지는 추억의 비늘을 밟으며
서툰 내 나이의 고막에도 별빛이 맺히고
주검이 가끔씩 캄캄한 구름처럼
온 마을의 문풍지를 흔들며 지나갔다.   - 김우연의 「늪」 전문 -

「늪」은 시어가 지향하는 구체성과 상반적으로 관념적·추상적 표현으로 점철되어 있다. 특히 밑줄 그은 부분은 너무 상투적이어서 철학적·논리적·관념적 넋두리로 느껴진다. 시어의 구체성은 후천적 지식을 통해 얻은 개념이 아니라, 유아기의 언어로 충분하다. 유아기의 언어는 구체적이고 감각적이기 때문에 감정의 호소력을 동반한다.

시를 설명하고자 할 때, 수사법은 상투적·작위적·관념적 어휘로 전락하고 만다. 이러한 표현이 '무위의 시간', '눈의 불꽃', '추억의 비늘', '마음의 문풍지', '길의 어깨' 등이라고 할 수 있다. ②, ③행의 '무위', '체념', '배회' 등은 의미의 중복과 관념적 표현이다. 불필요한 조사, 수식어, 관념어의 남발은 시어의 구체성과 거리가 멀 뿐 아니

라, 시적 감동도 주지 못하기 때문에 되도록이면 지양해야 할 것이로

> 물고기는 제 몸속의 자디잔 가시를 다소곳이 숨기고
> 오늘도 물 속을 우아하게 유영한다
> 제 살 속에서 한시도 쉬지 않고 저를 찌르는
> 날카로운 가시를 짐짓 무시하고
> 물고기는 오들도 물 속에서 평안하다
> 이윽고 그물에 걸린 물고기가 사납게 퍼덕이며
> 곤곤한 불과 바람의 길을 거쳐 식탁 위에 버려질 때
> 가시는 비로소 물고기의 온몸을 산산이 찢어 헤치고
> 눈부신 빛 아래 선연히 자신을 드러낸다
>
> > - 남진우의 「가시」 전문 -

'물고기'를 대상화한 「가시」는 전반부에서 물고기의 삶의 모습을, 후반부에서 인간의 식탁 위에 올라온 물고기의 내면을 객관적 관찰자 시점에서 묘사하고 있다. '찌르는', '날카로운', '사납게 펄럭이며', '산산이 찢어 헤치고' 등이 구체적이며 감각적인 표현으로 괴기스러우면서도 자극적인 감정을 유발한다면, '다소곳이', '우아하게', '평안하다' 등은 부드러우면서도 순화된 감정을 자아낸다. 이런 상반된 어휘는 뻣뻣하고 날카로운 '가시'의 이미지와 우아하면서도 유연하게 움직이는 '물고기' 이미지의 아이러니한 모습으로 집약된다.

이 작품은 표면적으로 시적 주체가 '물고기'이지만 사실 인간을 대상화하고 있다. 물고기에게 '가시'는 찌르는 고통의 인자가 아니라 신체의 구성 요소인 뼈 골격의 한 부분이다. 그런데 이것을 고통의 가시로 인식하는 것은 오로지 인간이기 때문이다. 정작 물고기는 아무렇지도 않은 가시에 대해 화자는 물고기가 죽어야만 해방된다고 설명한다. 물고기가 죽어 말려지고 익혀져 식탁 위에 '버려질 때' 비로소

살점이 거둬지고 가시가 나타난다.

이렇게 조리하고 몸을 찢어 헤치는 것도 인간이므로 물고기에게 인간은 불가항력적인 존재이다. 따라서 인간이 물고기라면 이 피할 수 없는 불가항력적 존재성은 근원적으로 삶과 죽음 같은 절대운명인 것이다. 살을 찢기 전에는 가시에 찔리는 고통을 벗어날 수 없듯이 오로지 죽음에 의해서만 내면의 욕망과 불편한 진리가 해방될 수 있다는 것이다. 이 '가시'는 인간의 내면에 내재되어 있는 근원적인 욕망이나 가식, 불편한 진실에 대한 환유적 표현이다. 이러한 것들은 표면적으로 쉽게 드러낼 수 없는 추악한 욕망이기에 고통을 감내하면서라도 살 속에 묻어 감추어야 하는지도 모른다.

우환(憂患)은 사자(獅子) 신중(身中)의 벌레
자학(自虐)의 잔은 담즙(膽汁)같이 쓰도다
진실로 백일(白日)이 무슨 의미러뇨
나는 비력(非力)하야 앉은뱅이
일력(日曆)은 헛되이 목아지에 오욕(汚辱)의 연륜만 기치고
남은 것은 오직 즘생 같은 비노(悲怒)이어늘
말하라 그대 어떻게 오늘날을 안여(晏如)하느뇨
- 유치환의 「비력(非力)의 시」 전문 -

이 시는 제목뿐만 아니라 내용도 관념적인 한자어 중심으로, 교양 체험이나 지식적 사고로 구사되는 후기의 부차적인 습득어가 주를 이룬다. 따라서 유아기적·감성적인 어휘와는 거리가 멀기 때문에 구체적인 감각이나 정서를 불러오지 못한다. 원초적 언어의 경험성은 남에게 빌려온 이념이나 지식이 아닌, 자신의 내면에서 토해내는 직관적인 표현이다. 이러한 언어는 대상을 객관화시킨 과학적 사고의 태도가 아니라, 대상과 자아가 일치된 화해적 사고의 태도이다. 이 시는

관념적 분위기를 돋우기 위해 한자어를 사용하고, 옛말의 문어체나 남성적 어조(~도다, ~뇨)를 사용한 듯하다.

4·19가 나던 해 세밑
우리는 오후 다섯 시에 만나
반갑게 악수를 나누고
불도 없는 차가운 방에 앉아
하얀 입김 뿜으며
열띤 토론을 벌였다
어리석게도 우리는 무엇인가를
정치와는 전혀 관계없는 무엇인가를
위해서 살리라 믿었던 것이다
결론 없는 모임을 끝낸 밤
혜화동 로터리에서 대포를 마시며
사랑과 아르바이트와 병역 문제 때문에
우리는 때 묻지 않은 고민을 했고
아무도 귀 기울이지 않는 노래를
누구도 흉내낼 수 없는 노래를
저마다 목청껏 불렀다
돈을 받지 않고 부르는 노래는
겨울밤 하늘로 올라가
별똥별이 되어 떨어졌다
그로부터 18년 오랜만에
우리는 모두 무엇인가가 되어
혁명이 두려운 기성세대가 되어
넥타이를 매고 다시 모였다
회비를 만원씩 걷고
처자식들의 안부를 나누고
월급이 얼마인가 서로 물었다
치솟는 물가를 걱정하며

즐겁게 세상을 개탄하고
익숙하게 목소리를 낮추어
떠도는 이야기를 주고받았다
모두가 살기 위해 살고 있었다
아무도 이젠 노래를 부르지 않았다
적잖은 술과 비싼 안주를 남긴 채
우리는 달라진 전화번호를 적고 헤어졌다
몇이서는 포커를 하러 갔고
몇이서는 춤을 추러 갔고
몇이서는 허전하게 동숭동 길을 걸었다
돌돌 말은 달력을 소중하게 옆에 끼고
오랜 방황 끝에 되돌아온 곳
우리의 옛사랑이 피 흘린 곳에
낯선 건물들 수상하게 들어섰고
플라타너스 가로수들은 여전히 제자리에 서서
아직도 남아 있는 몇 개의 마른 잎 흔들며
우리의 고개를 떨구게 했다
부끄럽지 않은가
부끄럽지 않은가
바람의 속삭임 귓전으로 흘리며
우리는 짐짓 중년기의 건강을 이야기했고
또 한 발짝 깊숙이 늪으로 발을 옮겼다

- 김광규의 「희미한 옛사랑의 그림자」 전문 -

이 시는 외형상 연 구분이 없는 장시 형태이지만, 편의상 내용 중심으로 나누어보면, ①~⑲행의 열정 어린 젊은 시절 회상, ⑳~㉗행의 중년이 된 소시민의 모습, ㊳~㊾행의 현재의 모습에 대한 통찰과 회오 등 3단락으로 나눌 수 있다.

화자는 일상사의 주변적 상황을 구체적으로 이야기하듯 서술해가면서 삶을 성찰하고 있다. 현실에 대한 고발이나 비판적인 저항의식은 내재하지 않지만, 언어의 생동감 있는 표현을 통해 현실을 인식하며 반성하는 경향이 주조를 이룬다. 젊은 날의 열정은 희미한 옛사랑의 그림자가 되어 그리움으로 어른거릴 뿐이다. 중년 화자의 시점에서 무기력하고 속물화된 현재의 모습이 18년 전 학창시절의 순수했던 열정과 대조되면서, 애상적 어조로 솔직담백하게 서술되고 있다.

중년 화자는 4.19혁명의 열기에 가득 찼던 젊은 시절을 회상하면서 세월의 자취만큼이나 변해버린 부끄러운 자화상을 구체적인 이야기 형식으로 토로한다. '나'라는 화자는 개인적인 고백에 머무르지 않고, '우리'라는 집단적 화자의 시선으로 옮겨가 삶의 순수성과 진정성을 상실한 채 살아가는 모습을 나직한 목소리로 개탄한다.

첫 단락은 4.19가 나던 해 차가운 방에서 토론을 벌이며 '때 묻지 않은 고민'을 했던 젊은 시절을 회상하는 내용이다. 정치적 이해관계에 타협할 줄 모르던 대학생들은 자신의 열정과 순수가 세상을 밝히는 등불이 되리라고 믿었지만, "별똥별이 되어 떨어졌다"처럼 현실의 벽에 부딪쳐 좌절하는 모습이다.

둘째 단락에서는 졸업한 지 18년이 지난 후 동창들은 "혁명이 두려운 기성세대가 되어" 평범한 소시민으로 만난다. 옛날의 열정은 사라지고 생활에 찌든 소시민으로서 치솟는 물가를 걱정하며, 정치와 관련된 이야기를 낮은 목소리로 주고받고, 모임이 끝나자 몇몇은 허전한 마음에 동숭동 옛 캠퍼스를 찾는다.

세 번째 단락은 "옛사랑이 피 흘린 곳"에 낯선 건물이 들어서 있을 뿐, 반겨주는 이 없이 플라타너스 몇 그루가 부끄러움을 일깨운다. 그러나 스스로 반성할 수 있는 순간도 저버린 채 그들은 다시 속화된 일상으로 되돌아간다. 시적 화자는 '늪' 같은 현실의 삶에서 빠져나올 수 없는 것이다. 그러기에 '희미한 옛사랑의 그림자'에 대한 그리움과 회한은 더욱 깊을 수밖에 없고, 회한의 감정은 우리를 반성적 차원으로 이끌어간다.

이 시의 전체적인 구조는 대조적 비유가 특징을 이루는데, "불도 없는 차가운 방에 앉아/ 하얀 입김 뿜으며/ 열띤 토론을 벌였다" → "혁명이 두려운 기성세대가 되어/ 넥타이를 매고 다시 모였다", "사랑과 아르바이트와 병역 문제 때문에/ 우리는 때 묻지 않은 고민을 했고" → "치솟는 물가를 걱정하며/ 즐겁게 세상을 개탄하고", "저마다 목청껏 불렀다" → "아무도 이젠 노래를 부르지 않았다" 등에 나타난다. 즉 부끄러워 전전긍긍하는 현실의 자아와 이 모습을 회오의 눈으로 바라보는 내면의 자아가 대조되고 있다.

이 외 "즐겁게 세상을 개탄하고"의 반어법, "부끄럽지 않은가/ 부끄럽지 않은가"의 자괴감 섞인 반복법, "별똥별이 되어 떨어졌다", "바람의 속삭임 귓전으로 흘리며" 등의 감각적 표현은 시적 긴장감과 생동감을 높이고 있다.

4) 내포성(內包性)

일반적으로 언어란 화자가 청자에게 의미를 전달하기 위한 표현 매체이다. 이런 말 속에는 어떤 의미를 포괄하는 사고나 관념을 연상시킨다. 언어는 사고나 관념을 소리나 글자로 기호화한 것이다. 이 기호로서의 언어는 발음되는 물질성의 소리 심상(signifiant)과 지시대상인 의미의 개념(signifié)으로 나눌 수 있다. 기호는 하나의 표현대상을 지시하고, 이 지시가 그 기호의 의미가 된다. 기호와 지시물 사이는 필연성이 없는 자의적 관계이다. 그런데 이러한 언어를 필요로 하는 일상어법은 대개 화자가 청자에게 사실을 전달하는 지시적 기능, 또는 화자에게 어떤 행동을 불러일으키는 사역적 기능이 있다. 우리의 일상생활은 대체로 실용성에 가치를 두는 이 두 어법이 중심을 이룬다.

빌러(Bühler)는 『언어이론』에서 언어의 기능을 ① 표상적(지시적) 기능, ② 호칭적(사역적) 기능, ③ 표현적(정서적) 기능으로 나누고 있다. 언어 표현은 자체의 미적 방향 안에서 이 세 가지 기능 가운데 하나에 속할 수도 분리될 수도 있고, 다양한 방법으로 서로 결합할 수 있을 정도로 자유로이 오가는 것이다.

지시적 기능은 언어가 사회공동체 속에서 관습과 묵계적인 약속에 의해 사용된다. 3인칭 인물이나 사물을 지향하는 이 기능은 언어기호와 그것이 나타내는 대상과의 관계로써 문맥 중심의 언술이다. 이 기능은 사전적 의미로서 내용이 이미 고정되어 있기 때문에 이해하지 못할 때는 사전을 찾아보면 알 수 있다. 이때 언어의 고정성은 임의대로 바꾸면 쉽게 이해할 수 없으므로, 전달 논리에 따라 명확히 전달하는 데 목적이 있다. 전달 기능의 언어는 우리의 새로운 경험을 기존 경험의 틀 속에 한정시키므로 긴장을 완화시킨다고 볼 수 있다.

사역적 기능은 지시적 기능과 같이 어떤 대상을 구체적으로 지시하거나 정확한 정보 전달을 필요로 하지 않는다. 또한 사실의 진위를 확인하지도 않는다. 이 기능은 언어기호와 그것을 지각하는 주체인 청자와의 관계로써 수신자를 지향하는 언술이다. 우리 일상생활의 어법은 이 지시적 기능과 사역적 기능이 중심을 이룬다. 즉 화자, 지시물(표현대상), 청자라는 세 요소 가운데 화자가 지시물을 지향할 때 지시적 기능, 청자를 지향할 때 사역적 기능이라고 할 수 있다.[22]

---

22) 표현대상 중심의 사물시는 표상적 기능이, 시인의 내면적 독백 중심의 시는 표현적 기능이, 청자 중심의 시는 호칭적 기능이 강화된다. 따라서 시적 언어

한편, 정서적 기능은 화자가 청자에게 어떤 대상(지시물)에 대해 정확한 사실이나 정보를 전달하지 않고, 단지 화자 자신을 지향하여 주관적인 느낌만을 표현한다. 이 기능은 화자의 주관적 경험에 의해 다양한 의미를 표현하기 때문에 환정적 또는 내포적 의미를 지닌다. 이러한 언어는 전달 기능이 단절되더라도 언어 자체로서 의미가 있다. 만일 언어에서 정서적 기능이 배제된다면, 개인적 경험과 편차가 다른 우리 인간은 각자 인식한 상황을 언어로 표현할 수 없다. 인식 대상은 고정되어 있지만, 인식 주체인 인간은 각자의 환경, 지식, 경험, 심리적 여건에 따라 개인적 편차를 지니므로, 언어에 의한 표현도 다를 수밖에 없다. 이런 개인적 편차 때문에 화자와 청자가 의미를 정확히 일치시킬 수 없다.

정서적 기능은 관련 대상에 대한 의미가 정확히 표출되지 않고, 모순과 불합리한 오류가 크더라도 정서적 효과가 크면 그리 문제 되지 않는다. 이런 효과를 자아내는 표현은 무의식적으로 분출되는 것이 아니라 낱말과 낱말, 문맥과 문맥, 리듬과 이미지 등의 다양한 요소 사이에 유기적인 총체성으로 미적 구조가 드러난다. 정서적 어법은 일상생활에서도 흔히 사용하지만, 유기적인 구조 속에서 사용하는 시적 정서 표현과 다르게, 대체로 산발적으로 언어를 사용한다. 산발적으로 사용한다는 것은 청자가 있거나 독백이거나에 관계없이, 전후사정 혹은 문맥의 진술이 없이, 말이 본능적으로 터져 나옴을 뜻한다.[23] 현대시가 난해하다는 것은 시적 표현이 어렵고 시어가 생소한 것이 아니라, 기존의 언어를 비논리적이고 비합리적으로 사용하기 때문이다.

는 이런 기능 사이에서 다양성을 내포하는 표현을 지향하는 자율적·표현적 언어라 할 수 있다.

23) 이승훈, 『시작법』, 문학과비평사(1988), p.105.

정서적 기능은 언어의 상상력을 중요하게 여긴다. 상상력의 세계란 일상적 삶의 차원뿐만 아니라 현실에 존재하지 않는 다른 세계까지도 묘사한다. 즉 현실적으로 불가능하고 단절된 관계까지도 결합시켜 무한한 가능의 세계를 바라본다. 따라서 객관적 대상으로서 거리를 두기보다는 언어를 통해 새로운 의미를 발견하고, 의미 부여의 언어를 창조할 때 최상의 가치를 갖는다.

상상력은 일상적 논리나 사고 체계의 정신 능력에 머물지 않고, 단순한 재료의 일상적 가치를 파괴·변형시켜, 연상법칙에 따른 재생뿐만 아니라 무한한 창조 능력을 불러일으킨다. 이러한 상상력은 지성과 감성, 우연과 필연, 과학과 윤리 등 모든 것을 종합하여 새로운 세계를 창조하는 것이다.

신비평가인 리처즈(I. A. Richards)는 언어를 과학적 언어와 정서적 언어로 구분하는데, 과학적 언어가 외연(denotation)이라면, 정서적 언어는 내포(connotation)라고 할 수 있다.[24] 외연적 언어와 내포적 언어는 따로 존재하는 것이 아니라, 한 언어가 기능적인 양측면을 지니고 있음을 의미한다. 외연은 주로 진술 차원에서 객관적·사전적·과학적 의미로서, 일상 언어의 표현 기호로서의 의미 전달에 중점을 둔다. 이에 반해 내포는 의사진술(擬似陳述)로서 과학적 의미 전달의 진술 차원과는 무관한 언어의 표현, 충동, 태도 등 다양한 정서를 환기시키는 기능을 한다.

의사진술은 정서적 언어의 주관적 의미를 전달하기 위해 만들어진

---

24) '외연'과 '내포'의 어휘는 신비평가인 테이트(A. Tate)가 사용한 것으로, 그는 언어의 외연적 기능을 중시한 문예사조로 고전주의와 맥락이 닿은 형이상학파를, 내포적 기능을 강조한 문예사조로 낭만주의와 상징주의를 들고 있다. 20세기 이미지즘에서는 의미와 정서를 배제한 무생명의 조형성을 추구하기도 한다.

언어 조직인 것이다. 언어의 내포성은 주관적·개인적·함축적으로 화자의 태도와 어조, 정서적 상황이나 분위기, 연상과 암시, 다양한 뉘앙스와 여운을 주므로, 의미의 미확정성을 문맥이나 전후 상황을 통해 전달한다. 내포는 외연과 상충되는 단절의식으로 볼 것이 아니라, 조화를 이루면서 상호 관계로 작용할 때 시적 긴장감을 높일 수 있다.

내포는 외연을 흩뜨리면서도 견제함으로써 조화를 이루는 역할을 한다. 함축적 의미 속에 내포된 화자의 특수한 주관도, 객관화되어 있는 지시적 의미를 먼저 이해한다는 조건 하에서만 기능을 발휘할 수 있는 것이다.[25] 화자와 청자가 도구적 언어로써 의미 전달에 치중하는 것이 외연이라면, 내포는 화자의 전후 상황의 경험이나 문맥에 따라 다양한 분위기를 환기시킨다. 그러나 보편화될 수 없는 함축적 의미만 고수한다면, 지시적 의미 전달의 효과를 가져올 수 없기 때문에, 전달성을 갖도록 하려는 노력이 최초로 함축적 의미를 지시적인 것으로 전환시켰다고 볼 수 있다. 이런 기성품적 성격의 고정화된 지시적 의미는, 인간의 개별성에 기인하여 끊임없이 함축적 의미로부터 도전을 받아 상호 긴장 관계를 유지한다.

가령 '낙동강'이라는 단어에서 갈대, 철새, 환경 등 자연에 관련된 이미지를 연상한다면, 환기시키는 내포적 의미가 생태적이지만, 방어선, 학도병, 핏빛 등 6.25전쟁을 연상한다면, 동족상잔의 아픈 역사를 환기시킬 수 있다. 이처럼 언어의 내포성은 객체화된 언어에서 무수히 열림 상태인 다양한 의미를 불러일으키는 개방성이 존재한다.

시적 감정에서 지성적 절제는 논리적·지적 언어 작용이 아니라, 이미지나 비유의 상상력을 통해 암시한다. 외연적 의미는 개인적 편

---

25) 이형기, 『시란 무엇인가』, 한국문연(1993), p.68.

차가 없다고 할 수 있지만, 내포적 표현은 공용화된 기호를 개인적 편차에 따라 다양하게 인식할 수 있고, 경험을 환기시킬 수 있다. 따라서 화자의 입장에 관련된 언어 표현에 따라 다양한 경험을 동시다발적으로 재현하므로, 함축성·다의성·암시성을 통해 감정과 태도를 문맥 속에서 환기시킨다. 정서적 효과를 크게 할 수 있다면, 논리적 모순과 불합리한 표현, 언어의 통사적 일탈도 가능하다. 이런 점에서 볼 때, 산문적 언어는 외연적·지시적 기능이 우세하므로 시적 기능이 약화될 수밖에 없다.

가령 '달'이라는 낱말을 moon, 月, つき 등 각국 언어로 다르게 표기하더라도 외연적·과학적 입장에서 달의 개념만 정확하면 큰 문제가 없겠지만, 시적 상황에서는 표기나 분위기 표현에 따라 다양한 내포적 의미를 환기시킬 수 있다. 따라서 시에서도 외연적 언어는 필요한 요소이다. 시어의 정확한 개념을 파악하지 않고 시 해석과 감상을 제대로 할 수 없듯이, 외연은 시 해석에 필수적인 요소이다. 1차적으로 시어의 외연적 의미가 해석된 후 이를 바탕으로 2차적 의미인 내포가 이해될 수 있기 때문이다.

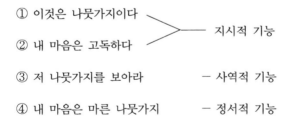

① 이것은 나뭇가지이다 ——

② 내 마음은 고독하다 —— 지시적 기능

③ 저 나뭇가지를 보아라 — 사역적 기능

④ 내 마음은 마른 나뭇가지 — 정서적 기능

①과 ②는 언어의 지시적 기능으로서, 감정의 진술이라기보다는 '나뭇가지'와 '고독'이라는 정보나 사실 전달, 진위 파악이나 감정의

사실적 보고이다. 이런 어법은 화자의 언어가 대상을 지시하고, 그것이 대상에 대한 객관적 정보를 전달하는 것이다. 단지 문제가 되는 것은 화자가 전달하는 정보가 사실인지 아닌지 진위를 파악하는 일이다. ②도 자신에게 환기될 주관적 체험을 구체적인 대상을 통해 보여주기보다는 상식적이고 보편적인 감정의 사실적 상태를 보고하는 지시적 기능의 차원에 머물고 있다. 이런 전달 기능의 언어는 새로운 경험을 기존의 경험 틀 속에 한정시키므로 긴장이 완화된다.

③은 구체적인 지시나 정보 전달, 옳고 그름의 진위 파악이 불필요한 청자의 반응이나 행동을 유발하는 데 초점을 두는 사역적 기능이다. 이 말을 듣는 청자는 나뭇가지를 보든가 아니면 보지 않든가 둘 중의 한 가지 행동을 하게 된다. 사실성 여부는 문제가 되지 않는다.

④는 정서적 기능으로서, 화자의 고독한 감정이 '마른 나뭇가지'라는 구체적인 상상력을 통해 자신의 체험적 정서가 표현되고 있다. 쓸쓸하고 앙상한 나뭇가지를 통해 화자의 고독한 상태를 감지하는 것이다. 이런 어법은 화자, 지시물, 청자의 관계가 일상적 어법의 경우와 다르게 드러난다. 화자가 하는 말은 객관적 정보라기보다 대상에 대한 정서적 반응이나 심리적 반응만을 나타낸다. 어떤 객관적 사실성의 여부를 가리는 것도 불필요하다. 화자의 언어는 지시물이나 청자를 지향하지 않고 자신만을 지향한다.

객관화된 정서적 기능은 감상적 느낌을 시적 건강성으로 표현하는 데 도움을 준다. 지성적 절제는 논리적·지적인 언어 작용이 아니라 이미지나 비유의 상상력을 통해 암시된다. 시적 감정은 어느 정도 감정과 지성이 조화를 이루어 균형 있게 심미적 효과를 자아내야 한다. 이러한 언어의 양가적 기능은 별개로 구분할 것이 아니라, 서로 상보적인 관계의 통일체로 인식해야 한다. 어떠한 언어도 실체적으로 지시적 의미와 정서적 의미를 완전히 분리해서 사용할 수 없다. 단지 상충하는 언어가 기능적인 면에서 변별성을 나타낼 뿐이다.

인간은 언어를 구사할 때마다 새롭게 만들어 사용하는 것이 아니라, 이미 공용화된 기호를 개인적 편차에 따라 다르게 인식할 뿐이다. 사회의 공유물인 언어는 언제나 고정불변으로 한정되어 있는 것이 아니라, 개인적 편차에 따라 다르게 나타나므로, 인간에게는 근원적인 시적 욕구가 잠재되어 있다고 볼 수 있다.

> 영산홍(映山紅) 꽃잎에는
> 산이 어리고
>
> 산자락에 낮잠 든
> 슬픈 소실댁(小室宅)
>
> 소실댁(小室宅) 툇마루에
> 놓인 놋요강
>
> 山 넘어 바다는
> 보름 살이 때
>
> 소금 발이 쓰려서
> 우는 갈매기   - 서정주의 「영산홍(映山紅)」 전문 -

함축된 시어는 말과 관련된 다양한 경험을 동시다발적으로 재현한다. 인간의 경험은 오감각을 통해 외부세계와 대상을 지각하는 인지 행위이며, 오감각은 끝없이 자극을 받아들이는 통로이다. 오감각이 자극을 받아 감각적 경험이 풍요로울 때 인간의 삶은 윤택해진다.

함축된 시어는 독자가 시의 의미를 찾아가도록 열려 있음으로써 독자에게 기쁨을 안겨준다. 언어는 기호이므로 시를 읽는다는 것은 이 기호를 분해하여 의미를 찾아가는 것이다. 시인은 기호의 의미를 애매하게 암시하지만, 독자는 그러한 기호 속에서 의미를 찾으면서 기쁨을 느낀다. 이러한 발견의 기쁨이 없는 시는 무미건조한 언어의 나열에 지나지 않는다. 이처럼 함축성은 언어의 다의성, 분위기, 암시성 등을 통해 감정과 태도를 문맥 속에서 환기시키는 것이다.

「영산홍」은 7.5조 3음보의 간결한 서정시 형태를 지니며, 언어 절제에 따른 긴장감, 경쾌한 리듬과 이미지가 조화를 이룬 정형시이다. '영산홍'의 외연적 의미는 식물도감을 통해 꽃모양과 색깔, 어느 식물과에 속하는지, 피는 계절 등을 자세히 알 수 있다. 그러나 '영산홍'은 외연적 의미에 머물지 않고, '소실댁', '갈매기', '보름사리' 등과 어우러져 내포적 의미를 담고 있다.

2, 3연에서의 '소실댁'은 각각 여인과 집을 뜻하는데, 귀족적이면서도 앙증스러운 진홍빛의 '영산홍'은 젊은 여인을 상징하며, '우는 갈매기'는 소실댁의 한을 내포한다. 여인의 한이 소실댁으로 이어지고, 갈매기의 울음과 겹치면서 함축성을 지니는 것이다. 또한 '보름사리'도 ① 보름날의 호수, ② 밀물과 썰물이 만나는 만조 시기, ③ 살이(삶의 궁핍)의 연음된 발음 등 다양한 의미를 내포한다.

'영산홍=소실댁=갈매기'의 상상력으로 환기되는 여인의 모습은 '툇마루에 놓인 놋요강'으로 분위기가 고조된다. 여기서 여인의 궁핍한 생활과 외로움, 한을 느낄 수 있다. 간결한 시 형태인데도 '영산홍', '보름사리'라는 낱말의 외연과 내포의 긴장 관계가 다양한 정서와 의미를 환기한다. 1연의 '영산홍'의 한자 풀이, 3연까지 낱말을 이어 받는 언어 유희, '산자락에 낮잠 든'(ㄴ-ㅈ), '슬픈 소실댁'(ㅅ-ㅅ), '놓인 놋요강'(ㄴ-ㄴ)으로 반복되는 운의 효과는 시어의 내포성과 긴밀한 구조로 엮어지면서 시적 묘미를 고조시킨다.

함축성은 언어의 절제를 통해 시어 사이의 긴밀한 관계를 유지하고 리듬, 이미지, 비유 등과 적절한 조화를 이룰 때 획득된다. 경험적이고 함축적인 언어는 원시적·원초적인 감각을 자아내는데, 이러한 감각은 복잡한 사고와 지적 작용의 구성을 배제하고, 순수한 상태에서 객관적으로 느끼는 인식 행위라고 할 수 있다. 이런 사고 행위는 유아기의 원초적 언어에서 나타난다. 무의식의 심층에 자리 잡고 있는 원초적 언어는 정감을 자아내며 강한 호소력을 불러일으킨다.

이처럼 많은 사람들이 관심을 갖고 애송하는 시는 우리의 삶에 밀착된 기본 어휘로 구성되어 있음을 알 수 있다. 시는 사고되기 이전의 감각으로 느낀 원초적·직접적 체험을 표현한 것으로, 이런 표현은 삶의 다양한 모습이 구체적 경험의 덩어리로 뭉쳐졌기 때문에 개인적 차원의 표현에 머물지 않고, 겨레의 삶과 문화에 밀착된 보편성을 지니는 것이다.

> 싸리울 밖 지는 해가 올올이 풀리고 있었다.
> 보리바심 끝마당
> 허드렛군이 모여
> 허드렛불을 지르고 있었다.
> 푸슛푸슛 튀는 연기 속에
> 지는 해가 이중(二重)으로 풀리고 있었다.
> 허드레,
> 허드레로 우는 뻐꾸기 소리
> 징소리
> 도리깨 꼭지에 지는 해가 또 하나 올올이 풀리고 있었다.
>> - 박용래의 「점묘(點描)」 전문 -

'풀리다'는 어려운 문제나 상황을 '해결하다', 날씨나 감정 상태가 '누그러지다', 억압된 상태에서 '벗어나다', 각종 규제나 제도가 '풀어지다' 등 다양한 의미를 지닌다. 박용래 시에서는 이런 사전적 의미보다는 '빛에 비치다', '드러나다', '달래주다', '벗어나다' 등의 의미를 내포하는데, 이 작품에서는 '비치다(반사되다)'의 공간확장적 의미를 지니고 있다.

이 시는 '싸리' 울타리를 경계로 밖과 안, 원근 배경의 대조적 상황이 전개된다. '싸리울' 밖이 '뻐꾸기 소리'와 함께 자연 배경이라면, '싸리울' 안은 인위적으로 행하는 보리타작 마당이다. ①행은 시골의 '싸리울' 사이로 저녁 해가 비쳐나가는 모습이다. '싸리울' 사이로 석양빛이 가늘게 비치는 모습을 마치 실타래가 풀려나가는 모습으로 비유한 것이다. '올올이'는 실타래와 관련된 것으로 실이나 줄의 가락인 올이 자연스럽게 풀리는 상황을 구체화함으로써 '지는 해'의 프리즘을 묘사하고 있다. '이중으로 풀리'는 것은 '허드렛불'의 연기와 지는 햇빛에 대한 정경 묘사이거나 햇빛이 굴절되어 음영으로 비치는 현상이기도 하지만, 싸리울타리와 '도리깨꼭지'의 두 가지 사물에서 저녁해가 비쳐 빠져나가는 모습을 비유적으로 묘사했다고 할 수 있다.26)

마지막 단락에서 '허드레'의 두 번 반복은 '뻐꾸기 소리'와 '징소리'를 내포한 것이며, '허드레/ 허드레로 우는 뻐꾸기'는 시각과 청각의 공감각 현상을 나타낸다. '허드레'와 '운다'는 유사성이 거의 없는 말의 의미체계인데도 상호 결합함으로써 놀라움과 역동성을 부여한다. '허드레로 우는 뻐꾸기'는 본능적으로 갈급해서 우는, 즉 짝을 찾거나 배고파 우는 소리라기보다 잔기침처럼 무심결에 내는 소리이다.

---

26) 고형진, 「박용래 시의 형식미학」, 『현대문학이론연구』 제13집, 현대문학이론학회(2000), p.32.

'징소리'는 타작마당의 마무리를 알리듯, 혹은 마을 공동체의 모임을 알리듯, '허드레(ㅅ)'의 언어적 정서의 뉘앙스와 호응하면서 멀리서 오랜 여운을 남기며 사라지는 소리이다. 마지막 행은 수미쌍관식의 변형 형태로, 또 하나 '지는 해'가 '도리깨꼭지'에 비치는 모습이다. 전후 상황으로 볼 때, '도리깨꼭지'에 '지는 해'는 '또 하나'가 첨가됨으로써 한참 타작하는 상황이라기보다는 타작이 끝난 후에 느끼는 심리적 현상을 동반한다.

이 시에서 '지는 해'는 세 가지 양상으로 나타나고 있는데, ①행의 싸리울 밖에, ⑤행의 푸슷푸슷 튀는 연기 속에, ⑩행의 도리깨꼭지에 지는 해이다. 첫 번째는 자연 현상 속에서 시간성을 느끼게 하는 지는 해이며, 두 번째는 추수를 끝낸 후 주변을 마무리하기 위해 태우는 연기 속에 지는 해이고, 세 번째는 추수 도구인 도리깨꼭지에 지는 해이다. '도리깨꼭지'에 '지는 해'가 풀리는 것은 물감이 번지듯 도리깨꼭지의 도리깻열에 햇빛이 반사되어 생기는 음영이라 할 수 있다. 이 단계에서 시적 화자는 '풀리고'를 통해 자연의 순환적 질서에 동화되고자 한다. 그것은 구체적으로 세 번째 단락에서 인위성에 의한 '연기'와 자연의 순환 원리 현상인 '지는 해', 네 번째 단락에서 인위적 행위에 따른 '징소리'와 자연의 섭리에 따른 '뻐꾸기 소리' 등의 조화에서 엿볼 수 있다.

산 까마귀
긴 울음을 남기고
지평선을 넘어갔다.

사방은 고요하다!
오늘 하루 아무 일도 일어나지 않았다.

넋이여, 그 나라 무덤은 평안한가.
- 김현승의 「마지막 지상에서」 전문 -

　제목이 암시하듯 이 시는 이승에서의 마지막 삶을 묘사하고 있다. 보편적으로 불길한 이미지를 암시하는 '산까마귀'와 달리 이 시에서는 시인의 영혼, 즉 넋과 동질적 의미를 지닌다. '무덤'은 고독과 신앙의 상관관계를 나타내 주는 상징적 어휘이다. 무덤은 실존적으로 종말을 뜻하지만, 기독교에서는 부활의 계기가 되는 공간으로서, 뚜렷이 인지할 수 없는 심연의 신비감을 불러일으킨다. '무덤의 평안'은 죽음에 대한 확신을 나타내는데, 영적인 세계에 대한 시적 화자의 신념이라고 할 수 있다.

　즉 죽음의 공포나 불안이 존재하지 않는 내세에 대한 확신을 의미한다. 김현승의 시에서 신앙적 확신이 없는 고독이 자리 잡을 때는 '무덤 밖'으로 표현되던 비유가, 영적인 확신이 있을 때는 '무덤의 평안'으로 변화되는 것이다. 신앙과 고독의 상관관계에서 신앙과 멀어지는 고독의 상태에 침잠할 때는 '무덤 밖'에 뒹굴지만, 신앙적 구원의 확신이 섰을 때는 '무덤의 평안'으로 비유되고 있다.

　이 시에서 상징적 이미지인 '지평선'과 '그 나라'는 영혼의 세계(저승)를 의미하며, 시인의 자의식은 죽음의 상태에 있지만 실존적으로는 그렇지 않다. '지평선'은 현세와 영혼의 세계에 가로 놓인 선상의 갈림길이다. 영혼(넋)의 '까마귀'가 긴 울음을 남기고 지평선으로 날아감으로써 시적 화자의 육적인 고뇌와 갈등은 엄숙한 비장미마저 느끼도록 한다. 따라서 독자는 정화된 마음 상태에서 평온하고 안정된 느낌을 갖는다. 현실과 자의식의 공간에서 시적 화자의 삶과 죽음이 교차하지만, 모든 것을 묵묵히 수용하는 모습이다.

김현승의 신앙은 고혈압으로 쓰러진 후 죽음이라는 극한 상황에서 더욱 성숙한 듯하다. 그는 지상에서의 삶이 마지막에 가까워오자 최후의 질문을 던진다. 그 질문 속에는 확신이 담겨 있다. 지평선은 그에게 '한 세상 만나던 괴롬과 슬픔'(「지평선」)이 교차되는 현실적인 삶의 공간이다. 지평선을 넘어가는 까마귀의 울음은 자신의 죽음을 확신하는 심리적 상태로써 이승에서의 고독이 끝났음을 의미한다. 영혼의 영원성을 긍정하며 자아와 신과의 관계 회복을 의미하는 것이다. 그에게 있어서 고독의 극복은 자아와 신과의 관계, 나아가서는 대타자와의 관계를 회복하는 것이라고 할 수 있다.

구름이 검은 헝겊처럼 펄럭인다.

손바닥만한
지상의 땅 한 조각을 맡아서
밭농사를 짓던 부부가
잠시 손을 놓고 하늘을 올려다본다.

걱정하지 말라고
마음 놓고 일하라고

등이 굽은 늙은 재봉사가
은실로
하늘과 땅을 꿰매어 주신다.

봄비,
봄비,
봄비,

구름이 다시 하얀 헝겊처럼 펄럭인다.　　　- 이세룡의 「행복」 전문 -

이 시는 관념적·추상적인 어휘가 극도로 배제되고, 미사여구적인 수식어나 한정어가 생략됨으로써 단순 간결한 언어의 경쾌함이 돋보인다. 특히 3연을 중심으로 앞뒤의 내용을 산문적으로 서술한다면 다양한 의미가 압축되어 있다고 볼 수 있다.

농부의 입장에서 보면, 가뭄으로 농사를 지을 수 없으므로 제발 비를 내려달라는 간절한 염원이 담겨 있고, 조물주의 입장에서 보면, 비를 곧 내려줄 테니 걱정하지 말고 일하라는 위로가 담겨 있다. 등 굽은 재봉사가 '검은 헝겊'과 '흰 헝겊'을 꿰매어 옷을 만들어가듯, 조물주는 봄비를 내려 천상과 지상을 연결시켜준다. 창조주의 그러한 행위가 재봉사로 비유된 것이다.

'검은 헝겊'이 비 오기 직전의 먹구름이라면, '흰 헝겊'은 비갠 후의 맑은 하늘의 모습이다. '은실'이 지상과 천상을 연결하듯, '봄비'는 신과 인간을 연결하는 성스러운 끈으로써 신과 인간의 합일된 세계를 의미한다. 봄비가 내리는 모습을 시각적으로 나타내기 위해 "봄비가 내린다"를 압축하여 한 단어씩 별도의 행으로 처리해 세 번 반복하고 있다. 그것도 쉼표를 사용해 3행으로 배열한 것은 빗방울이 세차게 떨어지는 모습을 보여주기 위한 미학적 책략이라 할 수 있다.

농부는 비를 내려달라고 간구하면서 비가 내리는 상황을 객관적 태도의 인식론적 관점에서 바라보고 있지만, 전체적으로 '지상의 땅 한 조각', '은실', '늙은 재봉사', '하늘과 땅을 꿰매어준다' 등의 감각적 표현 효과가 돋보인다. 이 인식론적 관점은 단지 필요한 비가 내린다는 감사의 차원에 머물지 않고 시제인 '행복'이 암시하듯 초월적 존재인 절대자의 섭리와 은총을 체험하는 신앙적 고백으로 나타난다.

5) 애매성(曖昧性)

뜻 겹침, 다의미성을 뜻하는 애매성은 문맥의 불확실한 구조에서 발생하고 의미나 태도, 감정의 이중성에 기반을 둔다.[27] 일상생활에서의 언어는 화자와 청자가 정확한 의미를 파악하고 이해해야 하므로 가급적 애매성을 피해야 한다. 특히 법률용어나 의약품 사용설명서, 신문기사, 관광안내서 등은 이중적 표현을 엄격히 금지한다. 그러나 시적 언어는 사실을 전달하는 것이 아니라 풍부한 정서와 의미를 새롭게 체험하며 환기시키는 체험이므로 애매성을 지니는 것이 더욱 효과적이다. 애매성은 긴장감을 야기하고 풍요로운 의미를 함축하기 때문이다.

우리가 살아가는 현실세계는 논리적이거나 합리적 차원의 가치 판단에 머물지 않고, 때로는 역설적이고 모호하며 한 치 앞을 내다볼 수 없는 가변성이 가로놓여 있다. 이렇게 모순되고 불가해한 현실세계를 바라보는 태도는 정확하고 사실적인 관점보다는 반어적이며 애매하게 접근해갈 때 적절하면서도 정확한 이해를 하게 된다.

영미 비평가인 엠프슨은 그의 저서 『Seven Types of Embiguity』에서 애매성의 유형을 7가지로 나누고, 시에서 애매성의 필연성을 강조하였다. 애매성은 동음이의어의 음성적 관점, 형태상의 다의성을 환기시키는 문법적 관점, 하나의 소리에 여러 가지 의미를 결합하는 어휘적 관점에서 분류할 수 있다.

시에서 내포적 언어는 애매성과 연관되는데, 정서적인 언어가 모순 충돌하는 사물을 한 문맥에 수용하기 때문에 그럴 수밖에 없다. 그러나 모호성은 정확하고 객관적인 명료성과 반대 개념으로, 기호적 의

---

27) William Empson, *Seven Types of Embiguity*, Penguin Books(1965), p.24.

미 해석이 명료하지 않아서 이해 불가능한 상태이다. 따라서 시 창작 과정에서 자신의 감정을 모호하거나 혼란스럽게 왜곡시켜 나타냈다면, 독자가 해석할 수 없으므로 배제해야 한다.

애매성의 어원은 "두 길로 몰고 간다"는 뜻으로, 두 길로 토끼를 몰아가듯 풍부한 암시를 내포한다. 시어는 의미의 복합성과 풍요성으로 인해 긴장감이 유발되고, 당혹감을 느낄 때 그 효과가 크다. 애매성은 기존의 의미에 한정시키는 것이 아니라, 열려 있음의 상태에서 수수께끼와 같은 의미를 풀어가면서 기쁨을 느끼는 인간의 속성과 관련이 있다. 투명성에 대비되는 애매성은 미지의 세계에 대한 탐구이며 무한대의 혼돈으로, 최소한의 언어로써 최대의 효과를 얻기 위해 장치된 문맥의 불확실한 구조에서 발생한다.

따라서 애매성은 시인의 성장 배경, 문화, 정서에 바탕을 둔 의미 간의 상호 관계에 의해 정당성을 획득하는 것이다. 애매성은 언어의 부정확성에 따른 결함이 아니라, 상상력의 최대화로 풍부한 의미를 추구할 수 있는 효과를 자아낸다. 그런데 많은 사람들은 애매성과 난해성을 혼동하는 경우가 많다.

애매성은 의미의 풍부성을 지향하기 때문에 이것도 저것도 되는, 다양한 판별이 가능하다. 그러나 난해성은 애매성을 위장한 형태로, 의도적인 은폐와 왜곡의 모호성으로 단어나 문맥을 통해 그 의미 판별이 안 된 것이다. 시에서 애매성은 ① 무엇에 대해 말할 것인가에 대한 미결정 상태, ② 이것저것, 혹은 양쪽을 동시에 말할 수 있는 가능성, ③ 여러 가지 사물이나 의미를 동시에 말하고 싶은 의도, ④ 하나의 진술이 몇 가지 의미를 지닐 수 있는 것 등의 형태로 나타난다.

애매성은 통사론적으로 같은 문장이 두 개의 서로 다른 하부구조와 관련되거나, 의미론적으로 문장 속에 다의어가 포함되거나, 화용론적으로 그 문장이 잠정적으로 어법에 맞지 않는 뜻을 몇 군데 가지는 경우[28] 등으로 나타날 수 있다. 따라서 시에서 애매성이 강한 낱말은 감정이나 심리적 반응을 얻는 데 많은 시간을 필요로 한다.

한국 현대시에서 애매성을 중시하는 경향은 1960년대 김춘수·김구용·전봉건 등 <현대시> 동인들을 중심으로 전개되었다. 그들은 부조리한 현실을 도외시하고, 내면세계로 파고들어 의식 현상에 대한 시적 탐구를 추구하였다. 비대상이란 현실에 대한 회의나 불신을 바탕으로 하고 있다.

반사실주의적인 관점에 따르면, 현실세계와 자아는 더 이상 존재하지 않고, 단지 경험에 의해 상상될 뿐이다. 문학은 상상력에 의한 허구로서 현실 지시성을 초월한다. 어떤 현실도 반영하지 않은 상황에서 시인의 주체는 소멸되고, 오직 경험하는 공간으로 작품 자체만을 반영할 수밖에 없다. 모더니즘이 현실의 혼돈을 질서화한다면, 포스트모더니즘은 현실의 부재를 인식하고 혼돈 속을 거닐며 이성의 억압으로부터 벗어나는 것이다.

> 까마득한 날에
> 하늘이 처음 열리고
> 어데 닭 우는 소리 들렸으랴
>
> 모든 산맥들이
> 바다를 연모해 휘달릴 때도
> 차마 이곳을 범하던 못하였으리라
>
> 끊임없는 광음(光陰)을

---

28) T. 토도로프, 신진·윤여복 역, 『상징과 해석』, 동아대출판부(1987), p.73.

부지런한 계절이 피어선 지고
큰 강물이 비로소 길을 열었다

지금 눈 내리고
매화 향기 홀로 아득하니
내 여기 가난한 노래의 씨를 뿌려라

다시 천고(千古)의 뒤에
백마 타고 오는 초인(超人)이 있어
이 광야에서 목 놓아 부르게 하리라   - 이육사의 「광야」 전문 -

민족의 현실과 초인의식을 주제화한 이 시는 전체 5연으로 구성되어 있지만, 1, 2연을 합치면 한시의 변형적 기승전결 구조를 띤다. 각 연의 ①행은 2음보, ②행은 3음보, ③행은 4음보로서 음보수가 달라지면서 행 길이도 길어진 형태이다.

1~3연은 전반부로, 천지개벽의 신비적 원시성, 의인화된 자연을 통한 광야의 웅대한 기상, 계절의 순환을 통한 광야의 역사 인식 등을 반영한다. 후반부 4~5연은 현재와 미래시제의 단락으로, 혹독한 상황에 처한 시인의 신념과 의지, 미래에 대한 확고한 역사의식과 확신 등을 내포하고 있다. 남성적 이미지인 '하늘', '광야', '범하다'와 여성적 이미지인 '바다', '강물', '연모' 등이 중심축을 이룬다.

이 작품에서 애매성은 1연의 '들렸으랴'와 4연의 '뿌려라' 등에서 엿볼 수 있다. '들렸으랴'는 ① '들렸으리라'의 축약형으로 '들렸을 것이다'의 추리적 상황, ② 추측이나 상상의 설의법으로 '들렸겠느냐', 즉 어디에도 들리지 않았을 것이다 등으로 해석할 수 있다. 또한 '뿌려라'도 ① 명령형이 아닌 '뿌리리라'의 의지 미래 축약형이나 영탄형 종결법으로 '뿌리겠다'는 단호한 의지를 반영하는 압축 혹은 영탄 형태, ② '뿌린다'는 현재 서술형 종결어미, ③ '뿌려야만 한다'는 신념 등의 의미로 해석할 수 있다. 두 단어를 ① '~리라'처럼 해석할 수 있는 근거는 2, 5연의 마지막 행에 '~리라'의 종결어미에 맞추어 고전주의적 균형과 형식에 조화를 이루기 위한 장치로 볼 수 있기 때문이다.

4연의 '눈'과 '매화 향기'의 대립적 이미지에서 '눈'이 차가운 겨울 이미지로 어두운 현실과 식민지 체제의 절박한 상황을 의미한다면, '매화향기'는 봄의 전령사처럼 희망이나 정신적 안정을 뜻한다. '가난한 노래의 씨'는 의지와 신념의 반영으로, '가난'은 맑고 깨끗한 선비 정신을, '노래의 씨'는 꽃동산의 이미지로서 절망적 상황을 극복할 수 있는 삶의 근원적 초월성이나 희망 의지, 조국해방 등을 내포한다.

2연의 '이곳'과 동격인 '여기'는 구체적으로 '가난한 노래의 씨를 뿌리는 곳'으로 식민지 상황의 조국이라고 할 수 있다. 그때 '백마 타고 오는 초인'은 현실 극복과 초극 의지를 반영하는 민족혼의 선구자, 확고한 신념의 인간상 등의 초월적 존재를 내포한다.

차단-한 등불이 하나 빈 하늘에 걸려 있다.
내 호올로 어딜 가라는 슬픈 신호냐.

긴-여름 해 황망히 나래를 접고
늘어선 고층 창백한 묘석같이 황혼에 젖어
찬란한 야경 무성한 잡초인 양 헝클어진 채
사념(思念) 벙어리 되어 입을 다물다.

피부의 바깥에 스미는 어둠
낯설은 거리의 아우성 소리
까닭도 없이 눈물겹고나.

공허한 군중의 행렬에 섞이어
내 어디서 그리 무거운 비애를 지고 왔기에
길-게 늘인 그림자 이다지 어두워

내 어디로 어떻게 가라는 슬픈 신호(信號)기
차단-한 등불이 하나 비인 하늘에 걸리어 있다.
- 김광균의 「와사등」 전문 -

  김광균은 1930년대 모더니스트로서 이미지즘 기법을 우리 현대시
에 도입한 대표적 시인이다. 이 시는 참신한 비유와 선명한 시각화의
이미지를 통해 화려한 도시 문명 속에서 삶의 지향점과 방향 감각을
상실한 지식인의 고독과 비애를 암시하고 있다. 가스등을 뜻하는 '와
사등'은 변형된 수미쌍관식 구조 형태를 취하고 있다.
  이 시에서 애매성은 '차단-한'에 나타나는데, ① '차다(寒)+ㄴ한'으
로 '차디찬'의 의미를 지닌 조어, ② '遮斷+하다(한)', 즉 '무엇을 막아
서 그치게 하다' 등으로 해석할 수 있다. ①로 해석한다면, 촉각적 이
미지를 시각화한 것으로 빈 하늘에 '차디찬 가스등'이 걸려 있는 상
태이다. 이런 표현은 삶의 방향 감각을 상실하고 헤매는 현대인들의
고독과 소외감을 쓸쓸하고 차가운 도시 풍경으로 나타낸 것이다. ②
로 적용한다면, 목적어를 생략해 무엇을 '차단하다', '가로막다'의 의
미로, '가로막아 그치게 한 등불'이란 뜻으로 문맥상 무엇을 차단하고
그치게 한 것인지 의미적 연결이 부자유스런 면이 있다. 그러나 '차단
하다'의 의미적 어감에서 현대인의 단절감과 고독의 불연속성을 나타
낸 것으로 볼 수 있다.
  특히 "긴-여름 해 황망히 나래를 접고"는 해 지는 석양 무렵을 날
개 접는 새의 모습에, "늘어진 고층 창백한 묘석같이 황혼에 젖어"는

도시의 고층 건물을 묘석으로 각각 비유하여 우울하면서도 암담한 분위기를 반영하고 있다.

눈은 살아 있다
떨어진 눈은 살아 있다
마당 위에 떨어진 눈은 살아 있다

기침을 하자
젊은 시인이여 기침을 하자
눈 위에 대고 기침을 하자
눈더러 보라고 마음 놓고 마음 놓고
기침을 하자   - 김수영의 「눈」 부분 -

「눈」은 중의법의 언어유희적인 애매성이 나타난다. 외연적 의미로 본다면, 하늘에서 내리는 '눈'(雪)이지만, 전후 문맥으로 볼 때는 무엇을 바라보는 안목(眼)이나 씨앗(種) 등의 다양한 의미로 파악할 수 있다. 눈을 향해 기침을 하는 행위는 어떤 의식적인 자각 행위라 볼 수 있다. 이런 '눈' 이미지는 순수·순결·깨끗함·푸근함·관용·雪 혹은 생명력 인식의 씨앗·분별력·판단력의 눈(眼) 등 다양한 애매성을 동반한다. '눈'(雪)은 눈발처럼 흩날리는 민중이며, 민중의 눈(眼)이고 소리이다.

한편, 김소월의 「산유화」 중 "저만치 혼자서 피어 있네"에서 거리 부사인 '저만치'는 원래 서술어 앞에 와 '혼자서 저만치 피어 있네'라고 써야 하는데, 이를 도치함으로써 ① 장소와 거리의 개념인 '저기', '저쪽', ② 상태로서 '저렇게', ③ 정황으로서 '저와 같은' 등29)의 의미로 해석되고 있다.

---

29) 김용직·장부일, 『현대시론』, 한국방송통신대출판부(1995), p.27.

북쪽은 고향
그 북쪽은 여인이 팔려간 나라
머언 산맥에 바람이 얼어붙을 때
다시 풀릴 때
시름 많은 북쪽 하늘에
마음은 눈감을 줄 모르다   - 이용악의 「北쪽」 전문 -

'북쪽'이라는 단어와 '~때'의 조건법 형태의 반복 구조는 이 시를 간결하고도 투명하게 객관화시키는 데 효과를 부여하고 있다. 북쪽은 고향이며 '여인이 팔려간 나라'로서 애매성을 갖는다.

②행의 '그'라는 관형사가 ①행의 '북쪽'을 강조한 것인지, 아니면 고향인 '북쪽'에서 바라본 다른 북쪽 지방인지, 해석자의 관점에 따라 함축적 의미를 지닌다. 이런 현상은 같은 단어를 다른 의미로 반복함으로써 정서를 고조시키고 경이감을 불러일으킨다. 전자의 관점에서 본다면 '북쪽'은 그의 고향이고, 후자의 관점이라면 '북쪽'은 그의 고향의 변방지대인 만주나 아라사 땅으로 많은 유이민이 흘러들어간 곳이다. 후자의 의미로 해석한다면, ①~④행까지 대립구조로서 북쪽 고향에 대한 객관적 정황이 나타난다. ①행과 ②행의 '북쪽'은 고향과 타향이고, ③행과 ④행도 '바람'이라는 주체에 '얼어붙을 때'와 '풀릴 때'의 술사가 대립된 형태이다. ⑤, ⑥행은 객관적 정황에 대한 시적 화자의 심적 태도이다.

고향 상실의 아픔은 '바람이 얼어'붙고 '시름 많은' 상태로 표상된다. 산맥과 싸늘한 바람이 북방지대의 정서를 환기하지만, 그 배경에는 비극적인 시대 상황이 자리 잡고 있다. 얼고 풀리면서 상반되는 상황은 고향에 대한 그리움과 현실상황을 거부하려는 내면적 감정의 표출이다.

애비는 종이었다. 밤이 깊어도 오지 않았다.
파뿌리같이 늙은 할머니와 대추꽃이 한 주 서 있을 뿐이었다.
어매는 달을 두고 풋살구가 꼭 하나만 먹고 싶다 하였으나……
흙으로 바람벽한 호롱불 밑에
손톱이 까만 에미의 아들.
갑오년이라든가 바다에 나가서는 돌아오지 않는다 하는
외할아버지의 숱 많은 머리털과
그 커다란 눈이 나는 닮았다 한다.
스물 세 해 동안 나를 키운 건 八割이 바람이다.
세상은 가도가도 부끄럽기만 하더라.
어떤 이는 내 눈에서 죄인을 읽고 가고
어떤 이는 내 입에서 천치를 읽고 가나
나는 아무것도 뉘우치진 않으련다.

찬란히 티어 오는 어느 아침에도
이마 우에 얹힌 詩의 이슬에는
몇 방울의 피가 언제나 섞여 있어
볕이거나 그늘이거나 혓바닥 늘어뜨린
병든 수캐마냥 헐떡거리며 나는 왔다.   - 서정주의 「자화상」 전문 -

전반부는 허구화된 화자의 가계사가 나오고, 중반부는 8할이 바람이라고 할 정도로 방황했던 젊은 시절의 현실 판단과 의지를, 후반부는 치열한 삶 속에서 자신을 붙잡아준 것이 시 창작이었음을 고백하는 내용이다. 이 시에서 애매성은 '어매는 달을 두고' 부분인데, 이 '달'은 ① 해산달을 앞두고, ② 임신한 기간 중에 한 달을 두고, ③ 달마다, 한 달 내내, ④ 하늘에 떠 있는 달(月) 등 다양한 의미를 수반한다. 이런 다양한 의미의 애매성에도 불구하고 의미적 수용에 공감하는 것은 임신한 여인이 초기에 풋살구 같은 신 음식을 찾는다는 것이다. 그러나 어머니는 가난해서 그런 과일을 먹지 못하는 상황이고, 이런 연유는 흙집, 호롱불이나 '손톱이 까만 아이'의 이미지에서 생활의 궁핍함을 추측할 수 있다.

'종'도 시대적 상황이나 궁핍한 집안 형편, 자학적인 운명관 등을 내포할 수 있고, '바람'은 방황과 시련을 겪은 성장사, 자아를 인식하는 삶의 역동성과 영혼의 각성을 내포한다. 인생의 8할이 바람이었지만, 삶의 결정체가 '시의 이슬'로 이마 위에 얹혀 있듯이, 고뇌와 초극의 몸부림 같은 역동성을 느낄 수 있다. '이슬'은 자아인식 과정 중 순결함과 자아 관조, 새 생명의 정신적 지향성을 의미하고, 동물적 이미지인 '피'는 존재론적 생의 문제에 대한 고뇌와 초극의 몸부림이라고 할 수 있다.

'시의 이슬' 속에 몇 방울의 피가 섞여 있는 것은 바람 속의 방황과 '병든 숫개'마냥 굴욕적인 절망 속에서도 삶에 대한 본능적 집착이 담겨 있기 때문이다. 그에게 부끄러운 삶은 인류의 원죄의식에 따른 숙명성이나 안주하지 못하고 표류하는 죄책감이다. 「자화상」은 성장 과정에서의 방황을 허구화된 가계도와 연결시킴으로써 극적인 긴장감을 주는 한편, 치열한 삶 속에서 생에 대한 실존적 고뇌와 초월적 자의식을 나타내고 있다.

이 외에 시어의 특징으로 동일성과 문맥성을 포함시킬 수 있다. 모든 시적 감상은 전후 행과의 문맥을 통해 의미의 애매성과 함축성을 해석하기 때문에 문맥성은 필수적인 선결 조건이다. 시는 문맥 속에서 일어나는 발화로서, 문맥은 어떤 요소들의 뜻이 밝혀지는 전후관계적 인자이다. 문맥적 의미는 한 단어가 다른 단어와 결합하여 새로운 의미를 창출하는 표현 기술이다. 언어는 문맥 속에서 무한히 변신하고, 새로운 의미를 창조하는 속성을 지니고 있다. 이런 속성은 개념의 시간화와 공간화에 따른 언어의 해방이고 부활이다.

사물로서의 언어는 동일화 과정이라고 할 수 있는데, 자아의 욕망과 의식지향에 따라 세계를 자아화하는, 즉 주체와 객체의 통일을 꾀하는 것이다. 인간은 객관적인 세계를 자신이 욕망하고 상상하는 세계로 변용시켜 자아와 세계를 동일화하려는 심리적 경향이 있다. 동일성의 논리는 나와 너, 자아와 세계, 주체와 객체가 하나로 되는 화해의 시학이기도 하지만 고정된 사물의 의미가 새롭게 명명되고 전환되는 창조적 행위이기도 하다.30)

동일화에는 동화와 투사가 있는데, 동화는 황진이 시조("동짓달 기나긴 밤을~")에서 엿볼 수 있다. 황진이의 시조가 자아와 갈등 관계인 세계를 자아의 감정이나 세계관에 맞추어 동일화한다면, 투사는 노천명의 「사슴」처럼 자신을 객관적 대상(세계)에 투사시켜 감정을 이입함으로써 자아와 세계의 일체감을 꾀하는 것이다.

---

30) 홍문표, 앞의 책, p.69.

| 현대시론 |

제4장 **시의 운율**

① 리듬과 율격의 개념

모든 발화의 자율적 속성을 지닌 리듬은 소리 자질이나 구성, 효과에 관한 일체의 현상으로서 율격, 운, 음상 등과 시 행의 배열, 분단이나 결합 방식을 총괄적으로 포함하는 개념이다. 말소리뿐만 아니라 반복적인 변화나 운동감이 느껴지는 모든 현상을 포함한다. 리듬은 율격과 시작(詩作)의 다양한 요인이 복합적으로 작용해 긴장관계를 유지하는데, 다양하면서도 이질적인 요소들을 고리 현상으로 맺어 조화와 통일성을 지탱해준다. 리듬은 시의 언어적 구성 성분을 끊임없이 움직이게 하는 촉매로서 형상화되는 언어 현상에 따라 가변적으로 나타나며, 상이한 요소의 재현과 심리적으로 유사한 자질을 배치함으로써 질서감을 준다.

리듬 현상의 요인은 사계절의 변화나 낮과 밤의 순환성, 심장 박동에 따른 생명체 존재의 생리적 리듬, 시간적 간격의 반복 현상으로, 자연현상과 인간 생활에 나타나는 주기적 운동에서 찾을 수 있다. 모든 생명의 본질이 되는 리듬은 자연 현상뿐만 아니라 문화 현상, 시 외에 산문·음악·무용·체조·조각 등에서도 느낄 수 있다. 이런 자연적인 리듬을 의식적으로 모방하는 것이 예술의 중요한 기능이고, 모방의 수단에 따라 예술의 장르도 결정되는 것이다. 리듬의 질서 속에서 인간은 편안함과 즐거움을 느끼므로 인간의 문화는 모든 현상의 질서화에서 찾을 수 있다.

시의 리듬은 음성적 언어 단위로, 음악의 리듬은 소리 단위로, 회화의 리듬은 선·색·형태로, 무용은 몸짓으로써 표현된다. 음악의 리듬은 음의 고저와 음색이 따르겠지만 본질적 요소는 시간의 장단이다. 시의 리듬도 음악의 리듬과 비슷하지만 그렇게 명백하거나 규칙적이지 못하다.

특히 무용은 모든 리듬 예술의 모체로 원시시대의 종교의식이나 문화적 행사에서 엿볼 수 있다. 예술이 미분화된 원시시대의 제례의식에서 주술적 내용을 담은 시와 음악과 무용은 인간의 리듬 본능을 종합적으로 표현했다. 따라서 이런 예술적 표현 단위들이 리듬을 형성하기 위해서는 주기성·반복성·상이성이 나타나야 한다. 리듬은 상이한 운동이 한 짝이 되어 시간을 일정하게 구분하듯 서로 종류가 다른 운동의 주기적 계기라 할 수 있다.

리듬의 하위 개념인 율격은 고정된 형태성으로 언어 현상을 동반한 소리, 반복성, 규칙성을 기본 자질로 갖는다. 자연계 현상은 언어적 소리 현상이 없고, 반복성과 규칙성만 있기 때문에 율격이 아닌 리듬이라고 할 수 있다.

율격은 언어 체계 내에서 규칙적·체계적으로 불변하는 현상을 나타내므로 소리의 시간적 질서 위에 나타나는 거리 반복이라 할 수 있다. 즉 음보의 규칙적 배열로 빚어지는 리듬의 패턴으로 발화시간의 등장적(等長的) 길이에 따른 시간의 반복이다.

산문에는 리듬이 있지만 율격은 존재할 수 없다. 산문에는 불규칙하고 무질서한 리듬이 있지만, 운문에는 소리의 반복적·규칙적 양식의 율격이 존재한다. 율격은 리듬 형성의 기본 틀로서 리듬에 포함시킨다. 이런 점에서 율격은 순수하게 규칙화된 추상관념이지만, 리듬은 율격과 시 속의 다양한 인자인 의미, 어조, 심상, 상상력 등과 상호작용하여 이질적인 요소를 동질화하고 긴장 관계를 유지하여 유기적이고도 총체적인 통일성과 미적 분위기를 창조해주는 가변적 현상이다.

2 압운법 및 운(韻)

음악에서 리듬이 청각과 관련이 있다면, 시의 리듬은 행과 시 전체의 의미를 변형시킬 수 있는 동적 인자로 작용하며, 그 자체로서도 하나의 의미를 산출할 수 있는 요소가 된다. 언어적 리듬은 시간의 진행 속에서 법칙과 질서를 지닌 소리의 울림이다. 운율은 시에서 똑같거나 비슷한 소리들이 반복되면서 시의 율동성을 높이는 것으로, 소리의 성질과 위치를 나타내는 '운'과, 소리의 길이 혹은 박자와 같이 일정한 선형적 구조를 갖추고 반복되는 소리 질서인 '율'을 합친 개념이다. 율동적 성격의 운은 음악성의 현현으로 모음조화나 음의 동화현상도 포함된다.

리듬은 체험과 경험의 질서화와 균형으로 정서적 울림을 전달하고 주제를 부각시키는 주요 인자이다. 시의 형식미를 구축하여 통일성·동일성·연속성의 감각을 부여해주는 자질로서 휴지, 행가름, 분절, 구두점, 문자의 시각적 효과와도 관계가 있다. 리듬은 소리의 자질,

의미와 정서, 시의 구조, 표현법 등이 어우러진 복합체로서 상호작용하여 일정한 방향성을 이끄는 포괄적 현상이다.

산문이나 일상 언어에서 리듬이 단어와 단어 사이에 자연스런 분절로 나타난다면, 시에서의 리듬은 시적 의미와 정감을 전달하기 위해 보다 제한적이고 미세한 법칙에 의해 드러난다. 시의 리듬은 의미와 완전히 일치할 때 음악성을 획득하므로 기계적 낭독보다 의미와 관련시켜 음독하여야 한다.

언어의 운율성은 감정이나 정서를 보다 쉽고 빠르게 전이시키고 이입하는 데 촉진제 역할을 한다. 산문적 언어가 단어의 의미나 의사 전달에 중점을 두면서 리듬이 환기하고 있는 의미와 내용에 종속된다면, 시의 리듬은 오히려 그런 의미와 구문을 변형시킬 수 있는 역동적 원리로 작용한다. 일상적 언어에서의 소리 배치는 자의적이므로 산문적 리듬이 호흡의 자동화 과정에 상응하는 반면, 시적 리듬은 시 전체의 구성 원리에 따르므로 그런 자동화 과정에서 일탈하려는 측면이 있다.

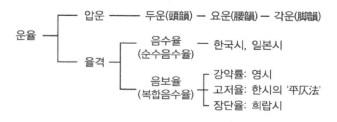

시의 리듬은 일정한 격식에 구속받느냐, 일정한 격식에서 벗어나느냐에 따라 외형률(정형시)과 내재율(자유시)로 나눈다. 또 외형률은 율격(meter)과 운(rhyme)으로 나눈다. 말소리는 언어마다 다르기 때문에 우리 시의 율격은 외국 시와 다르게 나타난다.

율격은 음수율과 음보율로 나눌 수 있는데, 롯츠(J. Lotz)는 운율의 자질에 따라 음수율 중심의 순수음수율과, 음절수와 더불어 음의 고저·장단·강약을 병행한 음보율 중심의 복합음수율로 분류하고 있다. 율격은 반복 단위를 음보로 보느냐, 행으로 보느냐에 따라 달리 나타나는데, 전자에는 강약·고저·장단율이, 후자에는 음보율과 음수율이 포함된다.

내재율은 일정한 격식에 구속받지 않고 자유로운 호흡에 언어의 억양과 색조가 빚어내는 불규칙한 무형의 리듬이다. 규격화된 틀과 사고에서 벗어나려는 양식상의 변화는 자유분방한 개성과 자율성을 반영하는 결과에 따른 산물이다. 따라서 리듬은 운율보다 종합적·심리적인 감각으로서[1], 정형시의 연구에서는 운율의 이론으로, 자유시의 연구에서는 리듬의 이론으로 접근이 가능하다고 볼 수 있다.[2]

음위율인 압운은 일정한 위치의 소리 반복에 따른 언어적 조화음의 구성으로, 동일한 어휘 반복이 아닌 음성 차원의 동일한 음(음소)의 반복이다. 압운에는 위치에 따라 유사한 소리가 반복되는 두운·요운·각운 등이 포함된다. 두운은 똑같은 낱말들이 시행의 첫머리에서 동일한 자음이나 모음으로 반복되고, 요운은 시행의 중간 위치에서, 각운은 2행 이상의 시행의 말미에 동일한 자음이나 모음의 음소가 반복되는 현상이다.

한시에서 각운은 짝수 구의 끝부분에 배치된다. 주로 압운은 음절 의식이 강한 언어 체계에서 발달한 기법으로, 규칙성과 반복성이 율격과 동일하지만 위치 반복이 중심을 이룬다. 한 행 속에서 일정한 거리를 두고 소리 단위들이 규칙적으로 반복되는 것이 율격이라면, 압운은

---

1) 김대행, 『운율』, 문학과지성사(1984), p.13.
2) 윤석산, 『현대시학』, 새미(1996), p.395.

인접한 시행 속의 일정한 낱말의 위치에서 소리 단위가 규칙적으로 반복되는 것이다. 압운은 단어들 사이의 숨겨진 의미 관계의 가능성을 밝히기 위해 리듬 기능뿐만 아니라 의미적 기능도 갖고 있다.

그밖에 운에 포함되는 것으로 모음운(assonance), 자음운[3](consonance), 쾌조음(快調音, euphony), 악조음(惡調音, cacophony) 등이 있다. 모음운과 자음운은 한 행의 일정한 위치에서 비슷한 모음이나 자음을 가진 낱말들이 병치되어 나타난다.

장모음은 장엄함이나 유연함, 우울한 느낌을 주지만, 단모음은 경쾌함과 섬세함, 경박한 느낌을 준다. 자음의 경우 유음(l, r)은 흐르는 느낌, 비음(m, n)은 가볍고 부드러운 느낌을 주지만, 파열음(p, t)이나 마찰음(s, θ)은 거칠거나 둔탁하고 부딪히는 조급한 느낌을 준다. 쾌조음은 ㄴ, ㄹ, ㅁ, ㅇ이나 모음과 모음 사이에 ㅂ, ㄷ, ㅈ 등이 삽입되어 부드러운 효과를 주는데, 모음조화, 비음, 설측음, 자음동화 등 경쾌하고 부드러운 소리가 이에 포함된다.

쾌조음(활음조)은 김소월의 「접동새」에서 '아우래비'(아홉 오라버니), 김영랑의 「저녁때 외로운 마음」에서 "저녁해 고요히 지는 제(때)/먼 산 허리에 슬(쓸)리는 보랏빛"에서 엿볼 수 있다. 어음 연속체로 음성 효과를 자아내는 활음조는 어감이 부드러운 모음끼리의 결합이나 자음 중에서도 부드러운 비음이나 설측음, 무성음에서 유성음으로 변하는 현상 등에 잘 나타난다.

악조음은 시끄럽고 딱딱하거나 격렬하게 들리는 불협화음으로 된 소리나 거센소리, ㅢ·ㅟ·ㅔ 등의 모음, 폐색음 등이 포함된다. 김종

---

3) 영시에서 압운 형태는 어떤 자질로 구성하느냐에 따라 모운과 자운으로 나눌 수 있다. 모운(母韻)은 두 개 이상의 강세 음절에 모음을 반복적으로 배치하고, 자운(子韻)은 각 시행의 마지막 단어의 음절이 유사한 자음으로 배치된다. 모운과 자운은 놓인 위치에 따라 두운과 각운으로 나눌 수 있다.

서의 시조에서 "삭풍은 나무 끝에 불고 명월은 눈 속에 찬데/ 긴 파람 큰 한소리에 거칠 것이 없어라"에서 강렬한 남아의 기상과 의지를 악조음을 통해 느낄 수 있다.

우리 시의 언어 구조상 압운법이나 기타 운은 서구 시에 비해 접미사를 동반하는 부착어로서 많이 발달하지 않았다. 그것은 우리말이 소리의 반복으로 문절·어절·어휘 등의 음절 반복보다 우세하고, 조사나 접미사를 동반한 용언형의 서술어가 문장 끝에 오기 때문에[4] 음절의 정확한 위치 반복이 어렵기 때문이다.

음수율은 시행 리듬 패턴의 기초가 되며, 시행 속에서 음절수를 단위로 규칙적으로 반복되면서 구와 행을 이룬다. 이때 음절 계산은 언어의 성격과 호흡군에 의해 결정된다. 우리 시의 전통적인 음수율은 3·3·2(4), 3·4(4·4), 7·5조 등이 지배적이고, 중국의 한시는 五言·七言 율시나 절구, 일본 시는 하이꾸(俳句, 5·7·5)나 와까(和歌, 5·7·5·7·7조) 등으로 나타난다.

음보율은 보격의 기본 단위로서 음절수에 일정한 형태의 운율적 자질이 첨가된 것으로, 음의 성질을 반영하는 장단·고저·강약의 음성률과의 관계에 의해 결정되는 리듬 패턴이다. 장단율은 음절이 지속되는 시간이 어떤 위치에서 규칙적으로 반복되는 것이고, 고저율은 일정한 위치에서 음의 고저가 변별되는 음소들이 반복되는 것이다. 한시의 평측법(성조율)은 음의 고저(평측)를 규칙적으로 반복하는 것으로 높낮이 없는 평조(平調)와 높낮이가 있는 측성(仄聲)이 배열된 형태이다. 중국어의 四聲(平調, 升調, 上聲, 去聲) 중 平調가 平이며 그 이외는 仄이 된다.

영시의 강약율은 악센트가 붙은 강한 음절과 악센트가 없는 약한

---

4) 김대행, 앞의 책, pp.26~37 참조.

음절이 결합해 일정한 거리에서 반복되는 것으로, 그 기본 단위를 음보라 부른다. 이 음보가 몇 개 모여 행(line)을 이루는데, 행은 리듬이나 의미의 한 단락이 되기도 한다. 고대 그리스어와 라틴어는 음의 장단율이 음보 율격의 기본 요소가 되었다. 우리 언어의 구조상 한국시에는 음의 장단·고저·강약이 없지 않지만, 시의 운율 양식으로 활성화되어 특성을 나타낼 정도는 아니다. 우리 국어에는 동음이의어를 식별하는 장단은 있지만, 강약·고저는 표준화되어 있지 않다. 미미하지만, 짝수 음보의 낭독 시 첫 음보의 끝 음절과 둘째 음보의 첫 음절에 강세를 둘 수 있다.

> 군산 묵은 장 가서 팔고 오는 선제리 아낙네들
> 팔다 못해 파장떨이로 넘기고 오는 아낙네들
> 시오릿길 한밤중이니
> 십리 길 더 가야지
> 빈 광주리 가볍지만
> 빈 배 요기도 못하고 오죽이나 가벼울까
>
>   - 고은의 「선제리 아낙네들」 부분 -

이 시는 '파' '시' '빈' 등 일정한 음절이 반복되면서 운의 효과를 나타내고 있다. 소박하고 소외된 선제리 아낙네들은 물건을 다 팔아 몸은 가볍지만, 궁핍함과 육체적 고달픔이 '빈 광주리'와 '빈 배'라는 한탄조의 대구를 통해 나타난다. 전체적인 분위기가 민요조의 리듬을 바탕으로, 민중적 시각에서 본 현실의 고달픔과 정한이 반복되는 운에 잘 반영되어 있다.

> 비가 온다
> 오누나

오는 비는
올지라도 한 닷새 왔으면 좋지.   - 김소월의 「왕십리」 부분 -

「왕십리」는 '오다'라는 기본 동사형을 '오누나', '온다', '오는', '올지라도' 등으로 다양하게 변형시킴으로써 '오'의 두운 효과가 나타남과 동시에 7.5조 3음보의 민요조를 형성하고 있다. 감탄형 서술 종결어미의 독백 어조는 화자의 간절한 염원을 뒷받침하고 있으며, '비'는 슬픈 정조를 전달해준다. '한 닷새 왔으면 좋지'에서는 그 정도면 충분하므로 비가 그쳤으면 좋겠다는 원망 심리가 반복되는 두운에 의해 간절히 나타난다. 일상어법에서는 "오는 비는 올지라도 한 닷새 왔으면 좋지"나 "오는 비는 올지라도/ 한 닷새 왔으면 좋지"처럼 억양이 한 곳에 오거나 양분될 수 있지만, 여기에서는 "올지라도 한 닷새 왔으면 좋지"로 새로운 억양을 창조해 의미론적 뉘앙스를 내포한다. '올지라도'와 '왔으면'은 억양상승부, '한 닷새'와 '좋지'는 억양하강부가 된다.[5]

아라스카로 가라 아니 아라비아로 가라
아니 아메리카로 가라 아니 아프리카로
가라 아니 침몰하라. 침몰하라. 침몰하라!   - 서정주의 「바다」 부분 -

이 시는 '가라' '하라'의 명령조 서술형 반복과 '아니'라는 부정사 반복이 맞물려 세계적인 지역으로 이어지는 두운('아') 효과를 강조한다.

밤하늘에 부딪친 번개불이니
바위에 부서지는 바다를 간다.   - 송욱의 「쥬리에트에게」 부분 -

---

5) 이승훈, 『시작법』, 문학과비평사(1988), p.132.

이 시는 '부딪친', '번개불', '부서지는' 등의 파열음에서 'ㅂ'음이 파괴 충동의 효과를 자아내며 격정적 정서를 반영한다. 거칠고 딱딱한 소리를 통해 시적 효과를 한층 높이는 기법을 카코포니(cacophony)라고 하는데, 이는 부드러운 음감의 유포니(euphony) 현상과 대조를 이룬다.

> 말리지 못할 만치 몸부림치며
> 마치 천리만리나 가고도 싶은
> 맘이라고나 하여볼까.　　　　　　　- 김소월의 「천리만리」 부분 -

이 시는 낱말의 머리 위치에서 'ㅁ'음의 반복이 이루어지고, 매 행에서 'ㅁ'과 'ㅏ'의 두운 효과가 나타난다. 'ㅁ'과 'ㅂ' 'ㅅ' 'ㅊ' 등의 파열음이나 치음 계열과 결합해 격정적인 호흡을 나타낸다. 'ㅁ'음의 흥겹고 경쾌한 청각 영상과, 몸부림치며 떠나고 싶은 시구의 의미가 걸맞지 않은 느낌이다. 이처럼 상반되는 음성 효과는 화자가 직면한 그리움과 떠남의 안타까운 심정을 반영한다.

> 신이나 삼아줄 걸 슬픈 사연의
> 올올이 아로새긴 육날 메투리　　　　　　- 서정주의 「귀촉도」 부분 -

이 시는 'ㅅ'과 'ㅇ'이 각각의 행을 주도하며 상호 연계됨으로써 자연스럽게 음성적 효과를 자아낸다. 부딪히며 발산하는 파열음 'ㅅ'은 효과음으로 '슬픈 사연'을 전하는 내면적 고뇌를 반영함으로써 견딜 수 없는 통한의 분위기를 자아내지만, 다음 행인 '올올이 아로새긴'의 부드러운 유성음 'ㅇ'과 어울려 첫 행의 슬픈 감정을 순화시키고 있다.

모진 생명끼리 모여서
밟히면 밟힐수록
쑥덕쑥덕 거리다가
쑥덜쑥덜 거리다가
쑥얼쑥얼 한다   - 조태일의 「쑥」 부분 -

'쑥'의 음성적 자질을 다양하게 변형시켜 새로운 시어를 만듦으로
써 철자의 변형에 따라 다양한 암시와 연상작용을 불러일으킨다. '쑥
덕쑥덕', '쑥덜쑥덜', '쑥얼쑥얼' 등 '쑥' 음을 변형하여 민중의 담론을
환기시키고 있다. 쑥은 민중을 상징하는데, 그들의 강인한 생명력은
'쑥 세상'을 열리도록 만든다.

바람이/ 바람을 불러/ 바람/ 불게 하고//
물이 물을 불러 물 블게 하고
마음이 마음을 불러 마음 부풀게 하고
            - 최석하의 「바람이 바람을 불러 바람 불게 하고」 부분 -

이 시는 '바람', '물', '마음', '불러', '불게' 등의 낱말 반복으로 경
쾌한 리듬감을 불러오는데, 그 중에서도 낱말의 구성 인자인 'ㅂ',
'ㅁ'의 자음과 '아', '어', '우', '에'의 모음 결합에 따른 일정한 운의
효과가 밑바탕을 이루며, 3행 4음보 형태의 시조 리듬을 갖추고 있다.

(- / / \ ∨/ -)
朝辭白帝彩雲間 (jian)[6]   이른 아침 동트기 전 백제성을 출발하여
千里江陵一日還 (huan)   천리 길 강릉을 하루 만에 돌아왔다

---

6) 첫 행에서 평측법의 예로, 平調(-), 升調(/), 上聲(∨), 去聲(\) 등 四聲 표시를
   하였다. 한시에서 평측법은 작품의 둘째 음절이 평음, 측음으로 시작되느냐
   에 따라 五言, 七言詩 등으로 나눈다.

兩岸猿聲啼不住 (zhu)　　강 양 옆 잔나비소리 그칠 줄 모르고
輕舟已過萬重山 (shan)　　가볍고 재빠른 배 만 겹 산을 지나도다
　　　　　　　　　　　　　　- 李白의 「早發白帝城」 전문 -

　중국의 한시는 언어구조상 평측법과 압운이 발달되어 있는데, 이
작품도 칠언절구로서 각운이 잘 나타나고 있다. ①, ②, ④행의 마지
막 음절인 '門' '還' '山'의 중국식 발음에서 동일한 음절이 아니라,
'~an'이라는 음소가 반복되면서 각운을 형성한다. 이러한 운의 효과
는 동일한 어휘나 낱말의 음절 반복이 아닌, 음소의 소리 반복이다.

　　　들창을 열면 물구지떡 내음새 내달았다
　　　쌍바라지 열어제치면
　　　썩달나무 썩는 냄새 유달리 향그러웠다

　　　뒷산에두 봋나무
　　　앞산두 군데군데 봋나무

　　　주인장은 매사냥을 다니다가
　　　바위틈에서 죽었다는 주막집에서
　　　오래오래 옛말처럼 살고 싶었다　　　- 이용악의 「두메산골 1」 전문 -

　이 시는 다양한 유사음 및 동일음의 병치와 단어 반복으로 경쾌한
율격을 자아낸다. 1연에서 유사음의 호응관계는 '열'('열면'과 '열어제
치면'), '내'('내음새'와 '내달았다'), '썩'('썩달나무'와 '썩는'), 2연에
서 동궤 의미의 반복인 '~산두'('뒷산에두'와 '앞산두'), 3연에서 '주'
('죽었다'와 '주막집') 등에서 나타난다.
　1연에서 '냄새'(내음새)를 중심 지배소의 축으로 하여 '들창'과 '쌍
바라지', '물구지떡'과 '썩달나무', '내달았다'와 '향그러웠다', 2연에

서 '벚나무'를 중심축으로 '뒷산'과 '앞산' 등이 각각 음성적 대응 관계를 이루고, '군데군데' '오래오래' 등 시공간의 의미를 내포한 첩어 반복이 나타나 있다. '썩달나무 썩는 냄새'는 반복되는 동일음 '썩'의 어감에서 썩는 냄새가 독하고 진하게 느껴진다. 이런 동일 및 유사한 음성과 단어의 대응 관계는 드러나지 않는 형태적 구속을 내재적으로 형성하여 시에 연 가름의 효과를 부여한다.

저 산벚꽃 핀 등성이에
지친 몸을 쉴까.
두고 온 고향 생각에
고개 젓는다.

도피안사(到彼岸寺)에 무리지던
연분홍빛 꽃너울.
먹어도 허기지던
삼춘(三春) 한나절.

밸에 역겨운
가구가락(可口可樂) 물냄새.
구국구국 울어대는
멧비둘기 소리.

산벚꽃 진 등성이에
뼈를 묻을까.
소태같이 쓴 입술에
풀잎 씹힌다.   - 민영의 「龍仁 지나는 길에」 전문 -

이 시는 7.5조 3음보를 바탕으로 2행씩 의미 단위가 하나의 연을 구성한 기승전결 구조이다. 매 연마다 모음운과 자음운을 활용한 각운이 나타나 있다. 1연과 4연은 '핀'('피다')과 '진'('지다')의 대구적 변주형의 수미쌍관식으로, 각각 ①, ③행에 '에'와 ②, ④행에 '아'('~까', '~다')가 반복된다. 2연에서 ①, ③행의 '던'과 ②, ④행의 'ㄹ', 3연에서 ①, ③행의 'ㄴ'과 ②, ④행의 모음(ㅐ, ㅣ)이 각각 각운을 형성한다.

'가구가락'(可口可樂)은 코카콜라를 중국식으로 발음한 것인데, 이것은 서구 물질문명의 유입으로 민족의 전통성과 고유성이 밀려나는 현상을 반영한다. '구국구국'의 울음소리는 비둘기가 우는 '구구'의 음성 유사성으로 유음을 만들어낸 것이다. '구국'은 나라를 구한다는 '救國'의 뜻을 내포한 음성 상징이며, '가구가락 물냄새'와 '구국구국 멧비둘기 소리'의 대칭은 서구문화에 의해 전통문화의 고유성이 침식당하는 것을 암시한다. 현실상황에 대한 반성적 자각은 "소태같이 ~ 풀잎 씹힌다"로 표현되고 있다.

    사랑을 잃고 나는 쓰네

    잘 있거라, 짧았던 밤들아
    창밖을 떠돌던 겨울 안개들아
    아무것도 모르던 촛불들아, 잘 있거라
    공포를 기다리던 흰 종이들아
    망설임을 대신하던 눈물들아
    잘 있거라, 더 이상 내 것이 아닌 열망들아

    장님처럼 나 이제 더듬거리며 문을 잠그네
    가엾은 내 사랑 빈집에 갇혔네   - 기형도의 「빈집」 전문 -

이 시는 1, 3연의 'ㅔ'와 2연의 돈호법 'ㅏ'('아', '라')의 각운, '~들'

의 복수 접미사, '~던'의 과거 회상시제, '잘 있거라'의 반복이 일정한 리듬감을 형성한다. 과거 회상시제 반복과 병행해 '잘 있거라'의 반복 패턴은 모든 행에 걸려 단조롭고 지루한 명사 반복에 휴지의 여유를 주어 리듬감을 조절해 주는 효과를 갖는다.

2연 ①행의 '잘 있거라'는 ①~③행, ③행의 '잘 있거라'는 ④~⑤행, ⑥행의 '잘 있거라'는 ⑥행의 주체에 대한 각각의 도치 형태로 그 명사 어휘를 강조하기도 하지만, ①②③행의 주체에 대한 서술어로 ③행의 '잘 있거라'를, ④⑤행의 주체에 대한 서술어로 ⑥행의 '잘 있거라'를, ⑥행의 주체에 대한 서술어로 ①행의 '잘 있거라'를 순환반복적으로 사용하는 효과를 이중적으로 지닌다고 할 수 있다.

특히 2연에 자주 사용된 구두점은 억양에 상응하는 도상기호(圖象記號)로서 접속사 없이 병치되어 있는 단어와 언어 표현 사이의 관계를 통일시켜 주고 있다. 여기에서 억양은 행에서 리듬 단절로 이루어지는 내면적 분할을 유지시키거나 억제해주는 역할도 한다. 추상적 관념인 사랑의 구체화된 속성과 대화 형태를 통해 연민과 그리움의 정서를 반영하면서 이별의 아픔을 객관화하여 비장미를 더해준다. 화자는 반성적인 자아 성찰과 응시의 나르시스적 태도를 취하고 있다.

여승은 합장하고 절을 했다
가지취의 내음새가 났다
쓸쓸한 낯이 옛날같이 늙었다
나는 불경(佛經)처럼 서러워졌다

평안도의 어늬 산 깊은 금덤판
나는 파리한 여인에게서 옥수수를 샀다
여인은 나어린 딸아이를 따리며 가을밤같이 차게 울었다

섶벌같이 나아간 지아비 기다려 십년이 갔다
지아비는 돌아오지도 않고
어린 딸은 도라지꽃이 좋아 돌무덤으로 갔다

산꿩도 설게 울은 슬픈 날이 있었다
산절의 마당귀에 여인의 머리오리가 눈물방울과 같이 떨어진 날이 있
었다   - 백석의 「여승」 전문 -

「여승」은 시적 화자가 옛날에 만났던 여인이 여승이 된 한 서린 삶
을 담아내고 있다. 10년 전 지아비는 가출하여 소식이 없고, 딸아이는
일찍 죽었다.

1연에서 'ㄴ'음의 반복과, 2연에서 '딸아이'와 '따리며', 3연에서
'돌아오지 않고'와 '도라지꽃' '돌무덤', 4연에서 '머리오리' '눈물방
울' 등으로 일정한 소리결의 운을 형성하면서 전체적인 리듬감을 형
성한다. 또한 '쓸쓸한', '서러워졌다', '샀다', '설게', '슬픈' 등 'ㅅ'음
의 반복으로 서러운 분위기를 형성하고, 모든 문장은 '았(었)다'의 과
거체 종결형으로 끝을 맺는다. 3연의 '갔다'는 지아비가 집을 나가고,
아이가 죽은 동음이의적 의미 효과를 내고 있다. 4연의 '~날이 있었
다'의 병렬 반복은 여인의 슬픈 운명과 산꿩의 울음으로 슬픈 정서를
확장시켜주는 역할을 한다.

서녘에서 불어오는 바람 속에는
오갈피 상나무와
개가죽 방구와
나의 여자의 열두발 상무상무

노루야 암노루야 홰냥노루야
늬발톱에 상채기가

퉁수ㅅ 소리와

서서 우는 눈먼 사람
자는 관세음.

서녘에서 불어오는 바람 속에는
한바다의 정신ㅅ병과
징역 시간과   - 서정주의 「서풍부(西風賦)」 전문 -

부(賦)란 『시경』에서 유래한 한문학 장르의 하나로, 눈앞의 경치나 사물을 아름답게 펼쳐보이도록 하는 표현 방법이다. 현대에는 주로 풍유를 바탕으로 인간의 생각이나 감정을 서정적으로 읊는 시 형태로 발전하였다. 이 시의 전체적인 구조는 7.5조 3음보로, '와', '과'의 병렬적 반복과 시 행 반복이 밑바탕을 이루고 있다. 주술적인 주문과 같이 리듬감이 부각되면서 의미적 연결에 논리성을 내세우지 않는다. 한시의 賦 형식을 빌려 서풍에서 연상되는 다양한 존재와 사물을 의미 맥락이나 연관성 없이 나열하고 있다.

서풍, 하늬바람은 가을바람이다. 1연에서 '~상나무와', '~방구와', '~상무상무'(sangnamuwa banguwa sangmu sangmu)는 'ang~u'의 소리결 반복의 연상 작용에 의해 선택된 시어이다. '우는 눈먼 사람'과 '자는 관세음'에서 '~는 ~ㄴ ~ㅁ'의 소리결 반복은 서로 무관한 어휘가 나열되면서 통일적인 분위기를 조성한다. 마지막 '징역 시간과'의 미완 구조는 끝없이 순환 반복되는 서풍 이미지를 형상화하고 있다. 나른하면서도 서늘하고 격정적이기도 한 가을바람은 소리결 반복과 병렬적 반복 구조를 통해 주술적 치유 기능을 지닌다.

3 음보율(音步律, foot meter)

일반적으로 띄어 읽기는 의미의 단락에 따라 이루어지면서 휴지가 뒤따른다. 시에는 통사적 휴지와 의미적 휴지, 리듬 분절에 따른 리듬 휴지 등이 있다. 원래 음악 용어인 휴지는 단어나 어절, 문장 사이에 모두 나타나 일시적으로 시의 리듬이나 의미면에서 문맥의 유일한 전달체가 될 수 있다. 발화 분할의 필수 요인인 휴지에는 문법적 휴지도 있고, 율격적 휴지도 있다. 율격적 휴지는 문법적 휴지를 근거로 삼지만, 문법적 휴지가 있다고 해서 그것이 모두 율격적 휴지일 수는 없다.7)

율격적 휴지는 휴지에 의해서 규칙적으로 일정하게 반복될 때 성립하므로 이런 형태 구조를 갖지 않는 휴지는 문법적 휴지에 그친다. 그러나 율격적 휴지는 문법적 휴지의 크기를 필요에 따라 적절하게 조절할 수 있다. 율격적 호흡에 따른 율격적 토막(음보)은 일정한 음절수의 균형에 의해 이루어지지만, 길이 균형은 전적으로 호흡에 의해 결정된다. 음절수가 많거나 적거나 호흡 휴지가 일정하게 반복되어 음보를 나누는 것이다. 기본 음절수보다 부족한 음보는 낭독 시 장음화하거나 휴지(pause)를 설정하고, 넘치는 음보는 빨리 읽어 균형을 이룬다.

한 편의 시는 음절이 모여 음보를 이루고, 음보가 모여 행과 연을

---

7) 조동일, 『한국시가의 전통과 율격』, 한길사(1984), p.51.
  조동일은 음보를 '율격적 토막'이라 칭한다. 여기에서 문법적 휴지는 통사적 혹은 언어적 휴지 개념이고, 율격적 휴지는 음악적(리듬) 휴지 개념으로 볼 수 있다. 음악적 휴지는 리듬을 측정할 수 있는 시간적 연속의 일부인 데 반해, 언어적 휴지는 청각적으로 인식되는 경우에도 측정할 수 있는 시간적 특질로 느껴지지 않는다.

구성한다. 음보는 더 이상 분할할 수 없는 규칙성의 최소 단위로서 음절의 대립적인 소리 자질이 일정한 선형적 구조로 반복 지속되는 것이다. 음보는 시와 음악이 분리되기 이전의 상태를 그대로 반영한다. 음악에서 각각의 마디는 악상이 다르지만 그 시간 길이는 똑같다. 노랫말의 음절수와 상관없이 각각의 마디가 가지는 동일한 박자 개념의 시간적 등장성이 시의 음보와 동일하다고 할 수 있다.

시의 음보는 호흡상의 실제적 단위이며 시간적 통합의 원리로써 관습적인 체계와 심리적·감각적 인식 작용으로 나눈다. 음보를 나눌 때는 물리적으로 균등하게 발음되는 시간 중심이 아니라 심리적으로 균등하다고 느껴지는 안정감에 따른다. 가령 "말없이 고이 보내드리우리다"를 통사 구조로 본다면, "말없이/ 고이/ 보내드리우리다"로 나누겠지만, 음보의 율격 구조로 "말없이/ 고이보내/ 드리우리다"로 나눌 수 있다.

'바람분다'는 1음보로 볼 수도 있지만, '바람(이)/ 분다'처럼 2음보로도 나눌 수 있다. 그만큼 음보는 나누는 과정에서 심리적 안정감과 관습적 체계가 작용한다. 분 행의 이론적 근거인 호흡률은 자유로운 산문적 리듬을 추구하면서 동시에 여러 행으로 확대된 행 배열 속에서 리듬에 따른 시적 긴장을 유지해주는 기능을 하는 것이다.

이 소리마디(음보)[8]는 등가적 범주화의 '등장성의 원리'에 따라 음절수는 다르지만 낭독하는 시간의 길이는 같다. 우리 시에서 음보는 고정적이지만 음절수는 가변적이다. 한 음보가 3음절이라도 다른 음

---

8) 오세영, 『한국 근대문학론과 근대시』, 민음사(1996), pp.61~82 참조.
　　오세영, 조창환 등은 한국시의 율격은 음보가 아닌 음수율이 중심이어야 한다고 주장한다. 따라서 음수율의 낭독 중심의 매듭단위를 '마디'(colon)라 칭하고, 이 마디는 비슷한 음량을 지닌 '응집력 있는 단어군'으로 정의한다. 마디는 같은 음절수나 같은 발음시간을 가질 필요가 없다.

보는 4음절이나 5음절일 수도 있다. 보통 한 음보를 이루는 음절수는 2음절 내지 6음절 정도이다. 이런 음보의 지속량(mora)[9]은 음보의 음절이 동일하게 반복될 때 동량보격, 마지막 음보의 음절(대체로 5음절 이상)이 길어질 때 층량보격이라고 한다. 소리의 낭독 시간은 같지만 음절수가 가변적이기 때문에 음보 내에서도 음절수가 길어질 때 층량보격이라고 한다.[10]

이런 현상은 우리말의 구조상 문장의 마지막에 오는 서술어의 경우에 '어간+보조어간+종결어미'로 결합해 기본 율격보다 한두 음절이 늘어날 가능성이 있기 때문이다. 한 음보 내에 3, 4음절이 평균치를 이룰 때 평음보, 이보다 음절수가 적을 때는 소음보, 평균치를 넘어갈 때는 과음보라고 한다.

우리 시에서 음보는 주로 2음보부터 5음보까지 나눌 수 있다. 6음보는 3음보의 반복으로 볼 수 있기 때문에 유장한 안정감을 지닌다. 2음보는 빠른 동작을 수반하는 노동요에서 많이 볼 수 있는데, 경쾌한 리듬으로 전승 민요 중심의 집단적 경향이 강하다. 문법적 형태부가 생략되고 의미부 열거가 중심을 이루므로 안정성이 미흡하고 직접적인 단순 시상이 중심을 이룬다. 주고받는 민요적 형태로 언어유희성이 강하다고 볼 수 있다.

3음보는 동적이며 자유로운 감정 표현으로 율동적 긴박감과 표현성이 강한 서정민요에 많이 나타난다. 가변성이 강해 노동의 동작보다 춤 동작이나 음악적 선율이 크게 변하는 호흡에 걸맞다. 이 유형은 상호 대응되는 2음보에 1음보가 결합된 형태로 경쾌하고 동적인 리듬감이 존재하기 때문에 가창성이 강한 서민계층의 애환을 담아내

---

9) 가령 mora의 수치는 단음을 1, 장음을 2로 표시할 수 있다.
10) 성기옥, 『한국시가 율격의 이론』, 새문사(1986), pp.232~234 참조.

는 데 많이 사용되고 있다. 이런 민요조는 자연적·서정적 분위기를 띠며, 사회적 변동이 강한 시기에 많이 유행하였다. 가령 같은 3음보라도 김소월의 시는 전형적인 민요조 형태로 가곡으로 많이 불리는 반면, 한용운의 시는 3음보가 반복된 6음보의 유장함과 층량보격 형태를 이루므로 낭송에는 어울리지만 가창에는 걸맞지 않다.

4음보는 2음보가 반복된 짝수 형태로 균형 있게 안정되어 박자 위주의 율격으로서 정적이며 유장하다. 이 유형은 둘째 음보 뒤에 중간휴지, 마지막 음보 뒤에 중간휴지보다 긴 행말휴지가 설정된다. 낭독할 때 첫 번째와 세 번째 음보에 강세를 주어 음송에 적합하고 장중미가 있다. 주로 사대부 계층의 시가에서 절제와 여유의 분별력과 이념적·교술적 내용을 중심으로 하여 사회의 안정과 질서를 반영하는 시가 형태라고 할 수 있다.

우리 시에서 3음보와 4음보 시가가 중심을 이루는 것은, 2음보에 1음보가 첨가되면 3음보이고, 2음보가 반복되면 4음보를 이루기 때문이다. 따라서 2음보와 5음보는 3음보와 4음보에서 축소, 파생된 형태라고 할 수 있다. 5음보는 독립된 형태로 존재하지 않고 3음보와 2음보가 결합된 매우 드문 형태 구조로 불균형에 따른 긴장감이 느껴진다. 이 유형은 어느 보격보다 호흡이 느리고 2음보와 3음보로 재분할하려는 속성 때문에 거친 느낌의 리듬을 준다. 이상 살펴본 바와 같이, 동량보격의 경우 음량이 적은 음격일수록 빠른 느낌을 주지만, 큰 음격일수록 느리고 안정된 느낌을 준다.

한편, 우리 시의 음보 개념인 영시의 율격(meter)은 우세한 율격과 시행 내에 포함되는 음보수에 따라 나타난다. 영시는 언어 구조상 음의 성질이 강약·고저·장단 등 대립적 음절로 구성되는데, 하나의 강음절을 중심으로 한두 개의 약음절이 결합 반복되는 최소 단위이다. 영어는 보통 1개 이상의 음절이 있는 낱말에는 강세되는 음절이 하나 있고, 그 외의 것은 강세되지 않는다. 따라서 영시의 음보는 시행에서 비강세음과 연결된 강세음의 수를 측정하는 것을 뜻한다.[11]

음보(音步, 韻脚)의 구조에 따라 기본 운율은 약강(iambic), 약약강 (anapestic), 강약(trochaic), 강약약(dactylic) 등이 있고, 한 시행을 구성하는 음보의 수에 따라 1음보격에서 많게는 9음보격까지 나눌 수 있다. 운율은 이러한 최소 단위를 통해 드러난다. 하나의 율격 자체가 리듬을 구성하는 것이 아니라, 이런 율격이 여러 개 모여 리듬 효과를 산출한다. 따라서 율격이 리듬 효과를 나타내려면 최소한 2음절 이상의 강약 혹은 장단 음절로 구성된 몇 개의 율격이 한 행 이상 반복되어야 한다.

햄릿의 독백인 "Tŏ bé/ ŏr nót/ tŏ bé/ thát ĭs/ thĕ guéstion"은 낭독할 때 다섯 번의 휴지를 두고 약강이 반복되므로 약강 5보격이라고 할 수 있다. 특히 'thát ĭs' 부분의 규칙 이탈의 변격인 강약은 의미 효과의 강조를 반영한 것이다. 따라서 영시에서의 음보 개념은 강약과 같이 음보의 성질을 동반하는 복합율격이라고 할 수 있다. 우리 시에서는 언어 구조상 강약(stress)이 발달되어 있지 않기 때문에 음수율 중심의 휴지 반복에 따라 결정되는 단순율격이라고 할 수 있다.

> Sweĕt dáy, │ sŏ cóol, │ sŏ cálm, │ sŏ bríght, 아름다운 날이여, 너무나도
> 　　　　　　　　　　　　　　　　　　　서늘하고, 고요하고, 빛나는,
> Thĕ bri│dăl óf │ thĕ éarth │ ănd ský: 땅과 하늘의 婚礼여;
> Thĕ déw │ shăll weép │ thy fáll │ tŏníght; 이슬이 오늘밤 네 沒落을 울어주
> 　　　　　　　　　　　　　　　　　　　리라,
> Fŏr thóu │ mŭst die. 네가 죽어야만 하기에.

---

11) J.R. 크루저, 권종준, 앞의 책, p.42.

Sweet rose, whose hue angry and brave, 아름다운 薔薇여, 그 붉고 華美
　　　　　　　　　　　　　　　　　한 빛깔이
Bids the rash gazer wipe his eye, 성급한 응시자로 하여금 눈물 닦게 하는
Thy root is ever in its grave, 네 뿌리는 언제나 무덤 속에 있고
And thou must die. 너는 죽어야만 하누나.

　　　　　　　　　　　　　- George Herbert의 「Virtue」 부분 -

이 작품은 약강(∨/)이 일정한 위치에서 반복되는 운의 형태를 지닌
다. 언어구조상 외국 시와 우리 시의 운을 정확히 비교할 수 없겠지만,
영시나 한시는 한국시보다 운이나 음보가 다양하게 발달되어 있다.
　가령 테니슨(Tennyson)의 시 구절인 "The moan of doves in immemorial/
And murmuring of innumerable bees"에서 유음 반복을 통한 의성어적
효과가 극대화되고 있는데, 그것은 'moan' 'murmuring'의 의성어와 'm'
'n' 'r'의 소리가 반복되어 시 행 전체에 의성어적 효과를 이루기 때문
이다. 의성어는 자연적 소리를 모방해 만들어지기 때문에 음색과 의
미가 완전히 결합되면서 조화를 이룬다. 우리 시에서 운이나 음보는
리듬감을 자아내기는 하지만, 외국 시에 비해 단조로우며 의미상의
효과를 불러일으키는 데는 보편화되어 있지 않다.

　　머언 산/ 청운사(靑雲寺)//
　　낡은/ 기와집//

　　山은/ 자하산(紫霞山)//
　　봄눈/ 녹으면//

　　느릅나무/
　　속잎 피어가는/ 열두 구비를//

靑노루/
맑은 눈에//

도는/
구름//   - 박목월의 「靑노루」 전문 -

꽃이/ 지기로서니//
바람을/ 탓하랴.//

주렴 밖에/ 성긴 별이//
하나 둘/ 스러지고//

귀촉도/ 울음 뒤에//
머언 산이/ 다가서다.//

촛불을/ 꺼야하리.//
꽃이/ 지는데//

꽃 지는/ 그림자//
뜰에/ 어리어//

하이얀/ 미닫이가//
우련/ 붉어라.//   - 조지훈의 「낙화」 부분 -

　　「청노루」와 「낙화」는 2음보 반복으로 경쾌한 리듬을 지닌다. 「청노
루」에서 1·2·4연은 2음보 간에 균형을 이루지만, 3연에서 '느릅나
무'를 1음보로 비틀어 낯설게 하기를 시도했기 때문에 낭독할 때는 2
음보의 시간이 걸리는 것처럼 길게 낭독해야 하고, "속잎 피어가는/
열두 굽이를"에서는 다른 행의 2음보에 비해 긴 음절수로 구성되어

있기 때문에 빨리 낭독해야 한다.

리듬의 낯설게 하기는 지루하고 단조로운 형태의 반복을 벗어나도록 하는 충격 장치라고 할 수 있다. 5연의 '도는/ 구름' 역시 1음보로 읽어도 충분한 음절수를 2음보로 구분한 것은 청노루의 눈동자에 '도는 구름'을 시각적으로 보여주기 위한 장치이다. 이 부분은 낭독할 때 2음보로 나누어야 하기 때문에 유장미가 수반되어야 한다.

3·4음절이 중심을 이루는 「낙화」의 "꽃이/ 지기로서니" 행에서는 동일한 음보 간에 음수율의 차이가 존재하지만, 낭독할 때는 등가성의 원리에 따라 휴지 시간에 균형을 이루어야 한다. 등가성(등시성)의 원리는 억양상의 비대칭성으로 반영됨으로써 동일한 음보라도 짧은 음절수는 좀 완만하게, 긴 음절수는 좀더 빠르게 읽음으로써 전체적인 음보의 휴지 시간에 균형을 맞추는 것이다. 고운 마음인 '꽃'은 자아의 내적 갈등이나 정신적 불안을 극복하려는 지사정신으로 내면적 순결의식의 자화상이다.

해야/ 솟아라.// 해야/ 솟아라.// 말갛게/ 씻은 얼굴// 고운 해야/ 솟아라.// 산 너머/ 산 너머서// 어둠을/ 살라먹고,// 산 너머서/ 밤새도록// 어둠을/ 살라먹고,// 이글이글/ 애띤 얼굴// 고운 해야/ 솟아라.//

- 박두진의 「해」 부분 -

「해」는 2음보의 경쾌한 리듬이 반복되면서 당시대적 상황에서 조국 광복을 기원하는 갈망이 기독교적 메시아 사상과 관련되어 나타난다. 어두운 현실을 밝은 길로 인도하는 신앙적 초월 상태를 구현하고 있다. 이 시에서 '고운 해'는 '말갛게 씻은 얼굴'과 '이글이글 애띤 얼굴'로 표상되는데, 깨끗하게 정화된 해는 불같이 타오르는 생명체가 되는 것이다. 현실과 이상의 대립 속에서 현실은 어둠을 나타내지만,

'해'는 이상세계로서 밝음과 희망을 예시한다. '해야 솟아라'에는 찬미보다 강렬한 화자의 염원과 의지가 담겨 있다.

일반적으로 산문 형태의 시는 행을 구분하는 자유시에 비해 리듬감이 감소하지만, 이 작품은 반복 형태와 호격, 쉼표의 기교가 주관적 감정 표출에 적절한 효과를 주고 있다. 시에서 쉼표, 마침표 등 구두점은 낭독하는 데 적절한 호흡을 통제 관리하여 작품 전체의 구조적 탄력감이나 정서 환기에 큰 영향을 미친다.

각 문장은 2음보가 기준을 이루지만, 대체로는 2음보를 중첩시키고 있다. 산문시 형태는 극적 긴장감이나 압축미보다 그 내용을 담고 있는 시정신이 중요하다. 이 시는 호흡이 길고 산문화된 어법이 민요 형태의 음보와 반복적 리듬을 통해 진술의 직접적 효과를 최대한으로 살리고 있다.

> 상칫단
> 아욱단 씻는
>
> 개구리 울음 5리(五里) 안팎에
>
> 보릿짚
> 호밀짚 씹는
>
> 일락서산(日落西山)에 개구리 울음.   - 박용래의 「서산(西山)」 전문 -

「서산」은 '~는/ 개구리 울음'의 구절을 바탕으로 전·후반부가 음수율은 물론 음보율까지 대칭을 이루는 병렬구조이다(A-B/ A'-B'). 1연과 3연은 3음절의 1음보와 3·2음절의 2음보, 2연과 4연은 5음절 2음보가 각각 대칭을 이룬다.

1연은 주체인 인간이 '상칫단'과 '아욱단'을 씻고, 3연은 주체인 동물이 '보릿짚'과 '호밀짚'을 씹는 동작에 초점을 맞추어 인간의 식사 준비와 마소의 식사 행위가 대비되고 있다. 2연과 4연은 '개구리 울음'이 도치된 형태로써 '오리 안팎'과 '일락서산'이 공간적으로 대비되어 개구리 울음 소리가 들리는 거리감과 우는 장소까지 구체적으로 느낄 수 있다.

배 떠난/ 녹산마루/
기름꽃 뜨고//
먹장어/ 붕장어/ 한 소쿠리//
어머닌/ 대목장/ 바삐 가신 뒤//
나만 보면/ 옆걸음 치는/ 똥개들 따라//
부부 불며/ 온다 갈대밭/
하얀 풍선껌.//　　　　　　　　　　　　- 박태일의 「설대목」 전문 -

무엇이/ 이 산에/ 꽃을 피우나//
봄이 오면/ 해마다/ 진달래 피어//
이 마음/ 울연히/ 붉어오겠네//
가야지/ 어찌 아니/ 돌아가리//
그리운/ 보리밭/ 푸른 하늘아//
정답던/ 친구/ 어디 가고//
이 봄만/ 남아/ 푸르러지나//
만나면/ 부둥켜안고/ 울고 싶어서//
4월은/ 꽃보다/ 더욱 붉어라//　　　- 정희성의 「이 봄의 노래」 전문 -

두 작품은 3·4조 음수율을 중심으로 3음보가 바탕을 이룬 7·5조의 가변적 형태를 취하고 있다. 「설대목」은 전·후반부의 3음보를 2음보와 1음보로 나눠 2행으로 처리하고, 중간 부분은 수평적인 3음보로 나열해 입체적인 균형을 이루고 있다. 후반부의 3행은 전반부에 비해 음절수가 많아 리듬감이 감소하지만, 전후 3음보의 균형적 대칭을 위해 3음보로 나눈 결과 둔탁한 리듬감이 든다.

「이 봄의 노래」도 전체적인 균형을 3음보로 잡았는데 일부 행은 부자연스럽게 느껴진다. "정답던/ 친구/ 어디 가고", "이 봄만/ 남아/ 푸르러지나" 등은 가변적 음절수에 따라 각각 2음보('정답던 친구/ 어디 가고', '이 봄만 남아/ 푸르러지나')로 나눠도 무리가 없다. 그런데 3음보로 나눔으로써 작위적으로 비쳐질 수도 있다.

아배는/ 타관 가서/ 오지 않고// 산비탈/ 외따른/ 집에// 엄매와/ 나와/ 단둘이서// 누가/ 죽이는 듯이/ 무서운 밤/ 집 뒤로는/ 어늬/ 산골짜기에서// 소를/ 잡어먹는/ 노나리꾼들이/ 도적놈들같이/ 쿵쿵거리며/ 다닌다//

                                  - 백석의 「고야(古夜)」 부분 -

① 남들은/ 자유를/ 사랑한다지마는,// ② 나는 복종을/ 좋아하여요.//
③ 자유를/ 모르는 것은/ 아니지만,// ④ 당신에게/ 복종만// 하고 싶어요.//
⑤ 복종하고/ 싶은데/ 복종하는 것은// ⑥ 아름다운/ 자유보다도/ 달콤합니다,// ⑦ 그것이/ 나의/ 행복입니다.//
⑧ 그러나/ 당신이/ 나더러// ⑨ 다른/ 사람을/ 복종하라면// ⑩ 그것만은/ 복종할 수가/ 없습니다.//
⑪ 다른/ 사람을/ 복종하라면,// ⑫ 당신에게/ 복종할 수가 없는/ 까닭입니다.//

                                  - 한용운의 「복종」 부분 -

「복종」은 3음보의 대구 형태이고, 「고야」는 4음절이 기본 바탕을 이루지만, 기본 음절수에 맞추려는 발음 길이의 등장성을 적용하여 3음보로 나누었다. 「복종」에 비해 「고야」는 3음보로 나눌 때 작위적이고 어색한 감이 있지만, 전체적인 균형으로 볼 때는 3음보로 나눌 수 있다.

두 작품 똑같이 3음보 반복에다 산문시 형태의 줄글 형식을 띠기 때문에 김소월 시의 3음보 민요조에 비하면 리듬감이 줄어드는 대신 유장한 4음보의 느낌을 준다. 그것은 같은 3음보라도 다양한 입체성을 띠는 김소월 시와 다르게 단조로운 3음보 형태로 반복되기 때문이다. 또한 음보 간에 음절수의 균형을 이루지 않고, 가변적인 층량보격 형태를 띠기 때문에 리듬감이 훨씬 감소된 느낌이다.

이 작품들은 3음보이지만 4음보처럼 유장한 템포로 장중한 느낌이 든다. 특히 「복종」에서는 편의상 3음보 중심으로 행을 나누었을 때 ⑦, ⑧행을 제외한 모든 행이 '자유'와 '복종'의 단어를 중심으로 행 간의 대립 관계를 형성하고 있다. 그러나 ⑦행은 앞 ⑤, ⑥행에 덧붙여져 9음보로 전반부를 형성하고, ⑧행은 뒤 ⑨, ⑩행에 덧붙여져 9음보로 후반부를 형성하여 이 시에서 가장 감정이 고조된 절정의 상태를 반영한다.[12]

> 그리운/ 그의 얼굴/ 다시 찾을 수/ 없어도//
> 화사한/ 그의 꽃/
> 산에 언덕에/ 피어날지어이.//
>
> 그리운/ 그의 노래/ 다시 들을 수/ 없어도//
> 맑은/ 그 숨결/
> 들에 숲속에/ 살아갈지어이.//
>
> 쓸쓸한/ 마음으로/ 들길 더듬는/ 행인(行人)아.//
>
> 눈길/ 비었거든/ 바람/ 담을지네.//

---

12) 조동일, 앞의 책, p.146 참조.

바람/ 비었거든/ 인정/ 담을지네.//

그리운/ 그의 모습/ 다시 찾을 수/ 없어도//
울고 간/ 그의 영혼/
들에 언덕에/ 피어날지어이.//　　　　　- 신동엽의 「山에 언덕에」 전문 -

1·2·5연은 음수율이나 행의 어조가 동일한 반복 형태를 띠는데, ①행은 4음보, ②행은 2음보, ③행은 2음보로 나눌 수 있다. 각 연의 ③행은 2음보로 나누어 음절수가 불안정하지만 ②, ③행을 2음보 반복으로 보면 전체적인 균형점으로서 4음보로 나눌 수 있다.

3연은 7·5조 4음보로, 4연은 2·4조 음수율 대구와 2음보 반복의 병치구조로 볼 수 있다. 전체적인 4음보 형태에서 이런 변화의 일탈은 시적 긴장미와 입체성을 더해준다. 3·4연은 감정의 절정을 이루면서 '눈', '바람', '인정'의 이미지가 상호 교차하며 점층적 효과가 고조된다. 이 두 연을 합한다면 매 연 3행으로 한시의 기승전결 구조를 지니게 된다.

이 시는 전체적으로 부정적 서술어를 빈번하게 사용함으로써 상실의 비극적 상황을 한으로 승화시키려는 민중적 요소를 느낄 수 있다. 여성적 어조인 의고체 '~지어이'는 장중한 여운을 남긴다. 그리운 이의 모습과 숨결이 '꽃'으로 화해 자연에 영원히 살아 숨 쉬고 있다. 민족의 보편적 정서인 한의 대상화가 돈호법의 '행인아'로 나타나 감정이 고조되고, 대지 이미지는 산·언덕·숲·눈·바람 등 자연 현상으로 표상되어 있다.

못난 놈들은/ 서로/ 얼굴만 봐도/ 흥겹다//
이발소/ 앞에 서서/ 참외를/ 깎고//

목로에/ 앉아/ 막걸리를/ 들이키면//

모두들/ 한결같이/ 친구 같은/ 얼굴들//

호남의/ 가뭄 얘기/ 조합 빚/ 얘기//

약장사/ 기타 소리에/ 발장단을/ 치다 보면//

왜 이렇게/ 자꾸만/ 서울이/ 그리워지나//

어디를/ 들어가/ 섰다라도/ 벌일까//

주머니를/ 털어/ 색시집이라도/ 갈까//

학교 마당에들/ 모여/ 소주에/ 오징어를/ 찢다//

어느새/ 긴/ 여름해도/ 저물어//

고무신/ 한 켤레/ 또는 조기 한 마리/ 들고//

달이 환한/ 마찻길을/ 절뚝이는/ 파장//

- 신경림의 「파장(罷場)」 전문 -

이 시는 매 행이 4음보로 나누어지기 때문에 입체성 없이 단조로운 느낌을 준다. 산업화로 인해 붕괴되는 70년대 농촌 시장의 파장 모습을 생생히 묘사하고 있다. "호남의/ 가뭄 얘기/ 조합 빚/ 얘기", "어디를/ 들어가/ 섰다라도/ 벌일까", "주머니를/ 털어/ 색시집이라도/ 갈까" 등은 통사적 구조 형태의 반복으로 음보의 구조에 리듬감을 덧붙이는 효과를 부여한다. "이발소/ 앞에 서서/ 참외를/ 깎고"와 "목로에/ 앉아/ 막걸리를/ 들이키면" 등은 가식적 꾸밈없이 투박하면서도 현장감 있게 서민들의 인정어린 생활 모습을 묘사하고 있다.

늦은 저녁때/ 오는 눈발은/ 말집 호롱불/ 밑에 붐비다//

늦은 저녁때/ 오는 눈발은/ 조랑말 발굽/ 밑에 붐비다//

늦은 저녁때/ 오는 눈발은/ 여물 써는/ 소리에 붐비다//

늦은 저녁때/ 오는 눈발은/ 변두리 빈터만/ 다니며 붐비다.//

- 박용래의 「저녁눈」 전문 -

「저녁눈」은 기본적인 4음보를 "늦은/ 저녁때/ 오는/ 눈발은// 말집/ 호롱불/ 밑에/ 붐비다"로 세분함으로써 4음보의 반복으로 볼 수도 있지만, 너무 미세하게 나누다보면 단절감이 있기 때문에 5음절 중심의 4음보로 균형을 이루었다. 이 시는 "늦은 저녁때 오는 눈발은 ~ 붐비다"의 동일한 통사구조에 몇 개의 어휘만을 교체하는 반복과 병렬의 순환구조로서, 눈 내리는 시골 풍경의 시·공간을 입체적으로 보여주고 있다.

전·후반은 각각 5음절이 반복된 10음절씩으로 분할되지만, 후반부는 규칙적인 전반부에 비해 균등 분할이 아니므로 부자연스럽다. 이처럼 일정한 구문이 계속 나열되면서 중심 이미지만 바뀌는 형태는 표면적으로 단조로운 느낌이 든다. 그래서 1~3연까지는 '~에 붐비다'라는 동일 형태를 취하지만, 마지막 연에서는 '변두리 빈터만 다니며'로 변주함으로써 단조로움을 극복하고 있다.

마지막 연에 처격조사인 '~에' 대신에 '~만'을 사용하여 앞 연까지의 구문 형태와 공간에 변화를 줌으로써 단순한 반복 형태를 벗어나고 있다. 눈 내리는 풍경을 '붐비다'로 형상화한 것은 쓸쓸한 분위기와 소멸성을 역설적이면서도 역동적으로 표현하려는 의도이다.

전체적으로 대상에 대한 묘사보다는 주변적인 것의 묘사를 통해 여운을 더하며 정적인 분위기를 유지한다. 이러한 간접적 묘사는 풍부한 상상력으로 여백의 미를 자연스럽게 채울 수 있고, 주변적인 존재를 부각시킴으로써 대상들 간의 긴밀한 조화와 유대감을 형성할 수 있다. '저녁 눈발'은 무심결에 잊히고 가려졌거나 소외된 존재에 대한 관심과 연민의 정을 불러일으킨다. 문명의 이기로 인해 사라져가는 토속 세계에 대한 아쉬움과 안타까움, 소외 계층에 대한 따뜻한 연민의 시선을 느낄 수 있다.

> 헬리콥터가/ 떠 간다//
> 철뚝길/ 연변으론//
> 저녁 먹고/ 나와 있는/ 아이들이/ 서 있다//
> 누군가/ 담배를/ 태는 것/ 같다//
> 헬리콥터/ 여운이/ 띄엄하다//
> 김매던/ 사람들이/ 제집으로 돌아간다//
> 고무신짝/ 끄는/ 소리가 난다//
> 디젤 기관차/ 기적이/ 서서히/ 꺼진다//
>
> - 김종삼의 「문장수업」 부분 -

「문장수업」은 3, 4음절수와 4음보 중심으로 매 행이 문장으로 끝나는 반복 형태이다 보니 단조로우면서도 평탄한 리듬감이 느껴진다. ①, ②행이 2음보의 반복으로 전체적인 흐름에 변형을 주지만, ②행을 ①행의 도치 형태로 보면 4음보 1행의 구조이다. 특히 ②행을 ①행에 도치 형태로 붙이면 균형적 리듬 구조로서 '철뚝길 연변'으로 헬리콥터가 떠가는 것으로 볼 수 있고, ③행에 붙이면 전체적인 리듬 패턴에 균형을 깨뜨리면서 철뚝길 가에 나와 있는 아이들의 모습으로 볼 수 있다. 그만큼 ②행은 구조나 의미상으로 문맥적 애매성을 수반한다. 단조로운 시행의 처리가 편안하게 느껴지지만 반복되는 리듬으로 입체성이 사라진 느낌이다. 가령 ④행도 "누가/ 담배를/ 태운다"의 3음보로 처리했다면 음보의 변화를 가져올 수 있었을 것이다.

그대도/ 가면/ 오지 못하리//
비비새들이/ 젖은/ 나래로//
날아가는/ 하늘에서/ <u>우리도</u>//
가면/ 오지 못하리/ <u>그리움이</u>//
남아서/ 빈 가지에/ 출렁거리리//

- 최하림의 「이제는 떠나세」 부분 -

시에서 행과 행 사이의 분절은 대체로 시어의 통사적 분절과 일치
한다. 이것이 우리 언어 구조상 시적 운율 형성에 자연스럽다. 그러나
통사적 분절과 행 사이의 분절이 일치하지 않을 경우 호흡의 변화가
일어나고, 그에 따라 의미 변화와 애매성을 수반하는 시적 효과가 나
타나는데, 이것을 '시행 엇붙임'(행간걸림, enjambement)이라고 한다.

통사론적으로 아무 관련도 없는 앞의 말들과 직접적으로 이어지면
서, 동시에 통사론적으로 연관되는 뒤의 말과 유리되는 현상을 뜻한
다.13) 즉 율격휴지와 통사휴지의 불일치에 따른 결과에 기인한다. 이
처럼 탈자동화된 기능은 통사적 억양과 잠재적으로 충돌하는 데에서
리듬의 변별성을 조장한다.

이 시는 형태상 3·4·5음절 중심의 3음보로, '우리도' '그리움이'
를 각각 올려붙임으로써 리듬의 등가성(等長性)에 따라 3음보의 균형
을 이루고 있다. 2행의 '젖은'과 '나래로'를 한 음보로 읽을 수도 있지
만, 전체적인 3음보의 등가성에 따라 2음보로 나누었다. 즉 전통적인
민요조의 리듬을 형성하여 만가적인 정한과 그리움을 나타내며, '~
(이)리'의 반복된 각운이 리듬감을 뒷받침하고 있다.

가령 첫 행을 "그대도/ 가면 오지/ 못하리"로 음보를 나눈다면 3, 4
조 음수율에 균형을 이루는 것 같지만, 용언('오지')과 보조용언('못하

---

13) 한계전, 『한국현대시론 연구』, 일지사(1983), pp.26~27.

리')은 통사 구조상 분리할 수 없기 때문에 "그대도/ 가면/ 오지 못하리"로 나누어 낭독하는 것이 자연스럽다. 이 시에서 시행 엇붙임을 사용하지 않는다면 우리말의 통사구조상 다음과 같이 행을 나누어 3, 4음보의 반복으로 낭독할 수 있다.

그대도/ 가면/ 오지 못하리//
비비새들이/ 젖은 나래로/ 날아가는 하늘에서//
우리도 가면/ 오지 못하리//
그리움이/ 남아서/ 빈 가지에/ 출렁거리리//

흘러가는 강물이 거슬러오지 못하는 것처럼 우리도 죽으면 돌아오지 못한다는 인생의 덧없음이 담겨 있다. '우리도'라는 집단적 호칭을 사용한 것은 개인사적 차원의 삶을 떠나 민중의 삶에 대한 자각과 인식을 나타내고 있다.

제5장 이미지心象와 상상력

1 이미지의 의미

이미지란 단순히 장식적인 차원을 떠나 체험적인 여러 요소를 유기적으로 조직하는 종합적 능력을 뜻한다. 이미지는 마음이나 의식 속에 기록되는 감각적 영상으로서 신체적 지각을 통해, 기억이나 상상, 꿈을 통해 산출된다. 지각이란 외부의 대상물이 마음에 각인되는 의미작용이고, 상상이란 내부의 대상물이 이미지로 부상되는 의미작용이다. 우리의 지각은 다양한 감각적 호소를 통해 더 기름지게 된다. 지각과 상상의 공통점은 내부 혹은 외부의 대상물을 이미지로 인지하는 과정에서 마음속에 어려 있는 그림자의 본질적 유사성을 확인하는 작업이다. 이미지가 철학적 개념으로서 실체의 환영이나 대체물이라면, 심리학에서는 심리적 체험의 부산물로서 정서와 관련된다.

이미지는 지각적 체험을 지적으로 재생하는 인식 수단이면서 최소의 언어로 다양한 정서를 환기시키거나 경험을 불러와 최대의 효과를 얻는 주지적 전략 기법이다. 개인의 주관적 정서는 여러 이미지를 선택해 동일화와 통일화의 기능을 한다. 시의 전체적인 뜻과 시적 구성의 파악은 이런 이미지를 통해 이루어진다. 인간은 느낀 대로 표현하고 싶지만, 언어로 정확히 환기할 수 없으므로 대상화된 사물의 이미지를 통해 구체적으로 표현하는 것이다. 시인은 언어의 정서적 효과를 높이기 위해 가급적이면 지각적이거나 감각적인 단어를 많이 사용한다.

현대시에서 이미지가 중요하게 부각된 것은 20세기 영미시의 이미지즘(Imagism) 영향이라고 할 수 있다. 이미지는 신체적 지각이나 기억, 상상에 의해 마음속에 생산되는데, 개인의 문화적 환경이나 성장 과정, 지적 수준, 감수성에 따라 개인적 편차를 보인다. 이미지 분석을 통해 주제를 파악하는 것을 지수비평(指數批評), 상징비평, 주제 비평이라 한다. '지수'는 의미의 유형이나 반복 관념을 지시하는 이미지이다. 이미저리(imagery)는 조직화된 이미지로서 시의 문맥을 복합적으로 구성하여 독자의 상상력을 강렬하게 자극한다. 이미지의 기능적 작용은 이미지를 조직화해 시의 문맥을 복합적으로 떠받쳐 주는 것이다.

이미지는 자신을 포착하고 추적할 수 있는 힘인 상상력과 불가분의 관계를 지닌다. 인간의 사물 인식 과정은 먼저 감각적 차원에서 감성과 감정 차원으로, 그리고 지각과 지성의 차원으로 상승·발전해 간다. 감각과 지각의 중개물인 상상력은 인간의 이상적 사고와 대립되는 정신 능력을 뜻한다. 이성적 사고는 사물의 추상적 체계를 논리적·객관적으로 분석하지만, 시적 태도는 상상력을 통해 새로운 사물의 세계를 창조하므로 감성적·구체적인 세계를 지향한다.

상상력은 이미지를 만드는 원동력이며, 체험적 요소를 유기적으로 조직하는 종합적 능력이다. 즉, 잡다한 사물과 제재들을 분별하고 분리하여 통합하고 질서화하는 통합적 능력이다. 만일 상상력이 없으면 지각은 무의미한 감각적 재료들을 모아놓은 집합체에 불과할 것이다. 이러한 통합 과정을 통해 기존의 사물과 재료들이 새로운 형태로 태어나게 된다. 상상력은 낭만주의 비평의 이론적 근거를 제시한 코울리지에 의해 체계적으로 정리되었다. 시에서 상상력이 중요하게 부각된 것은 낭만주의의 영향이라고 할 수 있는데, 후에는 현대 영미시론의 기초를 마련한 리처즈와 엘리어트 등 신비평 그룹에도 큰 영향을 미쳤다.

▣ 공상과 상상력

공상과 상상력은 재생적 상상력과 창조적 상상력으로 나눌 수 있다. 재생적 상상력이 과거에 경험한 이미지가 변화 없이 반복적으로 회상되는 것이라면, 창조적 상상력은 과거에 경험했던 이미지들이 결합하여 새로운 의미를 창조해주는 것이다. 독창적인 상상력은 인간의 삶을 다양하고 가치 있게 할 뿐만 아니라, 아름다움과 감동을 부여해준다. 하지만 너무 화려하게 장식되거나 상투화된 이미지는 공감력을 상실함으로써 수사적 기교에 치우치기 쉽다.

상상과 유사한 개념으로 기억과 공상을 들 수 있다. 단지 있었던 사실을 재현하는 기억은 상상력이나 공상으로 발전하기 이전의 모든 상상의 원천으로, 비현실적이며 진실성을 느낄 수 없는 표면적·유희적인 반복 형태이다. 그리고 단지 사물 사이에서 유사성을 찾아 감각적 기억이나 이미지를 기계적으로 조합하기 때문에 신비성이나 무한성이 부재하고 즉물적·가시적이다. 이런 기억을 바탕으로 공상과 상상은 시에서 상상력으로 많이 쓰이는데, 공상보다는 상상이 신비성과 진실성을 담아내는 데 유효하다.

공상은 창조력이 없는 낮은 의미의 지적 기능으로, 뚜렷한 목적의식이 없이 현실과 유리된 무의미한 세계이다. 기지(wit)의 속성을 지닌 공상은 통합력이 결여된 단편적 연상으로, 흄이 고전주의 관점에서 '한정된 사물의 관조'를 처리하는 방법으로 내세운 기법이다. 공상은 시공간의 질서에서 해방된 기억의 한 형태로, 심원한 감정이나 인생의 의미, 사상의 표현보다는 단순 감각적인 형태의 이미지즘 시에 많이 사용된다.

공상은 사물 사이에서 가시적 유사성을 찾아 감각적인 기억이나 이미지를 단순하게 결합하므로 신비성·진실성을 지닌 창조적 단계로 발전해가지 못한다. 사물의 이미지를 객관적으로 명확하게 조형하는 데 주력하므로 감각적 기억이나 이미지를 나열할 만큼 즉물적이며 가시적이다. 따라서 공상은 깊은 사상이나 무한한 이상과 꿈, 격렬하고도 심각한 정서 등과 결부된 상상력의 활동이 배제되어 있다.[1]

가령 "구름은/ 보랏빛 색지 위에/ 마구 칠한 한 다발 장미"(김광균, 「뎃상」)에서 '구름'과 '장미'의 비유 관계는 우연적이며 가시적인 묘사에 의존함으로써, 정신적 가치를 생산하지 못하고 물리적 현상에 머무르면서 대상의 구속을 받고 있는 것이다.

반면에 상상은 보이지 않는 사물의 이미지를 만드는 정신적 능력으로 기억이라는 창고 속에 축적된, 가공되기 전의 체험 자료나 감각적 심상에 형태와 모습을 부여하는 창조적 조형력이 강하다. 표면적

---

1) 문덕수, 『시 쓰는 법』, 동원출판사(1982), pp.128~129 참조.
T. E. 흄은 상상력을 낭만주의, 공상을 고전주의의 산물로 보고 있다. 상상력이 인간의 무한성과 신비성, 정서 중심의 낭만주의 정신과 관련된다면, 공상은 사물 관조의 한계성과 고정성, 메마르고 단단한 이미지 성격 중심으로, 인간의 유한성과 불완전성을 기본정신으로 보는 고전주의 정신과 연관된다.

으로는 추상적이고 비합리적인 정신 활동처럼 보이지만, 현실보다 강한 메시지를 전달하기 위해 새로운 생각을 갖도록 하는 생산적 재생수단인 것이다. 상상은 현실의 경험을 토대로 미적 진실의 세계를 담아내기 위해 주관적인 심리가 작용하므로, 개인의 능력에 따라 감성과 이성을 융합하여 창조적으로 발전시킬 수 있다. 따라서 사물을 지각하고 파악하는 인식 능력, 주어진 자료나 심상에 어떤 형상을 만들어내는 조형 능력, 잡다한 요소들을 하나로 통일해서 아름다움을 꾸며내는 구성 능력이라 할 수 있다.

낭만주의 시대의 대표적 이론가인 코울리지(S.T. Coleridge)의 이론을 살펴보면 다음과 같다. 모방은 보았거나 알려진 것에 대한 재현 혹은 묘사에 머물지만, 상상력은 새로운 창조를 위해 융합하고 혼합해 표현하는 조형력이 작용한다. 공상(fancy)이 고정되고 한정된 것 외에 대응물을 갖지 못하고 기억들을 조합하는 유희적 차원에 머문다면, 상상력은 기억을 융합하고 창조하는 힘으로, 새로운 것을 만들어낼 수 있는 창조력이 있다. 일차적 상상력이 무의식적인 데 비해, 이차적 상상력은 '의식적인 의지'와 관계가 있다.[2]

즉, 전자가 지각하거나 지각하지 않을 것인가에 대해 선택의 여지가 없다면, 후자는 그 스스로 추구하는 통일성 지향에 항상 전적으로 이를 수 없다는 것이다. 일차적 상상력이 고전주의 개념으로 보편적 · 집단적 신화에 나타나는 신화적 원형성(archetype) 혹은 추상적 형태라면, 이차적 상상력은 보편적 · 집단적 개념보다 개인의식을 반영한 낭만주의의 산물로써 특수성을 바탕으로 한 유기적인 미적 구조에 중점을 둔다.

일차적 상상력은 대상이나 세계와의 관계를 깨닫는 원초적 인식

---

2) R. L. Brett, 심명호 역, 『공상과 상상력』, 서울대출판부(1985), p.62.

행위의 무한한 정신 활동으로, 감각과 지각을 중개시켜줄 뿐만 아니라 개념을 형상화하고 추론적 사고도 할 수 있게 한다. 즉 모든 의식을 활발히 움직임으로써 감각에 의해 얻어진 자료를 통일, 조직하여 구성하는 정신능력이다. 이차적 상상력은 대상 인식을 토대로 한 지각 능력에 머물지 않고 지각을 초월한 창조 능력으로, 변화와 재창조를 시도하므로 상호 이질적인 요소들을 하나의 고리로 묶어 통합하는 능력이다.

이 두 상상력은 그 작용의 정도와 양식이 다를 뿐 본질적으로 신적 능력의 창조력의 반향이라는 점에서 큰 차이가 없다. 단지 일차적 상상력이 일반적 인식 작용에 작용한다면, 이차적 상상력은 무의식을 의식화하는 지적인 의지 활동으로 주로 예술적 창조 활동에 작용하는 것이다.

상상력을 바탕으로 대상을 인식한다는 것은 단순히 대상을 파악하는 차원이 아니라, 대상을 형성한다는 주·객관적 융합의 조형력이라 할 수 있다. 상상력은 현실적인 시공간에서 제약받는 사물의 사실성이 아니라, 그것을 초월한 사물의 실재성에 바탕을 두기 때문에 실제의 사물보다 핍진성과 감동을 준다. 코울리지의 통합적·마술적 상상력은 여러 가지 이미지들을 결합하여 전체적인 통일체를 구성하는 능력으로, 서로 모순되고 반대되는 이미지들을 융합시키는 힘이라고 할 수 있다. 그것은 우리 삶 자체가 단순하고 합리적인 것이 아니라 모순과 반대, 부조리와 불합리로 점철되어 있기 때문이다.

상상력은 학자에 따라 여러 유형으로 나누고 있는데,3) 윈체스터(C.

---

3) 칸트는 상상력을 ① 재생적 상상력, ② 생산적 상상력, ③ 미학적 상상력 등의 3단계로 나누었다. 재생적 상상력은 공상(fancy)과 유사하고, 생산적 상상력은 코울리지의 일차적 상상력과 비슷하다. 미학적 상상력은 감각적 지식과 경험적 증명을 초월해 존재하는 원리들을 공급해주는 것으로, 상징에 의해

T. Winchester)는 ① 연합적(재생적) 상상력, ② 창조적 상상력, ③ 해석적 상상력으로 구분하고 있다. 연합적 상상력은 상상작용의 연쇄성으로 어떤 관념이나 이미지를 유사점에 의해 결합하는 형태이며, 기억에 의한 경험 내용 중 적절한 이미지를 선택하여 유사성을 찾아 결합하는 기초적 상상력이다. 가령 "눈 덮인 빈집은 무덤이다"에서 '무덤'은 생명력이 없는 둥근 모양으로, 황폐화된 농촌 집을 연상시킬 수 있는 초보적인 상상력이다.

창조적 상상력은 일차적 개념의 이미지를 결합 유추하여 새로운 의미를 도출해낼 수 있도록 새로운 이미지들의 통일체를 만드는 단계로써 원거리 연상의 통합적 상상력이다. 가령 "커피스푼으로 인생을 떠 마셨다"에서 '커피스푼'과 '인생'은 가시적으로 아무런 상관이 없지만, 커피를 시켜 놓고 무료하게 시간을 보내는 권태로움이나 무기력한 모습을 연상시키는 창조적 상상력의 산물이다.

여기서 '커피스푼'은 삶의 권태로움을 나타내는 객관적 상관물(감각적 등가물)로서, 정서나 감정을 생경하게 표현하는 것이 아니라 그에 상응하는 이미지를 통해 간접적으로 드러낸다. 또한 '석류는 광희의 이빨'에서 표면적으로는 이질적인 이미지의 결합이지만, 석류가 벌어진 모습에서 미칠 듯이 기뻐하며 치아를 드러낸 모습을 연상할 수 있다.

이성과 오성(悟性) 사이를 중개한다. (R. L. Brett, 심명호 역, 앞의 책, p.65 참조.)

한편, 러스킨(J.Ruskin)은 ① 직관적 상상력, ② 연합적 상상력, ③ 해석적 상상력 등으로 나눈다. 직관적 상상력은 바깥 형상보다 내면적인 정신에 집중하고, 연합적 상상력은 별개의 관념이 합쳐져 통일되고 창조된 개념을 생성하며, 해석적 상상력은 평범한 사물에 존재론적 본질 문제 같은 형이상학적 의미를 부여한다.

우리가 저문 여름 뜨락에
엷은 꽃잎으로 만났다가
네가 내 살 속에 내가 네 꽃잎 속에
서로 붉게 몸을 섞었다는 이유만으로
열에 열 손가락 핏물이 들어
네가 만지고 간 가슴마다
열에 열 손가락 핏물자국이 박혀
사랑아 너는 손끝마다 핏물이 배어
사랑아 너는 아리고 아린 상처로 남아 있는 것이냐

- 도종환의 「봉숭아」 전문 -

이 시는 누구나 유년시절에 한 번쯤 경험했을 듯한 봉숭아 물 들이기 과정을 관념적인 사랑의 속성으로 형상화하고 있다. 봉숭아꽃이 손톱에 붉게 물들여지듯 서로가 상대방을 친밀하게 받아들이며 소통할 때 사랑은 시작된다. "서로 붉게 몸을 섞었다"는 것은 서로에게 물들어갔다는 의미로 해석할 수 있다. 그러나 이별하면서 붉게 물든 손톱이 고통의 핏물로 비쳐진다. 사랑할 때는 아름다움으로 느껴졌던 흔적이 이별 후에는 괴롭고 아픈 상처로 남게 된다는 뜻이다. 한 번 물들이면 손톱이 자라나기 전에는 절대 지워지지 않는 꽃물이 잊히지 않는 상처로 각인된 것이다.

당신의 불꽃 속으로
나의 눈송이가
뛰어듭니다.

당신의 불꽃은
나의 눈송이를
자취도 없이 품어 줍니다.

- 김현승의 「절대신앙」 전문 -

해석적 상상력은 신학적·철학적 의미나 가치인 형이상학, 즉 존재론적 본질에 대한 추구로 인생에 대한 가치 의식이나 사상을 조화시켜 감각적으로 표현한다. 이 시에서 '당신의 불꽃'은 절대자의 사랑을, '나의 눈송이'는 연약한 자신의 모습을 의미한다. '불꽃'과 '눈송이'는 포용할 수 없는 역설적 관계이지만, 불꽃이 품어준다고 함으로써 조건 없이 받아들이는 절대자의 사랑, 즉 기독교의 아가페적 사랑을 암시한다.

서정주는 「문둥이」에서 "꽃처럼 붉은 울음을 밤새 울었다"라고 형상화하고 있는데, 이는 천형의 운명을 저주하며 몸부림치는 문둥이의 처절한 울부짖음을 통해 생의 깊이를 인식할 수 있는 존재론적 문제를 다루었다고 할 수 있다. 시는 이처럼 연합적 상상력을 바탕으로 형상화되지만, 점차 창조적 상상력이나 해석적 상상력으로 발전해가면서 시적 의미의 폭과 깊이를 증폭시킨다.

③ 이미지의 기능

브룩스(C. Books)와 워렌(R. P. Warren)은 이미지를 감각적 지각의 모든 대상이나 특질로 보지만, 루이스(C. D. Lewis)는 모든 감각을 대상으로 하지 않고 시각적 대상이나 장면으로 국한시킨다. 그러나 신비평가들은 감각적이면서도 비유적 언어의 보조관념의 개념을 포괄적으로 적용하고 있다. 이미지에 대한 브룩스나 워렌의 정의는 너무 광범위하고, 루이스의 견해는 시각적인 면에 한정되기 때문에, 오늘날에는 보편적으로 신비평가들의 견해를 받아들이고 있다.

시에서는 직접 비유한 경우가 아니라도 감각적 체험을 재생시키는 말은 광범위한 의미에서 이미지에 포함시킬 수 있겠지만, 비유적으로 표현한 이미지가 훨씬 신선하고 생동감 있는 표현 효과를 거둔다고 볼 수 있다. 이미지에 대한 구체적인 정의로, 에즈라 파운드(E. Pound)는 지적·정적 복합체라고 하였고, 엘리어트(T. S. Eliot)는 감수성의 통일 혹은 객관적 상관물로서 정의하였다. 흄(T. E. Hulme)은 장식적이 아닌 직관적 언어 본질 그 자체라고 하였으며, 그 외에도 관념의 극화, 사상·관념의 감각화, 말로 만들어진 그림 등으로 정의하고 있다.

현대시에 큰 영향을 미친 이미지즘은 이미지를 신체적 지각으로써 형상화하지만, 다다이즘이나 초현실주의의 전위예술적 시에서는 기억·상상·꿈·무의식을 통해 형상화한다. 상상력의 현실 초월성은 현실을 있는 그대로 받아들이지 않고, 상상 주체의 정서와 지성 등 정신적 능력의 복합적 현상을 통해 새롭게 탈바꿈하려는 경향을 보인다. 이처럼 현실을 재구성하는 것은 창조 행위이므로, 상상력은 창조의 원동력이 된다. 따라서 상상력에 의한 현실 초월은 세계에 대해 새롭게 눈뜨도록 지향하는 작용이라고 할 수 있다.

이미지는 묵시적 이미지와 악마적 이미지로 나누기도 하고, 비유적(metaphorical) 이미지와 서술적(묘사적, discriptive) 이미지로 분류하기도 한다. 묵시적 이미지는 기독교의 계시처럼 정신세계를 이상적인 상태에서 암시하고, 악마적 이미지는 고통이나 절망, 좌절의 정신 상태를 암시한다. 비유적 이미지는 직유·은유·제유·환유 등의 비유법에서 보조관념을 통해 추상적 관념을 구체적인 감각으로 표현하는 형태이다.

서술적(묘사적) 이미지는 사생적 소박성이 있는 경우와, 실체 대상이 없이 축자적 심상 자체만 표현하는 절대적 이미지 형태가 있다. 이러한 이미지는 다른 것을 지시하거나 의미하지 않고, 자기충족 그 자체로 존재하므로 가장 순수하다. 후자 쪽은 관념을 배제함으로써 즉물적인 표현 자체로 이미지가 대상이 되는데, 이러한 현상이 극대화되면 김춘수의 '무의미 시' 형태로 발전해간다. 이러한 시는 의미의 구속에서 벗어나 가장 자유로운 상태에 놓여 있다고 할 수 있다.

상상력의 소산인 이미지는 관념과 정서의 구체적 표현인 의미의 육화(肉化)로써, 가능하면 ① 강렬하고 신선한 인상, ② 풍부한 정서 환기, ③ 제재와 배경 반영 등이 뒷받침되어야 한다. 강렬하고 신선한 이미지는 관습적이고 안일한 표현을 탈피함으로써 언어의 탄력성과 함축미로 긴장감을 자아내고, 독창적인 생명감을 부여한다.

감각적 이미지는 작위적으로 너무 화려하고 장식적일 때 공감을 얻기 어렵고, 상투화될 때는 내적 깊이를 상실하고 피상화될 우려가 있다. 가령 "낙엽은 포오란드 망명정부의 지폐/ 포화에 이지러진/ 도룬市의 가을하늘을 생각케 한다./ 길은 한 줄기 구겨진 넥타이처럼 풀어져"(김광균의 「추일서정」) 같은 구절에서 "낙엽은 포오란드 망명정부의 지폐"와 "길은 한 줄기 구겨진 넥타이처럼 풀어져"는 "도룬市의 가을하늘을 생각케 한다" 구절보다 훨씬 상투적이고 진부한 느낌이다. '낙엽'을 '포오란드 망명정부의 지폐'와 '도룬市의 가을하늘'에 '길'을 '넥타이'에 각각 비교하여 가을날의 이국정취를 선명하게 서술하지만 경박하게 느껴진다.

정서 환기는 개인마다 성장 과정이나 문화적 환경, 지적 능력 등에 의해 다양하게 나타날 수 있으므로 되도록이면 풍부한 정서를 환기시킬 수 있는 이미지가 중요하다. 정서는 각기 독특한 색조를 띠기 때문에 상상적 체험도 특이하고 다양할 수밖에 없다. 상상은 우리의 의식에 투명한 시야를 펼쳐주면서 통일된 색채를 부여한다. 산문의 언어는 건축적이지만, 시적 언어는 질적 변화와 화학적 반응을 야기하면서 농축되어 있다.

가령 해바라기 그림을 보았을 때 보편적으로는 초가지붕을 연상할 수 있지만, 양옥집에서 산 사람은 또 다른 정서를 환기할 수 있을 것이다. 이미지는 지적·정적 복합체로서 관념의 구현화로 볼 수 있기 때문에 시적 주체와 그 의미 내용을 추적하는 지표로 작용한다. 따라서 이미지는 전반적인 분위기와 배경을 이해하고 추체험할 수 있도록 견인차 역할을 해준다.

> 마당가에 석류나무 한 그루 심고 나서
> 나도 지구 위에다 나무 한 그루를 심었노라
> 나는 좋아서 입을 다물 줄 몰랐지요
> 그때부터 내 몸은 근지럽기 시작했는데요
> 나한테 보라는 듯이 석류나무도 제 몸을 마구 긁는 것이었어요
> 새 잎을 피워 올리면서도 참지 못하고 몸을 긁는 통에
> 결국 주홍빛 진물까지 흐르더군요
> 그래요, 석류꽃이 피어났던 거죠
> 나는 새털구름의 마룻장을 뜯어다가 여름내 마당에 평상을 깔고
> 눈알이 붉게 물들도록 실컷 꽃을 바라보았지요
> 나는 정말 좋아서 입을 다물 수 없었어요
> 그러다가 어느 날 문득 가을이 찾아왔어요
> 나한테 보라는 듯이 입을 딱, 벌리고 말이에요
> 가을도 도대체 참을 수 없다는 거였어요

-안도현의 「석류」 전문 -

이 작품은 인간의 성숙 과정을 '석류나무'의 성장 과정으로 비유하고 있는데[4], 이런 비유는 자연의 순리에 순응하는 자연주의적 인생관에 바탕을 두고 있다. 1단계(①~③행)에는 석류나무 심기의 즐거움이

---

4) 오세영, 『20세기 한국시의 표정』, 새미(2001), pp.85~87 참조.

형상화되고, 2단계 이후부터는 석류나무의 성장 과정을 인간 성숙이라는 핵심 상상력으로 비유하고 있다. 2단계(④~⑤행)에서 석류나무의 성장 모습을 자신의 근지러움으로 비유하는데, 이러한 육체적 변화는 20대의 성숙 과정에서 나타나는 육체적 욕망이나 정신적 시련이라고 할 수 있다.

3단계(⑥~⑪행)에서는 피어나는 석류꽃과 화자의 시선을 자세히 묘사하고 있다. 석류나무가 스스로 몸을 긁고, 그 긁은 상처의 진홍빛 핏물이 고여 붉은 석류꽃을 피우고, 하늘의 새털구름을 뜯어 평상 자리로 깔았다는 상상력은 매우 참신하면서도 독창적이다. 석류꽃이 피기까지는 '주홍빛 진물'의 고통이 따르고, 이 꽃을 '눈알이 붉게 물들도록' 실컷 바라보는 나는 입을 다물 수 없을 정도로 희열에 젖는다. '새털구름'은 미래지향적인 이상이나 꿈을 상징한다. 마지막 단계(⑫~⑭행)에서는 문득 찾아온 가을에 석류가 열매를 터뜨리는데, 이것은 한 존재의 전인적 성숙 과정에 대한 형상화이다. 석류나무의 성장 과정을 인간의 성숙 과정으로 비유한 이 작품은 시적 소재와 배경을 통해 주제를 뒷받침해주는 이미지의 기능이 탁월하다.

합궁(合宮)의
뜨거운 열락(悅樂)을
터뜨리는,
다물지 못할 입-

속으로 아프게 물고 있는
극기(克己)의
푸른 치아들   - 이수익의 「석류」 전문 -

이 시 역시 안도현의 작품처럼 '석류'라는 소재를 택하고 있는데,

극도로 절제된 언어를 통해 드러나는 감각적 이미지가 신선하기만 하다. 붉은 껍질을 깨고 내비치는 석류알은 서두에서 제시된 이미지의 연상 작용으로써, 시·청각의 공감각적 이미지를 통해 성적 환희의 절정을 묘사하고 있다. '극기의 푸른 치아들'은 석류알이 터지기까지의 내적 시련과 인내를 의미한다.

> 불 꺼진 방마다 머뭇거리며, 거울은 주름살 새로 만들고
> 멀리 있어도 비릿한, 냄새를 맡는다
> 기지개 켜는 정충들 발아하는 새싹의 비명
> 무덤가의 흙들도 어깨 들썩이고
> 춤추며 절뚝거리며 4월은 깨어난다
> ……(중략)……
> 발기한 눈알들로 술집은 거품 일듯
> 부글부글 취기가 욕망으로 발효하는 시간
> 밤공기 더 축축해졌지
> 너도 나도 건배다!
> 딱 한 잔만
> 그러나 아무도 끝까지 듣지 않는 노래는 겁 없이 쌓이고
> 화장실 갔다 올 때마다 허리띠 새로 고쳐맸건만
> 그럴듯한 음모 하나 못 꾸민 채 낙태된 우리들의
> 사랑과 분노, 어디 버릴 데 없어
> 부추기며 삭이며 서로의 중년을 염탐하던 밤
> 새벽이 오기 전에 술꾼들은 제각기 무릎을 세워 일어났다
> 택시이! 부르는 손들만 하얗게, 텅 빈 거리를 지키던 밤
> 4월은 비틀거리며 우리 곁을 스쳐갔다
> 해마다 맞는 봄이건만 언제나 새로운 건
> 그래도 벗이여, 추억이라는 건가
>   - 최영미의 「또다시 희미한 옛사랑의 그림자」 부분 -

김광규의 「희미한 옛사랑의 그림자」를 패러디한 이 작품의 전반부는 20대의 열정이, 후반부는 20여 년의 세월이 지나 현실에 안주하여 무기력하게 살아가는 소시민적 삶을 비판하며 자괴감을 느끼는 내용이다. 젊은 시절에는 신념과 열정을 갖고 살아가고자 다짐했지만, 중년이 된 지금은 술집이나 전전하며 밤거리를 배회한다. 순수한 열정으로 "그럴듯한 음모 하나 못 꾸민 채" 늙어가는 것이다. '4월'은 자유와 민주주의를 열망하는 4. 19혁명을 의미한다. 해마다 4월이 되면 "무덤가의 흙들도 어깨 들썩이고/ 춤추며 절뚝거리며" 다시 태어나지만, 중년의 현실은 순수함과 열정과 혁명의 의지가 사라진 무기력한 모습이다.

전체적으로 신선한 시적 비유와 풍부한 상상력에 의해 감각성을 획득하고 있다. 특히 기괴하면서도 폭력적인 비유, "기지개 켜는 정충들 발아하는 새싹의 비명", "발기한 눈알들로 술집은 거품 일듯", "그럴듯한 음모 하나 못 꾸민 채 낙태된/ 우리들의 사랑과 분노" 등은 당혹감을 안겨주면서 시적 긴장감을 높인다. 고전주의 시대의 시어 개념으로는 도저히 상상할 수 없을 정도로, 기괴하면서도 돌출적인 언어의 폭력적 결합이 충격으로 다가와 강렬하면서도 신선한 이미지를 형성해준다. 외연과 내포의 포괄적인 비유 과정은 긴장감을 더해주는 역할을 하고 있다.

4 이미지의 종류

프레밍거(A. Preminger)는 이미지의 종류를 ① 정신적 이미지(지각적, mental image), ② 비유적 이미지(figurative image), ③ 상징적 이미지(symbolic image)로 나눈다.

지각적 이미저리에서 주된 관심이 독자의 마음에 무엇이 일어났는지에 대한 관심이라면, 비유적 이미저리와 상징적 이미저리에서는 그들이 담고 있는 언어 자체와 그것의 의미에 초점을 둔다. 전자가 독자에게 미치는 효과에 대한 것이라면, 후자는 그런 효과를 야기한 원인에 대한 관심이라고 할 수 있다.5)

정신적 이미지는 문자 그대로 축자적(逐字的)이지만, 사실 재현이 아닌 마음의 모습으로 투영된 상상력의 소산으로써 사물에 대한 감각적 인상만이 언어에 의해 창조된 것이다. 이 이미지 유형은 사물에 대하여 감각적으로 체험한 것을 재생하기 위해 인간의 오감각이나 기관감각(호흡, 맥박), 근육의 긴장과 움직임을 나타내는 근육 감각적 표현이 주를 이룬다.

인간은 여러 감각 가운데 한 개 또는 그 이상의 감각이 활동하는 중에 끊임없이 자극을 받고 있기 때문에 인접한 외계와 접촉하고 있는 하나의 생물체라는 것을 자각하게 된다. 하나의 사상이나 정서가 감각적 체험을 통해 인간의 심리 현상 속에 독특한 인상 체계를 형성한다. 따라서 인간의 삶은 다양한 감각적 경험이 풍부하고 세련됨으로써 윤택해지는 것이다. 시에서 다양한 감각적 호소에 반응을 일으킬 줄 알게 되면 훨씬 즐겁고 유익한 경험의 원천을 발견할 수 있다.

시각적 이미지는 사물의 형태나 색깔, 움직임을 언어로 보여주고, 청각적 이미지는 사물의 소리를 언어로 듣게 하며, 후각적 이미지는 사물의 냄새를 느끼게 하고, 촉각적 이미지는 사물이 몸에 닿을 때의 감각을 언어로 형상화한다. 기관적 이미지는 생리적 기능을 담당하는 각 기관에 나타나는 고동·맥박·호흡 등의 감각을, 근육감각적 이미

---

5) 최동호, 「시와 이미지」, 『시를 어떻게 볼 것인가』, 현대문학(1995), p.227.

지는 근육의 수축이나 긴장의 변화 등 내적 자극으로 인해 생기는 감각을 언어로 나타낸 것이다.

비유적 이미지는 연상 작용의 유추 현상을 통해 이질적인 두 요소가 서로의 속성을 상호 침투시켜 동일화하는 것이다. 이런 비유 관계는 과학적·합리적으로 인식 불가능한 세계를 통찰할 수 있다는 인식론적 접근의 산물이라고 할 수 있다. 직유·은유·제유·환유·풍유 등이 여기에 포함된다.

상징으로 기능하는 상징적 이미지는 인간의 원초적인 세계 인식, 신화와 원형의 상관관계 속에서 반복되는 이미지나 그 패턴에 의해 드러난다. 이러한 암시는 시인의 경험이나 기호, 기질 등을 바탕으로 조직되므로 작자 미상의 텍스트를 해명하는 데 도움을 줄 수 있다. 가령 김소월의 시에는 여성적 화자가 등장하고, 이별과 한의 이미지가 중심을 이루어 집단무의식의 원형성(archetype)으로 나타나기 때문에 보편적 민족 정서로써 공유할 수 있다.

프라이(N. Frye)는 이러한 신화와 원형의 상징에 기초를 두고 예시적 이미지, 악마적 이미지, 유추적 이미지 등으로 나누고 있다. 묵시적 이미지는 성서의 묵시록에 계시된 형태로써 인간이 지향하는 이상과 비전을 나타내고, 악마적 이미지는 인간의 욕망이 성취되지 못한 악몽의 세계로써 고통과 혼란을 나타낸다. 유추적 이미지는 신화나 종교의 세계를 통한 묵시적·악마적 이미지가 인간의 이성과 경험을 통해 문학적으로 전환된 형태이다.

여자대학은 크림빛 건물이었다.
구두창에 붙는 진흙이 잘 떨어지지 않았다.
알맞게 숨이 차는 언덕길 끝은
파릇한 보리밭-

어디서 연식정구의 흰 공 퉁기는 소리가 나고 있었다.
뻐꾸기가 울기엔 아직 철이 일렀지만
언덕 위에선,
신입생들이 노고지리처럼 재잘거리고 있었다.
- 김종길의 「춘니(春泥)」 전문 -

이 시는 전반적으로 정신적 이미지 중심의 다양한 감각을 통해 봄의 생명력과 참신성을 표현하고 있다. 전반부는 시각적 이미지를 중심으로, 후반부는 청각적 이미지를 중심으로 역동성이 나타난다. 구체적으로 '크림빛 건물', '파릇한 보리', '흰 공' 등은 색감적인 시각적 이미지이다. ②~③행의 촉각과 시각 이미지는 언덕길을 오르며 설레는 감정을 여자대학이라는 공간과 어울리게 배치함으로써 경쾌하고 발랄한 성적 이미지를 느끼도록 해준다.

꽃가루와 같이 부드러운 고양이의 털에
고운 봄의 향기가 어리우도다.

금방울과 같이 호동그란 고양이의 눈에
미친 봄의 불길이 흐르도다.

고요히 다물은 고양이의 입술에
포근한 봄 졸음이 떠돌아라.

날카롭게 쭉 뻗은 고양이의 수염에
푸른 봄의 생기(生氣)가 뛰놀아라.
- 이장희의 「봄은 고양이로다」 전문 -

1연은 여성적·정적 분위기로 봄의 계절 감각을 형상화하고, 2연은

남성적 분위기로 봄의 생명력, 3연은 봄의 나른함, 4연은 푸른 봄의
생기와 생명력 등을 각각 형상화하고 있다. 1, 2연의 첫 행은 '직유+
형용사+신체어'의 통사 구조를 보이고, 3, 4연의 첫 행은 '부사+형용
사+신체어'라는 통사 구문 형태의 병렬 관계를 보인다. '고양이'의 속
성은 털, 눈, 입술, 수염 등 매 연의 홀수 행에, '봄'의 속성은 환유체
계로 꽃, 봄빛, 봄볕, 새싹 등으로 짝수 행의 중심을 이룬다. 매 연마
다 시각, 촉각, 후각을 통해 봄의 향기, 생명력의 나른함, 봄의 생기를
나타내고 있다.

돌이끼 푸른 성(城)터를 끼고 돌아
호랑거미 거미줄 타고 내려오고
달빛에 주둥이 흐늘히 젖어
부흥이 우는 밤이 있었다.

개들이 짖어대면 별이 떨어졌다.
개의 귀에 대고 무슨 소리가 들려올까
들어보면 나의 귓속엔 푸른 별들이
가득 찼다.
아랫녘 마을의 불빛들은 도토리열매처럼 열려,
깨물면 떫은 맛이 들었다.
기다림은,

나는 우물 속을 들여다보았다.
우물은 늙은 노새처럼 슬픈 눈을 가졌다.
기다림에 지친
성(城)터의 돌들을 주워
손에 쥐면 그대로 소리 없이 바스러져 버렸다.

꽃 속에 숨은 두근거리는 천둥의 심장
죄 지은 듯 그 꽃잎 따먹고
나는 그리움을 지녔다.
서러운 해오라기의 긴 모가지를-

                    - 이준관의 「부흥이 우는 밤」 전문 -

기승전결 구조를 보이는 이 시는 각 연의 동적·정적 병치구조와 지각적 이미지 중심의 공감각 이미지를 통한 정서 변화와 참신성, 의미의 다양성이 돋보인다. 1연에서 '거미줄 타고 내려오는 호랑거미'와 '달빛에 우는 부흥이'의 고요함, 2연에서 '개의 짖음'과 '마음의 불빛'으로 표현되는 시끄러움과 적막감, 3연에서 '슬픈 눈을 가진 우물'과 '손에 쥐면 바스러지는 돌'로 표현되는 액체와 고체, 4연에서 '두근거리는 심장'과 '해오라기의 긴 모가지'로 표현되는 동적 분위기와 정적 분위기가 각각 대조를 이루는 병치구조이다.

1연에서는 시각+촉각+청각 이미지를 차용하여 연인을 기다리고 있음을 암시하고, 2연에서는 청각+시각+미각 이미지 중심으로 화자의 사랑에 대한 그리움, 3연에서는 시각+촉각 이미지 중심으로 자아의 내면 지향과 순진무구한 사랑 갈구, 4연에서는 촉각+미각+시각 이미지 중심으로 사랑의 발견과 자기 초월적 존재 인식 등을 나타내면서 시적 주제를 뒷받침하고 있다.

이 작품은 이성에 대한 사랑을 관능적·말초감각적이 아니라, 초월적·관념적 사랑의 절대 경지로 승화시키고 있다. 사랑에 대한 기대와 그리움을 폐허가 된 성터가 복원될 날의 상황으로 유추하면서 슬픔과 허무, 아름다움의 감정을 환기시킨다. 이처럼 서정적·향토적인 이미지 중심의 시는 각박한 현대 산업사회에서 삶의 본연에 대한 향수를 일깨워준다.

언어는
꽃잎에 닿자 한 마리 나비가
된다.

언어는
소리와 뜻이 찢긴 깃발처럼
펄럭이다가
쓰러진다.

꽃의 둘레에서
밀물처럼 밀려오는 언어가
불꽃처럼 타다간
꺼져도,

어떤 언어는
꽃잎을 스치자 한 마리 꿀벌이
된다.　　　　　　　　　　　　　- 문덕수의 「꽃과 언어」 전문 -

　이 시는 비유적 이미지인 직유와 은유가 매 연마다 반복적으로 사용되면서 관념적인 '언어'라는 원관념을 감각적인 보조관념을 통해 구체적으로 암시하고 있다. 1차적 비유 관계인 '언어'와 '꽃'이 '나비'와 '꿀벌'의 관계로 확대되어 관념적 의미를 내포한다. 언어가 꽃잎에 닿자마자 한 마리 나비가 되고 꿀벌이 된다는 이미지 전개는 신선한 감각적 공감을 불러일으킨다.

　그러나 이런 이미지들의 연상작용은 무질서하게 무의식적 심층부에 축적된 경험으로 가장 순수하면서도 무의미성에 따른 산물이다. 무의식적으로 분출된 파편화된 이미지들이 논리적 연계성이 없이 단지 떠오르는 연상작용으로 결합해 '나비'라는 최초의 가정과 '꿀벌'이라는 결론, 상호의미적 합리성으로 타당한 세계가 이룩되어[6] 생명력의 탐구로 비쳐진다. 기표로 머물던 언어가 인간과 인간이 서로 관계를 맺음으로써 소통되는 의미화의 과정이다. 나비와 꿀벌은 베짱이와 개미의 관계로 전자가 유희라면, 후자는 육체적 노동을 뜻한다. 더 나아가서는 언어로 기호화된 문학이 "심미성을 통한 즐거움을 주느냐, 교훈적·공리적인 실용성을 주느냐"라는 문학의 기능으로 확대 해석할 수도 있다.

> 매운 계절의 채찍에 갈겨
> 마침내 북방으로 휩쓸려오다.
>
> 하늘도 그만 지쳐 끝난 고원(高原)
> 서릿발 칼날진 그 위에 서다.
>
> 어데다 무릎을 꿇어야 하나
> 한 발 재겨 디딜 곳조차 없다.
>
> 이러매 눈 감아 생각해 볼밖에
> 겨울은 강철로 된 무지갠가 보다.   - 이육사의 「절정」 전문 -

이 시는 기승전결 형태의 고전 지향적 분위기 속에서 지사적 선비 정신과 투철한 현실인식으로 죽음까지 초월하려는 저항정신을 담고 있다. 추운 계절로 환기되는 일제 식민지의 압정에 견디다 못해 북방으로 쫓겨 간 우리 민족의 고통스런 삶을 묘사하였다.

'겨울' 이미지는 쫓기고 억압받는 현실적 아픔을 내포한다. 상징적 이미지의 유추 현상은 "매운 계절의 채찍", "북방으로 휩쓸려 오다",

---

6) 박재릉, 「영적 이미지론」, 『문덕수 문학 연구』, 시문학사(2004), p.51.

"서릿발 칼날진 그 위", "한 발 재겨 디딜 곳" 등의 반복적 이미지를 통해 절대 절명의 극한적 상황이라는 것을 암시한다. '제겨'의 방언으로도 볼 수 있는 '재겨'는 살짝 발을 떼어 피한다는 뜻이다. '채찍', '서릿발', '칼날' 등은 차갑고 공격적인 이미지로 '강철로 된 무지개', '절정'의 상징성을 환기시킨다. '강철로 된 무지개'는 역설적인 모순 어법으로써 저항과 불굴의 정신을 뜻한다. 화자는 절박한 순간에 현실을 직시하며 다른 세계를 지향함으로써 '무지개'로 승화시킬 수 있는 마음의 눈을 뜨게 된다. 제목 '절정'7)은 비극적 절망 속에서 얻게 된 정신적 초월의 황홀한 순간을 의미한다.

1·2·3연이 객관적·일상적 현실 상황을 묘사했다면, 4연은 주관적 현실을 대상으로 어떻게 극복하느냐의 초월적 자세를 취하는 고고한 의지를 보인다. 선비적 지사정신으로 현실을 인식하며, 절대로 타협하거나 굴복하지 않는 저항 정신은 상징적 이미지의 반복을 통해 문맥 속에서 계속 환기되고 있다. 상징적 이미지는 상징 그 자체가 아니라, 시인이나 작가의 작품 속에서 반복되는 이미지군이나 이미지 패턴에 의해 상징화된 표현으로, 원형적 이미지까지 포괄하는 복합적 개념이다.

> 처마 끝에 명태를 말린다
> 명태는 꽁꽁 얼었다
> 명태는 길다랗고 파리한 물고긴데
> 꼬리에 길다란 고드름이 달렸다
> 해는 저물고 날은 다 가고 볕은 서러웁게 차갑다

---

7) 이남호, 『문학의 위족』, 민음사(1990), p.50.
   그는 「절정」을 민족의 수난이 최고조에 달했다기보다 한 인간이 무한대의 억압과 맞서는 정신의 극점으로 본다. 이 외 '재겨', '강철로 된 무지개'에 대해 많은 평자들의 다양한 해석이 있다.

나도 길다랗고 파리한 명태다
　　　문턱에 꽁꽁 얼어서
　　　가슴에 길다란 고드름이 달렸다.　　　- 백석의 「멧새소리」 전문 -

　이 시의 상징적 이미지는 '명태'이지만, 겨울날 처마 밑에 꽁꽁 얼어 고드름이 매달린 모습에서 현실 상황의 냉혹함과 생명력의 부재를 환기시킨다. 전반부의 처마 끝에 매달린 명태의 모습은 정신적 이미지 중심의 객관적 상황이지만, 후반에 가서 '나'가 '명태'로 감정이 이입되면서 화자의 처절한 좌절감을 느낄 수 있다. 식민지 시대의 암담하면서도 절망적인 지식인의 내면세계를 환기시키지만, 더 나아가서는 인간의 존재론적 의미에 대한 형이상학적 절망감이나 개인사적 좌절감을 엿볼 수 있다.

1 비유의 특성

　인간은 현재 살고 있는 세계에서 자신의 위치와 역할에 대해 어떠한가를 근원적으로 알고 싶어 한다. 이런 갈망은 인간 대 사회, 자연, 신과의 관계에 관심을 가져 궁극적으로 우주의 본질적인 문제까지도 심오하고도 통찰력 있는 사고의 명제가 되었다. 인간은 사소한 일상사에서 얻어지는 경험들까지도 어떤 종류의 질서 있는 전체에 맞추려고 시도한다. 우주 자체의 기초를 이루고 있는 질서를 이해하고 또 그것을 간파하기 위한 끊임없는 투쟁 속에서, 아무것도 존재하지 않는 것처럼 보이는 곳에서 유사성을 발견하는 시인의 능력은 이와 같은 인간의 근원적인 욕구를 충족시켜주는 데 도움이 된다.[1]

　따라서 인간의 지식과 이해 향상에 도움이 되어 고대 수사학에서 사용하였던 비유는 아리스토텔레스 이후 시학에서 주요한 문학적 기법으로 대두되었다. 비유의 개념은 수사어나 의미 혹은 형식에 따라

---

1) J.R. 크루저, 권종준 역, 『시의 요소』, 학문사(1983), p.96.

다양한 관점에서 분류할 수 있다.

먼저 의미적 관점에서는 언어의 비유, 사상의 비유, 말의 비유로 나눌 수 있다. 언어의 비유는 문법적·수사학적 원리가 담겨진 채 의미가 변치 않고, 구문이나 어구 배열에 중점을 두어 변용시키는 돈호법·대조법·유음법·대립·병렬·종속구문·접속사 삽입 등이 포함된다. 이런 비유는 일상적 문체와 다른 시적 문체를 정교하게 만드는 기법으로 어구나 통사적 유형을 포함한다.

사상의 비유는 비정상적인 양식으로 의미를 새롭게 변용시키는 과장법·언어유희·반어법·인유법·우유법·곡언법 등이 포함된다. 이런 표현법은 사상의 강조나 시인의 태도를 강화하는 데 사용된다. 말의 비유는 추상적 형태(langue)가 아니라 구체적 내용(parole)을 낯선 방법으로 표현하여 독특한 효과를 노리는 수사법으로서 논리적으로는 관련시킬 수 없는 두 사물을 비교하거나 동일시한다. 이런 비유는 말의 뜻을 바꾸거나 확장하여 효과를 내는 기법으로 직유법·은유법·환유법·제유법·의인법 등이 포함된다.

사고의 비유나 언어의 비유는 엄격히 구분해 사용되었다기보다 대체로 수사학적 관점에서 다루어졌다고 볼 수 있다. 의미에 따른 비유는 문자적 의미와 다른 어떤 의미를 얻기 위해 낱말이나 구를 구사함으로써 나타나는 것으로 직유법·은유법·제유법·의인법·과장법·우화법·반어법·역설법 등이 포함된다. 형식에 따른 비유는 낱말의 의미보다 낱말의 통사론적 순서나 패턴에 의존하는 도치법·병치법·대조법·점층법 등이 포함된다.

문채(文彩, 문장의 광채나 무늬)의 한 유형인 비유는 축어적 혹은 일상적 언어의 법칙에서 이탈하는 것을 뜻한다. 모든 비유 언어의 본질은 주로 원인과 결과, 수단과 목적, 재료와 만든 물건, 의미한 것과 의미된 것, 모형과 실체, 소유주와 소유물 등의 관계성에서 존재한다. 비유는 자칫 혼란스럽고 무질서한 삶에 질서와 조화를 가져다준다. 언뜻 서로 어울리지 않는 것 같은 아주 이질적인 것에서 조화와 균형을 찾아내는, 그야말로 마술적 힘을 지닌다.[2]

이질적인 것에서 유사성을 찾기 때문에 혼돈과 무질서에 질서와 통일성을 부여하는 것이다. 은유가 유사 관계의 동일성에 바탕을 둔다면, 환유는 상관과 조응 관계, 원인과 결과에 따른 인과 관계 등의 인접성에 바탕을 두고, 제유는 부분과 전체의 접속 관계인 내포의 원리에 바탕을 두고 있다. 환유와 제유는 물질적·정신적 접촉이 바탕을 이루므로 전달 속도가 빠르고 자동적으로 쉽게 수용된다.

비유란 언어의 충족되지 못한 상태를 충족시키는 데에 많은 역할을 하는 기법으로, 실제적·상상적이건 간에 인간의 다양한 경험을 한데 뭉치게 한다. 모든 비유는 정지된 상태에 머물지 않고 끊임없이 생성, 발전, 쇠퇴의 순환 과정을 거친다. 처음에는 신선하게 느껴졌던 표현도 자주 사용함으로써 관습화되면 일상어로 굳어진다. 정도의 차이는 있겠지만 후경화된 일상적 표현이 죽은 비유라 해도 과언이 아니다. 관습화된 비유적 표현에서 새로운 수사적 의미가 되살아나게 하는 것이 시인의 역량이다. 잠들어 있는 비유를 일깨워서 살아 숨쉬게 하는 것이다. 이때 되살아난 비유는 기존에 지니고 있던 뜻을 잃어버리고 새로운 의미를 얻게 된다.

적절한 비유는 말과 글을 화려하게 장식하는 것이 아니라, 압축된 표현으로 아름다우면서도 정감 있게 표현하여 구체적이고 선명하게 의미를 드러내는 최대의 효과를 지닌다. 좋은 비유는 사물의 구체적인 인식에 머물지 않고, 그 사물의 의미를 새롭게 변화·확대시키는

---

2) 김욱동, 『은유와 환유』, 민음사(2007), p.70.

것이다. 상이한 이질적 사물들을 병치시켜 유기적 전체로 통합해 조직화하는 것이다. 이런 통합적 감수성은 인간의 본질적인 동일화의 욕망에 따른 산물이다.

비유는 원관념(취의, tenor)과 보조관념(매체어, vehicle)이 유추(類推, analogy)와 전이(轉移, transference) 과정을 통해 공통자질을 형성한다. 원관념은 시인이 의도하고자 하는 내용이고, 보조관념은 그것을 드러내기 위해 사용되는 도구이다. 유추는 어떤 인식 대상에 부딪혔을 때 의미나 형태, 특징 등을 선험 세계 속에서 그것과 유사성이 있어 보이는 자질을 찾아내도록 유도하는 현상이고, 전이는 그러한 공통자질을 통해 원관념에서 보조관념으로 이동하는 정신적 현상이다. 유추에는 반드시 상상력이 수반되어야 한다. 원관념은 취지이고, 보조관념은 수단이며, 전이와 유추 과정은 근거라고 할 수 있다. 취지와 수단 사이의 유사성이 비교의 근거인데, 이 근거는 전적으로 주관성에 바탕을 둔다.

산문적 비유가 정보전달 차원에서 쉽게 이해하도록 하는 데 초점을 둔다면, 시적 비유는 다른 대상으로 치환해 의미의 구조화 전략에 바탕을 이루는 장치이다. 단지 수사학적 비유처럼 말을 효과적으로 사용하기 위해 장식적이거나 유사성을 근거로 말을 대치하는 것이 아니라, 오히려 각각의 의미나 분위기를 강하게 나타내는 것이다. 따라서 두 관념 사이의 진폭이 크고 이질적인 문맥 위에서 그 의미를 확대, 신장해 나가는 상호작용이 뒷받침되어야 한다.

풍부한 정서 환기와 의미 확대는 주지와 매체의 충돌, 상호작용, 긴장을 통하여 이루어진다. 긴장감은 상호 보완이나 대립 사이의 강한 충돌이나 마찰 사이에 그 효과가 크다. 좋은 비유는 광범위한 상상력과 날카로운 관찰력, 풍부한 정서와 다양한 경험적 요소를 불러일으킨다. 이런 비유는 인습적인 관점에서 바라보던 세계를 새롭게 만들어낼 수 있는 언어 생성에 도움을 주므로 문명의 발달과 문화의 차이에 따라 차별성과 변별성을 지닌다고 할 수 있다.

2 직유(直喩)

비유법은 심리학적으로 보면 추상적·일반적인 개념을 구체적·사실적인 사상(事象)으로 형상화하는 기법이다. 인간이 무언가를 인식하는 데에는 인지의 방법과 상상의 방법 두 가지가 있는데, 첫 번째 방법이 쓰일 때는 지식과 지력이 그 도구로 사용되는 데 반하여, 두 번째 방법이 쓰일 때는 심상과 상상력이 그 도구로 사용된다.[3] 심상적 방법인 비유법은 지식이나 개념을 반드시 그림처럼 시각화한다. 그리고 우리의 일상적 언어 표현에서 수면에 떠오르지 않고, 의식 안에 파묻혀 있던 다양한 언어의 본질이 광범위하게 작용하여 유사성을 만들어낸다.

직유는 '비슷하다', '닮았다'는 어원적 의미로 원관념과 보조관념을 연결시켜주는 '~처럼', '~듯이', '~마냥' 등의 보조수단을 통해 간접적으로 유사 관계를 진술한다면, 은유는 이런 보조수단이 생략된 채 'A는 B이다' 식의 직접적인 상동 관계를 진술하는 형태이다. 직유가 두 단어 사이의 의미적 유사성에 초점을 둔다면, 은유는 비상사성 속에서 상사성인 의미의 동질성에 초점을 둔다. 직유는 제한된 비교나 유추로서 은유보다 직접성과 구체성이 강하지만, 긴장의 밀도나 응축성이 약하다고 할 수 있다. 가령 '내 마음은 호수처럼'이 직유라면, '내

---

3) 김진우, 앞의 책, p.131.

마음은 호수'는 은유 형태이다.

은유에 비해 직유가 표면적으로 외적 인접성과 근사성에 치중한다면, 은유는 내적 유사성과 동일성에 치중한다. 직유는 축어적 관념과 비유적 관념을 바꿀 수 있지만, 은유는 절대로 바꿀 수 없다. 즉 '내 마음은 호수처럼'을 '호수는 내 마음처럼'으로 보조수단 '~처럼'을 통해 상호 바꿀 수 있지만, 은유인 '내 마음은 호수'를 '호수는 내 마음'으로 바꿀 수 없다는 것이다. 그것은 축어적 관념과 비유적 관념이 서로 균형을 이루고 있지 않기 때문이다. 축어적이란 일상적 어법이나 표준적 어법, 즉 사전적 의미에 맞게 사용하는 어법이다.

직유가 물리적 반응(속성 공유)을 표면적으로 나타낸다면, 은유는 내면적으로 숨겨진 동일성을 찾기 때문에 하나 더하기 하나가 둘이 되는 것보다 셋을 찾아내는, 즉 화학적 반응(속성 상실)을 통해서 새로움을 창출할 수 있는, 베일에 가려진 속성이라 할 수 있다. 가령 "나무를 책상으로 만들다"가 그러한 속성을 지닌 물리적 반응이라면, "포도를 가지고 포도주로 만들다"는 그러한 속성을 거의 잃어버리고 알콜 성분으로 바뀌는 화학적 반응이라고 할 수 있다. 따라서 전자가 직유의 속성이라면, 후자는 은유적 속성에 가깝다. 이런 점에서 은유가 두 개념 사이의 내적 유사성 관계에 의존한다면, 직유는 외적 인접성의 관계에 의존하므로 환유에 가깝다고 할 수 있다.

> 열무 삼십 단을 이고
> 시장에 간 우리 엄마
> 안 오시네, 해는 시든 지 오래
> 나는 찬밥처럼 방에 담겨
> 아무리 천천히 숙제를 해도
> 엄마 안 오시네, 배추잎 같은 발소리 타박타박

안 들리네, 어둡고 무서워
금간 창틈으로 고요히 빗소리
빈 방에 혼자 엎드려 훌쩍거리던

아주 먼 옛날
지금도 내 눈시울을 뜨겁게 하는
그 시절, 내 유년의 윗목   - 기형도의 「엄마 걱정」 전문 -

　이 시는 어린 화자가 시장에 열무를 팔러 간 어머니를 기다리는 쓸쓸했던 유년시절을 회상하는 내용을 담고 있다. 이 시에서 직유법으로 쓰인 '찬밥'이나 '배추잎'은 관용적인 비유에 가깝다. '찬밥'은 흔히 중요하지 않은 인물이나 사건을 비유하는데, 아이는 장터에 나간 엄마를 기다리며 누구의 돌봄도 없이 빈 방에서 '찬밥' 상태를 벗어나려고 숙제를 한다.

　해는 점점 기울고 어두워지자 아이는 엄마를 기다리며 바깥의 동정에 귀 기울이다 지쳐 엎드려 훌쩍거리기 시작한다. 화자가 울다가 지쳐 잠들었을 때 엄마는 늦게 돌아왔을 것이고, 화자의 기억 속에 엄마를 기다리던 시간은 외롭고 힘든 흔적으로 남은 것이다. 지금도 자신의 눈시울을 뜨겁게 하는, 쓸쓸했던 기억에 대한 이미지는 '내 유년의 윗목'과도 연결된다. 더운밥과 찬밥, 아랫목과 윗목에서 전자는 사랑받고 귀하게 여겨지지만, 후자는 천대받고 소홀시된다. '윗목'은 찬밥과 마찬가지로 시의 전체적인 분위기 형성에 도움을 주고 있다.

　아이는 방안에 홀로 있지만, 마음은 온통 엄마가 있는 시장으로 향해 있다. 그렇기에 아이는 자연스럽게 '해는 시든 지 오래'와 '배추잎 같은 발소리'를 연상한다. '배추잎 같은 발소리'는 단순히 생각하자면 피곤하게 돌아오는 어머니의 지친 발소리와, 아무렇게나 널브러진 배추잎의 유사성에서 채택된 것이라고 할 수 있지만, 한편으로 배추와 열무 같은 김치의 재료들은 엄마의 삶에서 떼어 놓을 수 없는 요소들이기도 하다.

이런 비유가 단지 외형적인 유사성에서 채택된 것이라면, 아버지나 누나의 '배추잎 같은 발소리'라고 해도 어색함이 없어야 한다. 그러나 '배추잎 같은 발소리'는 어머니를 제외하면 누구에게도 어울리지 않는다. 따라서 이 시에서 '배추잎 같은'은 '열무 삼십 단'을 이고 시장에 간 엄마라는 특정한 상황과 연결되어 내포적 의미를 지닌다.

내용 없는 아름다움처럼

가난한 아희에게 온
서양나라에서 온
아름다운 크리스마스 카드처럼

어린 양들의 등성이에 반짝이는
진눈깨비처럼   - 김종삼의 「북치는 소년」 전문 -

시제인 '북치는 소년'은 음악과 아이의 이미지가 결합되어 '내용없는 아름다움'을 표상한다. 이런 아름다움은 현실적 삶 속에서 야기되는 고통과 시련이 제거된 순수한 아름다움 그 자체이다. 무상성의 '내용 없는 아름다움처럼' 추상적인 풍경이 2, 3연으로 점차 발전해가면서 '북치는 소년'의 그림에 구체적인 모습으로 형상화되고 있다.

매 연마다 사용된 직유법은 그림 속에서 이국적인 아름다움을 보고 느꼈던, 맑고 깨끗한 동심의 세계를 전달하는 효과를 나타낸다. '~처럼'의 반복은 전체를 아우르면서 세 개의 연이 조화를 이루는 데 원형적 순환 구조의 효과를 부여한다. 이국 지향적이며 환상적으로

채색된 시적 공간은 순결하고 평화로운 분위기를 환기시키는 이미지들로 구성되어 있다. 이러한 세계는 비극적 현실과 이어져 있으면서 이상적 세계를 구축하는 이질적 공간이다.

크리스마스 카드의 그림을 구체화하고 있는 마지막 연은 화자가 크리스마스 캐럴인 '북치는 소년'을 들으면서 떠올리는 추억이 바로 그 카드의 '반짝이는/ 진눈깨비처럼' 그립다는 것이다.[4] 전체적으로 확장직유의 형태이다. 특히 마지막 연을 미완성 문장으로 끝맺음으로써 세심한 주의와 정서를 환기시키는 효과를 주고 있다. 아름다움에 대한 설명이라기보다 아름다움 그 자체이다.

> 비바람 험살궂게 거쳐 간 추녀 밑
> 날개 찢어진 늙은 노랑나비가
> 맨드라미 대가리를 물고 가슴을 앓는다.
>
> 찢긴 나래에 맥이 풀려
> 그리운 꽃밭을 찾아갈 수 없는 슬픔에
> 물고 있는 맨드라미조차 소태맛이다.
>
> 자랑스러울 손 화려한 춤 재주도
> 한 옛날의 꿈 조각처럼 흐리어,
> 늙은 <무녀>처럼 나비는 한숨진다.   - 윤곤강의 「나비」 전문 -

시적 자아와 동일시된 '늙은 호랑나비'와 '늙은 무녀'는 이상과 꿈을 상실하고 현실에 좌절하는 부정적인 모습이다. 보편적으로 꽃을 찾는 나비에서 연인 간의 낭만적인 사랑을 유추하지만, 이 시에서는 '소태' 같은 현실에서 몽환의 세계를 맴도는 떠돌이 모습이다.

---

4) 이형기, 앞의 책, p.142.

나비는 늙고 날개가 찢겨 아름다운 꽃밭을 찾아가지 못하고, 오랜 비바람에 씻겨 해진 추녀 밑에서 오로지 '맨드라미 대가리'를 물고 있는 초라한 모습이다. 동물적 속성의 비속어인 '대가리'를 식물적 이미지로 유추해 표현한 것은 외형적으로 맨드라미와 수탉의 벼슬이 흡사하기 때문이다. 나비는 향기로운 꿀을 얻기 위해 아름다운 꽃밭을 찾지만, 날개가 찢겨 멀리 갈 수 없기 때문에 수탉 벼슬 같은 맨드라미만을 빠는 입이 소태맛일 뿐이다. 한약재로도 쓰이는 소태나무 껍질은 맛이 매우 쓰다. 슬픔에 젖은 나비는 화려했던 옛날의 향수에 젖지만, 그 순간도 꿈 조각처럼 흐려지며 '늙은 무녀'처럼 한숨만 짓게 된다.

'무녀'는 신과 인간 사이의 교량적 영매자로서 신의 계시를 인간에게 전달하거나 인간의 뜻을 신에게 간구하는 역할을 담당한다. 무녀는 탈혼의 경지에서 인간의 길흉화복을 예언하며 질병과 고통의 악령을 물리칠 수 있는 영험한 능력을 지니고 있다. '巫'라는 한자어는 양 소매를 늘어뜨리고 나비처럼 춤추는 무녀의 모양을 본뜬 글자이다. 따라서 무당은 춤과 노래로써 신을 청하여 민중의 한을 씻어주고 소망을 간구하는 대역자이다. 그런데 초월적 능력을 발휘해야 할 무녀가 늙고 쇠락하여 영험한 신기를 잃고 말았다.

여기서 늙은 무녀는 날개 찢긴 나비가 아름다운 꽃을 찾지 못해 한숨짓는 모습과 동일화된다. 찢어진 날개로 춤도 추지 못하고, 한숨짓는 나비의 슬픔은 화려하게 번영하는 현대문명 속에서 현실세계와 초자연적인 신의 세계와의 소통을 꿈꾸는 반동의 몸짓과 같다.[5] 찢긴 날개 때문에 비상하지 못하고 추락하는 나비는 시적 자아의 모습이다. 이런 모습은 부조리한 현실 앞에 내던져진 현대인의 존재론적 자

---

5) 김지연, 『한국의 현대시와 시론 연구』, 역락(2006), p.287.

화상이라고 할 수 있다.

> 오랜 잊히움 같은 병이었습니다
> 저녁갈매기 바닷물에 휘어 적신 날개처럼
> 피로한 날들이 비늘처럼 돋아나도
> 북녘 창가의 내 알지 못할 이름의
> 아픔이던 것을
>
> 하루 아침 하늘 떠받고 날아가는 한 쌍의
> 떼기러기를 보았을 때
> 어쩌면 그렇게도 한없는 눈물 흐르고
> 화살을 맞은 듯
> 갑자기 나의 병 이름이 그 무엇인가를
> 알 수가 있었습니다   - 김남조의 「사랑」 전문 -

「사랑」은 단일직유가 아닌 확충직유의 예를 잘 보여주는 작품이다. 단일직유가 일반적으로 단어와 단어를 비교하는 조사를 매개로 비유한다면, 확충직유는 비교하는 조사를 매개로 단어와 문장, 구절과 구절을 비유하거나 보조관념 부분을 길게 확장하는 형태이다.

이 시에서 원관념은 '사랑'이고, 보조관념은 '병'인데, 그것은 "저녁 갈매기 바닷물 휘어적신 날개"처럼 "피로한 날들이 비늘처럼" 돋아나는 "오랜 잊히움과도 같은 병"이다. '병'이라는 보조관념을 도치 형태로써 계속 수식해주고 있는 것이다. 비슷한 예로 "한 무리의 물고기가 숲에 머물다가 흩어진 것같이/ 이파리들은 비늘처럼 몹시 뒤척거린다"(김충규의 「나귀처럼」)를 들 수 있다.

은유(隱喩)

은유는 암유(暗喩)라는 개념으로 철학적·언어학적 측면에서 다양하게 접근할 수 있는데, 아리스토텔레스는 『시학』에서 포괄적 개념의 은유를 대치의 네 가지 유형으로 설명하고 있다.[6]

① 종류에 대한 구분으로 유(類)를 통해 종(種)을 지시한 예로, "여기 배 한 척이 <u>서 있다</u>"는 배가 닻을 내리고 '정박하고' 있다는 것을 뜻한다. 언어 의미가 유개념에서 종개념으로 전이된 경우이다.

② 생명체와 비생명체에 대한 구분으로 종(種)을 통해 유(類)를 지시한 예로, "<u>일만 가지나</u> 되는 덕행"에서 '일만'은 구체적인 숫자로서의 일만이 아니라 '수많은'을 뜻한다. '일만'이라는 종개념을 통해 '다수'의 유개념을 지칭하며, 부분이 전체로 전이된다.

③ 사고의 영역에 의한 구분으로 종(種)에서 종(種)을 지시한 예로, 원관념과 보조관념 사이의 같은 의미의 영역과 서로 다른 의미의 영역에 차이를 두고 구분하거나 감각화된 추상을 논할 때의 방법을 나타낸다. 즉 "청동으로 그의 생명의 물을 푼다"는 것은 "구리쇠로 만든 칼로 그를 베어 피흘리게 하다"라는, 즉 '푼다'와 '베다'가 '제거하다'라는 의미를 지닌 동일한 종개념이라 할 수 있다. 두 사물의 특질이 전이됨으로써 응축의 효과를 준다.

④ 지배적 특성에 의한 분류로 유추와 배분의 유비(類比) 관계로서, 원관념과 보조관념 사이에 어떤 공유된 의미의 속성이 무엇인

---

6) 움베르트 에코, 서우석·전지호 역, 『기호학과 언어철학』, 청하(1987), pp.146~154 참조.

가를 밝히려는 의도에 따라 분류하는 관점이다. 즉 "<u>하루</u>와 <u>황혼</u>=<u>인생과 노년</u>"에서 하루에 해당하는 것이 '인생'이고, 황혼에 해당하는 것이 '<u>노년</u>'이라면, '인생의 황혼'이란 표현이 성립되는데, 그 의미는 물론 '인생의 노년'이다. 동일한 원리에 따라 '하루의 노년'은 '하루의 황혼'을 뜻하는 것으로 각각 자리를 바꾸면서 의미 전이가 일어나는, 비교에 의한 창조적 은유 형태이다. 네 항목 간에 균형이 잡히면서 두 사물 사이에 응축이 나타난다.

이 네 가지 유형 가운데서 첫 번째와 두 번째는 제유, 세 번째는 은유, 네 번째는 환유 형태이다. 연관성은 포함(유에서 종, 종에서 유로 전이)에 적용하고, 유사성은 종에서 종으로의 전이에 적용하며, 인접성은 공유하는 종을 매개물로 하여 유에서 유로 전이하는 것에 적용할 수 있다. 오늘날 현대시에서는 뒤의 두 가지 유형이 창조적 은유 형태로 활용되고 있다.

언어학적 측면에서 은유 형태는 계사(coupula), 사역동사, 동격, 돈호법, 동사, 형용사 등의 다양한 유형으로 나타난다. 은유(metaphor)의 어원은 희랍어 metapherein에서 유래한 말인데, 이 말은 '넘어서', '초월하여'(over, beyond)라는 뜻의 접두어 meta와 '가져가다', '옮기다'(bring, carry)의 뜻인 pherein의 합성어로, 한 말에서 다른 말로 그 뜻을 옮기는 '전이'의 의미를 지닌다. 이런 전이 현상이 일어나도록 상이한 두 관념을 결합하기 위해서 비교가 필요하고, 무엇인가를 비교하기 위해서는 유추 과정이 필요하다. 유추 작용은 이질적인 것에서 유사성을 찾는 수단이다.

은유는 원관념과 보조관념의 상호 침투 작용에 따른 의미론적 변용 과정에서 제3의 관념을 내포한다. 즉 하나 더하기 하나는 둘에 국한되지 않고, 셋이 될 수 있는 창조적 상상력을 수반하는 것이다. 마치 두 부모 밑에서 태어난 자식과 같다고 할 수 있다. 따라서 원관념과 보조관념 사이의 전이 과정에서 서로 다른 대상이나 개념의 층위에서 유사성과 차별성을 발견할 수 있다.

어떤 두 대상 사이에 닮았거나 차이가 있다는 것은 곧 다른 종류에 속한다는 것을 뜻한다. 서로 다르지 않고서는 유사성이나 차이성을 찾을 수 없다. "내 마음은 마른 나뭇가지"에서 '마음'과 '마른 나뭇가지'는 서로 다른 개념의 영역에 속한다. '마음'이 인간이 느끼는 정서 차원의 추상적 개념이라면, '마른 나뭇가지'는 식물 차원의 구체적인 감각 대상이다.

은유는 확장은유나 액자식 은유 형태를 띠기도 하는데, 확장은유는 김춘수의 「나의 하느님」에서처럼 하나의 은유가 부분에서 전체로 연장됨으로써 그 효과가 확장되는, 즉 원관념이 서두에 한 번만 제시되고 보조관념이 계속 나열되는 형태이다. 액자식 은유는 액자 구조로서 원관념이나 보조관념을 수식해 꾸며주는 형태를 취한다.

가령 "산다는 것은/ 끈적끈적한 위장 속처럼/ 들여다보지 않을수록 더 좋은/ 자네와 나의 안방 같은/ 어눌한 이야기가 아닐까"에서 원관념은 '산다는 것'이고 보조관념은 '어눌한 이야기'인데, 이 보조관념을 이중 삼중의 직유법 액자 형태들이 구체적으로 꾸며주고 있다.

1) 치환은유(置換隱喩, epiphor)

은유의 종류는 치환은유(확대, 外喩)와 병치은유(조합, 交喩)로 나눌 수 있는데, 대부분 보편화된 은유의 개념은 치환은유로 대변된다.

치환은유는 'A=B'의 계사형 형태와 동격인 '~의' 형태가 있다. 계사형 형태는 A를 B로 말하는 자리바꿈의 확장적 의미 구조로 구체성을 지니고, 동격 형태는 계사형 A=B를 A의 B로 대치한 구조이다. 병치은유는 필립 휠라이트가 세분화한 이후 오늘날 현대시에서 발전된 은유 형태로 사용하고 있다.

치환은유인 'epiphor'은 'epi(over, on, 위의, ~의존하여) + phora(sementic movement)'의 합성어로, "모호하고 석연치 않은 낯선 것을 향한 의미론적 이동"의 뜻을 지닌다. 모호하고 불확실한 것으로부터 상대적으로 잘 알려져 있거나 보다 구체적인 것으로 옮겨지는 의미론적 이동으로, 비교를 통한 의미의 초월과 연장을 뜻한다. 원관념과 보조관념의 비교를 통한 유사관계의 토대는 잘 알려지지 않은 것과 알려진 것 사이에 드러난 동일성으로, 그것은 주로 비교관계, 대조, 유추, 상사 등의 등식 관계로 규정될 성질의 것이다. 이것이 지닌 속성은 단순한 외형상의 상사나 특질이기보다는 내재적·정서적이며 가치적인 유사성이다.[7]

따라서 좋은 은유란 관습화·타성화된 사은유(死隱喩)나 의은유(擬隱喩)가 아니라, 기상천외하면서도 당혹감을 줄 수 있는 시적 은유인 것이다. 특히 오늘날 초현실주의 시에 나타나는 '데페이즈망'(dépaysement, 絶緣) 기법은 파편화되고 단절된 꿈의 무의식 세계까지도 이미지로 병치시킴으로써 상상력의 확대에 따른 난해성을 수반한다.

시적 긴장감은 원관념과 보조관념 사이의 유사성과 비유사성을 아우르면서 공통 자질을 엮어낼 때 그 효과가 크다. 가시적으로 쉽게 나타나는 이미지 비유(내재은유)는 상상력의 확대를 축소시켜 상식적이면서도 안일한 차원의 해석에 머물기 쉽다. 그만큼 두 관념 사이에

---

7) T. 토도로프, 신진·윤여복 역, p.18.

유사성이나 비교 유추할 수 있는 현상이 내재되어 있기 때문이다.

가령 "여름은 짠맛 물씬 나는 풍선껌이다"라는 표현에서, 유사성이나 인접성이 없어 보이지만 상상력을 확대해 차이성 속에서 이질성을 찾는다면, 바닷물의 짠맛과 여름 해변의 즐거움에 부푼 감정을 부풀어 오르는 풍선껌으로 유추해 생각할 수 있다. "청춘은 이슬이다"에서 1차적 상상력은 신선하고 영롱한 젊음을 연상할 수 있지만, 2차적 상상력에서는 아침 해가 떠오르면 이슬이 사라지듯 청춘의 시간도 길지 않다는 의미를 내포하고 있다.

> 나는 눕고 싶다.
> 사금파리처럼
> 반짝반짝 빛나고 싶다.
> 물구나무라도 서서 걷고 싶다.
> 사태가 난 간선도로로 뛰어들어
> 휩쓸고 가는 홍수가 되고 싶다.
> 폭풍이 몰려오는 날
> 먼 나라로 떠나버린
> 나의 새를 찾아
> 활활 타오르는 불이 되고 싶다.   - 차한수의 「가로수」 전문 -

시적 화자인 '나'는 가로수를 의인화한 것으로, 서두부터 이야기 대신 무엇인가를 객관적으로 보여주는 제시 형태의 은유가 매 행에 반복되어 나타난다. 획일적이고 규격화된 '가로수'의 모습은 오늘날 현대 산업사회에서 주체적 자기 존재성을 상실한 채 물질의 노예가 되고, 규격화된 제도에 얽매여 타자의 수단이 되는 현대인의 삶을 비유하고 있다.

화자는 이런 현대인의 삶을 벗어나기 위해 '눕고 싶다', '빛나고 싶

다', '걷고 싶다', '~되고 싶다' 등의 반복적 은유를 통해 주체적 삶을
갈망한다. '눕고 싶다'는 안식과 평화를, '빛나고 싶다'는 획일성을 벗
어나 개성을 갖고 싶은 소망을, '물구나무~걷고 싶다'는 도구가 아닌
자신만의 존재로서의 삶을, '홍수가 되고 싶다'는 물화된 사회를 홍수
처럼 휩쓸어버리고 싶은 의지를, '불이 되고 싶다'는 생명력의 회복을
각각 갈망하는 것이다.

> 조팝꽃이 피었다
>
> 보란 듯이,
> 그 동안 내가 씹어 삼킨 밥알들을
> 그 가는 가지에 줄줄이 한알 한알 빠짐없이 붙이며
> 얼마나 많은 밥그릇을 비웠느냐고
>
> 조팝꽃이 여기, 저기 피었다   - 안도현의 「조팝꽃」 전문 -

이 시는 평범한 시어와 간결한 시적 구조로서 '조팝꽃'을 '내가 씹
어 삼킨 밥알'로 은유화하였다. 조팝꽃 속에는 시인의 삶이 스며들어
있다. 시적 화자는 손톱만한 하얀 꽃들이 옹기종기 붙어 있는 조팝꽃
을 보고는 자신이 씹어 삼킨 밥알들을 떠올린다. 가지에 줄줄이 붙어
있는 조팝꽃들을 보면서 자신의 삶을 한알 한알 빠짐없이 상기시키고
있다. 그동안 이렇게 많은 세월을 살아왔노라 하면서도 정작 자신과
같이 얼마나 많은 시간을 지내왔는지 인식하지 못했던 가족과 이웃,
친구들이 여기저기에 피어 있는 것이다.

조팝꽃 속에는 시인의 삶을 넘어 세상이 담겨 있다. 서로가 서로를
물어뜯었던 가슴 아픈 기억, 상처를 아물리기 위해 발버둥 쳤던 과거,
가끔은 인간다운 행복을 느끼기도 했던 순간들까지, 작고 많은 밥알

들이 모여 현재를 이루고 있다. 그리고 얼마나 많은 역사들이 이 세상을 이루고 있었는지 깨닫게 된다. 그러한 세상이 여기, 저기에 피어 있는 것이다. 조팝꽃들을 보면 작은 꽃들이 똑같이 생긴 것 같지만, 하나하나가 다른 모양으로 피어 있다. 우리의 삶 또한 비슷한 모습으로 비쳐지지만, 각양각색의 특색을 지니고 있다. 그처럼 비슷하면서도 다른 삶이 만나 조화로움과 다양성을 이루는 것이다.

> 눈은 변명의
> 언어다
> 한 해가 저무는 날 밤
> 내리는 첫눈은
> 기력 잃은 언어에
> 기막힌 생기이고
> 꿈같은 이야기에 파묻히는
> 그대의 체온이다
> 일 년 내내
> 기억할 수 없이
> 쏟아놓았던 수많은
> 암호의 언어
> 숙제로 미루고
> 눈치로 피하다가
> 해독은 뒤엉켜
> 언어의 발음조차 잊어버린
> 한 해의 변두리
> 거기에 내리는
> 진눈깨비는
> 마지막 달의 언어다
> 그러나
> 한 해가 문턱을 넘는 날 밤

느리게 내리는 첫눈은
허구라도 좋을 말잔치로
어지러운 언어를
하나의 사랑으로 덮어
지나간 해를 녹이고
새해의 불확실성을
안겨주는
꿈의 언어다
눈은 변증법적
언어다

- 박명용의 「첫눈」 전문 -

연 구분이 없는 이 시는 확장은유 구조와 서술형 구문 중심으로 편의상 크게 세 단락으로 나눌 수 있다. 첫 단락(①~⑧행)은 원관념인 '눈'을 '변명의 언어', '기막힌 생기', '그대의 체온' 등의 보조관념으로 치환은유화해 확장하여 감각적 사물인 '눈'을 다양하면서도 상반된 감각으로 포착해내고 있다.

흔히 비유에서 추상성의 원관념을 구체적인 구상성의 보조관념으로 표현하는 일반적인 경향에 비해, 이 시에서는 정반대의 비유 형태를 취하고 있기 때문에 오히려 추상화된 관념적 느낌이다. 그리고 묵은 해로 대변되는 둘째 단락과 새해로 대변되는 셋째 단락을 총체적으로 아울러 눈에 대한 명제적 성격의 제시문 형태를 띠고 있다.

둘째 단락(⑨~⑳행)은 화자의 일년 동안의 삶을 돌이켜보는 내용으로, 기억할 수조차 없는 수많은 암호를 토해내면서 해독하기는커녕 '언어의 발음조차' 잊어버릴 정도로 가식 속에 점철되어 있음을 확인한다. 시인의 생명인 언어와 발음조차 망각했다는 것은 문명화된 일상 속에서 우리의 본질마저 자각하지 못하고 왜곡된 진실과 포장된 가식 속에 살아가는 현대인의 단면이다. '나'라는 존재성의 본질마저 잊고 산다는 것조차 의식의 표면에 떠오르지 않는 것이 현대인의 일상이다. 이럴 즈음 누구나 한 해가 저물어가는 섣달 그믐날 자신을 돌이켜보면서 회한에 젖기 마련이다. 마지막 밤에 '진눈깨비'와 같은 묵은 해를 보내면서 반성과 시작을 체험케 하는 '첫눈'이야말로 새로운 희망과 다짐을 결단할 수 있는 약속의 매개물이다.

셋째 단락(㉑~㉜행)은 '그러나'의 역접 접속어를 접점으로 앞 단락의 내용과 상반되는 '첫눈'이 새해의 희망과 기원을 담고 있다. '어지러운 언어'로 점철된 우리들의 삶을 사랑으로 덮어 녹이고, 무한한 가능성과 희망을 지닌 '새해의 불확실성'을 펼쳐주는 첫눈은 우리의 꿈이다. 새해의 희망을 설계하는 마지막 단락은 첫 단락과 상호보완적 관계를 형성한다. 첫눈은 지친 삶에 생기를 불어넣고 꿈같은 이야기에 파묻히게 하는 역동적 인자이다. 저무는 해를 보내면서 새해를 맞이하는, 즉 진눈깨비와 첫눈은 반성과 희망의 포용성으로 변증법적 관계이다. 이런 변증법적 관계는 섣달 그믐 '밤'이라는 통과의례적인 제의적 정화 과정을 통해 나타난다.

이 시에서는 다양한 은유 형태의 구조를 엿볼 수 있다. '암호의 언어'는 동격 'A의 B' 형태로 "암호는 언어이다"라는 등식이 성립된다. 그리고 'A=B'의 치환은유 형태가 계속 확장되는 구조이다. 마지막 단락의 "첫눈은~새해의 불확실성을 안겨주는 꿈의 언어다"에서는 'A=B'에 동격 'A의 B' 형태가 삽입되어 있는 구조이다.8) 즉 "첫눈은 언어다"라는 문장 속에 '새해의 불확실성'과 '꿈의 언어'가 액자식 은유로 안겨 있다. 원관념인 '첫눈'이 보조관념인 '언어'라는 치환은유의 큰 틀 속에 두 개의 작은 은유를 포함하고 있다. 하나는 원관념인 '불확실성'이 보조관념인 '새해'와, 다른 하나는 원관념인 '언어'가 보

---

8) 이운룡, 「은유」, 『박명용 시 들여다보기』, 푸른사상(2005), p.456 참조.

조관념인 '꿈'과 결합해 끼어들어 있다.

> 갯마을의 봄은 해조 냄새에 묻어온다
> 갓 뜯은 해조를 목이 아프게 이고 오는 아낙들
> 미역 다시마 청각 파래 톳 모자반 청태
> 헝클린 사투리의 머리카락을 치렁치렁 풀어 내리며
> 바다가 몸을 푸는 시장 바닥으로 나가 보면
> 끈적끈적한 생명이 묻어나는 시원(始原)의 숲 냄새
> 비로소 눈뜨는 맨 처음 목숨이 퍼들거리고
> 동앗줄보다 더 질긴 운명과 인연의 끈
> 야성의 핏발 선 아우성으로 처절한 삶의 현장
> 바다의 푸른 눈빛을 닮은 처녀들도 모두 나와
> 잉태(孕胎)의 펄럭거리는 치마폭에 비린내를 퍼 담는 날
> 산비탈 보리밭에도 푸른 불길이 솟는다
>
>   - 김석규의 「갯바람」 전문 -

이 시는 언어학적 측면에서 명사은유, 형용사은유, 동사은유 형태가 다양하게 나타난다. 명사은유는 두 명사를 결합해 동격의 상태에서 유사성과 차별성을 드러내지만, 형용사은유는 명사와 그것을 꾸며 주는 형용사가 결합하거나 어떤 상태를 서술하는 용언 기법의 은유 형태이다. 동사은유는 묘사나 행동을 결합해 의미를 사실적으로 표현하는 은유 형태이다.

이 시에서 명사은유 형태를 보이는 것은 '운명과 인연의 끈', '바다의 눈빛', '사투리의 머리카락', '시원의 숲', '잉태의 펄럭거리는 치마폭' 등이고, 형용사은유 형태는 '헝클린 사투리', '끈적끈적한 생명', '핏발 선 아우성', '푸른 불길' 등이다. 동사은유 형태로는 '갯마을의 봄은 해조 냄새에 묻어온다', '바다가 몸을 푸는 시장 바닥으로 나가

보면’, ‘비로소 눈뜨는 맨 처음 목숨이 퍼들거리고’ 등이다.

해조 따는 아낙네들의 사투리를 ‘헝클린 사투리의 머리카락’으로, ‘치렁치렁 풀어 내리며’는 온갖 사투리를 함부로 뱉어내는 모습으로 시·청각의 공감각적 표현이다. ‘바다가 몸을 푸는’은 갓 뜯어온 해조가 시장 바닥에 펼쳐진 모습인데, 온갖 해조들이 어머니의 자궁에서 나온 자식들로 환기되는 것이다. ‘시원의 숲 냄새’는 싱그러운 해조 냄새이다. 각 구절마다 비유적인 감각적 표현을 통해 「갯바람」의 시제에 걸 맞는 바다의 서정적인 모습을 구체적으로 묘사하고 있다.

2) 병치은유(竝置隱喩, diaphor)

병치은유(交喩, diaphor)의 어원은 ‘dia’(through)라는 통과(~넘어)와 ‘phora’(sementic move ment)라는 의미적 변화의 합성어로, 원관념과 보조관념이 상호 모방적 인자 없이 이질적인 사물의 병치와 조합을 통해 새로운 의미를 창조하거나 확장하는 역동적 상호작용이라고 할 수 있다. 특별한 경험을 통해 새로운 의미가 병치적으로 산출되고, 유사성에서보다 정서적인 일치에서 환기되므로 보다 독창적이고 추상적이다. 이것은 수소원자와 산소원자가 결합되기 이전의 물에 비유할 수 있다.

병치은유는 치환은유처럼 사물을 쉽게 설명하려는 존재의 의미보다는 새로운 분위기나 어떤 존재의 리얼리티를 새롭게 인식하기 위해 그것을 표상하는 데에 기여한다. 원관념과 보조관념의 상관관계를 통해 어떤 의미를 구체화하기보다는 어휘와 이미지를 병치·조합함으로써 새로운 의미를 탄생시킨다. 유사성을 표현하기보다 대상물 사이의 차별성을 강조함으로써 새로운 의미를 암시한다. 의미적 관념을 배제하고 사물의 존재 자체만 언어로 보여준다. 이러한 기법은 주관적 감정이 배제된 채 자아가 바라보는 객관적 시선에서 대상 세계만이 존재한다.

어차피 허구란 관념의 틀에 불과하므로 관념이 불필요할 때 허구도 불필요하게 되면서, 뚜렷한 대상이 존재하지 않는 사물에 대한 인식 자체의 표현으로 머무는데, 이러한 병치은유가 극단으로 치달을 때 김춘수의 절대적 이미지 중심인 '무의미 시'나 오규원의 '비대상시'로 발전해갈 수 있다.

'무의미 시'는 대상과의 의식의 거리가 소멸된 채 언어와 이미지만 배열되어 있을 뿐이다. 대상이 없는 언어와 이미지는 의미 전달이나 가치 구현에 구속받지 않고 자유로울 수밖에 없다.

병치은유는 외부세계가 상실된 추상시에서 사물 사이의 연관성을 해체하는 추상 효과를 보여준다. 독자에게는 유추 가능한 실마리가 제거되고, 돌발적 경험의 특수성만 제시된다. 비교하거나 유추할 수 있는 문법적 현상이나 관계가 문맥상에 드러나지 않으며, 다양한 연상에 의해 유추되어야 하는 외재은유 형태이다. 이 은유는 치환은유보다 폭력적인 이미지를 결합함으로써 신선함을 줄 수 있으나, 간혹 난해시나 불가해한 시를 초래할 수도 있다.

> 남자와 여자의
> 아랫도리가 젖어 있다.
> 밤에 보는 오갈피나무,
> 오갈피나무의 아랫도리가 젖어 있다.
> 맨발로 바다를 밟고 간 사람은
> 새가 되었다고 한다.
> 발바닥만 젖어 있었다고 한다.　　　　　- 김춘수의 「눈물」 전문 -

관념이 배제된 채 상태만 묘사된 이 시는 이미지 간의 연관성이 없이 '젖어 있다'는 공통자질을 지니고 있다. 따라서 어떤 의미를 뚜렷하게 연상할 수는 없지만, 물에 젖은 '발바닥'과 성적 이미지인 '젖은 아랫도리'가 '눈물'의 액체 이미지를 통해 비애나 절망적인 분위기를 자아낸다는 것을 짐작할 뿐이다.

'발바닥'과 '아랫도리'는 겉으로 쉽게 노출되지 않는 감추어진 부분이라는 공통점이 있다. 이미지 간의 이질성과 단절감이 나타나고, 논리적 연결고리 현상이 차단된 이미지의 병치 조합만이 나타난다. 독창적인 별개 이미지 간의 감각이 상호 침투해 어떤 상황만 객관적으로 제시되어 있다.

"남녀의 아랫도리 젖음 → 오갈피나무 아랫도리 젖음 → 맨발로 바다를 밟고 간 사람의 젖은 발바닥" 등의 세 장면은 논리적으로 연결되지 않는다. 두 번째 장면까지의 '남자와 여자', '오갈피나무'는 '아랫도리가 젖어 있다'는 현상을 통해 은유 형태로써 같은 의미를 공유하지만 세 번째 장면은 전혀 연결고리가 없다. 세 개의 이미지에다 전후반인 두 개의 장면을 트릭으로 편집한 것이다. '바다를 밟고 간 사람'은 성서 속에서 물위를 걸은 이적 사건을 보여준 예수를 연상시킨다. '새'의 심상은 예수의 현세초월적인 지향에서 산출된다. 그것은 '발바닥만 젖'은 사람, 즉 육체의 한계를 넘어선 사람만이 새가 되어 초월세계로 날아갈 수 있음을 의미한다.9)

그러나 전체적으로 논리성이 단절된 채 단지 병치한 이미지나 관념을 자의적으로 연결하여 의미 있는 그 무엇으로 바꾸려고 노력할 뿐이다. 그런 과정에서 그 이미지들이 지닌 감각이 상호 침투해 새로운 의미나 사물로 발전하려는 것을 꾀한다. 이러한 형태는 치환은유

---

9) 강영기, 『한국 현대시의 대비적 인식』, 푸른사상(2005), p.110.

적인 고정관념을 벗어나 무의미한 말장난처럼 보이지만, 새로운 면을 보여주려는 과감한 전위적 시도라고도 할 수 있다. 이처럼 이질적 사물을 폭력적으로 결합시키는 것은 그런 결합이 사물 상호 간에 새로운 관계를 형성해줌으로써, 사물의 총화인 세계 인식의 차원을 확대할 수 있기 때문이다.

> 마지막 담 너머서 총 맞은 족제비가 **빠르다**.
> <집과 마당이 띄엄띄엄, 다듬이 소리가 나던 동구>
> 하늘은 바른 마음을 가진 사람들이 있다고 대낮을 펴고 있었다.
>
> 군데군데 잿더미는 아무렇지도 않았다.
> 못 볼 것을 본 어린것의 손목을 잡고
> 섰던 할머니의 황혼마저 학살되었던
> 벽지(僻地)이다.
> 그곳은 아직까지 빈사의 독수리가 그칠 사이 없이 선회하고 있었다.
> 원한이 뼈 무더기로 쌓인 고혼의 이름들과 신의 이름을 빌려
> 호곡(號哭)하는 것은 <동천강>변의 갈대뿐인가.
> － 김종삼의 「어둠 속에서 온 소리」 전문 －

시적 화자의 유년시절의 추억은 아름답거나 그리운 것이 아니라, '총 맞은 족제비', '할머니의 황혼마저 학살되었던 벽지', '빈사의 독수리'처럼 공포와 죽음으로 얼룩진 비극적 상황이다. 마을은 학살과 폐허의 현장으로 기억되기 때문에 동천강 변두리의 '갈대'는 죽은 원혼들로 비유된다. 이런 비극적 상황 속에서도 '다듬이 소리', '바른 마음 가진 사람들'과 같은 밝은 이미지가 병치되어 나타난다. 별도의 부호(< >)로 처리할 만큼 밝고 긍정적인 이미지들은 참혹한 추억과 달리 평온하고 포근한 정서를 환기시킨다.

'바른 마음을 가진 사람들'은 음울하고 어두운 세계와 구별되는 존재로서 '하늘이 펴는 대낮'처럼 떳떳하고 올곧은 가치관을 지니고 있다. 그러나 '다듬이 소리'는 괄호 속에 숨어들고, '대낮'은 마을의 비극을 강조하는 아이러니한 시간으로 머문다. '바른 마음을 가진 사람들'은 현실 앞에 무기력할 뿐이다.

화자의 유년시절의 공간은 이질적인 삶의 자취들이 부조화와 파편화된 흔적으로 병치되어 나타난다. 어둠과 밝음, 광기와 고요, 공포와 평온, 사랑과 증오 등의 정서가 논리적 연관성 없이 뒤섞여 있다. 통일된 이미지나 분위기와 달리 단절되고 파편화된 이질적 조각들을 엮어서 짜깁기한 형태이다. 이러한 병치 기법은 고통스런 유년시절의 기억을 되살림으로써 부조리한 현실의 비극적 상황을 강조하는 효과를 나타낸다.

> 볏가리 하나하나 걷힌
> 논두렁
> 남은 발자국에
> 딩구는
> 우렁껍질
> 수레바퀴로 끼는 살얼음
> 바닥에 지는 햇무리의
> 하관(下棺)
> 선상(線上)에서 운다
> 첫 기러기떼.
>
>   - 박용래의 「하관(下棺)」 전문 -

「하관」은 늦가을 해질 무렵 운구 행렬을 바라보면서, 주변의 자연 풍경을 카메라 원근법의 점묘적 기법으로 선명하게 묘사하고 있다. '하관'은 이승에서 마지막을 고하는, 즉 영원한 세계를 향한 극적인 작별의 양태이다. '선상'은 멀리 보이는 논의 경계선으로서, 이승과 저승의 경계선으로 비유할 수 있다. 화자는 생략된 채 객관적 시선으로 대상 자체만 보여준다. '논두렁', '우렁껍질', '수레바퀴로 끼는 살얼음', '첫기러기떼', '하관' 등의 이미지가 상호모방인자 없이 병치됨으로써 쓸쓸한 황혼녘의 소멸의 비극성이 기러기떼 울음과 같이 '하관' 의식에서 절정을 이룬다.

이 죽음의식은 시인이 고등학교 2학년 때 시집간 누이의 죽음에 따른 비극적 인식으로, 그에게 항상 따라다닌 고독과 외로움의 출처가 된다.[10] 병치된 이미지들은 관념 전달의 의미를 배제한 채 쓸쓸한 분위기만 환기시켜주고 있다. 이처럼 대립적 이미지 병치나 인과성이 없는 이미지의 결합을 몽타주 기법이라고 부르기도 한다.

이런 기법은[11] 아무런 논리적 인과성이 없이 파편화된 이미지들을 조립하는 것으로 1960년대 순수시가 활용한 추상화 수단의 한 기법이라고 할 수 있다. 이 기법에 따른 효과는 사물, 즉 현실의 희석화에 초점을 두며 전통적 기법과 세계관에 대한 부정의 의미를 띤다.

바다로 떠나가는
한 척의 목선을
그 목선의 살을 할퀴는
파도의 흰 손톱을
한 여자의
자수정(紫水晶)발,
태양,
제방 위에 우뚝 선

---

10) 최윤정, 「'눈물'의 서정과 병렬적 구조」,『한국 전후 문제시인 연구.1』, 예림기획(2005), p.196.
11) 김준오, 『문학사와 장르』, 문학과 지성사(2000), p.332.

유령의 건물,
창살을 뚫고 날아가는
찢어진 색지(色紙)의
새,
미끄러운 어깨 위에
광염의 손이
굴러 떨어진다.
- 김영태의 「권태」 전문 -

　이 시는 추상화처럼 외적 현실을 대상으로 하지 않는 '비대상의
시'로서 현대인의 권태로움을 초현실적 내면 풍경으로 제시해 회화를
보는 듯한 느낌을 준다. 권태에 사로잡힌 화자의 의식을 표현하기 위
해 무의식에 잠재되어 있는 내면 풍경을 환상에 의한 이질적 이미지
들로 병치시켜 몽타주 기법으로 처리하고 있다. 이런 형태는 전위예
술처럼 화해나 조화를 부정하고 비유기성을 강조함으로써 전통적인
세계관에 대한 미적 저항이라고 할 수 있다.

　전반부의 배경은 바다 풍경이고, 후반부는 건물 중심이다. ①~④행
은 꿈의 세계에 닿고자하는 희망의 좌절, ⑤~⑨행은 태양 중심으로
신비로운 아름다움과 죽음의 세계가 병치되어 있다. 전반부에서는 생
명의 바다를 항해하는 '한 척의 목선'을 파도가 할퀴듯 좌절과 시련
에 직면한다. 아름다운 육체로 상징화된 '발'은 '자수정의 발'로서, 투
명한 물질의 신비성을 지니지만 생명력이 없는 모습이다. ⑩~⑫행은
건물 중심으로, 창살을 뚫고 날아가는 '찢어진 색지의 새'는 파괴된
아름다움을 뜻한다. 이 시에서 '권태' 이미지는 '파도가 할퀸 배', '찢
어진 색지의 새', '미끄러운 어깨 위에 광염의 손' 등 치환 은유적인
회화 형태로 나타나고 있다.

　특히 여자의 '미끄러운 어깨 위'에 내려지는 '광염의 손'은 교태스

럽고 관능적인 모습이다. 광염은 미친 듯이 타오르는 불길을 뜻한다. 이처럼 미친 듯 타오르는 여자의 손은 권태에 빠진 화자의 내면세계를 객관적으로 제시한 것이다.[12] '목선', '파도', '여자의 발', '태양', '건물', '새', '손' 등 전체적인 이미지가 상호 모방인자 없이 무의식적 감정의 환상 논리에 지배되어 단절감을 자아낸다. 이러한 병치구조 관계도 원관념인 '권태'를 '목선의 살을 할퀸 파도의 흰 손톱', '자수정의 발', '찢어진 색지의 새', '유령의 건물' 등의 보조관념으로 치환 은유 관계를 형성한 후, 이차적으로 그 치환은유의 보조관념이 상호 모방인자 없이 병치은유 관계를 형성하는 것이다. 그만큼 복합적이며 입체적 구조로써 시적 긴장감과 당혹감을 불러일으킨다.

4 환유(換喻, metonymy)와 제유(提喻, synecdoche)

은유를 말할 때 항상 직유를 언급하듯 환유와 제유는 밀접한 관계를 지닌다. 광의의 개념으로 제유를 환유의 한 갈래로 보는 것은 둘 다 동일한 개념 영역 안에서 의미 전이가 이루어지기 때문이다. 환유와 제유는 같은 비유 형태이지만, 직유와 은유에 비해 원관념과 보조관념 사이의 공통자질이 쉽게 노출되어 상상력의 폭이 좁다. 환유(metonymy)는 그리스어 'metonymia'에서 유래한 것으로, 사물의 이름이 그것과 관련된 어떤 것을 대신하기 위해 전이되는 것을 의미한다.

은유가 한 사물을 다른 사물의 관점에서 말하는 방법이라면, 환유는 한 개체를 그 개체와 관련 있는 다른 개체로써 말하는 방법이다. 즉 은유가 두 개의 상이한 대상물이 지니는 공통의 속성을 함축한다

---

12) 이승훈, 『한국 현대시 새롭게 읽기』, 세계사(1996), p.326.

면, 환유는 대조적으로 주어진 대상이 두 개의 상이한 속성을 지녀야한다. 은유의 기능이 사물이나 개념을 이해하는 데 있다면, 환유는 사물이나 개념을 지칭하는 데 그 기능이 있다.[13]

은유가 연상 작용에 의한 가공적·초현실적 기호작용으로서 기존에 알고 있는 것을 통해 미지의 것을 이해하는 방식이라면, 환유는 연속성에 의한 기호체로서 부분적인 것을 통해 전체를 대신하는 것으로 현실적·실제적이다. 은유는 원관념과 보조관념 간의 차이성 속의 유사성을 기본적으로 결합해 새로운 의미를 창출하기 때문에 결합이 자유롭고, 그 영역 또한 포괄적이며 의미론적 영역에서 직유 형태로 전환이 가능하다.

이에 반해 환유나 제유는 한 사물이나 개념을 그것의 속성과 연관되어 있는 것으로 대체하는 수사법으로, 물리적·인과적 관계에 기초를 두기 때문에 구체적인 실제 생활 경험과 관련되며, 물질적·정신적 접촉의 바탕이라는 측면에서 쉽게 자동적으로 인지할 수 있다.[14] 그만큼 기존에 객관적으로 인식한 사물의 일부를 통해 추리 가능한 전체를 보여주기 때문에 강한 설득력을 지닌다.

환유나 제유는 은유보다 구체적·감각적이어서 공통된 문화를 이해하는 데 필요한 실마리를 제공하지만, 통사론적 영역에서 직유·은유 형태로 상호 교체가 불가능하고 연쇄적 결합만이 가능하다. 가령 "우리 팀의 3루수는 지금 글러브를 끼고 있다"에서 직유법처럼 '글러브와 같다'로 표현할 수 없다는 것이다.

---

13) 김욱동, 앞의 책, p.194.
14) 은유가 상징성인 데 비해 환유는 도상이나 지표에 가깝다. 퍼스(C. Pierce)는 기호의 형식을 도상(icon), 지표(index), 상징(symbol)으로 나누고 있다. 도상은 대상체와 비슷한 이미지, 지표는 대상체와 인과적 관계에 따라 실존적 연결, 상징은 기호와 대상체 사이에 무관계성을 지닌다(『Semiotic and Significs』).

공통 자질이 중복되기 때문에 대유법 형태인 환유와 제유를 별개로 구분하는 것은 큰 의미가 없지만, 굳이 구분한다면 다음과 같은 차이가 있다. 제유가 부분과 전체, 유와 종, 특수와 보편 등 원관념과 보조관념 사이의 필연적인 종속 관계라면, 환유는 원관념과 보조관념이 상대적으로 독립적이며 인접성(원인으로서의 결과, 시간·장소로서의 특성이나 생산품, 장소로서의 기관이나 사건, 제조자로서의 제품 등)의 상관관계로서 부분이나 특성보다 전체성을 내세운다.

환유법의 예로, '흰 옷'은 우리 민족, '황금'은 돈, '별'은 장군, '하이힐'은 숙녀, "허리띠를 바짝 조였다"는 어떤 일을 적극적으로 추진하는 동작 등으로, 인접성에 따른 인과관계에 바탕을 두고 있다. "하나로 여기다"라는 뜻을 내포한 제유법은 인간의 신체 부위와 관련된 것들이 많은데, '감투 쓰다'는 벼슬을, 「빼앗긴 들에도 봄은 오는가」에서 '들'은 조국강토를 지칭하는데, 이들은 모두 부분과 전체의 관계에 근거를 두고 있다. 즉 부분으로써 전체를 나타내는 확대지칭이나 전체로써 부분을 나타내는 축소지칭의 원리이다.

> 부엌에서는
> 언제나 술 괴는 냄새가 나요
> 한 여자의
> 젊음이 삭아가는 냄새
> 한 여자의 설움이
> 찌개를 끓이고
> 한 여자의 애모가
> 간을 맞추는 냄새
> ……(중략)……
> 똑같은 하늘 아래 선 두 사람 중에
> 한 사람은 큰방에서 큰소리 치고

한 사람은
종신 동침계약자, 외눈박이 하녀로
부엌에 서서
뜨거운 촛농을 제 발등에 붓는 소리.
부엌에서는 한 여자의 피가 삭은
빙초산 냄새가 나요.
그런데 언제부터인가 모르겠어요
촛불과 같이
나를 태워 너를 밝히는
저 천형의 덜미를 푸는
소름끼치는 마고할멈의 도마 소리가
똑똑히 들려요
수줍은 새악시가 홀로
허물 벗는 소리가 들려와요
우리 부엌에서는……   - 문정희의 「작은 부엌노래」 부분 -

이 작품은 페미니즘 시각에서 주제의식을 뒷받침하기 위해 '작고/
큰', '부엌/ 큰방', '서다/ 앉다', '하녀/ 상전', '작은 소리/ 큰 소리' 등
이항대립 구조를 바탕으로, '술 괴는', '삭아가는', '찌개 끓이는', '간
을 맞추는 냄새', '빙초산 냄새' 등 후각적 이미지가 지배적이다. 이런
냄새들은 여성의 노동 공간과 관련된 환유성을 반영한다.

"한 사람은 큰방에서 큰소리 치고/ 한 사람은/ 종신 동침계약자, 외
눈박이 하녀로/ 부엌에 서서"에서 '큰방'은 유교적 가부장제에서 남편
의 권위를, '부엌'은 여성의 노동 현장으로 차별당하는 '아내'를 각각
인과적 관계를 통해 환유법으로 나타내고 있다. '종신 동침계약자'는
가부장제 하에서 부부의 인연을 맺은 아내를 성적 이미지로, '외눈박
이 하녀'는 결혼한 여성이 집안일을 도맡아 하는 하녀의 신분처럼 취
급당하는 불완전성을 비하시켜 환유화하고 있다.

부분과 전체의 관계인 제유법으로는 '덜미', '발등', '도마' 등이 여성의 굴레를 암시한다. 이러한 이미지들은 가부장제 하에서의 여성의 숙명성이나 굴레를 가사일이나 여성의 부분적인 육체를 통해 비유하고 있다. 촛농을 발등에 붓고 덜미가 잡혀 있다는 것은 숙명적으로 피할 수 없는 상태에서 온갖 시련과 고통을 감내해야 하는 인고의 아픔이다. 그런데 이런 천형의 굴레에서 '덜미를 푸는' 순간은 '도마소리'를 통해서이다. '도마'는 여성이 가족의 건강을 위해 음식을 만들 때 사용하는 생산도구로서 제유적 관계를 나타내지만, 한편으로는 힘차게 도마를 두드리는 행위를 통해 억압된 불만을 분출시킬 수 있는 매개물로 여성이 일하는 부엌을 가리키는 환유이기도 하다.

　부엌은 젊음이 삭아가며 땀과 한숨이 뒤섞인 고통스런 노동의 현장 공간이다. 이 외 은유적 표현으로 '삭아가는', '찌개를 끓이고', '간을 맞추는', '허물 벗는 소리' 등과, 직유나 은유 형태인 "촛불과 같이/나를 태워 너를 밝히는"이 다양하게 나타나 있다. '허물 벗는 소리'는 가부장제의 억압에서 벗어나고 싶은 작은 바람이자 몸짓이다.

　　　우리들 서울의 **빵**과 사랑
　　　우리들 서울의 전쟁과 평화

　　　인간을 위하여
　　　인간의 꿈조차 지우는 밤이 와서
　　　우리들 함께 자는 여관 잠이
　　　밤비에 젖고

　　　찬비 오는 여관 잠의 창문 밖으로
　　　또 다시 세월이 지나가도
　　　사랑에는 사랑꽃

이별에는 이별꽃을 피우며

노래하리라 비 오는 밤마다
목마를 때 언제나 소금을 주고
배부를 때 언제나 **빵**을 주는
우리들 서울의 **빵**과 사랑
우리들 서울의 꿈과 눈물
- 정호승의 「우리들 서울의 **빵**과 사랑」 전문 -

이 시에서는 산업사회에 접어든 7, 80년대 서울의 사회적 단면을 엿볼 수 있다. 가난을 피해 무작정 상경한 젊은이들은 여인숙에서 얽혀 칼잠과 새우잠을 자면서 신 김치 몇 조각으로 배고픔을 해결하며 산업현장에 뛰어들었다. 이러한 시대적 사회 상황은 "인간을 위하여 인간의 꿈조차 지우는 밤", "우리들 함께 자는 여관 잠" 등에 잘 드러나 있다.

제유법이 사용된 이 시에서 '**빵**'과 '소금'은 배고픔과 갈증을 해결할 식량 전체를 비유하지만, 나아가서는 배고프며 목마른 이웃에게 나눠줄 인간의 정을 뜻한다고 볼 수 있다. 자신이 배부를 때 **빵**을 주듯 나의 배부름만 생각지 말고, 그 순간 배고픔에 허덕이는 이웃에게 **빵**을 나눠줄 수 있는 이타적 삶을 강조한다. 인간과 인간 사이의 정이 사라진 각박한 도시에서 타인에 대한 관심과 배려가 인간애를 회복하고 이기주의를 극복할 수 있는 지름길이 되는 것이다.

산과 산이 마주 향하고 믿음이 없는 얼굴과 얼굴이 마주 향한 항시 어두움 속에서 꼭 한 번은 천둥 같은 화산이 일어날 것을 알면서 요런 자세로 꽃이 되어야 쓰는가.

저어 서로 응시하는 쌀쌀한 풍경. 아름다운 풍토는 이미 고구려 같은 정신도 신라 같은 이야기도 없는가. 별들이 차지한 하늘은 끝끝내 하나인데…… 우리 무엇에 불안한 얼굴의 의미는 여기에 있었던가.

모든 유혈(流血)은 꿈같이 가고 지금도 나무 하나 안심하고 서 있지 못할 광장. 아직도 정맥은 끊어진 채 휴식인가 야위어가는 이야기뿐인가.

언제 한 번은 불고야 말 독사의 혀같이 징그러운 바람이여. 너도 이미 아는 모진 겨우살이를 또 한 번 겪으라는가 아무런 죄도 없이 피어난 꽃은 시방의 자리에서 얼마를 더 살아야 하는가 아름다운 길은 이뿐인가.

산과 산이 마주 향하고 믿음이 없는 얼굴과 얼굴이 마주 향한 항시 어두움 속에서 꼭 한 번은 천둥 같은 화산이 일어날 것을 알면서 요런 자세로 꽃이 되어야 쓰는가.　　　　　　　　　　- 박봉우의 「휴전선」 전문 -

반복되는 매 연 말미의 '~가'라는 의문사의 종결 형태는 "절대 그럴 수 없다"는 안타까운 심정의 영탄적 표출을 반영한다. 수미쌍관식 구조는 분단 상황을 강조하여 타개하려는 화자의 의지를 구체화한 것이다.

환유·제유법으로 '산'은 국토를, '얼굴'은 우리 민족을, '광장'은 비무장지대인 국토를, '고구려 정신'은 용맹스런 기상 등을 각각 나타낸다. 남북 분단 상황은 '쌀쌀한 풍경', '불안한 얼굴', '나무 하나~광장', '정맥은 끊어진 채', '야위어가는 이야기', '겨우살이' 등의 이미지 중첩으로 반복되어 나타난다. '천둥 같은 화산'은 혁명적 방법에 의한 분단 극복의 확신으로 통일에 대한 화자의 소망의 척도이다.

'꽃의 자세'(요런 자세)는 생명력 있는 아름다움이 개화하지 못한 상태로서 긍정과 부정의 이중적 의미를 지니는데, 분단 상황의 고착

화로 어정쩡한 평화 상태를 뜻한다. '꼭 한번', '언제 한번은', '일어
날', '불고야 말' 등 의미의 유사성은 역사의 모순적 측면을 극복할
필연적 당위성을 반영한다.

5 의인법, 언어유희, 중의법, 인유

이 절에서는 의인법, 언어유희, 중의법, 인유 등 기타 수사적 기교
법을 살펴보기로 하겠다.

> 기운 썩 좋은 날 붉은 아이들
> 아우성치면서 벼랑 타고 오르는 소리
>
> 성대 썩 좋은 아이들
> 온통 산에 불 지르는 함성이다
>
> 아니 온몸 속속들이
> 시뻘겋게 달아올라
> 이윽고 분출하는 화산이다
>
> 불타는 산 속에서 나도 불붙어
> 고래고래 외친다
>
>   - 홍윤기의 「단풍」 전문 -

붉게 물드는 가을 단풍을 의인화한 이 시는 '가을 단풍'을 붉은 아
이들로, 단풍이 서서히 내려가는 시기를 소리치며 하산하는 사람으로
묘사한다. '기운 썩 좋은 날'은 추상적 시간 개념을 인간으로, '울긋불
긋 단풍'은 목소리 우렁찬 아이가 고래고래 소리 지르는 것으로 의인

화함으로써, 공감각적으로 의인화한 '불 지르는 함성'과 동격을 이룬다. 의인법은 사물이나 대상을 인간 중심적 사고나 가치관에서 바라봄으로써 '정감의 오류'라는 현상과 관련이 있다. 즉 이 세계에 존재해 있는 모든 것들이 인간의 감정을 반영하거나 그 감정을 느낀다고 보는 것이다.[15] 의인화한 사물에 감정을 이입하여 인간처럼 감정적 파장을 드러내는 것이다.

가장 최소한의 공기도 허용하지 않고
타협이라곤 아예 모르던 그대를 생각한다.

세상을 내다볼 수 없는 우유빛
유리공 속의 불투명이 깊어가면 갈수록
오히려 그의 자세는 꼿꼿하여 흩어지지 않았다.

몰라 부딪히면 깨어질까,
결코 굽힘을 모른다던 어느 우국지사의 생애처럼
죽어서도 이 밤을 지키는 책상머리 위
허공에 높이 걸려 정신은 빛난다.

여린 몸짓 하나로 무수히 오고 가는
온갖 협잡의 시대를 감당해내며
비 오는 저녁 쓸쓸한 골목에 서서
보낼 수 있는 만큼은 그의 눈빛을 보낸다.

강한 전압과 무절제한 공기를 만나는 일순
그의 몸을 끊어서까지 불굴의 아픔을 보여준다.
지금 세상은 어둡고 한 점 별도 없는데

---

15) 위의 책, p.129.

진공 속에서 홀로 반짝이던 그대를 생각한다.

- 이동순의 「필라멘트」 전문 -

'그대'는 백열등의 '필라멘트'를 의인화한 것으로, 타락하고 혼탁한 세상에서 절의와 지조를 지키는 의인을 뜻한다. 그대는 강한 신념으로 불의와 타협하지 않고, 의로운 죽음을 택하는 지사와 같은 존재이다. 2연에서는 어떤 유혹에도 흔들리지 않는 자, 3연에서는 우국지사와 같은 사람, 4연에서는 협잡의 시대를 날카롭게 지켜보는 자로 각각 묘사되고 있다.

백제 태생으로 감성의 돔을 짓던 그들은 도미과에 속한다고 구전된다 도미가 의에 따른다면 그의 아내는 예의 도리를 섬기는 싱싱한 족속이다 암수한몸의 예의를 갖추고 불의에 강한 내성의 도리를 섭렵한다 시절이 하 배째실려고그러 개로의 도마 위인지라 후드득 엄호의 눈초리를 추킨다 …(중략)… 도미는 난생설화를 전하며 수컷의 정소를 얻는다 바닥 치는 생활을 풍미하는 바다의 바닥이다 바야흐로 성신의 궁에서 무럭무럭 난세포가 자라리라 뻘뻘 기는 도미는 돔의 도우미다 개로는 도미가 아내인지 도미가 도우민지 돔이 도마인지 도미의 돔에 빠져 허우적댄다 …(중략)… 백제 신라 고구려 등지를 전전하다 도미했다고 회자되나 그 이후의 삶은 여기에 적지 않는다   - 강희안의 「감성의 돔을 짓다」 부분 -

시에서 언어유희(pun)적 동음 관계란 두 개 이상의 동음어가 함께 나타나거나 어떤 연상을 가능하게 해 의미 관계를 형성하는 것을 뜻한다. 동음어는 단어 형태는 같으나 의미가 다른 단어를 뜻하는데, 소리가 같다는 점에서 동음어이고, 의미의 차이가 있다는 점에서 이의어라 하지만, 일반적으로 함께 아울러서 동음이의어라고 한다. 그리고 단어의 범주를 넘어 동음 관계를 형성하는 것을 동음성이라고도

한다.

　이런 언어유희는 '말재롱'이나 '말우롱'의 형태로 나눌 수 있는데, 말재롱이 동음이의어나 겹치는 음가를 활용해 해학적인 유머의 유희적 기능(예, "주일날 새우젓 사러 광천에 갔다가/ 미사 끝나고 신부님한테 인사를 하니/ 신부님이 먼저 알고, 예까지 젓 사러 왔냐고/ 우리 성당 자매님들 젓 좀 팔아주라고/ 우리가 기뻐 대답하기를, 그러마고/ 어느 자매님 젓이 제일 맛 있냐고/ 신부님이 뒤통수를 긁으며/글쎄 내가 자매님들 젓을 다 먹어봤겠느냐고", 정희성의 「새우젓 사러 광천에 가서」)을 나타낸다면, 말우롱은 말장난에 따른 웃음 속에 풍자적・비판적 기능을 내포하고 있다.

　제목부터 동음어를 활용한 이 작품은 전체적으로 말우롱적인 언어유희 기교가 반복적으로 나타나고 있다. '감성의 돔'은 일차적으로 '감성(感性)'이라는 '돔(dome)'을 뜻하는데, 이것은 동사 '짓다'가 건물의 한 모양인 'dome'을 짓는 것과 관련이 있기 때문이다. "도미과에 속한다"는 구절과 연결하면 도미의 일종인 '감성돔'으로 이해할 수 있지만, 이어지는 시행에서 백제 태생의 인물인 '도미'와 동음 관계인 것으로 보아 '도미처 설화'에 기반을 두었다고 볼 수 있다. 그들의 다정다감한 부부애는 다시 물고기 '도미'와 연관되어 '암수한몸'으로 표현된다. 도미가 살던 시절은 삼국이 호시탐탐 노리며 경쟁하던 때라 백제・신라・고구려를 한 번에 일컫는 유음어 '배째실려고그러'는 국가명의 통합적인 음운 명칭이지만, 의미상으로는 '배를 째시려고 그러는'이라는, 짓밟고 정복하려는 뜻을 내포한다.

　그리고 "개로의 도마 위인지라"도 '도미'와 '도마'가 유음성을 지닐 뿐 아니라, 물고기 '도미'가 '도마' 위에 올려지는 환유적 인접성에 따라 개로왕 시절 위험에 직면한 '도미'의 처지를 연상할 수 있다. 특히 동음어와 유음어가 뒤섞인 "뺄뺄 기는 도미는 돔의 도우미다 개로는 도미가 아내인지 도미가 도우민지 돔이 도마인지 도미의 돔에 빠져 허우적댄다"에서 '도미', '돔', '도우미', '도마' 등이 유음관계를 이루며 반복되면서, 심층적으로 동음어가 지닌 의미 관계를 복잡하게 하여 다양한 의미 해석을 불러오고 있다. 마지막 부분은 '배쩨실라고그러'의 유음 의미를 친절히 안내하기 위해 백제·신라·고구려를 반복하고, 도미가 고구려에 건너가 살았다는 설화에 근거해 '도미'(渡美)란 동음어를 의도적으로 사용하였다.

> 강이 굽이를 돌고 산이 굴곡을 바꾸고
> 나는 오직 한 계절을 뜨겁게 울기 위해
> 긴 침묵의 시간을 흙 속에 묻어 왔다.
> 내가 스스로 육신의 껍질을 찢고 나올 때
> 너희들의 우화(寓話)는 나의 우화(羽化)만큼 아름다운 것이었느냐
> 너희가 믿는 부활이 이만큼 성스러운 것이었느냐
> 사지와 심장에 대못을 치고
> 아이들의 방학숙제가 되거나
> 계절의 끝에서 마지막 울음과 함께
> 생의 저쪽으로 후두둑 후두둑 떨어져 내릴 때
> 너희는 진정 이만한 해탈을 본 적이 있느냐
>
> - 정해종의 「매미」 부분 -

이 시는 동음이의적 언어유희를 통해 '매미'의 탈바꿈을 알레고리화해 교훈적 의미를 전달하고 있다. 매미는 3주간 내외의 날개달린 곤충의 삶을 위해 굼벵이 상태로 땅 속에서 7년간 암흑기를 보낸다. 인고의 시간을 보낸 후 곤충으로 탈바꿈하는 것은 지하의 삶에서 비상하는 천상의 삶이다. 즉 암흑에서 광명으로 비상하는 것이다.

동음이의어인 '우화(寓話)'와 '우화(羽化)'는 대조를 이룬다. '인간' '너'가 寓話 쪽이라면, '나' '매미'는 羽化 쪽을 지향한다. 寓話가 인간의 삶을 동물의 삶으로 비유해 풍자 비판하는 수사법이듯, 동물의 삶은 타락한 인간의 일상적 삶을 뜻한다. 이에 반해 羽化는 벌레 상태에서 날개를 갖추는 탈바꿈의 변신 과정으로 푸른 하늘로의 비상을 의미한다. 매미처럼 일체의 속된 번민과 집착을 벗어날 때 해탈, 부활이 가능하다는 것이다.

우리는 우화에서 두 부류의 인간상을 연상할 수 있다. 하나는 매미처럼 흙 속에 묻혀 있다가 육신의 껍질을 벗고 경건한 삶을 추구하는 인간이라면, 다른 하나는 매미를 박제로 만든 뒤 방학숙제를 하는 아이처럼 세속적 삶에 집착하는 인간이다.

> 나 어느새 예까지 왔노라
> 가뭄이 든 랑겔한스섬
> 거북 한 마리 엉금엉금 기는
> 갈라진 등판의 소금꽃
>
> 속을 리 없도다
> 실은 만리장성으로 끌려가는
> 어느 짐꾼의 어깨에 허옇게
> 허옇게 번지는 마른 버짐이니라
>
> 오 박토(薄土)여
> 반쯤 피다 말고 시들어버린 메밀농사와
> 쭉쭉 골이 패인
> 내 손톱 밑의 반달의 고사(枯死)여
> — 이형기의 「랑겔한스섬의 가문 날의 꿈」 부분 —

'랑겔한스섬'은 중의법으로, 섬 이름과 의학적 용어의 의미를 내포한다. 섬 이름으로는 가뭄으로 인해 피폐해진 자연 현상의 공간으로설정되는데, 이러한 자연 현상에 병든 육체를 비유하고 있다. "쭉쭉골이 패인/ 내 손톱 밑의 반달의 枯死" 구절에서 육체적 질병 상태를확인할 수 있다. 의학적 전문 용어인 '랑겔한스섬'은 혈당 조절에 영향을 미치는 췌장암의 내분비선 조직을 뜻한다. 인슐린을 분비하는세포군으로 췌장 조직 안에 섬 모양으로 흩어져 있는 모양이다. 1연에서는 피폐화된 자연 현상을, 2연에서는 육체적 질병의 영양 상태를,3연에서는 병든 자연과 병든 육체를 함께 묘사하고 있다.

한편, 인유(allusion)는 신화나 전설, 고전, 역사, 고사 등에서 잘 알려진 인물, 사건, 이야기, 시구 등을 직접적·간접적으로 인용하여 새로운 표현에 이용하는 기법이다. 대부분의 인유들은 주제의 의미를확장해주는 데 이바지하지만, 때로는 주제와 인유 사이의 불일치를통해 주제를 반어적으로 활용할 목적으로 사용되기도 한다.

평양에 대동강은
우리나라에
곱기로 으뜸가는 가람이지요

삼천리 가다가다 한가운데는
우뚝한 삼각산(三角山)이
솟기도 했소

그래 옳소 내 누님, 오오 누이님
우리나라 섬기던 한 옛적에는
춘향과 이도령도 살았다지요

이편에는 함양, 저편에 담양,
꿈에는 가끔가끔 산을 넘어
오작교 찾아찾아 가기도 했소

그래 옳소 누이님 오오 내 누님
해돋고 달돋아 남원 땅에는
성춘향(成春香) 아가씨가 살았다지요
                        - 김소월의 「춘향과 이도령」 전문 -

　전통적 민요풍인 이 시는 고전 「춘향전」을 소재로 하고 있다. 「춘향전」은 유교사회의 가치관인 정절을 기본 축으로 하여 봉건시대의 신분 질서와 이념에 따른 갈등을 동시에 나타내면서 인간 평등이라는 보편적 주제를 내포하고 있다. 서사 구조물의 시적 변용 과정에서는 서술화된 장면, 화자의 목소리, 이미지 등을 통해 다양한 문학사회학적 의미 구조를 내포한 재창작 과정이 따르게 된다.

　시적 화자는 청자인 누님에게 「춘향전」의 배경을 '평양 대동강'으로 바꾸어 춘향과 이도령의 이야기를 들려주고 있다. 그리고 두 연인의 이별 모티프에 '견우와 직녀' 설화를 대입시키고 있다. 견우와 직녀가 까막까치가 놓은 다리를 통해 만났듯, 춘향과 이도령이 '오작교'를 통해 만날 수 있음을 확신한다. 춘향과 이도령은 우리나라의 젊은 선남선녀로서 '강'과 '산'으로 표상되고, 다시 '대동강'과 '삼각산'으로 구체화되어 남과 북을 표상한다.

　이러한 대칭구조는 후반에 가서 '함양'과 '담양'이라는 구체적 공간으로 설정되어 전라도와 경상도를 상징한다. 대동강과 삼각산, 함양과 담양은 궁극적으로 '남원'이라는 화합의 공간으로 합일되어 춘향과 이도령이 하나가 되는 것이다.

함양과 담양의 총각 처녀는 꿈속에서조차 사랑에 빠져 험난한 산을 넘어 오작교를 찾아간다. 이곳은 견우와 직녀, 춘향과 이도령, 더 나아가서는 모든 선남선녀가 만나는 밀회의 공간이다. 화자인 어린 소년은 "그래 옳소 내 누님, 오오 누이님" 하면서 꿈에서조차 사랑에 빠져 있는 누님을 변호한다. 따라서 춘향과 이도령은 모든 인간이 가질 수 있는 애정과 감정을 대변하는 보편적 인물로 설정된 것이다. 이런 비유적 인유16)는 원래의 인유적 요소를 바탕으로 시적 문맥에서 새로운 의미를 가미시킴으로써 문맥의 이중화로 의미의 풍부성을 지향한다.

> 껍데기는 가라.
> 4월도 알맹이만 남고
> 껍데기는 가라.
>
> 껍데기는 가라.
> 동학년(東學年) 곰나루의, 그 아우성만 살고
> 껍데기는 가라.
>
> 그리하여, 다시
> 껍데기는 가라.
> 이곳에선, 두 가슴과 그곳까지 내논
> 아사달 아사녀가
> 중립(中立)의 초례청 앞에 서서
> 부끄럼 빛내며
> 맞절할지니

---

16) 김준오는 『시론』에서 인유를 비유적, 시사적, 개인적, 모방적 인유 등으로 나누고 있다.

껍데기는 가라.
한라(漢拏)에서 백두(白頭)까지
향그러운 흙가슴만 남고
그, 모오든 쇠붙이는 가라.　　　- 신동엽의 「껍데기는 가라」 전문 -

　이 시는 역사적 사건과 인물을 시사적 인유법을 사용하여 시적 효과를 높이고 있다. '4월'은 부패정권을 무너뜨린 4. 19 혁명을, '동학년 곰나루의 아우성'은 1894년 민중 봉기가 일어났던 동학혁명을 뜻한다. '아사달'과 '아사녀'는 신라시대 불국사의 무영탑을 조각한 백제의 석공 아사달의 애절한 사연을 차용한 것이다.

　'껍데기'는 지배자의 위세와 허위, 지배체제의 부조리 등을, '흙가슴'은 자유와 정의의 입장에 선 민중을, '알맹이'는 민족의 주체성과 순수성을, '쇠붙이'는 권력의 횡포와 위선적인 문화, 전쟁 등을 환유적으로 각각 비유하고 있다. 특히 알맹이가 뿌리내릴 수 있는 '향그러운 흙가슴'은 대지에 원초적으로 뿌리박은 전경인의 순수성과 생명력에 기반을 두고 있다. 이러한 절대적인 순수는 귀수성의 세계인 인간다운 순수성으로, 동학의 민중봉기와 4. 19 혁명의 민중의식을 싹트게 했던 것이다. '한라'와 '백두'는 우리의 조국강토를 제유법으로 비유한 것이다.

　신동엽 시인은 생명의 발현인 대지를 '원수성의 세계'로, 물질문명 속에서 야기되는 격변의 상태를 '차수성의 세계'로, 다시 전경인적 인간 회복을 거쳐 대지에 돌아가고자 하는 세계관을 '귀수성의 세계'로 보고 있다. 이와 같은 대지에의 귀착은 새로운 생명력의 탄생이며, 순수하면서도 본질적인 주체성의 회복으로 볼 수 있다.

제7장 상징 象徵

1 상징과 기호·은유·알레고리와의 차이

상징의 어원은 희랍어 동사 'symballein'에서 유래했는데, 이 단어는 '짝 맞추다', '조립하다'라는 의미를 지니고 있다. 명사형인 'symbolon'은 '증표', '표상', '부호'라는 뜻으로, 헤어질 때 반쪽 거울을 나눠 갖고 있다가 오랜 세월이 지난 후 서로를 확인하기 위해 나눠 가진 짝을 맞추는 과정에서 하나의 증표로 사용되었던 것에서 유래하였다.

이처럼 서로의 짝이 만나 확인되듯, 상징은 어떤 진술이나 이미지가 반쪽 상태의 그 자체가 아니라 다른 관념과의 만남에서 생명력을 얻는다. 가령 '복숭아'는 기표로서 과일이지만, 상징으로 발전하면서 동양에서는 '무릉도원'이라는 지상낙원의 의미를 내포한다. '사자'도 동물로서 기표되지만 '용맹성'을 내포할 때 상징으로 발전하는 것이다. 그래서 카시러(E. Cassirer) 같은 학자는 "인간은 상징적 동물이다."라고 정의하였다. 고등동물인 인간은 사물을 있는 그대로 수용하지 않고 추상화된 체계 속에서 이해하려는 사고 능력이 있기 때문에 신화·언어·종교·예술·역사 등 다양한 문화 체계를 통해 상징화하는 것이다.

상징은 감춤과 드러냄의 정신세계와 가시세계의 관계를 형성할 뿐만 아니라 사물을 그대로 수용하지 않고 어떤 체계 속에서 이해하려는 인간의 사고 능력이다. 그리고 관념 전달의 수단이 아닌, 그 자체의 독창성을 가지고 의미를 생성하기 때문에 해석 과정에서 그 폭이 넓다.

원관념과 보조관념이 작품에 직접 나타나는 비유법에 비해 상징은 매체어(보조관념)를 직접 제시함으로써 생략된 취의(원관념)를 암시한다. 상징은 지적 작용으로 서로 간에 공동체를 결속시키는 사회적 약정성도 지니고 있다. 가령 한국인은 '태극기'를 통해 한국인으로서 공통자질을 느낄 수 있다. 이런 상징과 기호, 상징과 알레고리, 상징과 은유와의 차이점을 살펴보면 다음과 같다.

1) 기호와 상징[1]

기호(sign)	상징(symbol)
· 명확한 것을 나타냄(단순성 · 명확성)	· 불명확한 것 나타냄(복합성 · 암시성)
· '다만 그것'을 생각(실제적 상상력)	· '그것에 관해' 생각(상징적 상상력)
· 취의에 관심(전달의 경제적 측면)	· 매체어 자체에 관심(관념 생성)
· 작가와 독자 사이의 소통 중시	· 상징 자체와 독자 사이의 소통 중시
· 고도의 사고 작용 불필요	· 고도의 유추와 해석, 연상 능력의 종합
· 물질적 · 실질적 존재	· 기능적 가치의 추상적 이해
· 자의적	· 비자의적, 비관습적

---

1) 기호와 상징에 대해 신학자와 언어학자는 정반대의 입장을 취한다. 언어학자에게 있어 상징은 인습적이지만, 기호는 더 풍요롭고 자연스러운 것이다. 한편, 폴 리쾨르는 상징의 영역을 ① 창조주의 섭리인 우주적 영역, ② 무의식적인 꿈의 영역, ③ 언어적인 시의 영역 등으로 나눈다(『악의 상징론』).

언어는 기표와 기의로 나눌 수 있는데, 기호는 기표 그 자체에 기의의 개념이 1:1의 관계로 형성되므로 '다만 그것' 자체만을 생각하는 매우 단순하면서도 명확한 것이다. 기호에는 도상(圖像, icon)과 지표(指標, index)가 포함된다. 기표와 기의가 사실적 유사성 관계(실제 동물 형상을 닮은 동물 그림)에 있는 도상이라면, 지표는 기표와 기의의 사실적·현존적 인접성(연기를 통해 불을 인식)에 의해 기능하는 것이다.

그러나 상징은 보조관념에 의해 원관념이 결정되기 때문에 1:多의 관계에서 '그것에 관하여' 다각적인 해석이 가능하다. '그것에 관하여'의 사고는 사물을 개개의 구체적인 사실이나 특성에 결부시켜 이해하는 것이 아니라 추상적으로 이해하는 것을 뜻한다. 이때 사물은 그대로 수용되지 않고 어떤 체계 속에서 인식·이해되는 것이다.[2] 기호는 그것을 통해 무엇을 나타내려 하는지 전달의 목적에 중점을 두어 원관념에 중점을 두지만, 상징은 보조관념에 중점을 두기 때문에 관념을 생성해낸다.

상징은 심오한 이념이나 정신적 관념의 불가시적 세계를 가시적 세계인 감각 물질의 세계로 나타내려는 고도의 직관력과 상상력이 함께 작용한 복합적 연상 작용의 기교이다. 상징은 어떤 유사성이나 물리적 인접성의 여부와 관계없이 주로 기표와 기의의 약정적·지적인 인접에 의해 기능한다. 상징 해석자는 아무래도 관습적 규칙에 대한 지식이 우선적으로 해석에 전제가 된다.

기호는 기표 자체보다 기의를 중시하여 만든 자와 그것을 받아들이는 자가 똑같이 의미를 공유할 수 있는 사회적 의미의 소통이 중요하지만, 상징은 만든 자의 의도와 상관없이 상징의 기표 자체를 중시하

---

2) 김용직 편, 『상징』, 문학과지성사(1988), p.29.

여 기표와 독자 사이의 소통 관계를 탐구하기 때문에 다양한 의미를 추출할 수 있다.

기호는 가시적·실질적으로 존재하므로 고도의 사고 작용이나 문맥성이 불필요하지만, 상징은 고도의 유추와 연상을 통해 다양하게 해석할 수 있으므로 관념적이며 신비적 현현의 속성을 지닌다. 그래서 비감각적 대상인 무의식·형이상학·초자연·초현실 등의 영역에까지 확대된다.

2) 은유와 상징

은유(metaphor)	상징
· 원관념(취의)과 보조관념(매체어) 제시	· 원관념 생략
· 취의와 매체어 모두에 관심	· 매체어 자체에 관심
· 상사성과 유추적 결합 형태	· 이질성과 복합적 연상 작용의 결합
· 일회성	· 반복성과 지속성
· 원관념에 의존한 유추적 의미 생성	· 문맥에 따른 독자적 의미 생성
· 정서적, 감각적 분위기 환기	· 정신적, 형이상학적 관념 표상
· 상상력이 미치는 범위 협소	· 상상력이 미치는 범위 넓음

매체어로 취의를 표현하는 은유는 비유와 유추 현상을 통해 의미를 찾고, 매체어로 숨겨진 취의를 표상하는 상징은 '그 자체'(보조관념)에서 출발하므로 의미의 제한 없이 시적 경험의 문맥과 환기를 통해 관념적 의미를 암시한다. 은유는 표면적으로 원관념과 보조관념 사이에 아무런 상관이 없는 것 같지만, 내면적으로 들어가 공통자질을 찾는 상사성과 유추적 결합 형태를 취하는 반면, 상징은 신비적이고 마술적인 힘에 의존해 이질성과 복합적 연상 작용의 결합을 요하

는 고도의 지적 작용을 요구한다.

그만큼 은유가 유추되는 대상의 영향을 받는 것에 비해, 상징은 관념 전달의 수단이 아니라 그 자체의 독자성을 가지고 의미를 생성하기 때문에 매체어의 직접적 지시를 통해 취의가 현현되는 것이다. 은유가 일회성에 머물러 원관념에 의존한 유추현상과 정서적·감각적 인상을 환기시켜 의미를 찾는다면, 상징은 생략된 원관념을 추출하기 위해 반복성[3]과 지속성을 바탕으로 문맥을 통해 독자적 의미를 생성하므로 암시적·다의적일 수밖에 없다. 눈에 보이지 않는 기의를 드러내야 하는 상징은 적확성을 구체적으로 구현해야 하는데, 그러한 적확성은 부적확성을 끊임없이 수정하고 보충할 수 있는 의식적·신화적·도상적인 반복에 의해 구현되는 기호인 것이다.[4]

따라서 은유가 의미 해석에 있어 상상의 폭이 좁다면, 상징은 상상의 범위가 넓고 깊다. 상징은 이질적인 두 요소의 폭력적인 결합으로 이루어지지만, 두 요소의 속성은 살아 있어 그를 통한 문맥화에서 상징적 기능이 발휘되는 것이다.

비유에서 독자의 역할이 원관념과 보조관념의 비교를 통해 의미나 심상을 하나로 연결시키는 것이라면, 상징은 하나의 보조관념을 통해 의미나 심상을 찾아내는 일이다. 지적 정신 작용에서 주어진 두 관념의 심상을 비교하는 것보다 주어지지 않은 정신적 가치나 관념을 스스로 창조해내는 일이 차원이 높다고 할 수 있다.

따라서 비유의 상상력이나 심상 작용이 일차원적 단계에 머문다면,

---

3) 성서의 복음서에 나타나는 알레고리들은 '천국'이라는 진리를 향해 수렴되는데, 가라지와 알곡, 겨자씨와 거대한 나무, 낚시줄과 물고기 등 각자의 비유가 지니는 문자적 의미보다 반복을 통한 상징적 신화 체계를 지닌다. 이처럼 상징의 비적합성은 반복에 의해 무한히 메워질 수 있다.
4) 질베르 뒤랑, 진형준 역, 『상징적 상상력』, 문학과지성사(1983), p.23.

상징은 심상 작용에 그치지 않고 판단작용 같은 이차원적 단계에 존재한다. 고차원적인 심리적 절차가 저차원적인 심리적 절차보다 더 많은 정화력을 발휘하게 될 것이라는 것은 말할 나위가 없다.[5] 그만큼 심미감도 양질의 면에서 상징이 비유보다 높다.

3) 알레고리와 상징

알레고리(allegory, 풍유·우의)	상징
・추상적 관념을 구체적 언어로 번역 ・보편적인 것을 위해 특수한 것 찾음 ・현상→개념→이미지로 변형시켜 한정됨 ・지시대상이 특정적 ・산문성, 설화성 ・유의와 취의는 1:1	・개별적(대상물)인 것→특별한 것, 특별한 것→보편적인 것, 일시적인 것→영원한 것 등이 비침(현현) ・특수한 것에서 보편적인 것을 봄 ・현상→관념→이미지로 변형시켜 무한히 활동적 ・지시대상이 암시적, 불확정적 ・비산문성 ・유의와 취의는 1:多

흔히 풍유·우유라고 번역되는 알레고리는 어떤 진술이나 이야기가 그 자체가 아닌, 다른 것을 말한다는 의미를 갖고 있다. 알레고리는 상징처럼 원관념이 생략된 채 보조관념을 통해 원관념의 의미를 추출하지만, 교훈성을 바탕으로 서술적인 산문성을 지니기 때문에 의미가 한정되어 해석하는 데 어려움이 없다. 그만큼 시대적 가치관이나 윤리관에 한정시키기 때문에 시 해석 과정에서 경직성과 단순성에 얽매이게 된다.

---

5) 김진우, 앞의 책, p.259.

알레고리가 추상적 관념을 구체적 언어로 번역해 놓은 것이라면, 상징은 개별적인 것에서 특별한 것, 특별한 것 속에서 보편적인 것, 일시적인 것을 통해 영원한 것이 비쳐 보인다. 숨겨진 의미를 나타나게 만드는 하나의 재현이며, 신비의 현현이다. 기호적 표현 자체가 고유한 가치성을 보존하고 불투명성을 간직하며 존재할 따름이다.

알레고리가 관념이 이미지를 결정하고, 구체적 이미지를 통한 관념의 직접적 의미작용으로 이미지와 관념의 관계가 1:1이라면, 상징은 이미지가 관념을 결정하고, 간접적인 2차적 의미작용으로 그 관계가 1:多로 나타난다. 상징은 기호 표현과 기호 내용을 융합하지만, 우의는 분리한다. 알레고리처럼 관념이 앞서고 이미지가 뒤따르는 경우는 자신이 뜻하려는 관념이 신비하거나 모호해서는 안 된다.

알레고리가 보편적인 것을 통해 특수한 것을 찾고 지시대상이 특정적이라면, 상징은 특수한 것에서 보편적인 것을 찾고 지시대상이 불확정적이며 암시적이기 때문에 신비한 미적 세계를 지향한다. 상징은 생산적·자동사적·동기부여적이며, 반대물의 융합을 이루고, 그것은 존재함과 동시에 의미작용을 한다. 그 내용은 이성으로는 붙잡을 수 없고 언어를 초월함을 나타낸다.

그와는 대조적으로 우의는 분명히 기성의 것·타동사적·자의적·순수한 의미작용·이성의 표현이다.6) 일반적으로 풍유의 대상은 인간의 삶에 관계되는 모든 것이 해당되지만, 실제로는 역사적·시대적인 삶의 문제에 훨씬 치중되어 있다.

따라서 풍유에는 단순한 비웃음이나 비꼼보다 예리한 공격성이나 비판성이 짙게 함의되어 있다. 고전의 『이솝(Aesop)우화』나 죠지 오웰(G.Orwell)의 『동물농장』 등은 윤리적·도덕적·정치적 교훈성을

---

6) 토도로프, 이기우 역, 『상징의 이론』, 한국문화사(1995), p.274 참조.

통해 인간 세계를 경계한 대표적인 알레고리 작품이다.

> 그래 견딜 만하냐.
> 구름 섞어 바람 부는 때
> 아스라이 먼 가지 끝에서
> 네가 내민 주먹은 가당치 않다.
>
> 지난 5월 어느 날
> 문득 화관 쓴 제왕이 되어
> 정상에서 부시게 웃던 너를
> 그저 우러러 보기만 했다.
>
> 이젠 볼품 없는 민머리
> 스치는 바람에도 자주 숨는 너
> 떫떫한 말씀으로 가득 차
> 이따금 소쩍새로 울더니
> 또 누구를 겨냥하는 팔매질이냐.
>
> 그래, 두고 보아라.
> 서릿발 빛나는 상강(霜降)쯤
> 아차, 땅으로 떨어지는 찰나
> 비로소 새빨갛게 상기된
> 마지막 너를 보리라.   - 임영조의 「땡감에게」 전문 -

보조관념인 '땡감' 이미지는 형태상으로 상징과 비슷하지만, 풍자적·교훈적 의미를 내포하기 때문에 해석 과정에서 생략된 원관념의 의미를 추출하기가 어렵지 않다. 그만큼 우의는 무한적이며 활발히 생성적인 상징에 비해 유한적·관습적이며 종결성이 있다. 상징이 무의식의 생산물이며 끝없는 해석의 작업을 자극한다면, 우의는 의도적

이며 '잉여' 없이 이해될 수 있다.[7]

1연은 표면적 강자에 대한 조롱, 2연은 절대적 제왕의 힘에 대한 복종, 3연은 탱탱한 감이 익어가면서 나약해지는 모습, 4연은 홍시 되어 떨어지는 땡감의 초라한 모습 등을 묘사하고 있다. 이 시는 '땡감'을 통해 분별력을 갖춘 바람직한 삶의 태도를 암시하고 있는데, 즉 자기 본성을 헤아려 알고, 분수에 맞게 사는 것이 중요하다는 것을 교훈적으로 풍자했다고 할 수 있다.

교훈적이라고 해석할 수 있는 것은, 시 문맥에 나타나는 '5월', '민머리' 등에서 1980년대의 특정한 정치 상황을 엿볼 수 있기 때문이다. 이러한 시대의 폐쇄적이고 억압된 사회가 우리의 경험을 단순화시킬 뿐만 아니라 경험의 가능성까지도 닫게 한다. '땡감'이 분별력과 자기 성찰이 결핍된 인간이라면, '화관'은 절대 권력이나 독재자를, '가을의 홍시'는 절대적 권좌의 파멸 등을 각각 암시한다.

> 말은 한마디씩
> 더듬어 찾을밖에 없다.
> 살기 좋은 고호의 마을에서는
> 아무도 그런 고생하지 않는다.
> 테이프만 틀면
> 청산유수로 쏟아지는 말의 자동화시대
> 들으나마나다 암기하고 있으니까
>
> 이제 귀는 할 일이 없다.
> 빈둥빈둥 혈색 좋게 자라기만 한다.
> 덕분에 귀고리 가게가 번창한다.
> 세공은 날로 정교해지고

---

7) 위의 책, p.274.

사이즈는 날로 커가는 귀고리
무위도식하는 귀의 위신을
절렁절렁 번쩍번쩍 훈장처럼 드높인다.

그렇다면 내게는 없는 게 좋겠군.
가난뱅이 고호는
어느 날 제 귀를 잘라 버렸다.　　　- 이형기의 「고호의 마을」 전문 -

　실제로 고흐가 자신의 귀를 잘랐다는 사실에는 많은 일화가 있다. 그의 전기적 사실을 통해 보면, 그런 행동을 취할 만큼 절박한 마음 상태였다는 것을 추측할 수 있다. 고흐의 일화를 차용한 이 시에서 '귀'는 죽기를 거부하는 모습이다. '귀'가 암시하는 것은 진실한 언어가 사라진 세태, 즉 말장난으로 포장되어 있는 인간의 위선이다. 즉, 미사여구로 포장된 현실 세태에 대한 거부감과 진실성 없는 인간관계라고 할 수 있다. 귀를 자른 이유는, 귀가 진실한 말을 듣지 못하고 장식품으로만 전락했기 때문이다.

　성서적 비유는 알레고리 기법을 차용한 것이 대부분이다. 알레고리 기법은 중세시대까지만 해도 교훈적인 비유로 많이 차용되었지만, 현대시에서는 그 기능이 많이 쇠퇴하였다.

　알레고리 기법에는 추상명사를 의인화한 '표상적 알레고리'와 성서적 예표나 계시를 의미하는 '예표적 알레고리'가 있다. 성서적 비유나 그리스·로마 신화는 초월적인 세계의 깊은 뜻을 밝히려고 했기 때문에 알레고리 기법을 차용할 수밖에 없었던 것이다.

　알레고리 기법이 쇠퇴한 것은 낭만주의나 이미지즘의 영향이 컸다. 낭만주의의 관점에서 볼 때 작품이란, 작가나 시인의 사상 감정이나 세계관을 자율적으로 표현하는 것이 중요한 일이지, 획일적이고 천편

일률적인 형식이나 교훈성을 드러내는 것에 대해 거부감이 강했기 때문이다. 이미지즘 역시 감각적으로 보고, 듣고, 만질 수 있는 것이 진실한 세계라는 유물론이나 사물시 영향을 많이 받았다.

2 상징의 본질 - 암시성, 문맥성, 입체성, 다의성

플라톤은 본질적 세계인 이데아가 숨김의 상태에 있다면, 현상은 그 본질성의 이데아를 나타내는 그림자로 보았다. 그런데 상징은 숨김과 드러냄의 양면성을 결합하는 적절한 양식으로, 모든 사물은 본질적 이데아를 암시하거나 함축하는 표상이라는 것이다. 관념적 이데아의 세계라 할 수 있는 상징의 암시성은 숨기려 하는 데서 신비적인 가치가 있다. 신비성은 베일을 벗겨가며 조금씩 알아가는 과정에서 흥미를 부여한다. 명쾌한 의미 전달은 즐거움을 반감시키는 것이다.

사고의 단순화와 지식의 명료성은 우주의 깊은 심연에 숨겨져 있는 풍부한 진리를 들여다보는 데 걸림돌이 된다. 세계에 대한 반응과 삶에 대한 인식이 단순하고 투명할 때 신비성에 대한 가치 추구는 의미를 얻지 못한다. 복잡한 의식구조와 다원화된 현대사회에서 인간의 무한한 상상력과 지적 추리 확대는 우리의 삶을 다양하게 하며 불확실하고 모호한 것에 가치를 느껴 상징을 선호하게 된다. 시적 이미지는 무엇을 명쾌하게 지시하지 않고 이미지 상호간에 작용함으로써 시적 분위기와 의미를 암시하거나 환기시킨다.

표면에 드러난 보조관념을 통해 원관념의 의미를 추출하는 데는 전적으로 작품 전체의 전후 문맥이 크게 작용한다. 문맥적 의미는 한 단어가 다른 단어와 결합함으로써 생겨나는 표현 기술의 문제이다.

단어는 문장이라는 구조가 만들어내는 문맥 속에 참여할 때 의미가 다양하게 나타난다. 유추는 상상력을 바탕으로 한 문맥 속에서 숨겨진 의미를 찾아내거나 다양하게 해석할 수 있다.

비유적 기능은 대체로 전체의 부분에 한정된 의미로 국한시키지만, 상징적 기능은 전후 문맥의 반응 하에 전체적으로 작용한다. 즉 사용된 이미지가 환기하는 의미가 부분에 그치느냐, 작품 전체에 확산되느냐에 따라 비유, 혹은 상징으로 해석할 수 있다.

비유는 원관념과 보조관념의 이질성 속에서 유사성으로 유추되어 상호 영향을 주므로 양쪽이 가지는 의미의 범위 내에서 의미화된다. 그러나 상징은 유추에 의하지 않고 독자적인 경험 양식으로 직접 제시되어 독자적으로 의미를 생성하므로 어느 것에도 제한 받지 않은 채 전후 문맥에 의해서만 암시되어 드러난다. 작품 전체의 유기적 관계 속에서 낱말은 새로운 의미로 태어나는 것이다. 따라서 상징은 시 전체의 문맥을 지배하면서 문맥에 의해 의미화가 풍요롭게 이루어지기 때문에 한 작품이나 작가, 나아가 한 시대의 작품세계를 지배하는 주도적 심상이 될 수 있다.

드러냄과 감춤의 양면성은 원관념과 보조관념이 하나로 결합되기 때문에 상징의 입체성을 반영한다. 드러냄의 가시성이 지상적·물질적·현상적이라면, 감춤의 불가시성은 천상적·정신적·내면적 초월의 관념을 반영한다. 인간이 영혼과 물질의 양면성으로 존재하듯, 물질은 숨겨진 영혼의 상징이 된다. 이런 입체성은 추상적인 관념이 감각적 정서와 만남으로써 유추 현상에 따른 관념의 구체화로 암시되는 것과 같다.

상징은 비유되는 대상의 영향을 받지 않고 독자적으로 제시되어 그 자체에 깊은 이념이나 정신세계를 담아내고 있기 때문에 자연스럽게 암시성과 다의성을 지닌다. 인간은 심연의 세계를 들여다보려 하지만 명쾌하게 볼 수 없기에 들여다보려는 노력과 집중력이 자연히 신비적 경향을 띤다. 이 속성은 각각 분리되지 않고 전체 속에서 얽혀 있는 부분적인 기능으로 작용한다. 따라서 신비적 현현을 위한 개별적인 연상적 유추가 해석의 다양성을 불러오는 것이다.

다의성은 두 가지 혹은 그 이상의 의미를 한 단어가 가지고 있거나, 한 단어가 두 가지 의미를 동시에 지시하는 경우, 또는 표면적으로 뜻하는 것과 내면적인 의미가 다른 경우 등을 말한다. 이런 속성은 애매한 해석을 불러올 수 있으므로 본질적인 개념을 왜곡할 수도 있지만, 무한한 해석의 가능성을 열어 놓기 때문에 세계를 풍요롭게 접근할 수 있는 계기를 마련하기도 한다.

> 괴로운 자의 불빛은
> 이렇게 잠들지 못하는구나
> 어디에서나 깨어 있으므로
> 저 창가에 작은 불빛 하나는
> 이렇게 아름답구나
> 오늘 더욱 어둠이 깊었으므로
> 살생의 칼을 쥔 자여
> 저 언덕받이 어둠 속에 뜬
> 작은 불빛 하나를 지켜보라
> 그대의 양심을 찌르는 가장
> 정직한 한 사람이 백지 위에 칼 대신
> 붓으로 말을 달리는구나
>
> 한 장의 백지 위에서 타는 불꽃
> 펄럭이는 순수의 불송이
> 어떠한 물로도 저 작은 불빛은

꺼버릴 수 없구나
저것은 마지막 남은 우리들의
타오르는 불씨
양심을 지키는 소리이기에
저 작은 불빛 하나는
차마 죽일 수 없구나
지금 불빛을 물고 일어서는
한 마리 작은 벌레의 울음을 들어보라
어떤 목자의 설교보다
부드럽고 힘 있구나
깨어 있는 자의 불빛은.　　　　　- 송수권의 「작은 불빛」 전문 -

이 시는 보조관념인 '작은 불빛'과 '살생의 칼을 쥔 자'라는 전후 문맥을 통해 작은 불빛이 상징하는 의미를 어느 정도 파악할 수 있다. 상징은 알레고리처럼 의미를 한정시킬 필요가 없으며, 인간의 희로애락을 담을 수 있기 때문에 다양한 의미를 내포한다. 문맥의 전후 관계로 보아 '작은 불빛'은 글을 씀으로써 무엇을 비판하고 있음을 알 수 있다.

문맥상으로 보면, '불꽃'은 물로도 끌 수 없고, 칼로도 제압할 수 없다. '한 장의 백지 위에 타는 불꽃', '펄럭이는 순수의 불송이'와 관련지어 볼 때, '글 쓰는 행위'로 현실을 직시할 수 있는 자, 순수와 양심 속에서 나오는 소리라고 추측할 수 있다. 외형적으로 볼 때는 몹시 무기력하지만, '펜은 강하다'는 사실을 역설하고 있다.

글쓰기는 그 자체로 현실을 직시할 수 있는 행위이며, 깨어 있는 자이고, 권력에 야합하는 모습이 아니다. 여기에 반해 '작은 불빛'과 대비되는 이미지는 '살생의 칼을 쥔 자'이다. 살생의 칼을 쥔 자, 즉 무수한 죽음을 행한 자는 작은 불빛보다 강하게 보이며, '오늘의 어둠'과도 관련된다. 여기서 무수한 죽음을 행한 자를 살인자라는 의미로 국한시키기보다는 무엇을 억압한다는 의미로 확대 해석할 수 있다. 이처럼 '작은 불빛'과 '살생의 칼을 쥔 자'는 어느 한 곳에서 의미를 가져올 것이 아니라 전체적인 문맥에서 파악해야 한다.

이 작품은 현실 상황을 직설적으로 비판하는 것이 아니라, 감각적 이미지를 통해 낭만성과 조화를 이뤄 형상화하고 있기 때문에 호소력과 감동이 배가된다. 화자의 목소리가 표면적으로 노출된다면, 의미는 쉽게 전달되지만 독자에게 전달되는 여운과 감동의 폭이 좁을 수밖에 없다. 이 시는 화자의 호소력을 이끌어내고, 청자의 수긍을 유도하기 위해 단정적 어조로써 '~구나'의 종결형 어미를 반복적으로 사용하고 있다.

> 오렌지에 아무도 손을 댈 순 없다
> 오렌지는 여기 있는 이대로의 오렌지다
> 더도 덜도 안 되는 오렌지다.
> 내가 보는 오렌지가 나를 보고 있다.
>
> 마음만 낸다면 나도
> 오렌지의 포들한 껍질을 벗길 수 있다
> 마땅히 그런 오렌지
> 만이 문제가 된다.
>
> 마음만 낸다면 나도
> 오렌지의 찹잘한 속살을 깔 수도 있다
> 마땅히 그런 오렌지
> 만이 문제가 된다.
>
> 그러나 오렌지에 아무도 손을 댈 순 없다

대는 순간
오렌지는 오렌지가 아니 되고 만다
내가 보는 오렌지가 나를 보고 있다.

나는 지금 위험한 상태다.
오렌지도 마찬가지 위험한 상태다.
시간(時間)이 똘똘
배암의 또아리를 틀고 있다.

그러나 다음 번 순간
오렌지의 포들한 껍질엔
한없이 어진 그림자가 비치고 있다.
누구인지 잘은 아직 몰라도.

- 신동집의 「오렌지」 전문 -

이 시는 매 연마다 '오렌지' 이미지를 사용함으로써 유기적인 통일성을 부여하고, 의미를 암시적으로 부각시키고 있다. 오렌지가 어떤 관념을 나타내는지 구체적인 의미가 떠오르기보다 계속 모호한 느낌만 맴돈다. 독자에 따라 다양하게 의미를 해석할 수 있겠지만, 뚜렷한 의미가 포착되기보다 암시적인 분위기만 환기될 뿐이다.

화자는 마음만 먹는다면 오렌지의 속살을 깔 수 있다고 한다. 그런데 손을 대는 순간 오렌지가 변질될까봐 두려워한다. 즉, 오렌지라는 이미지를 통해 사물의 내면을 밝혀내려는 지적 욕구가 오히려 흥미를 반감시켜버리지 않을까 하는 두려움을 형상화한 것이라고 할 수 있다. 그것은 인간이 과학적으로 접근하여 달나라를 정복함으로써 그 전에 가졌던 신비감이 사라진 것과 유사하다.

'오렌지'는 내면을 들추어 밝히려는 것에 대한, 그럼으로써 그 신비감이 반감되는 것에 대한 두려움이라고 추측할 수 있다. 즉, 사물을

있는 그대로 보지 않고 분석적으로 접근함으로써 주체와 객체 간의
관계가 훼손될 수 있다는 현대인의 생리를 비판한 것이다. 그러면서
도 대상에 대한 꾸준한 접근과 시도는 노력하면 도달할 수 있다는 인
간의 본질적인 이상향의 추구로도 볼 수 있다.

또한 화자와 오렌지가 위험한 상태에 빠진다고 표현한 것으로 보
아, 남녀 간의 사랑을 형상화한 것으로도 볼 수 있다. 처음에 갖는 신
비적 기대감이 점차 상대방을 알고 가까워지면 순수한 감정이 관습화
되면서 낯익은 감정 상태에 젖어드는 것이다.

> 달 그늘에 잠긴
> 비인 마을의 잠
> 사나이 하나가 지나갔다
> 붉게 물들어
>
> 발자국 성큼
> 성큼
> 남겨 놓은 채
>
> 개는 다시 짖지 않았다
> 목이 쉬어 짖어대던
> 외로운 개
> 그 뒤로 누님은
> 말이 없었다.
>
> 달이
> 커다랗게
> 불끈 솟은 달이
>
> 슬슬 마을을 가려주던 저녁   - 김명수의 「월식」(月蝕) 전문 -

이 작품은 극적 상황에 대한 설명을 생략한 채 암시되는 부분을 여백으로 남기고 있기 때문에, 독자의 상상력이 작용하는 과정에서 많은 이야기와 의미를 산출할 수 있다.[8] 서정적인 아름다움이 막연히 느껴질 뿐 정확하게 전달되지는 않는다. 붉게 물든 사내가 지나가고, 그 사실을 '불끈 솟은 달'이 가려준다. 성큼성큼 다가오는 '사나이'에게 누님은 설렘을 느낀다. 개의 울부짖음은 '누님'의 외로운 마음이고, '성큼성큼'은 누님의 두근거리는 마음 상태를 가리킨다.

3, 4연의 동어반복인 '개'는 누님의 마음을 대변하는 매개체이다. '개 짖음'은 내·외적인 유혹을 거부한 채 자신을 지키려는 누님의 태도이다. 5, 6연에서 누님의 외로움을 침범했던 사건이 무엇인지 정확히 알 수 없지만, 그날 밤의 사건을 암시하면서 은밀한 성적 분위기를 환기시킨다. 여기에서 사나이에 대한 구체적인 정보는 나타나지 않는다. 차고 기우는 '달'은 여성과 관련해 성적인 원형성을 함의하고 있다.

이 작품은 사나이가 누님의 외로움을 훔친 사건적인 현상을 월식 현상으로 형상화했다고 할 수 있다. 즉, '월식'은 누님의 외로움을 훔친 사나이인 것이다. 또는 그 역으로 전체적인 분위기가 환상적인 서정성을 바탕으로 고고하고, 달밤의 에로틱한 아름다움을 남녀 간 사건의 극적 상황으로 몰아감으로써 시치미 떼기의 구조 형태를 띠고 있다.

---

8) 이남호, 「시와 시치미」, 『시를 어떻게 볼 것인가』, 현대문학(1995), pp.185~186 참조.

▨ 3 상징의 유형과 원형성

상징의 유형은 학자마다 용어를 다르게 사용하고 있지만, 그 개념은 거의 비슷하다. 휠러(C. B. Wheeler)는 언어적 상징과 문학적 상징으로, 랑거(S. K. Langer)는 추리적 상징과 비추리적 상징으로, 휠라이트(P. Wheelwright)는 약속 상징(협의 상징)과 긴장 상징(장력 상징)으로 각각 나눈다. 전자 쪽이 일상 언어에서 의미 전달을 목적으로 하는 기호 혹은 관습화된 개념의 의미를 말한다면, 후자 쪽은 문학 작품에서 전후 문맥 관계를 통한 암시성과 개인적 상상력의 수용 능력에 따라 다양하게 해석할 수 있는 모호성을 지닌다. 즉 '언어적 상징=추리적 상징=약속 상징'과 '문학적 상징=비추리적 상징=긴장 상징' 등의 대립항으로 놓을 수 있다. 이런 상징 유형을 일반적인 개념으로 크게 분류한다면, 보편적(대중적) 상징, 개인적 상징, 원형적 상징으로 나눌 수 있다.

1) 보편적 상징

보편적(대중적) 상징은 한 국가나 민족의 문화, 역사적 전통이 그대로 반영된 문화적 산물이다. 이 상징은 역사적·사회적·문화적 혹은 정신적·물리적 배경 속에서 반복적으로 경험된 습관에 바탕을 두므로 언제나 자의적이다. 제도적·관습적 경향의 대중적 상징은 그 의미가 모두 사회적으로 공인되어 보편성을 갖는다. 이 상징도 처음에는 신선하면서 독창적인 의미를 지닐 수 있었지만, 반복적으로 사용해 관습화됨으로써 누구나 쉽게 이해할 수 있는 것이 되었다.

의미 해석 과정에서도 상상의 폭이 좁을 뿐만 아니라 긴장성 또한 뒤따르지 않는다. 독자는 관습화된 상징성에 타성화됨으로써 그 의미가 머릿속에 자동으로 입력되어 있기 때문에 상상력을 확대할 필요 없이 쉽게 해석할 수 있다. 이런 상징은 마치 비유에서의 사은유처럼 근본적인 의미가 고착되어 있다.

제도적(인습적) 상징도 어떤 단체나 사회제도에서 형성되므로 대중적 상징처럼 집단적으로 보편화된 개념을 갖는다. 제도적 상징에서 '국기'는 국가, '십자가'는 기독교, '연꽃'은 불교를 뜻하며, 그러한 상징성은 제도권에 속한 사람들에게 큰 의미를 부여한다. 그러나 지역적·문화적 차이에 따라 대중적 상징은 보편적인 의미의 제약을 받는 경우도 있다.

가령 우리나라에서 '붉은 색'은 열정을 뜻하지만, 중국에서는 평화를 상징한다. '수선화'와 '호랑이'는 서양에서 순결함이나 구세주의 의미를 지니지만, 동양에서는 그렇지 않다. '장미'는 서양에서 아름다움·사랑·정열·순교·죽음 등 다양한 상징성을 지니지만, 동양에서는 아름다움이나 사랑 정도로 한정되어 있다.

보편화된 상징은 일상적 표현에서도 많이 사용하는데, '국화'는 불굴의 지사정신, '비둘기'는 평화, '십자가'는 기독교, '사자'는 용기나 날렵성 등을 상징한다. 그러나 이렇게 관습화된 상징도 시인의 언어 조직을 통한 형태 구조상의 기법을 바탕으로 새로운 생명력을 얻을 수 있다. 이처럼 재문맥화를 통해 개성적 의미를 갖게 된 보편적 상징은 처음부터 개인적 상징인 것과도 동일한 비중을 갖는다.

가령 서정주의 「국화 옆에서」의 '국화'는 우리 고전시가에서 절개와 의기를 뜻했던 관습적 상징에 머물지 않고 불교적 상상력을 바탕으로 삶의 시련과 격정을 극복해낸 반성적 자아의 표상으로, 김춘수의 「꽃」에서 '꽃'의 이미지는 사랑과 이별, 여성에 국한되기보다 언어를 통한 끊임없는 존재탐구로 각각 재문맥화되어 새롭게 탄생하는 것이다.

> 성북동 메마른 산골짜기에는
> 조용히 앉아 콩알 하나 찍어먹을
> 널찍한 마당은커녕 가는 데마다
> 채석장 포성이 메아리쳐서
> 피난하듯 지붕에 올라앉아
> 아침 구공탄 굴뚝 연기에서 향수를 느끼다가
> 산 1번지 채석장에 도루 가서
> 금방 따낸 돌 온기에 입을 닦는다.
>
> 예전에는 사람을 성자(聖者)처럼 보고
> 사람 가까이
> 사람과 같이 사랑하고
> 사람과 같이 평화를 즐기던
> 사랑과 평화의 새 비둘기는
> 이제 산도 잃고 사람도 잃고
> 사랑과 평화의 사상까지
> 낳지 못하는 쫓기는 새가 되었다.
>
>   - 김광섭의 「성북동 비둘기」 부분 -

한국 현대 생태시의 모태라 할 수 있는 이 작품은 1960년대 이후 우리 사회가 도시화·산업화되면서 자연 생태계가 파괴되는 상황을 고발하면서 사랑과 평화에 대한 인식을 각성시키고 있다. 옛날에는 비둘기의 삶의 터전이었던 '성북동'이 점차 개발되면서 터전을 잃고 쫓기는 모습이다. 지금은 메마른 산골짜기에 조용히 앉아 콩알 하나 찍어먹을 공간은커녕 가는 데마다 채석장 포성이 메아리치면서 삶의 터전을 빼앗기게 되었다. 이제 비둘기는 삶뿐만 아니라 사람도 잃고,

'사랑과 평화'까지 낳지 못하는 신세가 된 것이다. 현대문명에 의해 비둘기는 그만큼 인간사회와 단절되어버렸다. 생태계가 파괴되고 인간과 자연의 조화로운 관계가 무너진 것이다.

'채석장', '포성', '구공탄' 등은 현대문명의 불모성을 나타낸다. 삶의 터전을 잃은 비둘기는 현대문명의 비정성과 무력한 소시민의 모습을 반영한다. 생존의 터를 상실한 비둘기는 채석장 포성에 지향없이 쫓기며 넉넉했던 옛날을 그리워한다. 이러한 모습을 통해 시인은, 오늘날의 황폐화된 인간의 삶과 그에 대한 연민을 통해 참다운 삶의 회복을 희구하고 있다.[9] '비둘기'는 보편적으로 사랑과 평화를 상징하였다. 그런데 시 구절에서 '사랑과 평화의 새'로 표현함으로써 이러한 상징성을 재차 설명하는 진부함을 보여주고 있다.

> 쫓아오던 햇빛인데
> 지금 교회당 꼭대기
> 십자가(十字架)에 걸리었습니다.
>
> 첨탑(尖塔)이 저렇게도 높은데
> 어떻게 올라갈 수 있을까요.
>
> 종소리도 들려오지 않는데
> 휘파람이나 불며 서성거리다가,
>
> 괴로웠던 사나이,
> 행복한 예수 그리스도에게
> 처럼
> 십자가가 허락된다면

---

9) 김혜니, 『한국 현대시문학사 연구』, 국학자료원(2002), p.202.

모가지를 드리우고
꽃처럼 피어나는 피를
어두워가는 하늘 밑에
조용히 흘리겠습니다.　　　　　　- 윤동주의 「십자가」 전문 -

'십자가'는 로마시대에 이방인들의 사형틀로 사용되었던 도구이다.
그런데 로마시대에 예수가 십자가에 사형당함으로써, 십자가는 기독
교와 관련된 포괄적인 개념을 내포하게 되었다. 십자가는 외형적인
교회 건물뿐만 아니라 고난이나 속죄 등 교리적 관념까지 광범위하게
내포한다. 2, 3연에는 순교자적·지사적 결단을 보이지 못하는 화자
의 정신적 방황과 예수의 삶을 닮지 못하거나 도덕적 이상을 추구하
지 못하는 내적 갈등이 나타나 있다. 십자가가 존재하는 '첨탑'에 올
라갈 수 없다는 형상화는 자신의 고난과 희생, 한계 상황에 대한 고
뇌이다. 즉, 식민지 시대 지식인으로서의 고뇌, 신앙인으로서의 신앙
적 갈등, 도덕적 이상에 대한 좌절감 등을 내포한다고 할 수 있다.

4연의 "괴로웠던 사나이/ 행복한 예수"는 십자가형의 고통과 인류
구원이라는 역설적 구조를 반영한다. '처럼'의 조사는 독립해서 사용
할 수 없는데도 별도로 처리한 것은 예수의 삶을 닮아가려는 의지를
강조한 것으로 볼 수 있다. 5연에서는 현실의 고통을 자신의 숙명으
로 받아들이면서 희생적인 삶을 살겠다는 속죄양 의식이 나타난다.
이처럼 '예수=속죄양=시적 자아'의 도식적 구조는 갈등과 고뇌, 망설
임을 극복하는 신앙적 결단 의지의 표상이자, 예수처럼 시대의 고난
자로서 자기희생을 통한 조국 광복과 신앙적 갈등을 극복하고 구원에
이르려는 태도이다.

이방인의 사형 도구였던 십자가가 이런 상징적 관념을 내포하여
보편화되면서 관습적 상징으로 자리 잡은 것이다. 이 시에서 십자가

는 물질적 형태의 사형도구에 머무르지 않고, 인류 구원을 위한 기독교적 고난과 희생, 자기희생의 결의를 다짐하는 화자의 정신적 국면까지 내포한다. 구약에서 동물을 제물 삼아 인간의 죄를 사함 받았던 의식이 신약에서는 예수의 죽음을 통해 하나님과의 단절된 관계를 회복함으로써 구원받는다는 속죄양 의식으로 발전한 것이다. 구약의 제의 의식에서 죄가 희생 제물에 옮겨지듯, 인간의 죄가 고난 받는 종(예수)에게 전가되는 것이다.

'십자가'에 대한 기독교의 속죄양 의식은 인류의 고대 신화에 나타나는 영웅의 원형적 모티프와 관련된다는 점에서 원형적 상징과도 일맥상통한다. 고대 원시사회에서 족장이나 지도자는 그 부족을 이끌어가는 상징적 존재로서 강한 힘과 능력을 소유해야 하였다. 따라서 지도자가 노쇠할 때는 강한 자를 추대하고, 그 부족이 어려움에 처할 때는 스스로 희생 제물이 되어 부족의 안위를 지킨다. 영웅들의 이러한 행위는 자연에 순응하는 인간의 열망을 반영한 것이다.

이처럼 고대 영웅의 통과제의적 신화는 모두 속죄양 의식과 관련된다. 노예 상태에 있던 동족을 이집트에서 탈출시켜 유대인의 구원자가 되었던 모세가 자신을 희생함으로써 가나안 땅에 들어가지 못하고, 대신 40여 년간 광야에서 방황했던 유대 민족이 들어가게 된 것도 이러한 맥락이다.

2) 개인적 상징

개인적 상징은 시인이 시 작품을 창작하는 과정에서 독창적으로 상징적 관념을 부여하는 형태이다. 이런 상징은 시인의 성장 과정에서 영향을 미친 교육적·문화적 환경이나 감수성의 능력에 따라 개인적 편차가 다를 수밖에 없다. 윤동주 시인은 '바람'을, 김해강 시인은 '태양'을 원형적 이미지의 속성에 가미시켜 개인적 상징으로 자주 사용하고 있다. 이런 상징 유형은 다양성과 참신성을 지니므로 시 해석 과정에 상상력의 폭을 확대시켜 의미의 미로 찾기에서 즐거움을 느낄 수 있다. 그만큼 다른 상징 유형에 비해 무제한적 개방성으로 인한 창의력을 발휘할 수 있는 것이다.

그러나 개인적 상징도 대중화·관습화되면 참신성을 잃고 보편적 상징으로 고착화된다. 그 성질상 개인적 상징은 천차만별이기 때문에 독자의 입장에서 해석하는 데 방법론을 일반화시키는 것은 위험하다. 적어도 그것들에 대해 한 가지만의 해석을 강요해서는 안 된다는 것이다. 따라서 상징적 의미를 해석할 수 있는 문맥성 혹은 상황적 장치가 단서로 주어져야 한다. 문맥 관계는 문장이라는 범위 내에서 여러 단어들이 문법 혹은 기능상의 상호 제약 관계에서 파악되지만, 시적 문맥성은 작품 전체의 유기적인 구조 속에서 여러 단어들의 의미 혹은 주제상의 상호의존 관계에서 해석되어야 한다.

> 흙이 되기 위하여
> 흙으로 빚어진 그릇,
> 언제인가 접시는
> 깨진다.
>
> 생애의 영광을 잔치하는
> 순간에
> 바싹
> 깨지는 그릇,
> 인간은 한 번
> 죽는다.

물로 반죽하고 불에 그을려서
비로소 살아 있는 흙,
누구나 인간은
한 번쯤 물에 젖고
불에 탄다.

하나의 접시가 되리라.
깨어져서 완성되는
저 절대의 파멸이 있다면,

흙이 되기 위하여
흙으로 빚어진 모순의 그릇.　　　　　　- 오세영의 「모순의 흙」 전문 -

　이 시는 개인적 상징이 잘 나타나지만, 부분적으로 원형적 상징이
가미되어 있다. 이 작품에서 신화적 원형성은 인간이 흙으로 빚어졌다
는 기독교의 창조신화와 불교의 연기설 혹은 윤회설 같은 모티프가 중
심을 이룬다. 원형적 모티프는 고대 신화 속에 많이 나타나는데, 신화
는 역사성을 지니고 있기 때문에 선인들의 삶의 지혜와 경험, 문화 등
모든 것이 축적됨으로써 선경험적인 상징성을 내포하고 있다.

　흙으로 빚어진 '그릇'은 이 시에서 개인적 상징으로 사용된다. 그릇
은 모양이 매우 다양하며, 사용하다 깨지기 위해 만들어진다. 모든 그
릇은 천편일률적으로 똑같은 모양을 지니는 게 아니라 그 쓰임에 따
라 다양한 형태를 지닌다. 뚝배기는 화려하지 않고 투박하지만, 다른
그릇에 비해 보온 효과가 뛰어나기 때문에 나름대로의 장점이 있다.
이처럼 쓰임과 모양에 따라 그릇의 기능과 역할이 있듯, 인간도 각자
개성이 다르기 때문에 존재 자체로 고유한 가치가 있다. 그릇을 통해
인간의 존재론적 본질 문제를 추구하는 것이다.

이 시에서 '다양한 그릇'은 다양한 삶을 사는 인간의 모습이다. 그릇이 만들어지기까지는 흙으로 빚어 불에 태우는 과정이 필요하다. 이런 과정은 인간의 정신적 성숙에 비유할 수 있다. 인간은 누구나 한 번쯤 물로 반죽하고, 불에 태워지는 고통과 시련을 경험한다. 인간은 모든 생명체처럼 '한 번' 죽는 일회성을 갖는다. 그러나 '한 번쯤'처럼 살아가면서 최소한 한 번 이상은 물에 젖고 불에 타는 시련을 경험하며 정신적으로 성숙해간다. 이 '한 번쯤'은 고통과 시련의 빈도 수이다.

　만일 깨지는 것이 두려워 그릇을 사용하지 않고 장식용으로 놓아둔다면, 그릇으로서 가치가 없을 것이다. 그릇은 사용되다 깨짐으로써 그 기능을 다하게 되는 것이다. 인간도 장식용으로 놓아둔 그릇처럼 깨지는 것이 두려워 시련과 모험을 피하려 한다면, 정신적으로 성숙할 수 없다. 어떠한 시련과 고통에 부딪칠지라도 과감한 도전과 경험의 축적 그 자체가 아름다운 것이다.

　깨어져서 완성된다는 역설적 구조의 '절대파멸'은 죽음과 절망을 적극적으로 수용하면서까지 성숙하고 완성되는 삶에 대한 갈망이다. 이 파멸은 끝이 아니라 새로운 것의 시작이며 또 다른 완성이다. 그릇이 사용되다 깨짐으로써 새롭게 만들어지듯, 깨짐과 같은 고통과 시련의 아픔이 있음으로써 인간은 정신적으로 성숙해간다. '바싹 깨지는'은 화자의 확고하고도 단호한 감정의 반영으로, 완성된 삶의 순간에 대한 강렬한 의지의 발현이다.

　'모순의 흙'은 깨지는 죽음을 의미하며, 자기완성에 대한 열망을 뜻하는 모순성을 암시한다. 흙으로 빚어진 접시가 깨져 흙으로 돌아가는 것은 죽음이 아니라 접시라는 사물의 유한성을 벗어나 영원한 존재로 돌아가는 것이며, 다른 접시로 재창조될 수 있는 무한한 가능의 세계로 진입하는 것이다.10) 특히 이 시의 변형적 수미쌍관식 구조는 순환 반복되는 삶의 순환성을 의미한다.

무게를 견디는 자여
나무여
새둥지처럼 불거져 나온 열매들을
추스리며 추스리며
밤에도 잠자지 않네

실하게 부푸는 과육
가지가 휘청이는 과실들을
들어 올려라
들어 올려라
중천의 햇덩어리
너의 열매

무게가 기쁨인 자여
나무여
늘어나는 피와 살
늘수록 강건한 탄력 장한 힘이더니
그 열매 추수하면
이 날에 잎을 지우네   - 김남조의 「나무들·5」 전문 -

이 시에서 '나무'는 대지에 뿌리 내리는 생명력의 원형성과는 별도로 개인적 상징의 의미를 지닌다. 보조관념인 나무에서 원관념을 추출하기 위해 전후 문맥을 통해 그 의미의 폭을 넓혀야 한다. 나무는 무게를 견디고, 무거움을 기쁨으로 느끼며, 열매를 맺은 후에는 스스

---

10) 이새봄, 「흙의 상상력」, 『오세영의 시 깊이와 넓이』, 국학자료원(2002), p.288.

로 잎을 지우는 존재이다.

　이렇게 본다면 나무의 상징적 의미는 애타적인 소명의식을 견인의 즐거움으로 받아들이는 지고선(至高善)의 삶을 뜻한다. 이기적인 욕망의 삶보다 남을 위해 헌신하며 봉사하는 삶 속에서 즐거움을 느끼고, 자기를 앞세우지 않으며 겸허하게 낮추는 아름다운 삶을 뜻한다. 이 시에서 독창적인 비유를 찾아본다면, '열매'를 '새둥지'와 같은 직유법으로 표현함과 동시에 '중천의 햇덩이'로 은유한 것이다.

3) 원형적 상징

　원형적 상징은 고대 신화 속에 담겨진 인간의 원초적 본능이 잠재의식에 반복적으로 나타나는 모티프이다. 문화와 시대를 초월해 그 의미를 쉽게 파악할 수 있는 원형 상징은 인간이 원래부터 공통된 의식 구조와 삶의 역사를 지니고 있으면서, 이 세상에서 일어나는 많은 일들을 상징화하려는 속성이 있기 때문이다. 이 상징화의 속성은 원초적이면서도 보편적으로서, 여러 민족에게 전해오는 신화와 전설, 민속 등에 공통적인 현상으로 나타난다.

　원형적 상징은 주로 비교인류학파인 프레이저(J. G. Frazer)와 심층심리학자인 융(C. G. Jung)의 이론을 모태로 하고 있다. 프레이저는『황금 가지』(Golden Bough)에서 여러 나라의 다양한 문화 속에 나타나는 신화와 제의의 근본적 유형을 연구하는 가운데 원형을 여러 의식을 통해 세대 간에 물려주는 사회적 현상으로 보았다. 프로이트의 이론이 주로 개인의 무의식에 초점을 두었다면, 융은 심층심리학적 관점에서 집단무의식에 초점을 두어 신화를 정신현상의 투사로 보았다. 프로이트의 개인 무의식(Id)은 꿈이나 환상을 통해 분출되어 상징화되는데, 예술도 개인의 무의식적 이미지가 상징화되어 나타난 것이라고 할 수 있다.

융의 원형(archetype)은 인류의 선험적·보편적인 본능으로 집단적·동시대적으로 반복되는 경험의 상징이자 인류의 집단무의식으로, 문학·신화·종교·꿈 등에서 재현된다. 원초적 이미지인 원형은 관념 이전의 구체적인 사물과 현상으로 개별적인 차이를 소거해버리고 공통된 기본 특성만을 추출해낸 사물들의 기본적인 틀이며, 인간이 원초적 체험 대상이라는 사실과 밀접한 관련이 있다.

원초적 체험 대상은 동일한 육체적·심리적 구조 때문에 반복적으로 경험하면서 대체로 유사한 해석을 불러온다. 무엇보다 모든 자연현상은 인간의 원초적 체험 대상으로 밀접성이 있다. 본능이 복잡한 행동을 야기하는 충동과 감정이라면, 원형은 인간 특유의 성품을 형성해주는 요인이다. 이런 체험의 반복성과 의미의 유사성을 통해 초월적인 힘으로 독자의 정서를 환기시키면서 반응하는 것이다.

신화비평가인 프라이(N. Frye)는 이런 원형을 문학 작품에 내재하는 전승형태로 보면서 태초부터 인간의 마음속에 뿌리를 내려왔다고 언급하였다. 인간의 삶 속에서 빚어지는 다양한 제의적 의식은 인류의 원초적 경험에 뿌리가 닿으며, 그런 현상은 천체운행의 자연현상과 상관관계가 있는 것이다. 그는 이런 원형이 가장 많이 담겨 있는 곳이 『성서』라면서, 성서를 원형의 보고라고 언급하였다.

가령 '노아의 방주'에서 타락한 인간을 물로 다스리고, 희망의 징표로써 무지개를 띄우는데, 여기서 '물'은 정화나 탄생, '무지개'는 희망을 의미한다. 보잘 것 없이 작은 '겨자씨'가 무성한 식물로 자라듯, 겨자씨는 사회에서 꼭 필요한 존재를 상징하며, '빛'은 어둠을 물리치듯 사회에서 정의롭고 희망을 주는 자를 일컫는다.

이처럼 원형은 신화 속에서 고대 인류의 문화적인 관습과 풍습을 통해 반복적으로 나타난다. 신화 속의 인간은 신에게 절대 복종하며, 인간과 신, 인간과 자연이 조화를 이루면서 동화되는 화합을 지향한다. 신화 속 세계는 사상과 감정이 미분화되고 통시적 동일성의 감각을 부여하며 당대적 삶의 리얼리티를 포착케 한다. 신화는 존재의 심층을 암시적으로 상징하고 표현하는 설화를 통해 세계를 전망하고 인식하는 틀이라 할 수 있다. 신화 속에는 선인들의 지혜와 삶이 축적되어 있기 때문에 우리에게 많은 가르침을 준다. 또한 신화에는 인간의 초자연적 현상에 대한 외경심이나 두려움이 종교적 체험으로 담겨 있음을 알 수 있다.

집단무의식을 바탕으로 한 융의 심층심리학은 프로이트의 개인무의식을 비판·보완하는 데에서 출발한다. 집단무의식은 보편적 인간 상황에 대해 원초적 본능으로 반응하는 인간의 집적(集積) 현상인 반면, 개인무의식은 유년시절의 개인적 체험을 바탕으로 형성되는 잠재의식의 세계이다. 하지만 개인무의식도 궁극적으로는 그에 선행하는 유전적 인자의 집단무의식을 기본 틀로 하고 있다.

융은 집단무의식에 초점을 맞추어 인간의 정신 구조의 원형성을 그림자(shadow), 아니마(anima), 아니무스(animus), 개성(persona)으로 나누었다.[11] 이런 태고유형(太古類型)은 우리의 인격과 행동을 형성하는 데 중요한 인자로 작용한다. 그림자는 프로이트의 이드(Id)와 같이 본능적인 요소이며, 무의식적 자아의 어두운 측면으로 악마나 동물적 본성으로 투사되어 나타난다. 인간의 생명력, 창조력, 강인성 등

---

11) 윌프레드 L. 궤린 외, 정재완·김성곤 역, 『문학의 이해와 비평』, 청록출판사 (1982), pp.138~139 참조.
　　캘빈 S. 홀 외, 최현 역, 『융심리학 입문』, 범우사(1988), pp.52~68 참조.

은 이런 본능에서 비롯되기 때문에 공동사회의 일원이 되려면 유용하게 활용해야 한다. 아니마와 아니무스는 정신의 내면을 의미하는데, 아니마는 남성 속의 여성적 요소이고, 아니무스는 여성 속의 남성적 요소이다.

인간은 생물학적으로뿐만 아니라 태도나 감정 등의 심리학적 측면에서도 이성의 성질을 갖고 있다. 여러 세대에 걸쳐 함께 생활하고 영향을 주면서 남녀는 이성에게 적절히 반응하며 이해하는 가운데 이성의 유용한 특징들을 얻게 되었다. 이성 간에 인격의 조화와 균형을 유지하는 것은 남자 인격의 여성적 측면과 여자 인격의 남성적 측면이 페르소나에 억압되지 않고 균형을 이루기 때문이다.

아니마가 여성적, 몽상, 밤, 휴식, 평화, 식물, 수동적, 다정함, 부드러움, 개인적, 비합리적, 이상적 자아 등의 양상을 띤다면, 아니무스는 남성적, 현실, 역동성, 낮, 야심, 동물, 능동적, 엄격한 힘, 분열, 합리적, 국가사회, 현실적 자아 등의 양상을 띤다. 윤동주와 김소월의 시가 아니마 의식을 지향함으로써 여성적 · 수동적 · 비애적인 정조를 지닌다면, 이육사와 유치환의 시는 아니무스 의식을 지향함으로써 도전적 · 의지적 · 역동적인 정조를 나타낸다.

'탈(개성)'은 인간의 외적 인격을 말하는데, 외부 세계와 관계를 맺는 자아의 한 측면으로서 바깥 세상에 나타나는 배우의 가면과도 같다. 탈은 개인과 사회의 관계 속에서 심리적 성숙을 위해 조화를 이루고 타협하는 데 필요하지만, 지나친 꾸밈이나 엄한 퍼소나는 신경증적 불안 징후를 나타낼 수도 있다. 인간은 사회에서 주어진 상황과 역할에 따라 적절한 탈을 쓰고 처신하지만, 너무 작위적이고 의식적일 때 위선자처럼 가식적인 사람이 되는 것이다. 하지만 적절한 탈은 원만한 사회생활의 유대 관계와 생존을 위해 반드시 필요하다.

윌프레드 L. 궤린은 보편적으로 관련된 원형과 상징적 의미를 다음과 같이 예시한다.[12]

◎ 이미지(Images)

① 물 : 창조의 신비, 탄생·죽음·부활, 정화와 속죄, 풍요와 성장, 무의식
 · 바다 : 모든 생의 어머니, 영혼의 신비와 무한성, 죽음과 재생, 무궁과
    영원, 무의식
 · 강 : 죽음과 재생(세례), 시간의 영원한 흐름, 생의 순환의 변화상, 諸
    神의 화신

② 태양(불과 하늘은 밀접한 관련) : 창조적 에너지, 자연의 이치, 의식(사
  고, 각성, 지혜, 정신적 비전), 부성의 원리(달과 지구는 여성 혹은
  모성의 원리), 시간과 생의 추이
 · 아침해 : 탄생, 창조, 각성
 · 저녁해 : 죽음

③ 색채
 · 검정(어둠) : 혼돈(신비·미지), 죽음, 사악, 우울, 무의식
 · 빨강 : 피, 희생, 격렬한 열정, 무질서
 · 초록 : 성장, 감동, 희망

④ 원(球體, 달걀) : 완전, 통일, 영원으로서의 신, 원초적 모습에서의 생,
  의식과 무의식의 결합-일례로 중국 예술이나 철학에 나오는 음양은 원
  속에서, 양(남성적)의 요소(의식, 생, 빛, 열)와 음(여성적)의 요소(무의식,
  죽음, 어둠, 냉)가 결합.

⑤ 원형적인 여성(융의 아니마 포함)
 · 훌륭한 어머니, 인자한 어머니, 대지의 어머니 : 탄생, 포근함, 보호,
  비옥(생산력), 성장, 풍요와 관련됨, 무의식

---

12) 윌프레드 L. 궤린 외, 정재완·김성곤 역, 위의 책, pp.122~124 참조.

- 공포의 어머니 : 무녀, 여자 마법사, 마녀(siren) - 두려움, 위험, 죽음 등과 관련됨.
- 영혼의 동반자 : 공주나 아름다운 숙녀, 영감과 정신적 완성의 화신

⑥ **바람(숨결)** : 영감, 창안, 영혼 또는 성령

⑦ **배** : 소우주, 인간의 시공 항해

⑧ **정원** : 낙원, 천진무후, 순결미(특히 여성의), 풍요

⑨ **사막** : 정신적 황폐, 죽음, 허무주의, 절망

◎ **원형적인 모티프(motifs) 또는 유형(patterns)**

① **창조** : 모든 상징적인(원형적인) 모티프의 가장 기본적인 것. 모든 신화는 우주와 자연과 인간을 초자연적인 존재나 그들이 어떻게 만들었는가 하는 창조의 이야기를 바탕으로 구성됨.

② **영원불사** : 또 하나의 기본적인 원형임.
- 시간 세계에서의 해방 : 완전, 무시간의 지복 상태로서의 '낙원복귀', 인간이 부패하고 죽음의 나락으로 떨어지기 이전.
- 사계절의 순환적 반복으로 죽음과 재생.
- 轉回하는 시간에의 신비한 潛航 : 끝없는 죽음과 재생의 주제(theme) - 광대하고 신비스런 자연의 영원한 순환, 특히 四季의 순환 리듬에 귀의함으로써 불사를 획득.

③ **영웅의 원형(변화와 救贖의 상징)**
- 탐색 : 영웅(구세주나 구원자)은 긴 여로에 오르는데, 이 여행 동안에 왕국을 구하고 공주와 결혼하기 위해서 불가능한 일을 실현하고, 극악무도한 자와 싸우고, 어려운 수수께끼를 풀고, 견디기 어려운 시련을 극복해야 함.
- 入門(initiation) : 영웅은 사회 성원으로서 훌륭하게 자립하고, 성숙하게 됨에 있어서 무지와 미성숙 상태에서 벗어나 사회적·정신적으로

어른답게 되는 과정상 일련의 고통스러운 체험을 겪음. 入門은 세 단계로 성립 - ㉠ 격리, ㉡ 변화, ㉢ 복귀. 이 역시 탐색(the quest)처럼 죽음과 재생을 상징하는 변형.

· 제물로서의 속죄양 : 종족이나 민족의 번영과 동일시되는 영웅은 백성의 죄를 속죄하고, 황폐한 국토를 회복시키기 위해 죽어야 함.

◎ P. E. 휠라이트의 원형 상징

① **上·下** : 성취, 고귀, 숭고, 진리, 권력, 하늘 - 아버지, 정의
무질서, 공허, 지옥, 대지 - 어머니, 사랑

② **피** : 상실, 금기, 형벌, 명예, 죽음, 탄생, 힘

③ **빛** : 정신적, 신성, 견성, 불, 지혜, 상승, 태양

④ **말** : 이성, 존재의 당위성·정당성의 청각적 이미지, 양심 소리

⑤ **물** : 순수, 새 생명, 정화

⑥ **원** : 수레바퀴, 태양 햇살(창조적), 상극적 특성(운명의 장난, 죽음과 재생), 윤회, 空, 연꽃

◎ N. 프라이의 원형적 이미지

프라이는 원형을 문학작품에 내재하는 전승형태라 생각하며 문학(시)을 중요한 제의로 보았다. 신화 구조 속에 공존하는 제의는 총체적 의미의 모방행위이다. 인류의 원초적 경험에 뿌리내린 대부분의 제의(祭儀)는 자연의 천체운행 현상과 상관관계가 있다는 것이다.

① 사계절의 원형

봄	아침-비-청년, 희극	여름	정오-샘-장년, 로망스
가을	저녁-강-노년, 비극	겨울	밤-바다-죽음, 아이러니 혹은 풍자

프라이는 플롯을 로망스적, 풍자적, 비극적, 희극적이라는 말로 구분했는데, 사건의 스토리가 계속 좋게 전개되면 로망스가 되고, 계속 나쁘면 풍자, 사태가 악화되면 비극, 사태가 꾸준히 개선되면 희극이 된다고 보았다. 서사시는 비극과 달리 대체로 비극적인 상황에서 희극적인 상황으로 역전되어 끝나게 된다.

② **원형심상과 문학적 모형**
- 묵시적 이미지 : 성서 묵시록에서 계시한 은유적 세계로 인간의 이상과 비전을 지향, 사회적 정의와 개인적 양심의 일치, 그리스도와 천국 표상, 정원·양·도시 등.
- 악마적 이미지 : 욕망이 성취되지 못한 고통과 혼돈의 현실세계, 악령과 희생, 복종과 지배 강요, 매음부·요부·지옥·황야·악령·맹수 표상.
- 유추적 이미지 : 인간의 이성과 경험의 유추를 통해 문학적 이미지로 전환. 이 세 유형 심상은 다시 ⓐ 신계 ⓑ 인간계 ⓒ 동물계 ⓓ 식물계 ⓔ 물질계 등으로 나눠져 제각기 다른 표상으로 나타난다. 이런 원형심상을 유형별로 정리해보면 다음과 같다.[13]

---

13) 김용직, 앞의 책, p.326 재인용 참조.

신화로부터 온 심상	
Ⅰ. 묵시적 심상	ⓐ 신계: 노인, 천사
	ⓑ 인간계: 처녀, 아이들
ⓐ 신계: 하나님	ⓒ 동물계: 개, 말
ⓑ 인간계: 성도	ⓓ 식물계: 요술지팡이
ⓒ 동물계: 양	ⓔ 물질계: 탑, 성
ⓓ 식물계: 포도주, 빵	② 이성과 성품의 유추
ⓔ 물질계: 불	ⓐ 신계
Ⅱ. 악마적 심상	ⓑ 인간계: 왕
	ⓒ 동물계: 독수리, 사자
ⓐ 신계: 악마	ⓓ 식물계: 깃발, 筍
ⓑ 인간계: 지배자, 창녀, 피지배자	ⓔ 물질계: 법정
ⓒ 동물계: 괴물, 맹수	③ 경험적 유추
ⓓ 식물계: 숲, 황무지, 십자가	ⓐ 신계
ⓔ 물질계: 무기	ⓑ 인간계: 보편적 인간
Ⅲ. 유추적 심상	ⓒ 동물계: 원숭이
	ⓓ 식물계: 노동하는 농부
① 순수의 유추	ⓔ 물질계: 도시와 시골길

신화(myth)	초월적 행위, 신성한 존재 - 신화
로망스(romance)	이상화된 세계, 순수무구, 용감한 주인공, 미인 - 구비문학
상위 모방 (high mimetic)	자연과 이성의 유추, 직접 모방 통해 형성, 인간적 재현, 권위 지닌 집단의 지도자 - 서사시·비극
하위 모방 (low mimestic)	경험적 유추, 간접 모방 통해 형성, 현실의 부조리와 어두움, 일상인 - 리얼리즘 소설
아이러닉(ironic)	소외되고 분열된 자기상실의 인간상 - 현대소설의 지적 주인공

프라이는 주인공의 행동 양식에 의해 다섯 유형으로 나누었다. 신화 양식은 주인공이 신적 존재로서 초월적이고, 로망스(기사담) 양식은 주인공이 인간 존재로서 힘이 장엄하고 타인의 환경보다 우월하

다. 서사시나 비극인 상위모방 양식은 주인공이 정도에 있어 타인보다 우월하지만 환경은 동일한 처지이다. 희극이나 사실주의적 허구의 하위모방 양식은 현실의 부조리와 어두운 사회적 단면이 일상인의 삶 속에 반영되고, 반어적 양식은 평범한 일상인보다 못한 자기비하와 자기 변장의 주인공으로 소외되고 분열된 자아상실의 인간상을 보여줌으로써 현실과의 괴리 양상을 띤다.

물동이 인 여자들의 가랑이 아래 눕고 싶다
저 아래 우물에서 동이 가득 물을 이고
언덕을 오르는 여자들의 가랑이 아래 눕고 싶다

땅속에서 싱싱한 영양을 퍼올려
굵은 가지들 작은 줄기들 속으로 젖물을 퍼붓는
여자들 가득 품고 서 있는 저 나무
아래 누워 그 여자들 가랑이 만지고 싶다
짓이겨진 초록 비린내 후욱 풍긴다

가파른 계단을 다 올라
더 이상 올라갈 곳 없는
물동이들이 줄기 끝
위태로운 가지에 쏟아 부어진다
허공중에 분홍색 꽃이 한꺼번에 핀다

분홍색 꽃나무 한 그루 허공을 닦는다
겨우내 텅 비었던 그곳이 몇 나절 찬찬히 닦인다
물동이 인 여자들이 치켜든
분홍색 대걸레가 환하다   - 김혜순의 「환한 걸레」 전문 -

이 시에는 '물', '여자', '나무', '걸레' 등의 원형적 상징이 나타난다. 이러한 이미지들은 초현실주의적 연상 겹침으로 연에 반복되는 형태를 띠면서, 상호 유기체적 구조의 생태주의적인 세계관을 반영하고 있다. 2연의 '초록 비린내'는 '여자들의 가랑이'나 '땅속'에서 근원되는 관능과 생명을 나타내며, 살아 있음과 욕망을 상징한다. '짓이겨진'은 강한 생명력이 억눌리고 새싹이 짓밟히는 이중적 음가로서 '걸레'의 속성과 상통한다. 짓이겨진 '걸레'는 물로써 바닥을 문지르는 동안 짓눌림으로써 청소의 기능을 수행할 수 있다. 핵심적인 '여자/나무'의 상징 이미지는 각 연에 대칭적으로 반복되어 나타난다.

<여자>	<나무>
㉠ 여자들의 가랑이 아래 눕다	㉠' 나무 아래 눕다
↓	↓
㉡ 우물에서 물을 퍼 올리다	㉡' 땅 속에서 영양을 퍼 올리다
↓	↓
㉢ 물을 쏟아붓다	㉢' 젖물을 퍼붓다
↓	↓
㉣ 대걸레를 치켜들다	㉣' 허공을 닦다
(분홍색 대걸레가 환하다)	(분홍색 꽃이 핀다)

이런 대칭적 관계의[14] 비유는 공통자질인 물의 원형성을 통해 묶을 수 있다. '물'은 생명의 탄생·정화의 의미를 지니는데, 이러한 공통분모를 통해 '여자'(인간)와 '나무'가 생태학적 유기체를 형성하면서 생명의 근원으로 집약된다. 제목이 암시하듯 '환한'의 존재성은 여자가 아이를 낳고, 나무는 꽃을 피우고, 걸레는 더러움을 닦아내는, 즉 생명의 탄생과 정화의 기능을 지닌다. '분홍색 꽃나무'는 '분홍색 대걸레'와 '물동이 인 여자'와 동일항의 이미지로써 붉은 색감이 주는 열정과 강한 생명력을 암시한다.

---

14) 정끝별, 「김혜순 편」, 『대표시 대표 평론Ⅱ』, 실천문학사(2000), p.155 참조.

이 시는 여성성과 남성성에 관련된 이미지로 크게 분류할 수 있다.

여성성 이미지	남성성 이미지
㉠ 여성성 등가물 : 우물-물동이-분홍색 꽃-환한 걸레 ㉡ 걸레 : 가사노동을 반영하는 제유법 ㉢ 짓이겨진 : 여성의 수난사 ㉣ 여성성 자각 표출 : 우물물, 물동이물, 젖물	㉠ 남성성 등가물 : 나무-가지-줄기 ㉡ 성적행위 이미지 : 언덕, 가파른 계단 늪다-오르다-만지다-쏟아붓다-닦는다 ㉢ 물동이(여성)+가지꽃(남성)→분홍색 꽃핌 ㉣ 성적 욕망이나 행위를 통한 생명력의 근원

여성성의 이미지로서 ㉠ 여성성 등가물은 '우물', '물동이', '분홍색 꽃', '환한 걸레', ㉡ '걸레'는 여성의 가사노동을 총체적으로 반영하는 제유법, ㉢ '짓이겨진'은 오랜 역사 속에서 남녀 불평등에 따른 여성의 수난과 고통, ㉣ 여성성의 자각적 표출 현상으로 '우물물' '물동이물' '젖물' 등으로 구분할 수 있다.

이에 반해 남성성의 이미지로서 ㉠ 남성성 등가물은 대지 위에 뿌리 내릴 수 있는 '나무'='가지'='줄기' 등, ㉡ 성적 이미지인 '언덕'='가파른 계단'과 생명 탄생 과정의 구체적 행위로 '늪다', '오르다', '만지다', '쏟아붓다', '닦는다' 등, ㉢ 남성성과 여성성의 결합으로써 생명 탄생 과정인 '물동이'+'가지꽃'→'분홍색 꽃핌'으로 요약할 수 있다.

> 아가는 밤마다 길을 떠난다
> 하늘하늘 밤의 어둠을 흔들면서
> 수면의 강을 건너
> 빛 뿌리는 기억의 들판을

출렁이는 내일의 바다를 날으다가
깜깜한 절벽(絶壁)
헤어날 수 없는 미로(迷路)에 부딪히곤
까무라쳐 돌아온다

한 장 검은 표지(表紙)를 열고 들어서면
아비규환(阿鼻叫喚)하는 화약 냄새 소용돌이
전쟁은 언제나 거기서 그냥 타고
연자색 안개의 베일 속
파란 공포의 강물은 발길을 끊어버리고
사랑은 날아가는 파랑새
해후(邂逅)는 언제나 엇갈리는 초조(焦燥)
그리움은 꿈에서도 잡히지 않는다

꿈길에서 지금 막 돌아와
꿈의 이슬에 촉촉이 젖은 나래를
내 팔 안에서 기진맥진 접는
아가야

오늘은 어느 사나운 골짜기에서
공포의 독수리를 만나
소스라쳐 돌아왔느냐   - 정한모의 「나비의 여행」 전문 -

　이 작품은 성서 속 '탕자의 이야기'와 영웅들의 통과제의적 항해 모티프 구조인 '가출 - 시련 - 귀향'의 원형적 모티프를 활용하고 있다.[15] 1연의 3단계 통과제의적 형태는 시 전체 내용을 집약하여 액자식으로 아우른 구조이다.

---

15) 오세영, 「설화적 모티프와 그 비극적 진실」, 『한국대표시평설』, 문학세계사 (1983), p.349.

①~⑤행이 가출, ⑥~⑦행이 시련, ⑧행이 귀향이다. 2연 전체는 시련을 구현하고 있으며, ⑧행의 귀향은 3, 4연으로 확대할 수 있다. 1연은 화자가 3인칭 관찰자 시점에서 '아가'의 행동을 지켜보고, 2연은 3인칭 관찰자이면서 동시에 아가가 처한 현실로서 1인칭 시점으로 볼 수 있다. 관찰자 입장에서 보면 아가가 경험하는 모습을 관찰하는 것 같지만, 당사자인 아가의 입장에서 보면 개인적인 느낌과 생각을 표현하는 독백과 같다. 3, 4연은 화자와 아가가 분리되어 대화 형식을 취한다.

'아가'가 길을 떠나는 것은 현실에 불만이 있기보다는 성서 속 탕자처럼 이상에 대한 동경과 갈망 때문이다. 아가는 환상에 젖어 집을 떠나지만, 부닥친 현실은 '절벽'과 '미로' 같은 절박한 상황이다. 이런 상황을 구체적으로 부연하는 내용이 2연으로, 세상은 아비규환과 화약 냄새로 얼룩진 전쟁터처럼 불안과 공포만이 존재할 뿐이다. 이곳에는 사랑, 기다림, 희망이 없이 좌절과 절망만이 자리 잡고 있다.

그러나 아가는 '깜깜한 절벽'과 '공포의 독수리'를 만나 까무러치고 소스라치면서도 절망하지 않고, 인내와 의지로써 비상한다. 귀향은 3, 4연에 나타나는데, 기진맥진해 돌아온 아가는 시련을 통해 정신적으로 훨씬 성숙한 모습이다. 즉, 자아와 세계를 재인식하고 변화를 경험했기 때문에 세상의 가치를 구체적으로 파악하고, 자신의 정체성을 확립하는 계기를 맞은 것이다.

아가가 정신적으로 성숙해가는 과정은 번데기, 유충에서 나방(나비 비유)이 되어가는 과정으로 비유할 수 있다. 바깥에서 구멍을 뚫어주어 나온 나방은 날지 못하고 기어 다니지만, 스스로 힘든 과정을 통해 나온 나방은 쉽게 날 수 있다. '나비'는 인간의 꿈이며 동경의 대상이다.

시 제목인 '나비의 여행'은 냉혹한 현실과 이상적인 환상을 통해 순수하고 아름다운 진리를 찾아가는 여정을 의미한다. 이 고달픈 여정은 아무 것도 모르고 엄마 품을 벗어나 시련에 직면한 아가의 모습이지만, 험난한 세파를 헤쳐 가는 우리 모두의 자화상이기도 하다. 아가가 밤에 집을 떠나는 것은 현실에 안주하기보다는 이상을 추구하기 위한 모험심의 발로이며, 현실에서의 시련과 고통은 한 인간의 정신적 성숙을 구체화시켜 주는 요인이다.

이처럼 새로운 환경과 타인과의 끊임없는 만남 속에서 개인적 자아의 변화를 인식하면서 성숙한 인격체로서의 자아 정체성을 형성해 가는 것이다. 세계인식과 자기인식에서 이루어지는 정체성 형성은 통과제의적인 보편적 개념의 이니시에이션(initiation, 성년식·입사식)과 연관된다. 원시사회적 문화의 중요한 의식은 유아기에서 성인에 이르러 충분한 사회 구성원으로서 자리 잡기까지의 여러 과정에 집중되어 있다.

> 고향에 돌아온 날 밤에
> 내 백골이 따라와 한 방에 누웠다.
>
> 어둔 방은 우주로 통하고
> 하늘에선가 소리처럼 바람이 불어온다.
>
> 어둠 속에서 곱게 풍화작용하는
> 백골을 들여다보며
> 눈물짓는 것이 내가 우는 것이냐
> 백골이 우는 것이냐
> 아름다운 혼이 우는 것이냐

지조 높은 개는
밤을 새워 어둠을 짖는다.

어둠을 짖는 개는
나를 쫓는 것일 게다.

가자 가자
쫓기우는 사람처럼 가자
백골 몰래
아름다운 또 다른 고향에 가자.   - 윤동주의 「또 다른 고향」 전문 -

　이 시는 '나'='아름다운 혼'='백골'이라는 등식이 성립하지만, 융의
원형성에 따라 다르게 표상되는 것을 확인할 수 있다. 시적 화자인
'나'는 현실 속의 탈을 쓴 퍼소나의 원형으로, 어둠("어둠을 짖는 개
는/ 나를 쫓는 것일 게다")에 적응하지 못하고 고뇌하는 현실 자아의
모습이다. '백골'은 그림자의 원형으로서 인간의 무의식 속에 잠재되
어 있는 부끄러운 현실적 자아이다.
　즉, '나'는 육체적 자아(형이하적 자아)인 백골과 형이상적 자아인
'아름다운 혼'(초자아) 사이에서 방황하고 있는 현재의 자기 자신이
다.16) '아름다운 혼'은 현실 상황의 탈출구로써 '또 다른 고향'이라는
미래지향적인 이상향을 찾아가는 영혼의 아니마적 원형이다. '나'는
'백골'과 '아름다운 혼' 사이에서 갈등하다가 후자 쪽을 택해 현실의
탈출구를 찾으려 하지만, 무의식 속 자아가 부끄러움을 느끼며 붙잡
으려고 하기에 '몰래' '또 다른 고향'을 찾아갈 수밖에 없다.
　시의 전체적인 분위기가 어둡고 우울하며 음습하다. 화자가 찾아온
고향은 유년시절의 평화롭고 아름다운 추억처럼 편안히 안주할 수 있

---

16) 마광수, 『윤동주 연구』, 정음사(1984), p.83.

는 공간이 아니다. 그가 현재 처해 있는 현실 공간은 '어둔 방'으로 불안만이 가득차 있다. '어둠'은 혼돈·미지·신비·죽음·무의식·악 등의 원형으로서 식민지 현실을 반영한다. 인식·영혼·정신·영감 등을 내포하는 '바람'은 시인의 개인적 상징으로서 식민지 현실을 인식하는 매개체적 행위이다.

'개짖음'은 '나'를 질책하며 올바른 삶의 방향을 제시하는 충직한 자의 역할을 한다. 어두운 삶에 안주할까 모르는 질책이며 백골을 보며 우는 화자의 나약함을 일깨우는 인자이다. '어두운 밤'은 '백골'과 '개'를 위협하는 그림자의 현실이다.

이 시는 전반적으로 청각 심상이 지배적으로 작용하면서 의미 구조와 깊은 관련을 맺고 있다. 이런 심상은 백골이 되어 풍화작용하고 있는 퇴영적 자아에서 실천적·이상적 자아로 변신해 가는 과정에서 자아성찰을 위한 촉매 역할을 하고 있다. '곱게 풍화작용'한다는 것은 '백골'의 상태로 머물 것인가, '아름다운 혼'의 상태로 나아갈 것인가에 대한 내면적 갈등이다. 현실적 자아와 이상적 자아와의 갈등인 것이다. '곱게'는 이런 갈등이라도 하게 되는 의식적 동기화이다.

일반적으로 시 작품에는 다양한 상징 유형이 복합적으로 사용된다. 보편적이고 관습적인 상징도 독창적인 개인적 상징이 가미될 때 생명력을 얻고 새로운 의미를 부여받을 수 있다. 특히 신화 속에 많이 나타나는 원형적 상징은 독자의 시 해석 과정에 많은 도움을 준다. 그것은 신화 속에 나타나는 이야기가 우리에게 선경험적인 친밀감을 주고, 선인들의 발자취와 문화, 삶의 지혜가 농축되어 있기 때문에 오늘날 난해시의 극복 차원에서도 도움을 줄 것이다. 원형적 상징은 후천적 지식을 통해 얻는 것이 아니라, 선경험적으로 작품 속에 반복되어 나타나므로 상징 해석에 도움이 된다.

| 현대시론 |

제8장 역설逆說

1 역설의 어원 및 개념

역설의 어원은 희랍어 'para'(~넘어서, 초월)와 'doxa'(의견)의 합성어로, 논리적·합리적인 판단이나 생각을 뛰어넘는 의견을 뜻한다. 우리는 일상생활의 모든 것을 언어로써 표현하고 전달할 수 있다고 생각하지만 사실은 그렇지 않다. 심오한 진리는 언어를 초월한 직관에 의해 인식되기 때문이다. 이런 점에서 역설은 언어로써 표현할 수 없고, 접근할 수 없는 언어의 한계를 극복하려는 차원에서 사용된다.

역설은 표면적 진술이 모순인 것 같지만, 그러한 모순 속에 깊은 의미가 내포되어 있으므로 복합적·적극적 인식 차원에서 일반적 상식이나 과학적 합리성을 초월한 진리로 포괄적인 세계를 구축한다. 표면적으로 모순된 양면성을 대조시키고, 그것을 극복함으로써 진실성을 얻으려고 하기 때문에 변증법적 논리 체계를 지니는 것이다.

역설은 고대 수사학에서 비유의 기본 양식 중 하나였다. 신고전주의와 낭만주의 시대에는 시의 본질로 인식되어 오다가 현대에 시적 언어와 구조의 본질로 주목받게 된 것은 역설이 인간의 양면 가치적 정신 구조를 반영하기 때문이다. 이는 20세기 아인슈타인의 '상대성 이론'이나 흄의 '불연속적 세계관'에 따른 상대성과 단절성을 인정하면서, 동시에 바라보려는 시점을 반영하는 경향에 따른 것이다. 20세기는 19세기의 다윈의 진화론, 합리적 사고나 논리성, 연속의 개념이 부정되고 불연속적 세계관이 지배적인 시대이다.

흄의 '불연속적 세계관'은 외부 영역인 수학적·물리적 과학의 무기적 세계와 내부 영역인 생물학·심리학·역사학 등의 유기적 세계, 그 중간 영역인 윤리적·종교적 절대가치의 세계로 나눈다. 19세기 학문의 혼란도 이런 영역의 세계를 뛰어넘어 연속적으로 접근하려고 한 데서 기인했다고 볼 수 있다.

가령 윤리적·종교적 절대 가치의 세계는 과학적인 무기적 세계관에 의해 증명·해결될 수 없는데도 해결하려고 접근했기 때문에 가치관의 혼란이 일어난 것이다. 즉, 19세기의 연속적 개념인 진화론이나 마르크시즘의 유물론적 관점에서 절대 가치의 세계에 접근하려고 한 데서 문제가 발생한 것이다.

문학이 우리의 삶을 반영하듯, 인생 자체가 역설적이고 아이러니하기 때문에 시에서 역설적 표현은 자연스럽다. 인간의 삶은 뜻하고 생각한 대로 순조롭게 되는 것이 아니라 때로는 정반대의 결과를 야기해 당혹감과 긴장감을 주기도 한다. 역설은 표면적으로는 모순되거나 불합리하지만 그 양면적 가치를 대조시켜 초월·극복함으로써 내면적으로는 진실을 획득할 수 있다. 역설은 궁극적으로 초월과 극복의 논리에 의존한다.

일상생활에서 역설과 아이러니는 뚜렷하게 변별성을 갖지 않고 모순되거나 반어적인 상황에서 포괄적인 개념으로 사용된다. 그래서 리처즈(I. A. Richards)의 아이러니와 브룩스(C. Brooks)의 역설은 같은 개념으로 인식되었다. 브룩스는 역설의 하위 개념에 아이러니를 포함시키지만, 리처즈는 광범위한 아이러니 개념에 역설을 포함시킨다. 그만큼 아이러니와 역설의 변별성은 명확히 구분하기가 어렵다.

역설과 아이러니는 표면적인 표현과 내면적인 의미 사이에 대조가 존재하는데, 아이러니는 내용을 반대로 표현했을 뿐 표현 자체는 모순이 없는 반면, 역설은 표현 자체에 모순이 있다. 따라서 아이러니는 표현된 것과 의미하고 있는 내용 사이의 갈등에 초점을 두는 반면, 역설은 모순되는 두 사실의 대립을 통해 새로운 사실에 도달하고자 한다.1)

역설은 부조리한 현실의 구조적 모순을 파헤치는 데 그치지 않고 이를 초월하고 극복하여 숨겨진 진리를 드러내며 아이러니보다 풍자성도 강한 편이다. 아이러니가 구조적·심리학적 차원에서 실현되고 간접적이면서도 모호한 면이 있다면, 역설은 언어 진술의 의미론적·인식론적 차원에서 실현되고, 직접적이면서도 명료한 것이 다를 뿐 그 관점이나 원리는 동일하다. 그러나 역설은 아이러니에 비해 덜 상황적이어서 독자와 같은 제3자의 역할이 미미하고, 언어적 표현에 의존하는 면이 강하다.

역설은 과학자의 관점에서는 거부감을 느낀다. 과학적 사고의 관점이 논리적·합리적이며 객관적이기 때문에 논리성과 합리성을 초월한 역설은 불합리할 수밖에 없다. 논리적 전개의 단절을 통해 직관적 통일성을 발견하고, 진실을 파악하려는 것은 비약적·비논리적이며 언어도단이라고 할 수 있다. 역설은 생략적이고 비약적이므로 순간적으로 진실을 파악할 수 있도록 한다. 이처럼 과학적 가치관과 모순되

---

1) 김영철, 『현대시론』, 건국대출판부(1995), p.238.

는 역설은 현대 과학문명의 비인간화에 따른 휴머니즘 옹호에 근거를 두고 있다.

　시적 언어인 역설은 한편으로 종교적 언어와 일치하기도 한다. 가령 기독교에서 "죄가 많은 곳에 하나님의 은혜가 있다" "가난한 자는 복이 있나니 천국이 저희 것이요"(산상수훈)의 말씀, 불교에서 선문답이나 '색즉시공 공즉시색(色卽是空 空卽是色)'(있음이 없음이요, 없음이 곧 있음이라)의 진리, 공자가 "내가 아는 것을 안다고 하고, 모르는 것을 모른다고 하는 것, 이것이 아는 것이다" "도를 도라 함은 도가 아니다" 등의 표현은 종교의 초월적 진리로 인간의 합리적·논리적 판단이나 해석을 초월하기 때문에 역설적이다.

☑2 역설의 원리

　역설은 학자에 따라 다양하게 정의되는데, 브룩스는 "시는 역설의 언어이다", A. 프레밍거는 "시는 모순 어법과 상황의 역설이다"라고 하였으며, 휠라이트는 "시는 비모순의 법칙으로부터 자유로운 진술이다"라고 하였다. 휠라이트는 논리학의 성립 조건으로 ① 동일 원리, ② 비모순의 원리, ③ 배중률(排中律) 등을 제시하면서, 두 번째 '비모순의 원리'를 가장 적합한 역설의 원리로 보았다.2) 역설은 논리학에서

---

2) 오세영, 『문학연구방법론』, 이우출판사(1988), pp.221~243 재인용 참조.
　휠라이트는 논리학의 성립 원리로 이 세 가지 외 '이유의 원리', '全分의 원리'를 덧붙이고 있다. '이유의 원리'는 모든 존재하는 것들은 존재성의 충분한 근거가 있다는 것이고, '전분의 원리'는 전체에 대해 긍정이나 부정될 수 있는 것은 부분에게도 긍정, 부정될 수 있어야 하지만, 그 역은 성립할 수 없다는 것이다. 이 두 유형은 문학에서 역설의 원리로 적용하기에는 너무 추상적이라는 생각이 들어 제외하였다.

말하는 이 세 가지 유형의 근본적 사고 원리를 부정할 때 가능하다.

① '동일 원리'는 논리학의 기본 명제로 항상 적용되는 것으로서 'A는 A이다'(A=A) 형태인데, 이것을 부정하면(A≠A) 부분적인 역설이 성립한다. 가령 "산은 산이다"라는 명제는 당연한 말이지만, 이것을 부정하면 "산은 산이 아니다"로 논리적 모순을 띠게 된다. 이런 반동일률의 예로, "아아 님은 갔지만은 나는 님을 보내지 아니하였습니다"("님은 갔지만 가지 아니하였다"는 형태로 인식 「님의 침묵」), "사랑을 사랑이라 하면 벌써 사랑이 아닙니다"(한용운의 「사랑의 존재」), "고아는 아니었지만 고아 같았다"(안현미의 「거짓말을 타전하다」) 등에서 엿볼 수 있다.

그러나 "고독은 고독이다"를 부정하면, "고독은 고독이 아니다"로 앞 예문들과 달리 "고독은 슬픔이고 불행이다"라는 정의도 가능하기 때문에 논리적 모순이 성립되지 않는다. 그것은 슬픔이나 불행이 꼭 고독의 모순 개념이라고 규정할 수 없기 때문이다. 이처럼 '동일 원리'는 부분적으로 역설이 성립한다.

② '비모순의 원리'는 정확한 역설의 성립 조건으로, "A는 A가 아닌 것이 아니다"(A=non A가 아니다)나 "A이면서 동시에 A가 아닌 것은 없다"를 부정할(A≠non A가 아니다) 때 모순율로 역설이 성립한다. 가령 "건강(A)은 건강이 아닌 것(질병, nonA)이 아니다"는 맞지만, 그것을 부정하면 "건강은 건강이 아닌 것(질병)이다"라는 논리적 모순으로 역설적 상황이 된다. 비모순의 원리를 부정한 모순율의 예로, "복종하는 것은 아름다운 자유보다 달금합니다"(「복종」)에서 볼 수 있는데, 복종이 자유보다 달콤한 것이 아니라 고통스러울 텐데 반대로 표현함으로써 합리적·상식적 판단을 벗어나도록 한 것이다.

당신의 소리는 '침묵'(沈黙)인가요.
당신이 노래를 부르지 아니하는 때에 당신의 노랫가락은 역력히 들립니다그려.
당신의 소리는 침묵이어요.

당신의 얼굴은 '흑암'(黑闇)인가요.
내가 눈을 감은 때에 당신의 얼굴은 분명히 보입니다그려.
당신의 얼굴은 흑암(黑闇)이어요.

당신의 그림자는 '광명'(光明)인가요.
당신의 그림자는 달이 넘어간 뒤에 어두운 창에 비칩니다그려.
당신의 그림자는 광명(光明)이어요.   - 한용운의「반비례」전문 -

이 시는 설의법과 은유적 원리를 바탕으로 모순율의 역설적 구조와 반복적 이미지를 취하여 '당신'의 형이상학적 존재성을 부각시키고 있다. 당신의 존재성이 '소리', '얼굴', '그림자' 등의 이미지를 통해 병렬적으로 반복되는데, 화자는 매 연 첫 행에서 '침묵', '흑암', '광명'의 등가적 관계를 설의법으로 의문시한 후 각 연의 2행에서 모순관계를 당연시하면서 마지막에는 귀납법 형태로 단정을 내린다.

당신이 노래를 부르지 않아도 내게는 확연히 들리고, 당신의 얼굴은 보이지 않지만 눈 감아도 선명히 보이고, 당신은 부재하나 그림자로 현존할 정도로 어둠 속에서 나를 눈부시게 한다. 이처럼 역설적으로밖에 표현할 수 없는 '당신'의 존재성은 합리적·이성적인 사고의 차원을 떠난 초월적 존재라는 것을 알 수 있다. 논리적 비약을 통해서만 존재 가능한 당신의 실존성은 어둡고 고통스런 시대상황에서 꿈과 희망이 되며 신앙적 신념의 지주로 확산되는 것이다.

③ '배중률'은 모순된 양쪽 사이에 중간적인 것을 취하는 명제란

논리적으로 성립할 수 없다는 것인데, 즉 "A는 B이다"와 "B가 아니다"(A=B or non B) 형태를 부정할(A≠B or non B) 때 반배중율로 역설이 성립한다. 이 형태는 한쪽이 긍정되면 다른 한쪽은 부정되어야 한다는 원리이다. 그런데 양쪽의 모순되는 사항을 함께 포괄하는 경우에는 역설이 성립된다. 가령 "나는 살아 있지도 죽어 있지도 않다", "나는 서 있지도 앉아 있지도 않다" 등의 표현은 필연적으로 어느 한쪽을 택해야 하는데도, 동시에 양쪽을 택한다는 것이 모순이다. 이런 비확정적인 언술은 배중률로부터의 자유를 의미한다.

그러나 "나는 가난하지도 부유하지도 않다", "키가 크지도 않고 작지도 않다" 등의 경우는 어느 한쪽이 아닌 중간자적 입장을 취할 수가 있다. 이런 경우는 앞 예문과 똑같은 형태이지만 논리적으로 모순되지 않기 때문에 상황에 따라 다르게 적용할 수 있다. 그래서 배중률은 '비확정적인 언사'라고도 한다. 가령 김소월 시에서 "나를 잊지도 말고 생각지도 말아요"는 배중률의 좋은 예라고 할 수 있다.

3 역설의 종류

1) 표층적 역설

휠라이트는 역설의 종류를 '표층적 역설'과 '심층적 역설'로 나눈 후, 다시 심층적 역설을 세분화해 ① 존재론적 역설, ② 구조적 역설(시적 역설)로 나누었다. 표층적 역설은 시의 내면에 구조화되지 않고 시행의 부분적 표현에 나타나는 수식 형태로써, 즉각적 모순 상황의 모순어법(oxymorn, 수식되는 말과 수식하는 말의 의미적 모순관계)이

이에 포함된다.

이 경우는 어휘 표현 자체가 앞뒤 상반되는 모순관계로서 그 자체를 인식할 때 진리를 재발견할 수 있는 계기가 된다. 따라서 표층적 역설을 사용하는 주된 이유는 관습적이며 타성화된 사물이나 관념의 관계를 재정립함으로써 독자에게 놀라움과 즐거움, 충격을 주고자 하는 데 있다. 가령 '잔인한 친절', '고독한 군중', '소리 없는 아우성', '달콤한 슬픔', '작은 거인', '아름다운 악마' 등의 표현이 그 예이다. 모순어법은 그 모순된 의미가 논리적으로 해명이 가능하여 충분히 설명될 수 있다.

> 모란이 피기까지는
> 나는 아직 나의 봄을 기둘리고 있을 테요
> 모란이 뚝뚝 떨어져버린 날
> 나는 비로소 봄을 여읜 설움에 잠길 테요
> 오월 어느 날 그 하루 무덥던 날
> 떨어져 누운 꽃잎마저 시들어버리고는
> 천지에 모란은 자취도 없어지고
> 뻗쳐오르던 내 보람 서운케 무너졌으니
> 모란이 지고 말면 그뿐 내 한 해는 다 가고 말아
> 삼백 예순 날 하냥 섭섭해 우옵네다
> 모란이 피기까지는
> 나는 아직 기둘리고 있을 테요 찬란한 슬픔의 봄을
> ― 김영랑의 「모란이 피기까지는」 전문 ―

모순어법은 양립할 수 없는 말을 짜 맞추어 말하고자 하는 바를 반대로 표현함으로써 그 의미를 강조하는 것이다. 이러한 경향은 존재의 이율배반을 받아들일 뿐 아니라, 혼란을 돌파해가려는 삶의 태도를 반영한다. 모순어법은 삶에 대한 인식의 태도이지, 단순한 수사 기교가 아니다. 마지막 행인 '찬란한 슬픔의 봄'이 모순어법이라 할 수 있는데, 슬픔조차 찬란할 만큼 아름답게 승화되고 있음을 볼 수 있다.

그런데 '찬란한 슬픔의 봄'에서 '찬란한'이 '슬픔의 봄'을 수식했느냐, 아니면 '봄'을 '찬란한'과 '슬픔'이 양쪽에서 수식했느냐에 따라 해석되는 의미가 다르다. 만일 '찬란한'과 '슬픔'이 '봄'을 수식한다면, 모란이 필 때는 찬란하지만 질 때는 슬프다는, 즉 피면 곧 질 것이기 때문에 꽃의 아름다움에 전제된 슬픔마저 공유하면서 기다리는 것이다. 그러나 '찬란한'이 '슬픔의 봄'을 수식한다면, 기대했던 보람이 여러 번 무너진 봄이기에, 어떤 기대도 가지지 않고 영원한 기다림으로 슬픔을 감내하는 초극의 경지를 보여준다. 특히 '모란'과 '나'의 계속적인 반복은 대등한 비중을 반영한다. 이 대등한 비중 관계는 '뚝뚝'이라는 의성어에 반영되어[3] 모란의 낙화 현상이 나만큼의 존재성으로 인식되는 것이다.

①~④행까지는 미래 시제로서 기다림과 설움의 갈등을 형상화하고, ⑤~⑧행까지는 과거 시제로서 '떨어지다', '눕다', '시들다', '소멸하다' 등 모란이 지고 화자의 보람까지 소멸되는 정황을 형상화하고 있다. ⑨~⑫행은 현재·미래 시제로서 심리적·물리적 시간이 공존한다. 현재시제는 과거에 대한 회상 차원이 아니라 미래와 연결짓는 인자이다.

따라서 전반부는 현실세계의 '기다림', '설움', '죽음'등 인생의 좌절과 비애를 제시하고 있다. 후반부는 의식세계로서 '죽음', '설움', '기다림'을 통해 비애의 내밀화를 초극하고, 인생무상을 확인하는 것이다. 즉, 봄이라는 계절 현상을 통해 인생의 의미 가치를 비유했다고

---

3) 윤호병, 『한국 현대시인의 시세계』, 국학자료원(2007), p.168.

할 수 있다.

'모란'은 봄의 제유법으로서, 화려하고 아름다운 꽃을 피워야 할 젊음의 이상이요 꿈이다. 인간은 늘 이상을 꿈꾸고 희망을 갖지만 때로는 좌절과 절망을 겪으면서 내면적으로 성숙해가는 것이다. 삶의 과정에서 기쁨이 있으면 슬픔이 있고, 행복이 있으면 불행이 있듯, 꽃이 피고 지는 현상으로 다양한 인생사의 모습을 비유한 것이다.

> 지우고 보고 지우고 보아도
> 새까만 밤이 밀려나가고 밀려와 부딪치고,
> 물먹은 별이, 반짝, 보석처럼 백힌다.
> 밤에 홀로 유리를 닦는 것은
> 외로운 황홀한 심사이어니,
> 고흔 폐혈관(肺血管)이 찢어진 채로
> 아아, 늬는 산새처럼 날러갔구나!   - 정지용의 「유리창 1」 부분 -

이 시는 어린 자식을 잃은 부모가 유리창에 어른거리는 환영을 보며, 슬픔과 그리움을 다양한 즉물적 이미지로 내면화시킨 작품이다.

'유리창'은 안과 밖을 가르는 경계로서 내부와 외부를 마음대로 오갈 수 있는 통로이고, 불가시적인 밖의 공간을 의식의 내면세계로 연결시켜주는 매개체이다. 화자는 창밖에 어른거리는 자식의 환영을 붙잡기 위해 입김을 불어 반복적으로 지워보지만, 어둔 밤의 '물먹은 별'만이 '보석'처럼 박힐 뿐이다. '물먹은 별'은 투명하고 부드러운 속성을 지니며, '산새' '죽은 자식'과 동격으로써 눈물에 흠뻑 젖은 슬픔을 뜻한다. 슬픔(눈물)이 보석으로 화한다는 시적 장치는 그리움을 승화시켜 슬픔을 극복하려는 시인의 노력이다. 화자가 밤에 유리창을 닦는 것은 자식의 죽음으로 인해 외롭고도 '황홀한 심사' 상태이기 때문이다. 즉 '홀로'='외로운', '유리 닦음'='황홀함'(그리움 회상)이라는 상관관계가 형성되며 의미가 반복되는 것이다.

'유리창'은 밝음과 어둠의 매개항으로 화자와 대상이 조화를 이루는 공간이다. 화자의 의식 속에 '차고 슬픈 것'으로 존재하는 대상을 '입김'과 '닦는' 행위를 통해 생명을 지닌 '물먹은 별'이라는 동적 매체를 이끌어낸다. 유리창에 어려 있는 '차고 슬픈 것'이 '물먹은 별'로 변이되는 것은 화자가 입김을 불어넣어 유리창을 닦는 행위를 통해서이다. 여기서 '입김'은 대상으로서의 환영을 붙잡으려는 그리움이며, '닦는다'는 행위는 대상에 다가가 뚜렷이 인식하려는 노력이다. 유리창에 불어넣은 입김을 닦는 행위는 슬픈 환영을 잊으려는 것이 아니라 오히려 아픈 상처의 기억을 붙잡는 행위이다. 역설적이게도 아픈 기억은 '외로운 황홀한 심사'가 되는 것이다.

고전적 아어(雅語)인 '고흔'은 발음상 '혈관'과 중첩되면서 어린 핏줄의 고움과 상실의 슬픔을 불러온다. 그것은 과거의 고통스런 기억과 현재의 그리움이 중첩되는 이중적 음가이다. 단지 잊으려고만 한다면, 그것은 상처를 반추하는 외로운 감정에 불과하겠지만, 다시 아픈 상처의 기억을 붙잡는 것은 그리움 때문이기에 '황홀한 심사'가 되는 것이다. 이런 모순어법의 양가적 환기는 화자의 슬픔과 그리움이라는 내면적 충돌로 인해 긴장감을 불러일으킨다.

새벽 시내버스는
차창에 웬 찬란한 치장을 하고 달린다
엄동 혹한일수록
선연히 피는 성에꽃
어제 이 버스를 탔던
처녀 총각 아이 어른

미용사 외판원 파출부 실업자의
입김과 숨결이
간밤에 은밀히 만나 피워낸
번뜩이는 기막힌 아름다움
나는 무슨 전람회에 온 듯
자리를 옮겨다니며 보고
다시 꽃이파리 하나, 섬세하고도
차거운 아름다움에 취한다
어느 누구의 막막한 한숨이던가
어떤 더운 가슴이 토해낸 정열의 숨결이던가
일없이 정성스레 입김으로 손가락으로
성에꽃 한 잎 지우고
이마를 대고 본다

- 최두석의 「성에꽃」 부분 -

시적 화자는 창가에 서린 '성에꽃'을 통해 민중의 삶을 객관적 시점에서 바라보고 있다. 그는 자신의 사상과 감정을 직접적으로 표현하기보다 서술적인 구조로 형상화된 이야기나 사건 상황을 통해 간접적으로 전달하는 방식을 취한다. 전반부의 객관적인 상황과 후반부의 주관적 정서가 결합하여 한층 시적 긴장감을 자아낸다. 이 시에서 민중의 삶과 애환이 형상화된 것이 성에꽃이다. 새로운 창조의 아침을 밝히는 또 다른 민중들과 어제의 민중들이 만나는 공간이 새벽의 시내버스이다. 거기서 시적 화자를 포함한 오늘의 민중들은 또 다시 자신의 입김으로 성에꽃을 만들어 어제의 민중들과 만나고 있다.4)

'성에꽃'은 '성에+꽃'의 복합어로서 차가움과 아름다움, 고통과 희망의 복합적인 의미를 담고 있는 모순어법 형태이다. 이런 모순어법의 표현은 '차창에 찬란한 치장', '일없이 정성스레', '차거운 아름다

---

4) 윤여탁, 『리얼리즘 시의 이론과 실제』, 태학사(1994), p.243.

움', '막막한 한숨~정열의 숨결' 등 작품 도처에 나타나 있다. 따라서 '성에'의 항에는 '차창', '일없이', '차거운', '막막한 한숨'이, '꽃'의 항에는 '찬란한 치장', '정성스레', '아름다움', '정열의 숨결' 등이 해당한다. 전자 항이 민중의 고통과 가난, 무기력이라면, 후자 항은 고통과 가난을 딛고 일어서는 민중의 희망과 의지이다.

성에꽃은 추운 겨울날 시내버스 유리창에 서린 자연적인 현상이지만, 내포적 의미로는 민중의 가난과 고통이 서려 있는 숨결과 입김이라 할 수 있다. 성에꽃에 서린 '입김'은 간밤에 늦게 돌아와 지쳐 있는 몸을 다시 이끌고 새벽녘을 향하는 민중의 호흡이며, '숨결'은 진지한 삶 속에서 그들이 느끼는 뜨거운 인간애와 신념이다. 시적 화자는 가난과 고통 속에도 이런 아름다운 인간애가 있기에 전람회에 구경온 듯 들뜬 기분으로 자리를 옮겨 다니며 '기막힌 아름다움'에 취하는 것이다.

> 이것은 소리 없는 아우성
> 저 푸른 해원(海原)을 향하여 흔드는
> 영원한 노스텔지어의 손수건
> 순정은 물결같이 바람에 나부끼고
> 오로지 맑고 곧은 이념의 푯대 끝에
> 애수는 백로처럼 날개를 펴다
> 아아 누구던가
> 이렇게 슬프고도 애닲은 마음을
> 맨 처음 공중에 달 줄을 안 그는   - 유치환의 「깃발」 전문 -

이 시는 전체적으로 3, 4음절을 기반으로 하는 3, 4음보가 반복되는데, ⑤행의 "오로지/ 맑고/ 곧은/ 이념의/ 푯대 끝에"와 ⑦행의 "아아/ 누구던가"의 음절과 음보의 변주는, 리듬에 따른 감정의 기복을 잘 드러내고 있다. ⑤행에 이르면 깃발이 강렬하게 펄럭이듯 힘찬 리듬이 고조되는데, 그것은 2음절과 3음절의 단어들이 서로 모여 붙으려고 하지 않기 때문이다.5) ⑦행은 고조된 리듬과 감정이 점차 이완되면서 여유 있는 리듬으로 마무리되고 있다.

「깃발」은 낭만적 아이러니 구조로서 인간 존재 양식이 지닌 모순과 부조리를 반영하고 있다. 화자는 시적 대상인 '깃발'과 일정한 거리를 유지한 채 자신의 관념을 서술하는 설명시 형태를 지향한다. 수직적인 깃발의 나부낌이 수평적인 손수건의 흔듦을 연상시키는 것이다. 인간은 누구나 이상향을 동경하지만, 닿을 수 없는 좌절로 인해 절망을 느낀다. 즉, 현실과 이상의 괴리에 따른 숙명의 굴레를 벗어날 수 없다는 것이다. 전반부는 '깃발'에 대한 관념을 설명하면서 이상향에 대한 동경을, 후반부는 깃발이 존재하게 된 근원적 물음을 제기하면서 이상향에 닿지 못하는 좌절감을 나타내고 있다. 희망적인 동경은 '해원'의 푸른색 이미지로 나타나지만, 좌절의 슬픔은 후반부의 흰색(애수, 마음) 이미지에 나타난다.

①행은 모순어법적 역설, 은유, 공감각 등 다양한 기교가 나타난다. 깃발이 멀리서 힘차게 펄럭이지만 그 소리는 들리지 않는다. 시각 이미지인 깃발의 나부낌과, 청각 이미지인 소리 없는 아우성이 공감각 이미지를 형성하면서, 사람들이 아우성치듯 깃발이 나부낀다. 원관념인 '깃발'이 보조관념인 '아우성', '손수건', '순정', '애수', '마음' 등으로 확산되면서 확장은유 형태로 의미를 환기시키는 a=b′-b″-b‴ 구조를 이룬다. 이러한 반복 구조는 깃발의 펄럭이는 모습이 서술 형태에서도 '아우성치다', '흔들다', '나부끼다', '꼿꼿이 서다', '날개 펴다'로 반복된다. '깃발'은 인간의 수직적 초월의지로서 근원적 이상향에

---

5) 서우석, 『시와 리듬』, 문학과지성사(1981), p.102.

대한 동경이며, '그'는 깃발을 창조한 자이다.

2) 심층적 역설

심층적 역설은 모순된 의미를 일상적 논리로써 설명이 불가능한 언사이다. 표면적 진술과 심층에 내면화된 의미 사이에는 시 전체 구조에 근본적인 모순이 설정되어 나타나므로 전후 상황의 문맥 속에서 의미를 파악해야 한다. 화자의 진술과 이것이 가리키는 상황 사이에 뚜렷한 모순이 나타나는데, 이 모순 속에는 심오한 진리가 함축되어 있다. 모순된 양면성 속에서 의미론적 긴장을 통해 차원 높은 진리를 담아내므로 상황의 역설이라 할 수 있다.

심층적 역설에는 존재론적 역설과 시적 역설이 포함되는데, 존재론적 역설은 신화적·종교적·철학적인 진리를 내포한 초월적 세계를 인식하는 것으로, 신의 예정론과 인간의 자유 의지론, 기독교의 죽음과 부활, 불교의 변증법적 진리 등이 포함된다. 이 모순되는 의미들은 모순되는 양상을 한 단계 높은 차원에서 통합시켜 보편적이고 관습적인 의미를 초월해 형이상학적 진리를 나타낸다.

이처럼 초월적인 세계 인식은 인간의 합리적·논리적인 판단과 과학적 사고 체계의 영역을 벗어나는 문제이다. 존재론적 역설은 불교적 인식론에 기반을 둔 한용운 시에 많이 나타난다. 가령 「님의 침묵」에서 절대적 존재성의 님에 대한 사랑을 "향기로운 님의 말소리에 귀 먹고 꽃다운 님의 얼굴에 눈멀었다"는 역설적 표현으로 강조하고 있다. 님의 말소리를 잘 듣고 님의 얼굴을 잘 보아야 하는데 오히려 잘 듣지도 보지도 못한다는 것이다.

남들은 자유를 사랑한다지마는 나는 복종을 좋아하여요

자유를 모르는 것은 아니지만 당신에게는 복종만 하고 싶어요
　　복종하고 싶은 데 복종하는 것은 아름다운 자유보다도 달금합니다, 그
것이 나의 행복입니다

　　그러나 당신이 나더러 다른 사람을 복종하라면 그것만은 복종할 수가
없습니다
　　다른 사람을 복종하라면 당신에게 복종할 수가 없는 까닭입니다
　　　　　　　　　　　　　　　　　　- 한용운의 「복종」 전문 -

　　여성적 어조로 3음보 층량보격인 이 시는 음보 배열의 가변성이 없
이 단순하게 열거된 형태이다. 이 작품은 전후 문맥 속에서 '복종'이
달콤하고 행복하다는 존재론적 역설 구조를 띠고 있다. '복종'과 '자
유'라는 추상적 관념어를 빌려 당신에 대한 절대적 사랑을 표현하고
있다. 스스로 좋아서 선택한 복종은 기쁨이며 자유보다 달콤하다. 이
복종은 타율적인 억압이나 권위적인 힘에 굴복하는 받듦이 아니고 스
스로의 자유 의지에 의한 발로이기 때문에 자유보다 훨씬 고차원적
가치로 승화되는 것이다. 이런 태도는 수평적 인간관계에서 취할 수
없기에 관습적 사고에 대한 변화와 대상을 새롭게 통찰할 수 있는 계
기를 부여한다. 절대적 복종을 통해 당신(님)에 대한 절대적 사랑을
나타내고 있다.
　　한용운의 시에 빈번하게 나타나는 '당신'은 초월자, 부처, 조국, 절
대적 가치, 님 등 다양한 의미를 상징한다. '당신'은 자신에게 고귀한
존재이기에 스스로 택한 복종이 아름답고 달콤한 것이다. 그러한 사
실로 미루어 당신은 인간적 차원의 감각적 대상이 아니라는 것을 알
수 있다. 스스로 복종할 정도로 절대적인 사랑은 모든 것을 희생하면
서 적극적으로 실천할 때 행복할 수 있다는 차원으로 승화된다. 달콤
한 행복을 느낄 정도로 복종하는 대상은 절대적이고 고귀한 존재이

다. 이런 역설적 구조는 일제강점기의 모순된 원리에 지배당하던 삶을 반어적으로 전도시킴으로써 현실의 난관을 극복하려는 장치라고 볼 수 있다.

> 나는 밤마다 침대 위에서
> 아내와 함께 이불을 덮고 잔다
> 나는 때때로 이불이 귀찮아서
> 걷어찰 때도 있지만
> 날씨가 추울 때 아내는
> 이불을 혼자 끌어다 덮는다
> 그럴 때 나는 허공을 휘젓다가
> 붙잡히는 것 아무거나
> 가령 노자의 도(道)와 같이
> 휘저어도 잡히지 않는 어떤 것을
> 대충 덮고 잔다
> 그리고 감기에 걸린다   - 박남희의 「이불(二不)」 전문 -

시제인 '二不'은 덮고 자는 '이불'의 동음이의어와 불교의 '二而不二'(不二)의 발음을 뒤바꾼 언어유희적 현상을 나타낸다. 화자가 아내와 함께 덮고 자는 이불은 '二不'로서 하나이면서 둘로 분리되는 부부의 속성을 희화화한 것이다.

불교에서 '不二'란 색즉시공 공즉시색(色卽是空 空卽是色), 즉 색은 공과 다르지 않고 공은 색과 다르지 않는 이이불이(二而不二)의 진리이다. '있음'이 '없음'과 둘이 아님을 깨우치는 경지로 묵언이 진여(眞如)의 세계임을 뜻한다. 색은 형상을 갖춘 개별적·차별적인 모든 존재를 뜻한다.

모든 만물은 일시적인 현상일 뿐 고정불변하는 영원한 실체는 존재하지 않는다. 인간은 흔히 감각과 언어적 개념을 통해 어떤 사물이

다른 것과 구별되는 고유한 본성이 있다고 생각하지만, 그것은 단지 인간의 사유 분별에 따라 드러난 것일 뿐 실제로 어떤 차별이나 본성은 존재하지 않는다. 분별되는 속과 성, 밝음과 어둠, 삶과 죽음은 단지 가변적일 뿐 실재하는 것이 아니다. 생사를 떠나 열반이 있을 수 없듯, 어둠을 전제하지 않은 밝음이 있을 수 없고, 밝음을 떠나 어둠이 있을 수 없다. 이런 깨달음의 경지는 나와 남, 대상과 분리가 아닌 일체의 조화와 화해의 상태이다. 나와 대상을 나눠 둘로 보면 그만큼 자기중심적이고 이기적인 욕망에 얽매어 대립과 갈등을 야기시킨다. 대상을 인식할 때 잘못된 분별심은 집착을 일으키고, 그것을 영원히 소유하려는 데서 번뇌가 따른다.

부부의 속성과 같은 '不二'의 진리는 대상화하거나 분별심이 없는 조화의 상태로 "가령 노자의 도와 같이/ 휘저어도 잡히지 않는 어떤 것을/ 대충 덮고 잔다"처럼 노자의 도(道)의 경지에 비유된다. 만물의 근원인 '도'는 사물이나 현상 그 자체가 궁극적 실체의 존재 양식이다. 있는 그대로의 생명의 본질(道)은 끊임없는 변화가 지속되고 인간의 언어행위로서 분별되기 이전의 직관적 인식이다. '무위'(無爲)는 인간이 자연계의 만물과 같이 움직이는 가운데 대립 갈등이 없이 절대적 조화를 추구하는 경지이다. "천하만물은 유(有)에서 나오지만, 유 또한 무(無)에서 나오는" 역설적 상황이다. 따라서 욕망과 질서화의 대립을 지양하고 주어진 삶의 조건을 있는 그대로 받아들일 때 소요의 행복을 누리는 것이다. 노자에게 생명의 근본적 가치는 삶의 즐거움이다.

그런데 화자처럼 대다수의 사람들은 본질적으로 도의 깨달음을 얻지 못하고 존재의 본질인 근원을 붙잡으려고 허공을 헤맨다. 마치 잠을 자다 한기를 느껴 이불을 찾기 위해 헛손질을 하지만 아무것도 덮지 못한 채 '감기에 걸리'고 마는 꼴이다. 이런 단면은 삶의 본질을 깨닫지 못하고 살아가는 인간의 우매한 모습을 반영하는 것이다.

구조적 역설(시적 역설)은 표면적 진술과 이면적 의미 사이의 구조적 모순을 반영하는 형태로, 진술과 그것이 암시하는 의미의 상호작용에 의해 해석된다. 표면적 진술과 그것이 뜻하는 상황 사이에 모순적 관계를 인식하는 것은 시 전체의 구조적 관계에서 파악할 수 있다. 고려가요인 「가시리」나 김소월의 「진달래꽃」 등에 표면적으로 나타나는 좌절과 미련이 원망과 자책으로 발전해가는 구조가 그 예이다. 두 작품에서, 임이 떠날 때 원망하고 미워하는 것처럼 보이지만, 내면적으로는 자신을 자책하면서 임을 기다리는 마음이 공존한다. 마치 사랑하는 사람에게 미움과 그리움이 교차하는 애증 관계와 비슷하다. "죽어도 아니 눈물 흘리우리다"(「진달래꽃」)는 표면적으로는 임이 떠나도 슬퍼하지 않겠다는 단호한 의지가 엿보이지만, 내면적으로는 붙잡고 통곡하면서라도 매달리고 싶은 심정인 것이다.

먼 훗날 당신이 찾으시면
그때에 내 말이 「잊었노라」

당신이 속으로 나무라면
「무척 그리다가 잊었노라」

그래도 당신이 나무라면
「믿기지 않아서 잊었노라」

오늘도 어제도 아니 잊고
먼 훗날 그때에 「잊었노라」   - 김소월의 「먼 후일」 전문 -

「먼 후일」은 일관되게 가정법과 '잊었노라'라는 과거서술형을 사용함으로써 다가올 이별 상황이 합당하지 않다는 것을 각인시켜 준다. 1, 2, 3연의 첫 행은 '당신'의 가정적인 전체 행위를, 두 번째 행은 그에 대한 나의 대응 행위를 나타내고 있다. 특히 마지막 연에서는 시적 구조의 역설적 상황이 잘 나타난다. 행복했던 과거를 반추하는 어법이지만, 닥쳐온 이별 상황에 대한 합당한 대응은 결코 아니다. 과거뿐만 아니라 먼 훗날까지 당신을 잊지 않고 사랑할 것이라는 감정을 '잊었노라'라는 반어적 표현으로 강력히 표출하고 있다.

임이 없을 때를 생각했지만, 훗날 그 임이 찾아왔을 때는 잊었다는 모순된 논리이다. 어제도 오늘도 잊지 않았는데 먼 훗날 그 때에 '잊었노라'라고, 미래상황을 과거시제로 표현함으로써 다가올 이별을 경계하려는 모순 심리이다. 어제도 오늘도 잊지 않고 당신을 사랑하는 마음이 이렇게 큰데, 하물며 먼 훗날이라고 잊을 수 있겠느냐는 것이다. 다가올 이별을 기정사실화하고, 아픔을 견디기 위해 이별 상황을 가상적으로 노래한다고 해도, 미리부터 눈물을 흘린다는 것은 상식적으로 이해할 수 없는 일이다. 오히려 이별을 예상한다면 현재의 상황을 이어가려고 노력하는 것이 마땅할진데, 이 작품은 다가올 이별을 예방하기는커녕 이미 잊었다고 하는 역설적 구조를 띠고 있다. 따라서 '잊었노라'는 '잊겠다'는 뜻이 아니라 결코 잊을 수 없거나 이별하는 일이 발생하지 않으리라는 화자의 강인한 의지를 반영하는 것이다. 먼 훗날까지 당신은 나를 망각하고 있겠지만, 나는 현재뿐만 아니라 '그 때'까지도 당신을 잊지 않고 기억하고 있으리라는 것이다.

풀을 밟아라
들녘에 매맞은 풀
맞을수록 시퍼런
봄이 온다

봄이 와도 우리가 이룰 수 없어
봄은 스스로 풀밭을 이루었다
이 나라의 어두운 아희들아
풀을 밟아라
밟으면 밟을수록 푸른
풀을 밟아라
                              - 정희성의 「답청」 전문 -

중국에서 유래한 '답청'은 청명 날 들녘의 풀을 밟으며 소원을 비는 봄맞이 풍속이다. 전통적으로 '풀'은 민초로서 힘없고 소외된 계층을 의미하였다. 풀은 밟을수록 시들지 않고, 맞을수록 시퍼렇게 된다. 이것은 가장 연약한 것이 가장 강인하다는 시적 역설이다. 밟히고 매를 맞으면서도 희망찬 봄을 맞이하는 풀은 현실의 고통과 시련을 벗어날 수 있는 강한 생명력과 희망을 상징한다.

온갖 시련 속에서도 강인하게 역사를 이끌어가는 민중에 대한 신뢰와 희망이 청보리밭에 함의되어 있다. 민중의 역사적 수난의 모습이 '매맞은', '시퍼런', '어두운 아이' 등에 내재되어 있다. 이 시는 결국 풀 밟는 행위를 통해 현실의 고통을 극복하고자 한 것이다.

"봄이 와도 우리가 이룰 수 없어/ 봄은 스스로 풀밭을 이루었다"에서 이룰 수 없음과 이룸의 상반된 입장은 인간과 자연의 대립을 의미하는데, 그러한 대립은 자연의 섭리와 우주의 질서에 미치지 못하는 인간 사회의 부조리 때문이다. 인간이 삶에서 이룰 수 없는 것을 자연은 스스로 이루는 것이다. 봄은 곧 화해의 세계로서, 고난을 통해 참된 세상을 이룸이 '~푸르러진다'에 암시된다. '풀을 밟아라'의 반복은 리듬감을 형성하여 주제를 강화하려는 장치이다. 이러한 반복 리듬은 '매맞은 풀/ 맞을수록', '밟으면 밟을수록'과 ⑤, ⑥행의 대구가 함께 감정을 고조시킨다.

제9장 **아이러니**反語

1 아이러니 개념의 발전 양상

아이러니는 '시침떼기' '반어' '말 속에 나타난 비애' 등의 의미로서, 겉으로 말한 것과 실제 의도한 것 사이에 대조를 이룬다. 이런 점에서 역설과 비슷하다고 할 수 있지만, 역설은 언어진술 자체가 모순이나 아이러니는 표현 자체에는 모순이 없고, 전후 상황을 관련시켜 속뜻을 뒤집을 때 모순이 나타난다.

아이러니가 언어진술에 내포된 명제 사이의 문제가 아니라 언어와 대상, 언어와 화자 혹은 청자 사이에 놓이는 모순의 문제와 관련된다면, 역설은 비모순의 법칙으로부터 자유롭다. 아이러니가 심리학적 측면이 강하기 때문에 구조적 모순의 조화라고 한다면, 역설은 존재론적 측면에서 언어의 진술, 모순의 초월이라고 할 수 있다. 따라서 역설과 아이러니는 상반되면서 이중적인 양면성이 공존한다는 점에서 공통점이 있다.

아이러니는 희랍어 '에이로네이아'(eironeia, 은폐, 변장)라는 어원에서 파생되었는데, 플라톤의 『공화국』 「대화편」에서 소크라테스의 대화술로 "사람을 속이는 매끄럽고 비열한 방법"으로 정의되어, 언어 진술을 통해 상대방에게 의미론적 충격을 주는 개념으로 사용되었다.

그리스 희극에서 보면, 알라존(Alazon)은 우직하고 허세 부리는 허풍장이로서 언제나 강자인 것 같지만 결국 약하고 겸손하며 기지가 있는 에이론(Eiron)에게 속아 넘어가 패배한다. 에이론은 자신을 어리석게 가장하거나 말의 진의와 다르게 해석해 시치미를 떼는 것이다.

아이러니는 고대 그리스나 로마 시대에 수사학적 관점에서 냉소·허풍·조소·과장·과소·언어유희 등 말의 아이러니 개념으로 주로 사용되었다. 이것이 18세기에 객관적·회의적인 세계 인식에 의해 확정적인 언사를 기피하는 합리주의를 거치면서 희곡이나 소설 같은 서사 문학에 확대 사용되었다.

19세기에 이르러서는 칸트학파의 관념론과 독일 낭만주의의 영향으로 현대철학과 문학에 초석을 마련하였다. 이런 흐름의 인식은 이율배반적인 요소들의 대립을 통해 사물의 실재와 본질을 파악하고자 했던 경향에 따른 것이다. 그리고 근본적인 모습과 부조화에서 발생하는 충돌과 갈등의 미학으로 사물의 본질과 진실을 파악하는 지적 원리로 작용하였다.

아이러니는 20세기에 인문학, 특히 실존주의 철학이나 미국의 신비평에 영향을 크게 미치는데, 그것은 우주나 자연을 지배하는 질서의 원리로서 키에르케고르는 인간 삶의 한 양태로[1], 사르트르는 '인간

---

1) 키에르케고르는 인간이 실존에 이르는 과정을 ① 쾌락추구의 미적 단계, ② 도덕적 선 추구의 윤리적 단계, ③ 신의 구원을 추구하는 종교적 단계 등으로 구분하고, 아이러니란 미적 단계와 윤리적 단계의 중간적 삶을 뜻한다고 보았다. (오세영, 『문학연구방법론』, 이우출판사(1988), p.247 참조.)

존재의 근원적 삶의 조건'으로 보았다. 문학에서는 프라이(N. Frye)의 양식 유형이나 리처즈의 작품의 구조적 원리 차원에서 사용되었다. 초기의 수사적·반어적 아이러니의 개념에 변증법적·실천적 개념이 가미되면서 존재론적 인간의 삶과 우주 전반의 문제로 심화·확대된 것이다.

20세기는 아인슈타인의 '상대성 이론'이나 흄의 '불연속적 세계관'에 따른 단절성을 인정하면서 동시에 포용하고 바라보려는 경향이 있었다. 문학에는 리처즈의 상반된 감정이 균형을 이루어 심리적 안정을 얻는 '포괄의 시', 코울리지의 모순된 상대성의 '상상력의 구조', 아리스토텔레스의 비극에서 공포와 연민의 감정인 '카타르시스' 이론 등이 상반되고 배제되는 것을 동시에 포용하려는 아이러니 성격을 내포한다.

아이러니의 복합성은 모순을 조화시키고 상반된 것을 포용하려는 것인 만큼 인생의 폭넓은 인식을 반영한다. 아이러니는 처음에 수사학의 언변술에서 주로 사용하다가 극이나 소설 같은 서사문학으로 발전하였고, 그 후 20세기 미국의 신비평에서는 역설과 함께 아이러니를 시의 중요한 구조적 요소로 파악하였다.

아이러니의 개념이 오늘날까지 어떻게 발전해 왔는지 구체적으로 살펴보면 다음과 같다. 먼저 소크라테스적 아이러니는 소크라테스의 문답법에서 파생한 것으로, 겉으로 무지함을 가장하여 상대방의 허점을 드러내게 하는 방법으로서 자기 비하와 겸양의 태도를 보인다. 상대방과 문제를 논의할 때 논의의 초점이 없고 우둔하게 보이지만, 결국 상대방을 꼼짝 못하게 만든다. 실은 잘 알면서도 겉으로 모르는 것처럼 변장해 이야기할 뿐이다. 이때 순진함을 위장하는 소크라테스는 '에이론'이고, 거듭되는 질문에 무지가 폭로되는 소피스트들은 '알라존'이다. 그들이 자신의 무지를 은폐하고 그 책임을 소크라테스에 게 돌려 경멸적으로 사용한 데서 비롯된 것이다.

낭만적 아이러니(겸손한 아이러니)는 18세기 이후 독일 낭만주의 철학과 문학에서 주로 사용되었다. 슐레겔(A. W. Schlegel)이 처음 소 개한 낭만적 아이러니는 칸트의 후광에 따른 인간 존재에 대한 철학 적 탐구로, 인간의 이상 동경과 현실과의 괴리감 사이에서 야기되는 존재론적 한계의 좌절감을 표출하는 페이소스적 어조가 주조를 이룬 다. 이상과 현실, 유한과 무한, 절대성과 상대성, 주관과 객관 등의 괴 리감에 따른, 실현될 수 없는 꿈과 현실적 비애에 바탕을 둔다. 칸트 가 추구한 철학적 명제인 실재(reality)는 이런 이율배반적 인식 하에 서 파악되는 것이다.

시적 자아는 무한히 아름다운 환상과 이상을 좇다가 여지없이 추 락하여 초라한 현실에 머물고 만다. 이런 관점은 세계를 바라보는 시 인의 태도와 자신이 창조한 작품을 스스로 바라보는 시인의 태도로 나눌 수 있다.

가령 유치환의 「깃발」의 전반부에는 이상 세계의 동경에 빠져 있 는 알라존이 유한적 인간 존재를 인식하면서 점차 환멸에 빠지는데, 이런 인식 변화는 알라존이면서 동시에 그를 비웃는 에이론의 시선을 통해 후반부에 나타난다("아아 누구던가/ 이렇게 슬프고도 애달픈 마 음을/ 맨 처음 공중에 달 줄을 안 그는"). 인간 존재의 모순성을 잘 알 고 있는 에이론은 알라존의 어리석음을 비웃고 슬퍼하면서도 교훈적 진리를 스스로 각인시킨다. 여기에 에이론으로서 시적 자아의 겸손과 기지가 있는 것이다. 자의식적 존재인 인간은 외부적 대상뿐만 아니 라 자신마저 대상화해 진정한 자아를 발견하는 존재이기에 「깃발」 속의 두 개의 자아는 동일한 시적 자아이면서 동시에 시인의 탈이라고 할 수 있다.

이러한 낭만적 아이러니는 한편으로 예술가의 마음속에 내재하는 아이러니한 처지를 반영한다. 작가나 시인은 작품을 잘 쓰기 위해서 창조적이면서 비판적이어야 하고, 주관적이면서 객관적이어야 하며, 열광적이면서 현실적이어야 하고, 정서적이면서 이성적이어야 하며, 무의식적으로 영감을 받으면서도 의식적인 예술가라야 하는 것이다.[2] 현실 세계를 진실하게 반영한다고 하지만 그것은 결국 허구이기 때문에 예술이면서 동시에 인생이기도 한 상반적 공존을 생각해야 하는 것이다.

우주적 아이러니는 철학적·운명적 아이러니라고도 말하는데, 만물의 영장인 인간은 첨단과학을 발전시킬 정도로 무한한 가능성과 창조성을 지녔지만 조물주 앞에서는 한낱 무기력하고 나약한 피조물에 지나지 않는다. 전지전능한 신은 초월적 존재자로 무한하고 자유롭기 때문에 뛰어난 아이러니스트이다. 인간의 무한한 열망이 조물주의 섭리와 우주적 불가지론 앞에 뜻하는 바대로 되어가지 않고 때로 정반대의 결과를 가져오듯, 인간이 처한 실존적 상황은 구조적으로 모순된 부조리한 현실이다. 이때 인간은 우주적(에이론)인 불가지론 또는 숙명론 앞에 조롱당하는 아이러니의 희생자와 같다. 신적 시점에서 주인공을 바라보는 것이다. 때로는 정직하고 순진한 자가 고통을 당하는 반면, 악하고 교활한 자가 부귀영화를 누리기도 한다.

토마스 하디(T.Hardy)의 『테스』의 여주인공은 너무 정직하고 순진

---

2) D.C. Muecke, 문상득 역, 『아이러니』, 서울대출판부(1982), p.38.
3) 위의 책, pp.46~80 참조.
   뮈케는 아이러니의 조건을 ① 순박함, 자신에 찬 무지, ② 외관과 현실의 대조, ③ 희극적 요소, ④ 거리의 요소, ⑤ 극적 요소, ⑥ 심미적 요소 등으로 나누고 있다.

한 탓에 농락당한 후 악의 구렁텅이에 빠져 살인죄를 범해 교수형에 처해지고, 서정주의 「문둥이」에서 천형의 고통 속에 태어난 문둥이가 운명을 저주하며 처절하게 울부짖는 것에서 실존적 부조리를 엿볼 수 있다. 이처럼 부조리한 상황에 직면한 인간의 모습이 키에르케고르(kierkeegard)에게는 실존적 아이러니로서 부각된다. 조물주의 섭리에 지배되는 존재임에도 불구하고 인간은 그것을 망각하고 이상을 실현시키기 위해 발버둥치는 것이다.

N.프라이는 아이러니를 문학의 한 양식(mode)으로 파악하여 신화(myth), 로망스(romance), 상위모방(high mimetic), 하위모방(low mimetic), 아이러니 양식(ironic mimetic) 등으로 나누었다. 신화 속 주인공은 초인간적이며 신적인 존재이고, 로망스는 전설이나 민담 속의 영웅적인 이야기이며, 상위모방은 서사시나 비극 속 주인공이 상대적으로 뛰어난 능력을 지녔지만 자신이 타고난 환경보다 뛰어나지 못한 지도자의 이야기이고, 하위모방은 평범한 사람보다 못한 하층민의 이야기로 희극이나 리얼리즘 소설의 주인공이 대부분이다. 이때 희극적인 인물이 주는 웃음은 연민의 아픔이 스며 있다.

아이러니 양식은 주인공이 힘이나 지성에서 평범한 사람보다 뛰어나지 못한 까닭에 굴욕이나 부조리한 사회를 경멸에 찬 시선으로 바라보는 저급한 모방양식이다. 따라서 서사문학에서의 주인공은 고대에서 현대로 내려올수록 신적인 존재에서 평범한 사람보다 못한 아이러니한 인물로 사회적 신분이 하향되는 것을 알 수 있다.

신비평가의 아이러니는 현대시의 미적 기준인 복합성, 즉 상충·대조되는 요소들의 종합과 조화에 초점을 두고 있다. 이런 구조적 원리에는 주로 엘리어트의 '통합된 감수성의 시론' '객관적 상관물' 'wit', 리처즈의 '포괄의 시', 브룩스의 '역설', A. 테이트의 '긴장'(tension),

랜섬의 '형이상시' 등이 포함된다. '통합된 감수성의 시론'은 이질적인 경험들을 끊임없이 통합함으로써 전체의 통일성 있는 구조를 형성하고, '객관적 상관물'은 추상적인 관념을 구체적인 감각을 통해 제시하고, 위트는 일종의 경험 속에서 또다른 경험 세계를 체험해 내적 균형을 이루는 것이다.

'포괄의 시'는 시를 과학의 대상으로 인식해 체계화한 이론으로, 유사한 이미지 비유의 '배제의 시'보다는 상반되는 이미지 충돌의 결합으로 다양한 경험과 충동을 시의 재료로 포괄하는 시 형태이다. '포괄의 시'가 상충되는 이미지 결합으로 상상력의 확대와 시적 긴장감을 높인다면, '배제의 시'는 특수하고도 한정된 경험으로 상상의 폭이 좁을 수밖에 없다.

'형이상시'는 철학이나 신학의 형이상학적 관념을 구체적인 감각을 통해, 즉 이질적인 두 경험 세계를 결합해 충격을 주는 부조화의 조화인 기상(conceit)기법이 중심을 이룬다. 리처즈가 관념시와 즉물시를 배제의 시에 포함시킨 것은 이성과 감성 가운데 어느 한쪽을 배제했다는 점에서 그렇고, 형이상시를 포괄의 시라 부른 것은 이성과 감성을 포괄했기 때문이다. 관념시가 낭만주의, 즉물시가 이미지즘의 산물이라면, 형이상시는 주지주의 경향의 산물이라 할 수 있다.

2 아이러니의 본질

1) 순진성, 자신에 찬 무지

작품 속에서 아이러니가 성립하려면 작품을 창작한 작가와 작품

속 주인공, 그 주인공을 바라보는 독자의 역학적 상관관계가 성립되어야 한다. 작가는 인간을 창조한 창조주와 같은 존재이고, 아이러니한 주인공은 창조주의 손바닥에서 좌지우지되는 인간과 같은 존재로, 작가에 의해 마음대로 조롱당하는 희생자이다. 관찰자인 독자는 작가와의 묵계적인 약속 하에 시치미를 떼고 희생자인 주인공(알라존)을 바라보며 즐긴다. 관객이나 독자는 끊임없는 참여를 통해 에이론의 의도와 일련의 움직임을 간파하고 있는 것이다. 이때 주인공은 한 치 앞을 내다보지 못하며 자기 운명을 예측할 수도 없다.

그런데 이 희생자는 우직할 정도로 순진하고, 무지할 정도로 확신에 찬 신념으로 행동한다. 그는 절대로 남을 속이거나 이용하지 않고, 교활하지도 않다. 자신의 행동이 남에게 조롱거리가 된다는 것도 모르기 때문에 매사에 우직하게 행동한다. 그러나 그러면 그럴수록 그는 불행한 운명으로 빠져든다. 그가 현명하여 자신의 생각과 행동이 올바르지 않다는 것을 깨달았다면 불행을 피할 수도 있다. 그러나 주인공은 자신의 신념에 확신을 갖고 행동에 옮긴다. 관찰자인 독자는 그런 상황을 미리 알고 있지만, 주인공은 그것을 모르기 때문에 조롱당하며 연민의 대상이 되는 것이다.

가령 김유정의 「봄봄」에서 아이러니한 주인공인 머슴은 주인이 자신의 딸과 결혼시켜 준다는 말에 새경도 받지 않고 열심히 일하지만, 관찰자인 독자는 주인이 머슴의 노동력을 얻기 위해 딸과의 결혼을 구실삼아 이용한다는 것을 알고 있다. 그런데 정작 당사자인 머슴은 주인의 말을 확신하기에 바보스럽고 조롱거리가 된다. 그러나 당사자의 입장에서 보면 그렇게 할 수밖에 없는 처지에 슬픔이 담겨 있어 연민의 대상이 되는 것이다. 이용하는 자는 교활한 것이고 희생자는 무지하고 순진하기 때문에 바보스럽게 비쳐진다. 이처럼 무지하고 순진한 희생자의 모습은 다음 시에서 '미꾸라지'와 같다. 즉 만물의 영장인 인간도 한 치 앞을 내다보지 못하여 다가오는 불행을 피하지 못하는 숙명성에서 엿볼 수 있다.

새벽녘 대문을 활짝 열어젖힌 추탕집 펄펄 끓는 가마 곁에서 플라스틱 수조 얕은 물을 튀기며 미꾸라지들이 아주 순하게 놀고 있다
- 이시영의 「삶」 전문 -

한 행으로 이루어진 「삶」은 추탕집의 펄펄 끓는 가마 속의 미꾸라지들과 플라스틱 수조에 들어 있는 미꾸라지들의 극명한 대조를 통해 아이러니한 삶의 양상을 보여주고 있다. 바로 옆에서 벌어지는 삶과 죽음의 대비를 통해 언제 죽음이 닥칠지도 모른 채 '수조 얕은 물'을 튀기며 순하게 놀고 있는 미꾸라지들이, 마치 한 치 앞을 내다보지 못하고 살아가는 인간의 어리석은 모습을 돌아보게 한다. 이른 새벽녘 활짝 열린 대문 너머로 우연히 들여다 본 추탕집의 풍경을 객관적·사실적으로 묘사하고 있을 뿐인데도, 간결하면서 덤덤한 어조의 짧은 시가 주는 여운은 길게 느껴진다.

2) 현실과 외관의 대조

역설은 진술된 표현 자체가 모순되고 불합리하지만, 아이러니는 표면적으로 진술된 표현 자체는 모순되지 않고 합리적이다. 그러나 표현된 전후 상황의 문맥을 파악했을 때 진술된 의미와 정반대의 의미를 내포하고 있으므로 표현과 내포된 의미가 상반성과 대조성의 상호작용에 토대를 두는 변증법적 논리 관계를 지닌다. 본래의 의도를 숨기고 반대된 말로 표현하는 아이러니는 두 개의 상반된 감정이나 태

도가 전제된다. 화자는 이미 표면적인 표현과 이면적인 의미를 다 알고 사용하지만, 희생당하는 상대방은 그것을 전혀 의식하지 못하고 표현 자체를 신뢰하는 것이다. 즉, 이면에 숨겨진 의도를 모르고 표현된 것을 진정으로 받아들인다. 화자는 끝까지 초연한 입장을 취해 진의를 숨기고 시치미를 떼면서 감정만 간접적으로 암시한다.

상반된 두 개의 시점을 갖는 것은 궁극적으로 어떤 현상이나 사물을 다면적으로 관찰하는 폭 넓은 시야를 뜻한다. 그만큼 많은 것(다중성)을 전달할 뿐만 아니라 강한 감정을 표현할 수 있는 것이다. 표면적 의미에 치중하는 알라존이 현상과 사물의 부분만을 취하는 제한된 지각에 머물렀다면, 이면적 의미까지 파악하는 에이론은 지각 대상을 총체적으로 파악해 바라보는 것이다. 이 총체적 인식은 동시작용의 이중초점을 지닌다. 이때 표면적 표현과 이면적 의미 사이에 야기되는 갈등과 충돌이 긴장감을 자아내므로 아이러니의 본질을 상반된 요소의 모순과 충돌, 대립의 충동적 조화라고 할 수 있다.

이런 양면성의 인식은 작품 외적 사실과의 대비, 화자의 어조, 단어의 의미 맥락, 분위기 등의 다양한 여건을 통해 파악할 수 있다. 따라서 시인은 아이러니의 드러냄과 감춤이라는 이중 장치적 성격상 자신의 의도를 분명하게 드러내지 않고 함축적으로 표현함으로써, 축어적 의미를 배제하고 상징적으로 발전시켜 해석할 수 있도록 독자의 몫으로 남겨두어야 한다. 독자는 아이러니의 의미를 오해해서도 안 되지만 표현 그대로 받아들여도 안 된다. 아이러니가 올바로 성립되려면 양쪽 사이의 줄다리기 과정이 필요한 것이다.

몇 가지 사소한 사건도 있었다.
한밤중에 여직공 하나가 겁탈당했다.

기숙사와 가까운 곳이었으나 그녀의 입이 막히자
그것으로 끝이었다. 지난 겨울엔
방죽 위에서 취객 하나가 얼어 죽었다.
바로 곁을 지난 삼륜차는 그것이
쓰레기 더미인 줄 알았다고 했다. 그러나 그것은
개인적인 불행일 뿐, 안개의 탓은 아니다.

안개가 걷히고 정오 가까이
공장의 검은 굴뚝들은 일제히 하늘을 향해
젖은 총신(銃身)을 겨눈다. 상처입은 몇몇 사내들은
험악한 욕설을 해대며 이 폐수의 고장을 떠나갔지만
재빨리 사람들의 기억에서 밀려났다. 그 누구도
다시 읍으로 돌아온 사람은 없었기 때문이다.

                    3
아침 저녁으로 샛강에 자욱이 안개가 낀다.
안개는 그 읍의 명물이다.
누구나 조금씩은 안개의 주식을 갖고 있다.
여공들의 얼굴은 희고 아름다우며
아이들은 무럭무럭 자라 모두들 공장으로 간다.
                              - 기형도의 「안개」 부분 -

　이 '안개'는 산업사회에 따른 온갖 병폐와 부조리를 덮는 상징물로 소통의 불가능성과 단절된 인간성을 나타낸다. 겉으로 평온해 보이는 도시의 뒷골목은 온갖 병폐와 타락한 폭력적 상황으로 포장되어 있지만, 구성원들은 그것을 인식하지 못한다. 읍에 사는 사람들은 앞서간 일행들로 자신의 뒷모습이 지워질 때까지 실존의식도 없이 무의미하게 살아가는 존재들을 표상한다.[3] 환경 파괴와 인간성 상실을 고발하는 이 시는 반어적 표현으로 강한 주제의식을 뒷받침하고 있다.

첫 번째의 반어적 표현은 "몇 가지 사소한 사건도 있었다."라는 부분이다. 몇 가지 사소한 사건이란, 자욱한 안개 속에서 여직공이 겁탈당하고 취객이 방죽 위에 얼어 죽어 쓰레기 취급당한 일이다. 그러나 이러한 사건은 결코 사소한 것일 수 없을 터인데, 화자는 대수롭지 않은 사건이라고 반어적으로 표현함으로써 소외계층의 비극적 현실을 반영하고 있다.

두 번째는 "안개는 그 읍의 명물이다"라는 부분이다. 본래 '안개'는 공기와 물이 혼용된 불확정한 존재로 불투명하고 흐릿해 윤곽만 어렴풋이 나타나므로 모든 대상을 투명하게 보지 못하게 단절시키거나 덮어버리는 속성을 지닌다. 더구나 이곳의 안개는 공장에서 뿜어져 나오는 매연으로 인해 생긴 현상으로 산업화에 따른 환경오염의 산물이기 때문에 명물이 될 수 없다. 공장의 검은 굴뚝이 하늘을 향해 오염된 공해를 쏟아내도 대부분의 사람들은 현대문명이라는 미명하에 무관심하다.

세 번째는 "여공들의 얼굴은 희고 아름다우며/ 아이들은 무럭무럭 자라 모두들 공장으로 간다."라는 부분이다. 가혹한 노동과 저임금에 시달리는 여공들이 생기를 잃고 창백하게 시들어가는 모습일진대, 희고 아름다울 수는 없는 것이다. 그리고 아이들이 가족의 생계를 책임지지 않고 제대로 교육을 받을 수만 있다면 일찍이 생활전선에 뛰어들지는 않을 것이다. 따라서 화자는 개선될 조짐이 보이지 않는 현실 상황에 대한 좌절과 분노를 반어적 표현으로 비꼬는 것이다.

---

3) 이송희, 「인지시학적 시각으로 본 기형도 시세계」, 『기형도』, 글누림(2011), p.159.

3) 객관적인 심미적 거리

본래 미적(정서적) 거리란 감상자가 사적이고 실제적인 관심으로부터 대상을 분리시켜 관조하는 객관적 태도이자 원근법적 관점의 기술을 뜻한다. 이 정서적 거리는 시간적·공간적이 아닌 내면의 심리적 거리로 작품 감상 시 사적이고 공리적인 관심보다는 허심탄회한 마음 상태이다. 서정시의 본질이 주관적 양식이지만 그래도 감정은 양식화 과정에서 여과되어 다듬어지는 것이다. 이때 자기 감정을 양식화하지 않고 직접 발화하게 되면 절제력의 부재에 따른 거리 조정의 실패로 감상성에 치우치게 된다. 감상성은 시적 체험의 미적 성격을 파괴하는 인자이다. 그렇다고 지나치게 심리적 거리를 유지하다 보면 관념이 정서와 적절하게 융합되지 못해 관념적이거나 비인간화 경향으로 치닫게 된다. 따라서 시에서 예술적 효과에 가장 바람직한 거리를 유지하는 것은 실제의 현실상황과 경험을 해체시켜 얼마나 예술적으로 승화시키느냐의 문제이다.

문학 작품에 아이러니가 성립하려면 작가와 관찰자인 독자, 대상자 등이 언제나 냉정하게 일정한 심미적 거리를 유지해야 한다. 희생당하는 대상자가 안쓰럽거나 이용당한다고 해서 전후 상황을 설명하는 것도 아니고, 어디까지나 냉정함을 유지하며 침묵을 지키는, 즉 시치미 떼기 태도를 보여주어야 한다. 그럴 때 부조화된 요소를 더욱 긴밀하게 연결시키고 희생자의 자신만만한 무지를 고양시킬 수 있다.

아이러니는 설명함으로써 고통을 야기시키는 것보다 스스로 깨달아가는 것이다. 오히려 설명하면 아이러니의 효과는 감소된다. 관찰자 입장에서 아이러니의 희생자가 얼마 후 처하게 될 궁지에 대해, 또한 그 당사자가 모르고 있다는 사실을 지켜본다는 것은 연민의 고통과 어리석은 즐거움을 자아낸다. 자신의 행동과 생각이 뜻대로 될 것이라는 희생자의 자신만만한 예측과, 한편으로 그런 희생자의 판단을 멈추게 할 수 없는 상황에서 행동의 수레바퀴에 얽매어 있는 그를 가련하게 바라보는 관찰자의 생각이 크게 대조될수록 아이러니 효과는 더욱 강렬하다.

아이러니한 정서를 강력히 전달하기 위해서는 간접화를 통해 비판적 거리를 유지할 때 효과적이다. 아이러니가 비평에 목적을 둔다면 격정적·직접적인 것이 아니라 언제나 간접적으로 동정과 연민의 정을 냉정하게 유지하는 것이다. 이 정서적 거리 유지에는 냉정하면서도 객관적 태도가 필수적이다. 심리적 거리감은 진실적 상황과 위장, 대상에 대한 관찰자적 거리, 그리고 자아와 세계 사이의 외적 거리뿐만 아니라 동시에 분열된 자아 사이의 내적·비서정적 거리가 포괄적으로 포함된다.

4) 희극적인 요소

강자가 현실과는 달리 무참하게 패배하고 조롱당하는 것은 웃음거리가 아닐 수 없다. 희극적 감각은 순진함이나 모순을 인식하지 못하는 무지한 요소에 의해 발생한다. 의도적인 모순의 표면성은 웃음 속에서만 발견할 수 있는 심적 긴장을 자아내게 한다. 많은 아이러니가 희극적인 요소는 적고 고통의 요소가 많을 수도 있다. 그러나 강렬한 아이러니 효과는 진지한 고통을 자아내면서 동시에 희극적 감각이 주어질 때 효율적이다. 관찰자가 우월적인 입장에서 본다는 것은 웃음을 자아내게 하는 것이다.

3 아이러니의 종류

1) 언어적(진술) 아이러니

아이러니는 크게 언어적 아이러니와 상황적 아이러니로 나눌 수 있다. 언어적 아이러니는 수사법의 대화술에서 문장이나 구절 표현에 쓰이는 반어적 기법을 뜻하고, 상황적 아이러니는 아이러니가 직접 나타나지는 않지만 대조를 이루는 사건이나 상황 속에서 펼쳐지는 주인공의 운명과 관련된다.

언어적 아이러니는 일종의 반어법으로 표면적인 진술 자체는 모순이 없지만 냉소적인 어조 속에서 표현과는 정반대의 의미를 내포한다. 이런 어조는 비개성적이며 무심할 정도로 합리적이고 사무적이다. 언어적 아이러니는 표면적인 진술과 숨겨진 의미가 상충되므로 의미론적 아이러니라고도 한다.

언어적 아이러니가 언어유희에 그치지 않으려면 상황을 전환시킬 수 있는 요소를 지닌 극적인 아이러니를 바탕으로 성립되어야 한다. 가령 "너 참 잘한다, 잘해."의 표현에는 정말 잘해서 칭찬하는 경우도 있지만, 고개를 끄덕이며 냉소적인 어조일 때는 '하지 말아야 한다'는 반대의 의미가 담겨 있다. 언어적 아이러니는 아이러니 창조자의 관점에서 바라보므로 자신에 찬 무지의 희생자 역할은 크게 부각되지 않는다.

언어적 아이러니가 창조자의 관점이라면, 상황적 아이러니는 관찰자의 관점에 초점을 맞춘다. 상황적 아이러니의 은폐성은 아이러니스트의 의도적 예술 장치이지만, 그 위장을 간파하고 이해하는 것은 관찰자인 독자의 심리적 해석 능력에 의존하여 밝혀지므로 적극적인 독자의 참여를 유도해야 한다. 숨겨진 의미를 간파하고 이해하는 것은 독자의 즐거움이다. 그렇다고 아이러니의 뜻을 오해해서도 안 되지만, 표면적인 그대로 받아들여서도 안 되고, 양자 사이에 적절하게 밀고 끌어당기는 과정이 필요하다.

언어적 아이러니를 구사하는 화자는 자의식이 강하거나 지적이며, 비판적 문제의식을 지닌다. 그는 외면상 명백한 단정을 하지만, 이 단정은 은연중 자신이 의도하고 있는 바와 전혀 다르다. 자신이 겉보기와 속내가 다른 말을 하는 것이다. 이 간접화의 발화는 은폐의 속성으로 보아도 무방하다. 이런 아이러니의 하위 개념에는 과장, 언어유희, 축소, 풍자, 조롱, 대조, 역설, 패러디 등이 포함된다. 언어적 아이러니는 수사적 의장으로서 비꼼이나 엄숙한 바보짓의 풍자 무기로 사용되기도 한다.

> 다섯 명 가족 다 뉘어도 평 반이면 된다. 가구같이 하나님 서 계시리라 믿으며, 부엌 안에 하나님 들어오시리라 믿으며(밥과 반찬 주시니 항상 감사합니다). 아내도 나를 믿는다. 내일은 방세를 낼 것이라 믿으며, 내일은 쌀을 사올 것이라 믿으며, 아내의 믿음은 참 나를 유능하게 만든다. 아이들의 기도는 참 나를 유능하게 만든다. 하나님이 키우시던 새들보다 나는 언제나 무겁고, 하나님이 키우시던 백합보다 나는 못생겨도 그냥 유능할 뿐이다. 유능할 뿐 내 생명을 하루도 더 연장할 수는 없다.
>
> - 하일의 「유능할 뿐」 전문 -

이 시에서 언어적 아이러니의 표현은 "다섯 명 가족 다 뉘어도 평 반이면 된다"이다. 현실적으로 도저히 다섯 명이 누울 수 없는 공간인데도 가능하다는 것에서 아이러니가 성립한다. 이처럼 표현된 진술이 아이러니로 성립하려면 가장이 스스로 무능함을 인식하면서 가정이 극빈한 상태라는 것을 알아야 한다. 가족이 기거하는 공간과 생활

비를 걱정하지 않는 가장의 여유는 일종의 시치미 떼기이다. 정작 가장으로서 걱정은 하지만, 시치미 떼기로 걱정하지 않는 모습을 보여줄 뿐이다.

무능한 가장에 대한 가족 구성원의 신뢰와 사랑은 가장을 유능하게 보이도록 한다. 가장은 무능하고 무기력하지만, 정작 가족은 가장을 질책하거나 비판하지 않고, 어려움을 극복할 힘을 실어줌으로써 끈끈한 가족애를 구현한다. 현재 가장의 처지로 볼 때, 방세를 내지 못하고 쌀을 사오지 못할 것이라는 것을 알지만, 가족은 "내일은 방세를 낼 것이라 믿으며, 내일은 쌀을 사올 것이라" 믿는 것이다. 만일 가족이 가장의 무능력을 질책하며 비판한다면 아이러니가 성립되지 않는다. 표면적으로는 가장으로서의 비애감이 깔려 있으면서도 시가 감상적 차원으로 흐르지 않는 것은 아이러니의 복합적 의식이 밑바탕을 이루고 있기 때문이다.

아버지 어머니는
고향 산소에 있고

외톨배기 나는
서울에 있고

형과 누이들은
부산에 있는데,

여비가 없으니
가지 못한다.

저승 가는 데도

여비가 든다면

나는 영영
가지도 못하나?

생각느니, 아,
인생은 얼마나 깊은 것인가.　　　　　- 천상병의 「小陵調」 전문 -

　이 작품은 표층적으로는 가족과 단절된 고독이, 심층적으로는 경제적 궁핍에 따른 소외감이 복합적으로 내포되어 있다. 표면에 나타난 화자는 알라존으로서 뒤에 숨은 실제 시인인 에이론과는 상반된 가치관이나 사고, 시점을 지닌 목소리를 낸다. 이면에 숨은 화자(시인의 시점과 동일)는 표면적 화자의 시점을 가면으로 하여 현실을 풍자하거나 비판하는 것이다. 따라서 시인은 표면적인 화자와 필연적으로 일정한 거리를 두기 마련이다. 대조되는 두 개 시선의 이중성과 함께 공존하는 동시성은 일종의 속임수를 통한 비판이라 할 수 있다. 이 시에서 가난으로 인한 신세타령이 진부하게 느껴지지 않는 것은 이런 아이러니 기법 때문이다.

　전체적으로 보면 페이소스와 해학, 풍자적인 분위기를 띠고 있는데, 6연에서 여비가 없어 저승에 갈 걱정이 없으므로 행복하다는 모순된 상황이다. 가난에 찌들고 병들었다면 저승에 가기 쉬울 텐데도 가지 못하는 반어적 상황을 제시한 것이다.

　시의 표면적인 표현에는 모순이 없는데도 뒤집어 보면 반대적 상황을 내포하고 있다. 저승 가는 데에 여비가 필요하다는 것은 자본주의 사회에서 돈이 있어야만 움직일 수 있는 현대인의 삶을 반어적으로 조롱한 것이다. 7연에서 "인생은 얼마나 깊은 것인가"라고 표현한 것은, 인생의 의미를 깨닫지 못하고 살아가는 현대인의 삶을 함축된 화자인 에이론의 시점에서 풍자했다고 할 수 있다. 이 시는 전체적으로 가난이라는 비움을 통해 인간이 깊이 있게 진실해질 수 있다는 역설적 구조를 띠고 있다.

> 우리 집에 놀러와. 목련 그늘이 좋아.
> 꽃 지기 전에 놀러와.
> 봄날 나지막한 목소리로 전화하던 그에게
> 나는 끝내 놀러가지 못했다.
>
> 해 저문 겨울날
> 너무 늦게 그에게 놀러간다.
>
> 나 왔어.
> 문을 열고 들어서면
> 그는 못 들은 척 나오지 않고
> 이봐. 어서 나와.
> 목련이 피려면 아직 멀었잖아.
> 짐짓 큰소리까지 치면서 문을 두드리면
> 조등(弔燈) 하나
> 꽃이 질 듯 꽃이 질 듯
> 흔들리고, 그 불빛 아래서
> 너무 늦게 놀러온 이들끼리 술잔을 기울이겠지.
> 밤새 목련 지는 소리 듣고 있겠지.
>
> 너무 늦게 그에게 놀러간다.
> 그가 너무 일찍 피워올린 목련 그늘 아래로.
> - 나희덕의 「너무 늦게 그에게 놀러간다」 전문 -

시적 화자는 어느 봄날 시골에 사는 친구로부터 자기 집안에 핀 아름다운 목련꽃이 지기 전에 한 번 놀러오라는 전화를 받는다. 그는 바쁜 일상사 속에서 차일피일 미루다 겨울 늦게 방문한다. 그러나 이 늦은 방문은 그 친구의 죽음으로 인한 조문의 시간이라는 것을 알 수 있다. 특히 3연 전반부에서는 시치미 뗀 능청스런 어조로 현실처럼 친구를 부르며 목련이 아직 피지 않았다고 투정부리며 자신의 늦은 방문을 합리화시킨다.

이 같은 반어적 상황은 꽃이 질 듯 흔들리는 '조등 하나', 즉 자신의 무정한 태도를 자책하며 친구의 죽음을 부각시키는 장치로 작용한다. '목련'이 돌연 '조등'의 이미지로 전환하는 장면은 극적 반전을 이루어 독자에게 충격적인 정서로 와 닿는다. 목련꽃이 질 듯 흔들리는 조등의 불빛 아래서 너무 늦게 찾아온 이들은 술잔을 기울이며 밤새 목련꽃 지는 소리를 들으리라. 각박한 현대사회에서 인간미의 정과 삶의 여유를 누리지 못하는 현대인의 비극적인 삶이 클로즈업되고 있다. 이런 현대인의 단면은 "그가 너무 일찍 피워올린 목련 그늘 아래"로 "너무 늦게 그에게 놀러간다."는 반어적인 표현으로 집약되고 있다.

2) 상황적 아이러니

상황적 아이러니는 상반적인 이중적 의미를 지속시키는 구조의 원리로 작용함으로써 상황이나 문맥에 의해 긴장의 극적 형태로 나타난다. 이 상황은 기대하는 것과 이루어지는 것 사이의 대조로 인해 긴장과 갈등의 고조를 지니는 터전이다. 이때 긴장 고조에 필연적인 인자가 등장인물이거나 사건이다. 상황적 아이러니는 이야기 전개 과정의 구조 속에서 찾을 수 있으므로 구조적 아이러니라고도 부른다.

이 아이러니는 어떤 일의 상황이나 사건을 통해 구체적으로 나타나므로 독자는 시를 연극 보듯 관람하는 입장에 서게 된다. 주인공은 실제 상황과 동떨어진 행동을 하거나 앞으로 다가올 자신의 운명과 정반대의 상황을 기대하지만 오히려 그것에 역행하는 결과를 초래한다. 이런 결과는 개인적 바람과 이를 방해하는 운명을 대조시킴으로써 야기되므로 운명적 아이러니의 성격을 지닌다. 극적인 상황이 고조될수록 주인공은 희생자로서 아이러니한 인물이 된다. 주인공은 우직한 모습을 지니지만, 그럴수록 불행하게 되어 독자는 안타까운 마음을 느낀다. 등장인물이 모르는 것을 작가나 독자(관객)는 알고 있는 것이다.

상황적(극적) 아이러니는 비판적·풍자적이기보다는 비극적이거나 희극적이며, 인생의 존재론적 문제를 탐구하는 경향을 보인다. 화자의 발언은 아이러니한 상황을 폭로함으로써 역사적·관념적 문제나 부조리한 현실 문제를 제기하지만, 그 이상의 역할은 하지 않는다. 희극적 아이러니의 주인공은 대 사회적 욕망을 지니는데, 그럴수록 그 욕망이 움츠러드는 상황에서 조롱거리가 된다. 거드름과 웃음거리가 된 상호 모순의 충돌에서 희극의 부조화가 반영된다.

이에 반해 비극적 아이러니는 주인공이 몰락하고 불행하게 되는 이유가 알려지지 않을 때 치닫게 되는 파국과 그것을 발견함으로써 성립한다. 주인공은 자신의 행위가 정반대의 결과를 야기시킨다는 것을 모르면서 수행하다 결국 참패한다.

프레밍거(A. Preminger)는 『시학 사전』에서 극적 아이러니의 구성 장치로, ① 관찰자가 주인공보다 더 많은 사실을 앎, ② 주인공은 적절하거나 슬기롭게 대처해야 할 것과 반대 방향으로 반응, ③ 등장인물과 상황은 반어적 효과를 위해 패러디처럼 비교 대조됨, ④ 등장인물이 소화해낸 역할과 극이 나타내주는 것 사이에 명백한 대조를 이루는 구조적 요건을 갖추어야 한다고 주장한다.

이러한 구조적 구성 원리는 고대 그리스의 대표적 비극작가인 소포클레스(Sophokles)의 「오이디프스 왕」[4]에서 엿볼 수 있다. 오이디푸스는 자신이 아버지를 죽이고 어머니와 결혼하리라는 비극적 운명을 모르는 채 영웅적으로 행동한다. 테베의 재난을 물리치며 덕치로 그의 치적이 오르면 오를수록 앞날에는 파멸이 다가온다. 그의 선과 덕성에 대한 대가가 완전히 반대로 나타나 이율배반적인 상황이다. 이처럼 극적 아이러니는 기대치와 이루어지는 것 사이의 대조에 따라 긴장과 갈등이 고조된다.

> 살을 썰어내는 톱질의
> 톱밥 속엔 별게 많다
> 숙취(宿醉)의 어둠 풀어서 속풀이하련다.
> 해장국 수은(水銀)을 마시고
> 수은으로 키운 자식들
> 착해라 착해, 알사탕의 구더기

---

4) 테베의 왕 라이오스는 친자인 오이디푸스에 의해 죽게 될 것이라는 예언자의 말을 듣고 그를 죽이라고 명한다. 이에 하인은 아이를 들판에 버리자 한 목동이 그를 발견하여 코린트로 데려와 자식이 없던 폴리버스 왕에게 입양시킨다. 청년이 된 오이디푸스는 자신이 친자식이 아니라는 소문을 듣고 아폴로 신전의 예언자에게 묻자, 그는 오이디푸스가 아비의 피를 손에 묻히고 어미와 맺어질 운명이라 답한다. 오이디푸스는 예언된 운명을 피하기 위해 테베로 가는 길에 생부를 만나지만 서로 알아보지 못하고 싸움을 벌여 그를 죽이고 스핑크스의 주술을 풀어 테베 왕국을 저주로부터 해방시킨다. 오이디푸스는 보상으로 왕족의 신분이 되어 생모라는 것도 모른 채 왕비를 차지한다. 후에 테베 왕이 된 오이디푸스는 나라에 도는 역병이 선왕의 살해에 대한 신들의 벌이었고, 그 범인이 자신이라는 것을 알게 되자 왕비는 목매어 자살하고, 그는 그녀의 황금 브로치로 두 눈을 파내고 추방당한다.

아직 살아서 구물거리는 내 살의 허연 톱밥
바쁜 일요일의 신발 속 아차
택시에 실려 온 동전이 쏟아진다
빈 창자 고록고록(高祿高祿) 민망스런 힐책
내 살 썰어내는 톱질
내 살 썰어내다 톱니 하나 빠져 살에 박힌다
집도의 메스가 닿을 때
어디론지 숨어버리는 술래
나의 살일 수 없는 나의
살이 된 이물(異物)
빼내야지, 아니다 사랑해야지
사랑할까, 긴 의족을 절뚝거리는 풀잎
하나 만나러 갈까
풀잎 같은 풀잎 어디 있을까.   - 이운룡의 「톱질 1」 전문 -

　이 「톱질 1」은 언어적 아이러니라기보다는 상황을 설정해놓고 야
유와 조소, 해학을 통해 현실을 풍자하고 있다. 특히 인정과 관용이
없는, 권위주의와 부정부패로 만연된 시대적 상황을 비판하고 있다.
"빈 창자 고록고록(高祿高祿) 민망스런 힐책"에서 '고록고록'의 의성
어는 이중적 의미를 내포한 아이러니 기법이다.
　표면적으로는 배가 고파서 나는 소리이지만, 내면적으로는 한자의
의미가 암시하듯 국가의 녹을 먹는 관리의 부정축재를 의미하는 이중
적 음가이다. 그러면서도 "살이 된 이물(異物)/ 빼내야지, 아니다 사랑
해야지"에서는 살에 박힌 '톱니'를 빼내야 하지만, 오히려 사랑하겠다
는 관용적 태도로 반전을 이룬다.
　여기서 '톱니'는 불법 세력을 의미한다. 시적 화자는 불법 세력을
배척하기보다는 관용적인 태도와 화해를 통해 적대감을 극복하려는

모습을 보인다. 이처럼 부정적인 시각에서 보는 것이 아니라 포용적으로 수용하는 관용적 태도가 상식 밖의 모습으로 보이기 때문에 극적 상황의 반전이 이루어지는 것이다. 현실 부조리의 객관적 제시와 함께 그 제시된 정황을 다시 뒤엎는 상황적 변화, 상황적 아이러니가 이 시의 구조이다.5)

시 속의 상황적 아이러니는 극이나 소설과 같이 전후 상황의 스토리 구조를 지니지 않기 때문에 부분적으로 국한되어 매우 단순한 형태로 나타난다. 또한 작품 내에서 때로는 언어적 아이러니와 복합적으로 사용되기 때문에 변별성을 갖는 큰 의미가 없다고 볼 수 있다.

> 그날 아버지는 일곱시 기차를 타고 금촌으로 떠났고
> 여동생은 아홉시에 학교로 갔다 그날 어머니의
> 낡은 다리는 통통 부어올랐고 나는 신문사로 가서 하루 종일
> 노닥거렸다 전방(前方)은 무사했고 세상은 완벽했다 없는 것이 없었다
> 그날 역전에는 대낮부터 창녀들이 서성거렸고
> 몇 년 후에 창녀가 될 애들은 집일을 도우거나 어린
> 동생을 돌보았다 그날 아버지는 미수금 회수 관계로
> 사장과 다투었고 여동생은 애인과 함께 음악회에 갔다
> 그날 퇴근길에 나는 부츠 신은 멋진 여자를 보았고
> 사람이 사람을 사랑하면 죽일 수도 있을 거라고 생각했다
> 그날 태연한 나무들 위로 날아오르는 것은 다 새가
> 아니었다 나는 보았다 잔디밭 잡초 뽑는 여인들이 자기
> 삶까지 솎아내는 것을, 집 허무는 사내들이 자기 하늘까지
> 무너뜨리는 것을 나는 보았다 새 점(占)치는 노인과 변통(便桶)의
> 다정함을 그날 몇 건의 교통사고로 몇 사람이
> 죽었고 그날 시내 술집과 여관은 여전히 붐볐지만
> 아무도 그날의 신음 소리를 듣지 못했다

---

5) 이운룡, 『시론』, 글마당(1994), p.342.

모두 병들었는데 아무도 아프지 않았다

- 이성복의 「그 날」 전문 -

「그 날」은 산문투 형태를 지니지만 병렬구조를 바탕으로 아이러니한 상황과 역설적 표현이 주조를 이루고 있다. 주격조사 '~은(는)'과 '그날 ~은 ~했다'의 통사구조의 반복은 무감각하게 마비된 현대인의 병든 생활을 반복적으로 암시한다. 모든 시적 정황은 '아프다'는 감각을 잃은 현대인들의 삶의 국면을 암시적으로 열거하고 있다.

아이러니한 반복 진술 속에 나열, 변주되는 주체들(나, 아버지, 어머니, 여동생, 창녀들)은 마지막 부분인 '신음소리'의 목적어에 귀결되는데, 정작 그 누구도 신음소리를 듣지 못했다는 것이 아이러니한 상황이다. 아무 일도 없는 것이 아니라 많은 일이 일어나고, 있는 것이라고 하나도 없는데 아이러니하게 아무 일 없고 모든 것이 풍족한 것처럼 비쳐질 뿐이다. '그 날'의 겉 표정은 평화롭고 행복한 일상사의 모습인 것 같지만 사실 속내는 고통의 신음소리로 점철되어 있다. 많은 주체의 열거는 '신음소리'에 대해 표현해야 하지만, 아무 일도 없다는 것이 타락한 현실의 초상을 반영하는 것이다. 또한 가족애가 상실된 모습이 생생하게 반어적으로 나타난다.

이처럼 가족과 사회 모두 많은 문제가 있는데도 "전방은 무사했고 세상은 완벽했다"고 한 표현은 피폐한 현실을 반영한다. 남북의 분단 상황에서 전방만 무사하면 사회적인 어떤 문제도 대수롭지 않다는 입장이다. 부모의 고단한 삶에 반해 한가롭게 노닥거리는 '나'의 일상은 전방의 무사함을 증명하는 듯하다.

불안한 휴전 상태가 삶의 조건이 된 현실 속에서 전방이 무사하기만 하면 세상은 완벽하다는 아이러니이다. 마지막 행의 "모두 병들었는데 아무도 아프지 않았다"라는 역설적 표현은 부조리한 현실 상황을 살아가는 모든 이들 또한 부조리한 존재에 불과하다는 논리이다. 자기가 병들었다는 사실을 모르는 사람은 아픈 감각도 느끼지 못한다. 바로 불감증의 상태에 젖어 있는 것이다.

> 반이 깎여 나간 산의 반쪽엔
> 키 작은 나무들만 남아 있었다.
>
> 부르도자가 남은 산의 반쪽을 뭉개려고
> 무쇠 턱을 들고 다가가고
> 돌과 흙더미를 옮기는 인부들도 보였다.
>
> 그때 푸른 잔디 아름다운 숲 속에선
> 평화롭게 골프 치는 사람들
> 그들은 골프공을 움직이는 힘으로도
> 거뜬하게 산을 옮기고
> 해안선을 움직여 지도를 바꿔 놓는다.
> 산골짜기 마을을 한꺼번에 인공 호수로 덮어 버리는
>
> 그들을 뭐라고 불러야 좋을까
> 누군가의 작은 실수로
> 엄청난 초능력을 얻게 된 그들을
>   - 최승호의 「부르도자 부르조아」 전문 -

산업화 사회에 따른 부작용을 비판하는 화자는 시종일관 관찰자 시선의 상황적 아이러니로 무분별한 개발로 인해 훼손된 자연의 모습(1연), '부르도자'와 '부르조아'의 유사한 음성의 언어유희를 통해 자연 훼손을 감행하는 문명의 이기(2연), 생태환경을 파괴하는 부르조아 계층의 거대한 자본의 힘(3연), 냉소적 어조의 비아냥거림(4연) 등의 내용을 표현하고 있다.

3연에서 힘들게 일하는 인부와 한가롭게 골프 치는 사람들의 대비를 통해 현실의 부조리한 사회적 단면을 부각시킨다. 조물주의 섭리에 의해 창조된 자연의 모습이 인간의 인위적인 문명의 힘에 의해 산이 깎이고 뭉개지며, 해안선이 변하고, 산골짜기 마을이 인공호수로 덮여질 정도로 지도가 바뀌는 상황이다. 자연의 생태환경을 무시하고 돈만을 위해 무차별적으로 개발하는 부르조아 계층의 현대인은 창조주에 대한 과감한 도전으로 비쳐진다. 부르조아들이 부르도자처럼 엄청난 힘을 가지고 그들 마음대로 자연을 파괴하고 인위적인 구조물에서 평화를 느끼는 단면은 먼 훗날 섭리적 조화의 파괴에 따른 재앙의 단초가 될 수 있을 것이다.

제10장 화자와 어조

1 화자와 어조의 관계

'퍼소나'(persona)는 라틴어 'personando'(배우의 가면)에서 유래한 것으로, 서정적 자아, 서정적 주체, 서정적 화자, 시적 화자, 시적 자아 등의 의미를 지닌다. 처음에는 화자의 목소리를 나타내며 배우가 쓰는 가면, 배우의 역할에서 점차 개성이나 인물을 뜻하는 것으로 발전해왔다.

융의 분석심리학적 용어로서의 퍼소나는 문예비평적 개념의 퍼소나와 달리 외부세계와 관계를 맺고 적응하는 인간 자아의 기능을 의미한다. 퍼소나는 사회적 관계에서 인간을 그 무엇으로 보이도록 기능하는 장치이며, 하나의 가면이다. 가면을 쓰기 이전의 자아는 주체성을 확보하고 있지만, 사회생활에서 어떤 상황이나 위치에 따라 적합한 모습을 드러내야 하므로 사회 적응을 위해서 인간은 다양한 가면이 필요하다.

그러나 때로는 가면을 씀으로써 주체성이 외적 상황의 요구에 흡수되어 객체화되기 때문에 주체적 자아와 객체적 자아 사이에 분열이 생기면서 갈등 양상이 나타나기도 한다. 객체아는 외부로부터 주어진 인격이며 사회적 경험을 반영한다. 그래서 객체아는 인간으로 하여금 공동체 구성원이 되게 하고 관습적이며 인습적인 인간이 되게 한다. 이에 반해 주체아는 객체아에 반응하는 자아1)로 언제나 공동체적 삶 속에서 자신의 행동과 가치관에 대해 반성하며 갈등하는 태도를 취한다.

낭만주의 시대에는 시적 화자와 시인을 동일시하므로 시의 본질을 자기 고백적이며 감성적 표현 중심의 주관성이 강한 문학 장르로 여겼다. 낭만주의 세계관은 자아와 세계의 동일성, 세계의 자아화라는 서정적 세계관이 본질을 이루므로 발화 행위의 주체와 발화 내용의 주제가 항상 동일시된다. 따라서 시를 실체의 시인이 경험한 것을 표현하는 인격적 현존성으로 인식하였다.

그러나 20세기의 구조론적 관점은 시를 자기 충족적 실체로 인식해 시인과 시적 화자를 분리하였다. 한 편의 시도 상상력을 바탕으로 한 창작품인 만큼 '허구화된 나'로 바라본 것이다. 화자는 상상적으로 변용시킨 허구이므로 단지 시인과 상상적으로 동일시되는 것이다. 이런 관점은 엘리어트의 감정의 도피나 개성으로부터의 배제라는 '몰개성의 시론'과도 맥이 닿는다.

시의 가치는 시인의 개성적 표현에 있기보다 개성을 이루는 여러 요소들을 결합시킴으로써 일상생활에서 엿볼 수 없는 독특한 예술적 정서로 어떻게 형상화하느냐에 달려 있는 것이다. 여기서 화자는 작품 내에, 시인은 작품 밖에 존재한다. 이처럼 시적 화자와 시인을 분리해 객관적인 관점에서 '허구화된 나'로 시상을 전개할 때 주관적

---

1) 김준오, 『시론』, 삼지원(1997), p.297.

테두리에서 벗어남으로써 수많은 인생 경험과 세계를 폭넓게 조명할 수 있는 것이다. 실제 시인 개성의 구속으로부터 벗어나므로 객관성에 기여할 수 있다. 따라서 시인과 화자를 동일시할 때 개성론이 되고, 별도로 분리시키면 몰개성론이 된다. 개성론적 관점에서 보면 시는 자기고백적·자전적이고, 몰개성론적 관점에서 보면 시는 허구적이고 극적이다.

화자는 시 속에서 상황과 반응을 육화하는 목소리로 세계에 대한 시인의 태도를 나타내는 미적 장치이다. 화자는 제재에 대한 태도인 어조와 아주 밀접한 관련을 지닌다. 어조에 초점을 두는 것은 퍼소나에 초점을 둔다는 것으로 결국 인간성에 대한 집중적 관심이라 할 수 있다. 화자의 개성은 목소리와 역할로써 구현된다.

어조는 세계와 사물에 대한 시인의 태도와 목소리로서 주제에 대한 견해, 청자에 대한 자세, 화자 자신에 대한 인식 등을 반영한다. 즉 청자에 대한 화자의 태도를 반영한 것으로, 청자의 사회적 수준이나 감성과 지성에 대한 화자의 의식을 뜻한다. 어쨌든 화자는 자신의 말을 듣고 있는 상대와의 관계를 의식하면서 그에 상응하는 태도를 취하기 마련이다. 어조는 의미와 감정을 나타낼 수 있고, 시 속에서 화자의 의도와 함께 시의 총체적 의미를 형성하는 요소이다. 어조는 딱딱하거나 부드럽고, 거만하거나 겸손하고, 냉정하거나 반어적인 태도 등 다양하게 나타날 수 있다.

엘리어트는 시인이 하고 싶은 말이나 의도를 세 가지 목소리를 통해 나타낸다고 보았다. 첫째는 시적 화자나 청자가 없이 '시인 자신에게 말하는 소리'로 전형적인 독백 형식의 서정시 형태이다. 둘째는 '청자에게 말하는 목소리'로 시인이 자신의 말을 들어주는 청자를 전제로 하는 서사시나 교훈적 계몽시 형태이다. 셋째는 '극화된 목소리'

로 시인이 특정한 인물을 내세워 말하게 하는 '배역시' 형태이다.

언어학자인 R. 야콥슨은 발화 형식을 ① 명령과 권고 형태의 화자 지향, ② 정보 전달이나 보고 중심 형태의 청자 지향, ③ 화제 지향 등으로 나누었다. 이러한 '화자(시인) - 메시지(시) - 청자(독자)'의 도식 구조는 발화 형식에 따라 화자 지향의 시, 청자 지향의 시, 화제 지향의 시로 나누어진다. 시인과 독자 사이의 소통체계와 시 속 화자와 청자 사이의 소통체계를 이중성의 구조로 동일하게 비유할 수 있다. 시적 담화의 3요소인 화자·청자·화제의 관계를 도식화하면 다음과 같다. 이 도표는 서사문학을 대상으로 도식화한 채트먼(S. Chatman)의 이론을 시에 적용시킨 김준오의 방법론에 따른 것이다.

text

실제 시인 → 함축적 시인 → (현상적 화자) → (현상적 청자) → 함축적 독자 → 실제 독자

현상적 화자와 현상적 청자가 있는 안의 직사각형 부분은 작품 세계이고, 함축적 시인과 함축적 독자 부분의 바깥 직사각형은 텍스트를 가리킨다. 함축적 시인과 화자는 일치할 수도 있고 분리될 수도 있다. 구분될 경우 함축적 시인은 시 속에서 모습을 감추는데, 이런 상황은 청자의 경우에도 똑같다. 그런데 함축적 시인도 경험적 자아인 실제 시인과 구분되어야 한다. 중요한 것은 언술 내용의 주체인 화자의 이미지가 뚜렷하게 부각되느냐, 아니면 함축적 시인만이 뚜렷하게 환기되느냐 하는 점이다.

화자의 수사적 기능은 시인 개성의 구속에서 탈피해 시야를 넓힐 수 있는 객관성과 작품의 내용과 태도에 통일성을 부여한다. 그리고 화자의 적절한 시점과 거리, 요약과 장면화와 화제 표현에 도움이 되는 관점을 극대화한다. 또한 함축된 화자에게 화자의 태도와 입장을

이해시키고 수용하도록 하는 극적 긴장과 개별성 확보, 시 속 인물에 대한 정보 제공, 시 공간의 배경 묘사에 일익을 담당한다.

시는 주관적 경험의 자기표현이 본질이기 때문에 다른 문학 양식에 비해 청자나 독자의 기능이 약하다고 볼 수 있다. 자아의 세계화라는 1인칭 지향의 시의 특성상, 청자가 있더라도 시적 분위기와 의미는 화자의 태도에 따라 지배된다. 이런 주종 관계에서는 청자의 존재가 화자의 정서와 태도에 걸 맞는 인물로 동화되기 마련이다.

화자는 관점에 따라 다양한 유형으로 나눌 수 있다. 김준오는 시인과 독자를 텍스트 밖의 인물로 보고, 텍스트 내에서 ① 표면에 나타난 화자와 청자, ② 현상적 화자, ③ 현상적 청자, ④ 나타나지 않는 화자와 청자 등으로 구분하고 있다.2)

장도준은 청자는 불필요하고 화자만 필요하다는 전제 하에 현상적 화자와 함축적 화자로 나눈 후, 현상적 화자를 ① 허구적 주체로서의 화자, ② 시인의 시점을 지닌 화자, ③ 허구적 객체로서의 화자 등으로 나누었다. 또한 표면에 나타나지 않는 함축적 화자를 ① 함축적 시인의 시각, ② 객관 제시형으로 세분화하여 나누고 있다.3) 여기서는 가시적이며 보편적인 김준오의 견해에 초점을 맞추어 분류하고자 한다.

　　텅 비인 방안에 누워
　　쪽 거울을 본다

---

2) 김준오, 앞의 책, pp.288~304 참조.
　　김준오는 화자 시점의 유형을 체험시, 배역시, 논증시 등으로 나누어 설명하고 있다.
3) 장도준, 『한국 현대시의 화자와 시적 근대성』, 태학사(2004), pp.25~40 참조.

거울 속에 나타난
무서운 눈초리

코가 높아 양반이래도 소용없고
잎센처럼 이마가 넓대도 자랑일 게 없다

아름다운 꿈이 뭉그러지면
성가신 슬픔은 바위처럼 가슴을 덮고

등뒤에는 항상 또하나 다른 내가 있어
서슬이 시퍼런 눈초리로 나를 노려보고
하하하 코웃음치며 비웃는 말 -

한낱 버러지처럼 살다가 죽으라   - 윤곤강의 「자화상」 전문 -

이 「자화상」에는 현상적 화자로서 '나'가 등장한다. 실제 시인은 윤곤강이지만, 작품 속 화자는 '허구화된 나'이다. 5연에서 보면, '거울 밖의 나'와 '거울 속의 나'인 두 명의 '나'가 등장한다. '거울 속의 나'가 무의식 상태인 내면적 자아의 순수한 모습이라면, '거울 밖의 나'는 의식 상태의 현실 상황에 대처하는 탈을 쓴 자아의 모습이다.

화자는 '거울 속의 나'를 감추고 '거울 밖의 나'를 자신의 모습으로 뒤집어쓰려고 한다. 이런 처신 방법이 자신의 삶을 안전하게 지탱해 주기 때문이다. '거울 속의 나'가 진정한 주체라면 '거울 밖의 나'는 그의 객체아이다. 이 객체아도 주체아와 함께 전체 자아의 일부에 해당한다.

객체아에 대한 화자의 갈등과 번민은 자신의 가치관에 대한 자기 풍자이다. '방안'은 현실적 자아인 화자가 처한 시대적·정치적 상황이다. '거울'은 나의 타자성을 객관적으로 인식하기 위한 원형적 심상의 매개체이다. '거울 밖의 나'인 화자는 거울을 통해 순수한 내면적 자아의 목소리를 들으며 갈등을 겪는다. 이런 모습은 일제 강점기에 처한 지식인의 한 단면이라 할 수 있다.

2 화자의 유형

1) 현상적 화자

이 형태는 시적 청자가 없이 화자 스스로 자신에게 감정이나 사상을 진술하는 구조이다. 화자는 독백적 표현으로 보여주고, 독자는 단지 엿듣고 있다. 시는 언어로 쓰이는 만큼 발화 형식을 전제로 한다. 이처럼 발화를 통한 대화는 언어의 본질적 기능이며, 그것을 통해 존재의 본질이 현현된다. 시가 발화 형식을 취하는 것은 궁극적으로 존재의 본질과 직결된다고 할 수 있다. 시인은 시적 화자에게 일정한 성격을 부여함으로써 그에 합당한 표정과 태도를 취하도록 한다. 즉, 시적 화자를 통해 상황과 세계에 대한 시인의 의도와 세계관을 드러내는 것이다. 따라서 독자는 시인의 역할을 담당하는 퍼소나(탈)를 이해함으로써 시인의 세계관이나 가치관, 의도와 태도를 읽을 수 있다.

시에서는 화자와 청자를 분리하기도 하지만, 일반적으로 화자에 청자를 포함시키는 것은 시도 담화의 일종이며, 극적 상황으로 볼 수 있기 때문이다. 이러한 관점은 말하는 주체인 화자만을 중시하고, 듣는 사람인 청자를 배제하던 낭만주의 시대와는 다른 입장이다. 청자는 화자의 정서, 태도에 걸 맞는 인물로 동화되므로 심리적으로 종속되는 경향을 띤다. 독자의 관점에서 보면, 소설은 경험하는 것이고, 희곡은 관람하는 것이며, 시는 엿들음과 같은 것이다.

> 나는 떠난다. 청동의 표면에서
> 일제히 날아가는 진폭의 새가 되어
> 광막한 하나의 울음이 되어
> 하나의 소리가 되어.
> 인종(忍從)은 끝이 났는가.
> 청동의 벽에
> <역사>를 가두어 놓은
> 칠흑의 감방에서.
>
> 나는 바람을 타고
> 들에서는 푸름이 되고
> 꽃에서는 웃음이 되고
> 천상에서는 악기가 된다.
>
> 먹구름이 깔리면
> 하늘의 꼭지에서 터지는
> 뇌성(雷聲)이 되어
> 가루 가루 가루의 음향이 된다.   - 박남수의 「종소리」 전문 -

이 시는 청자를 전제하지 않고, 현상적 화자로서 종소리를 의인화한 '나'만 구체적으로 드러난다. 시종일관 청자를 전제로 하지 않고, 주관적 묘사를 통해 화자 혼자서 관념적 상태를 자전적·회고적으로 표현하고 있다. 화자는 자신의 내면세계를 섬세하게 표현할 수 있지만, 자칫 잘못하면 감정을 과잉 노출할 수 있다. 화자의 고백적인 진술은 이별과 죽음, 동심의 세계 등 특별한 정서와 정황의 표현을 위해 효과적으로 작용한다.

작품은 시대적·사회적 정황과 관련된 현실의 문제를 제기하기 위해 '종소리'에 대한 관념적 진술이 아니라, 종소리에서 연상되는 다양한 이미지를 제시하고 있다. 쇠이면서 공기와의 영향 관계로 인해 빚어지는 종소리의 신비성이 내포되어 있다. 2연에서는 종소리가 울려 나오기 전 캄캄한 종 속에 갇혀 있던 인고의 시간으로, 무언가에 억눌린 모습을, 3연에서는 새가 바람을 피해 자유롭게 비상하듯, 인종(忍從)의 세월을 끝내고 '하나의 소리'가 되어 울려 퍼짐으로써 주위에 희망과 행복을 안겨주는 모습이다. 마지막 연에서는 청각의 세계를 시각화한 공감각적 표현으로, 종소리의 울림을 통해 갇힌 종의 내부가 해방된 삶의 세계로 전환됨을 암시한다.

> 나를 태운 압송차가
> 낯익은 거리 산과 강을 끼고
> 들판 가운데를 달린다
>
> 아 내리고 싶다 여기서 차에서 내려
> 따가운 햇살 등에 받으며 저만큼에서
> 고추를 따고 있는 어머니의 밭으로 가고 싶다
> 아 내리고 싶다 여기서 차에서 내려
> 숫돌에 낫을 갈아 벼를 베고 있는 아버지의 논으로 가고 싶다
> 아 내리고 싶다 여기서 차에서 내려
> 염소에게 뿔싸움을 시키고 있는 아이들의 방죽가로 가고 싶다
> 가서 그들과 함께 나도 일하고 놀고 싶다
> 이 허리 이 손목에서 오라 풀고 사슬 풀고
> 발목이 시도록 들길 한 번 나도 걷고 싶다
> 하늘 향해 두 팔 벌리고 논둑길 밭둑길을 내달리고 싶다
> 가다가 숨이 차면 아픈 다리 쉬었다 가고

가다가 목이 마르면 샘물에 갈증을 적시고
가다가 가다가 배라도 고프면
하늘로 웃자란 하얀 무를 뽑아 먹고
날 저물어 지치면 귀소의 새를 따라 나도 가고 싶다 나의 집으로
- 김남주의 「이 가을에 나는」 부분 -

이 작품도 「종소리」처럼 현상적 화자를 지향하지만, 자기 고백적 어조이기에 시인과 시 속의 화자가 일치한다. 이런 체험시는 리얼리즘 시에서처럼 화자의 이미지가 생생하게 환기되어 나타난다.

「종소리」는 실제 고백적인 상황이라기보다 객관적인 관점을 사물을 통해 비유하지만, 「이 가을에 나는」은 김남주 시인이 1980년대 광주의 정치적 상황으로 인해 겪은 감옥생활의 고통이 드러나 있다. '~싶다'는 갈망을 그대로 고백함으로써 객관화된 심리적 거리가 생략되어 현장감을 부여한다. 시인은 의도적으로 자기고백적인 어조를 활용하여 자신과 시 속 화자인 '나'와의 거리감을 좁히고 있다. 독자는 시인이 처했던 상황과 관련시켜 시를 이해함으로써 진정성과 호소력을 느낄 수 있다. 이런 경험시 형태는 공간을 이동하면서 서사 양식을 지향하므로 주인공이 생각이나 감정, 행동을 통해 경험적 사실을 진술하는 것이 일반적이다.

시 속에는 주인공이 놓인 특수한 상황과, 거기에 반응하는 현상이 자세히 제시된다. 화자는 감옥생활 중 압송되는 상황에서 자연 현상을 통해 고향과 부모, 유년시절을 떠올리며 자유를 갈망한다. 어둠 속의 절망이 클수록 자유를 향한 열망은 더 커질 수밖에 없다. '압송차'와 대조되는 자연 풍경이 억압과 자유의 긴장 관계를 형성하고 있다.

현실의 억압은 '압송차', '오라', '사슬', '푸른 옷' 등이 반영한다. 전체적으로 자유를 향한 열망이 반복과 점층법을 통해 시적 긴장을

이완·고조시키고 있다. 명료하고 단순한 어조는 소박하면서도 따스한 인간애를 반영한다. 차에서 내려 집으로 돌아가고픈 욕망 속에 시인의 자유정신이 비상한다. 내리고 싶은 곳은 여느 농촌으로, 인간적 삶의 원형질이며 고향이다.

2) 현상적 청자

이 형태는 함축적 화자가 자신의 말을 들어주는 청자를 전제로 말을 건네는 구조로서 명령·권고·요청의 목소리를 띠게 된다. 청자가 작품 표면에 구체적으로 드러나는 것이 일반적이지만, 잠재적으로 함축될 수도 있다. 사회 비판적이며 의식 지향적인 시에서 대중적 청자에게 향하는 목소리는 시인의 강력한 태도와 의지를 반영한다.

> 말아, 다락같은 말아,
> 너는 즘잔도 하다마는
> 너는 왜 그리 슬퍼 뵈니?
> 말아, 사람 편인 말아,
> 검정콩 푸렁콩을 주마.
>
> 이 말은 누가 난 줄도 모르고
> 밤이면 먼 데 달을 보며 잔다.   - 정지용의 「말 1」 전문 -

「말 1」은 함축된 화자가 현상적 청자인 '말'을 의인화시켜 고독한 자아 투영의 대상물로 바라보고 있다. 이처럼 현상적 청자인 2인칭을 대상화한 시는 의문·명령·애원·호소의 성격을 지니므로 의식적·사회적 목적의 비판성을 수반하는 경우가 많다.

이 작품에서는 의인화한 말을 향해 인간과 동물의 변별적인 감정 차이와 대화 대상으로 바라보는 화자의 시점을 일관되게 유지하고 있다. '말'을 '다락'으로 비유한 것은 항상 서서 자는 말의 다리와, 높게 받쳐주는 누각(다락) 기둥의 유사성에서 기인한 것이다. 어린 화자와 동일시된 말을 2인칭 지향의 돈호법과 '즐잔다', '슬프다'의 감성적 표현으로 의인화시켜 인격을 부여하고 있다. ①행과 ④행은 병렬적 대구로써 말과 사람이 대조를 이루고 있는데, '다락같은 말'은 외형적 모습을 건물 공간에, '사람 편인 말'은 동물적 속성을 인격체의 감정이입으로 내면화하였다.

마지막 2행은 3인칭 지향으로 객관화된 말의 상태를 관찰하는 구조이다. 누가 태어난 줄도 모르고 잠을 자는 말은 기쁨의 감정을 모르듯, 다정다감한 인간관계가 상실된 모습이다. 먼 데 달을 바라보며 자는 말은 처절한 그리움을 갈망하는 모습인데, 그와 같은 희구가 내적으로 침잠되어 점잖아 보이고 슬픈 모습으로 비쳐지는 것이다.

> 바람아 불어라,
> 서귀포에는 바다가 없다.
> 남쪽으로 쏠리는
> 끝없는 갈대밭과 강아지풀과
> 바람에 네가 있을 뿐
> 서귀포에는 바다가 없다.
> 아내가 두고 간
> 부러진 두 팔과 멍든 발톱과
> 바람에 네가 있을 뿐
> 가도 가도 서귀포에는
> 바다가 없다.
> 바람아 불어라,　　　　　　　　　　　- 김춘수의 「이중섭」 전문 -

전체적으로 연 구분이 없는 형태이지만 "서귀포는 바다가 없다"는 서술적 시행을 중심으로 3단락(①~②행, ③~⑥행, ⑦~⑫행)으로 나눌 수 있다. 두 번째 단락까지는 관찰자 시점으로 시인이면서 화자로 나타나지만, 세 번째 단락은 화자가 이중섭으로 치환된다. 이 시는 불행한 삶을 살았던 화가 이중섭을 모티프로 한 것으로, 화자가 이중섭의 이야기를 하는 시인이면서 또한 이중섭 자신이 되는 양면적 아이러니의 시점을 지닌다. 이중섭은 6.25 동란 때 월남해 부산·제주 등 남해 지역에서 궁핍하게 생활하면서 담뱃갑 은종이를 화폭의 재료로 사용했던 화가이다. 그는 너무 가난한 나머지 그의 일본인 부인이 두 아들과 함께 일본으로 돌아가자 가족에 대한 그리움과 생활고, 건강 악화로 불행한 삶을 마치게 된다.

화자는 함축된 상태에서 의인화한 '바람'을 현상적 청자로 대상화해 부정적·비극적인 분위기 속에서, 이중섭의 불행한 삶을 자연의 변화 현상을 통해 복선 형식으로 암시하고 있다. '바다'가 생명의 탄생과 죽음의 원형성을 지닌다면, '바람'은 악마적 이미지로서 고통과 좌절, 파괴와 탄식 등의 부정적 의미를 지님으로써 바다 이미지와 대조를 이룬다.

바닷가인 '서귀포'에 바다가 없다는 것은 어떤 생명력도 뿌리내릴 수 없는 관념적 부재의 공간성을 나타낸다. 이런 곳에서 화자가 바라보는 것은 아내가 두고 간 "부러진 두 팔과 멍든 발톱"으로 고통과 상처, 죽음의 절망뿐이다. 이런 고통스런 상황의 이미지가 바람과 병치되어 나타난다. 따라서 이 시는 희망적 공간인 바다는 없고 파괴와 상실적 이미지인 바람만 있는 상태로서, 이중섭의 불행했던 삶을 객관화시켜 나타냈다고 할 수 있다.

3) 현상적 화자와 청자

시 속에 화자와 청자가 현상적으로 나타나는 경우는 희곡과 같은 극적 요소를 반영한다. 시가 자기 고백적 주관성의 1인칭을 지향한다면, 소설은 표면에 인물들이 활약하는 객관적 서사구조의 3인칭을 지향하고, 희곡은 나와 너의 대화성 중심의 현재성을 바탕으로 2인칭을 지향한다.

> 향단(香丹)아 그넷줄을 밀어라
> 머언 바다로
> 배를 내어 밀듯이,
> 향단(香丹)아
>
> 이 다수곳이 흔들리는 수양버들 나무와
> 벼갯모에 뇌이듯한 풀꽃뎀이로부터,
> 자잘한 나비새끼 꾀꼬리들로부터
> 아조 내어밀듯이, 향단(香丹)아
>
> 산호도 섬도 없는 저 하늘로
> 나를 밀어 올려다오.
> 채색(彩色)한 구름같이 나를 밀어 올려다오
> 이 울렁이는 가슴을 밀어 올려다오!
>
>   - 서정주의 「추천사(鞦韆詞)」 부분 -

고전소설 『춘향전』을 장르 패러디한 이 작품의 실제 시인은 서정주이지만, '나'는 관찰의 대상이 되는 3인칭 인물로 객관화된 화자로서의 춘향이고, 청자는 향단이라는 것을 알 수 있다. 허구적인 화자를 설정할 경우, 그것은 실제 개성의 구속으로부터 벗어나 보편적인 실

재를 언표하는 데 효율적이며, 자전적 화자의 경우는 고백성과 진정성이 중요한 전달 요소가 된다.[4]

전체적으로 시적 어조는 화자의 독백에서 대화체까지 발전하는 극형식을 띠며, 독자는 엿듣기보다 관람하는 분위기이다. 3연에서 '나'는 분명히 허구화된 존재로서 현상적인 자아이지만, 하나의 배역 같은 역할을 하기 때문에 '허구화된 나'가 춘향이 되면서 그녀를 관찰하는 이중적 역할을 하고 있다. 작품의 서두에서 춘향이가 되기 전에는 춘향을 관찰하지만, 후반에 가면 '나'는 춘향이가 되어버린다. 함축적 시인이 숨어 춘향의 발언을 통해 표현하는 배역시(配役詩) 형태를 띠는 것이다. 시인의 목소리로서가 아니라 시 속에 존재하는 인물의 입장이 되어 그가 발화하는 형태이다. 즉 타인의 인격으로 말하는 인물시각적 시점의 화법이다. 배역을 맡은 극중 인물은 시인의 목소리를 대변하여 청자에게 말을 건넨다. 표면적으로는 극화된 배역의 목소리 같지만 궁극적으로 듣게 되는 것은 시인의 말이다.

1연에서 '바다'와 '하늘', '배'와 '그네'가 각각 대칭되어 미는 행위를 비유한다. '바다'와 '하늘'은 영혼의 안식처이며 생명의 근원지로서 영원성과 천상의 질서를 갈망하는 정신을 함의한다. '그네'는 밀면 다시 제자리로 돌아오듯이 지상적 한계를 벗어날 수 없는 인간의 존재론적 숙명성을 드러내고 있다. 2연의 온갖 이미지들(수양버들, 풀꽃뎀이, 꾀꼬리 등)은 화려한 지상적 번뇌의 상징물로서 인간이 그것들을 소유하지 못할 뿐만 아니라 유한적 한계를 벗어날 수 없다는 내면적 갈등을 반영한다. '산호'와 '섬'이 지상적인 자연 질서와 현실에 얽매이는 공간 이미지라면, '채색한 구름'은 그런 공간에서 자유롭게 비상할 수 있는 존재이다.

---

4) 유성호, 『현대시 교육론』, 역락(2006), p.75.

나는 이제 너에게도 슬픔을 주겠다.
사랑보다 소중한 슬픔을 주겠다.
겨울밤 거리에서 귤 몇 개 놓고
살아온 추위와 떨고 있는 할머니에게
귤값을 깎으면서 기뻐하던 너를 위하여
나는 슬픔의 평등한 얼굴을 보여주겠다.
내가 어둠 속에서 너를 부를 때
단 한번도 평등하게 웃어주질 않은
가마니에 덮인 동사자가 다시 얼어 죽을 때
가마니 한 장조차 덮어주지 않은
무관심한 너의 사랑을 위해
흘릴 줄 모르는 너의 눈물을 위해
나는 이제 너에게도 기다림을 주겠다.
이 세상에 내리던 함박눈을 멈추겠다.
보리밭에 내리던 봄눈들을 데리고
추워 떠는 사람들의 슬픔에게 다녀와서
눈 그친 눈길을 너와 함께 걷겠다.
슬픔의 힘에 대한 이야기를 하며
기다림의 슬픔까지 걸어가겠다.

            - 정호승의 「슬픔이 기쁨에게」 전문 -

　　현상적 화자와 청자의 관계는 관념을 의인화한 '슬픔'과 '기쁨'이
다. 전체적으로 간결한 압축성은 미약하지만 대화 형식의 극적 지향
으로 초점을 분산시키고 있다. 기쁨에게서 조롱만 당해왔던 '슬픔'이
자제할 줄도 모르고 탐욕에 젖은 '기쁨'에게 가장 소중한 것을 주겠
다는 내용이다. 행복의 가치를 고통과 슬픔과 불행이라는 상대성을
통해 깨닫듯, 기쁨도 상대적인 슬픔을 통해 그 깊이와 가치를 느낄
수 있는 것이다.

　　'슬픔'이 사랑과 그리움, 평등, 이웃에 대한 관심과 배려라면, '기

쁨'은 타인을 긍휼히 여기지 않으며, 눈물마저 메마른 삭막한 감정이다. '슬픔'이 이기적이며 교만한 '기쁨'에게 진정한 눈물의 가치를 알려줌으로써 겸손과 깨달음을 얻도록 화해의 손길을 내밀고 있는 것이다. 결국 사회 지탱의 힘은 이런 상호적 유대관계가 형성됨으로써 이웃의 아픔과 외로움을 함께 나누는 애린정신에 존재한다. 이분대립적 관계를 지양하고, 화해와 평등의 동반자 관계를 형성할 때 슬픔은 기쁨이 될 수 있다. 화해는 일방적 희생이나 포기가 아니라, 상대에 대한 이해와 신뢰의 자양분이 되는 것이다.

> 나는 시방 위험한 짐승이다.
> 나의 손이 닿으면 너는
> 미지(未知)의 까마득한 어둠이 된다.
>
> 존재의 흔들리는 가지 끝에서
> 너는 이름도 없이 피었다 진다.
> 눈시울에 젖어드는 이 무명의 어둠에
> 추억의 한 접시 불을 밝히고
> 나는 한밤내 운다.
>
> 나의 울음은 차츰 아닌 밤 돌개바람이 되어
> 탑을 흔들다가
> 돌에까지 스미면 금(金)이 될 것이다.
>
> ……얼굴을 가리운 나의 신부여,
> - 김춘수의 「꽃을 위한 서시」 전문 -

이 작품은 현상적 화자와 청자인 '나'와 '너'의 대립구조의 통일성을 긴밀히 유지하며 '꽃'에 대한 존재론적 관념을 제시한 형이상학적 시이다. '너'는 꽃을 지칭한다. 내가 꽃에 손을 대는 행위는 대상을 자세히 알고 싶다는 욕망이나 의지를 나타낸다. 그렇지만 내가 손을 대는 순간 너는 오히려 알 수 없는 미지의 어둠이 되고, 이름도 없이 피었다 사라져버린다. 이름을 갖지 않는다는 것은 자신뿐만 아니라 상대방으로부터 존재성의 부재를 반영하는 것이다. 그렇기 때문에 나는 울음 속에서 꽃의 의미, 즉 사물의 본질을 찾기 위해 과거의 기억을 더듬으며 추억의 불을 밝힌다.

'무명의 어둠'은 나에게 꽃이라는 존재가 인식되는 것을 가로막는 심리적 거리이다. 나의 존재성의 인식을 향한 갈망은 회오리바람이 되어 초월적 공간인 돌탑에 스며들어 고귀한 가치의 '금'이 된다. '무명의 어둠'이 '울음'을 매개로 하여 빛의 속성인 '금'(이름 있는 존재)이 되는 것이다.

이런 염원의 과정이 마침내 결실을 맺어 신비한 베일 속의 '신부'로 탄생한다. 나의 희미한 무의식적 어둠 속에 있던 꽃이 점차 존재의 모습을 드러내는 것이다. 이 신부는 드러나면서 감춰져 있는 존재를 표상한다. 즉 꽃처럼 이 세상에 존재하는 사물의 의미는 얼굴을 가리운 신부처럼 드러나면서 숨어 있다는 사실이다.[5] 어떤 사물에 대해 명명하는 것은 의미 있는 존재로 인식하여 그 이름 에 걸맞는 고유한 특성을 부여하는 행위이다.

4) 함축적 화자와 청자

시 속 화자는 일상적 차원에서 주관적 감정을 드러내는 현실적 · 개인적 자아가 아니라, 세계와의 관계 속에서 인간의 정서를 드러내

---

5) 이승훈, 『한국 현대시 새롭게 읽기』, 세계사(1996), p.230.

는 유형화된 개별적 존재로서의 '나'이다. 시에서 유형화되지 않고 사적 언술로 치닫는다면 개인적 과잉 의식만 노출될 뿐이다. 현상적 화자가 작품에 나타나지 않고 뒤에 숨을 때는 주로 특정한 사실이나 관념을 전면에 내세우고 싶을 때이다. 자신의 개인적인 견해보다 드러내고자 하는 사실이나 관념에 초점을 두기 위해서이다.

　화순 적벽 가는 길가에 구절초 피고 수몰지 물그림자 단풍져 붉다. 낡은 자전거에 도시락을 얹고 페달에 힘을 주며 폐광이 다 된 광산을 향해 광부 하나 하얗게 가고 있다. 불꽃이었던 옛 사내, 어둔 땅속으로 불을 캐러 간다. 푸른 하늘가, 농창 익은 연시가 불송이보다 더 밝은 대낮, 화순 적벽 가는 길가에 구절초 피어 저 홀로 한세상 깊어만 가고.

- 이영진의 「구절초」 전문 -

　화자가 전지적 시점이거나 보고자로서의 3인칭 관찰자 시점에서 시세계 속의 타인의 체험을 진술해갈 때 논증시라 칭한다. 「구절초」는 현상적 화자와 청자가 나타나지 않고, 객관적으로 사물화되어 이미지만 제시되는 메시지 지향(화제 지향)의 논증시 형태이다. 언술 내용의 주체인 화자는 부재하고 언술행위의 주체인 함축적 시인만이 존재하나 독자는 거의 의식하지 않는다. 함축적 화자가 함축적 청자에게 화제에 대한 자신의 태도를 보고형식의 서술로 표현하고 있다.

　이 시는 민중의 아픔에 대한 시인의 감상이 생생한 삶의 현장을 바탕으로 풍경화처럼 전개되고 있다. 누군가 관찰하면서 이야기하고 있지만, 말하는 사람과 구체적인 지칭 대상이 없이 파노라마처럼 펼쳐지는 풍경 속에서 상황만 묘사된다. 카메라 렌즈로 사물을 비추듯, 아름다운 자연에 비친 우리네 삶의 애환과 시름, 역사가 어려 있다. 수몰지의 민중, 역사적 인물, 상념에 젖은 시인의 모습이 회화적 이미지

의 전경화로 펼쳐지는 것이다. 특히 마지막 부분에서 '사내의 불꽃'과
수몰지 단풍의 붉은 색, 붉은 연시 등의 색감 이미지는 민중의 한과
투쟁 이미지를 강화시키고 있다.

산은
九江山
보랏빛 石山

산도화(山桃花)
두어 송이
송이 버는데

봄눈 녹아 흐르는
옥 같은
물에

사슴은
암사슴
발을 씻는다.   - 박목월의 「산도화 1」 전문 -

　전체적으로 7·5조와 동일한 통사구조(3연은 변격)를 바탕으로 한
2음보 대구(혹은 3음보) 형태이지만, 행의 구성단위 변형으로 1행 1음
보로 비쳐진다. 그리고 1, 4연의 'ㅅ'음의 회기적 배열, 'ㄴ''ㅁ''ㄹ'음
등의 부드럽고 경쾌한 울림이 해조를 이루어 맑은 봄날의 서정성을
선명하게 비쳐 들려준다.
　「산도화 1」은 한 폭의 그림 같은 묘사시로서 함축적 화자의 존재까
지 소멸되어 자연에 동화된 모습이다. 이런 시 형태가 극단에 치달으
면 절대적 심상의 무의미시나 해체시로 발전한다. 이런 시 형태는 언

술행위의 주체인 화자는 있어도 주체가 포착되지 않고 그의 언술행위만을 의식할 뿐이다. 표면에는 이질적 이미지만 비논리적으로 병치되어 나타난다.

이 시는 한 폭의 풍경화처럼 객관적인 시상만 전개됨으로써 독자의 상상력에 대한 확대 효과를 최대한 불러온다. '사슴'은 현실에 때 묻지 않은 순수한 생명을, '보랏빛'은 향수나 그리움 그리고 기억을, '산도화'는 새롭게 태어나는 신선한 생명 세계를 각각 반영하고 있다. '봄'과 '암사슴'은 자연과 어우러진 생명력의 동격 이미지로써 생명의 잉태를 내포한다. 눈 녹은 물을 '옥'에 비유한 것은 신비하면서도 깨끗한 이미지의 연상 작용에 따른 것이다.

화자와 청자가 생략된 묘사시 또는 회화시 형태는 사물의 감각적 특성이나 구체적 상황을 객관적으로 묘사하는 형식을 취해 그대로 보여주는 방법이다. 묘사시란 추상적이며, 일반적인 언어 개념을 극복하기 위해 대체로 사물의 감각성을 동반한 비유적 언어로 그림을 그리는 시라고 할 수 있다. 그런데 이런 비유적 방법에 의존하지 않고, 사물의 구체적 감각성을 그대로 드러내는, 즉 관념을 나타내기 위한 도구가 아니라 이미지 자체를 위한 이미지가 되는 묘사시 형태도 공존한다.

이처럼 사물의 사물성을 드러내는 유형의 시를 랜섬(J. C. Ransom)은 사물시(physical poetry)라고 지칭하였다. 사물시는 화자의 관념보다 대상에 대한 구체적 묘사를 중요시하여 인간적 감정이나 의미가 배제된 비인간화 경향을 띤다.

山
절망의 산,
대가리를 밀어버
린, 민둥산, 벌거숭이산
분노의산, 사랑의산, 침묵의산
부활의산, 영생하는산, 생산의산, 희생의
산, 숨가쁜산, 치밀어오르는산, 갈망하는
산, 꿈꾸는산, 꿈의산, 그러나 현실의산, 피의산,
피투성이산, 종교적인산, 아아너무나너무나 폭발적인
산, 힘든산, 힘센산, 일어나는산, 눈뜬산, 눈뜨는산, 새벽
의산, 희망의산, 모두모두절정을이루는평등의산, 평등한산, 대
지의산, 우리를 감싸주는, 격하게, 넉넉하게, 우리를 감싸주는 어머니

- 황지우의 「無等」 전문 -

실험시 형태인 「무등」도 화자와 청자가 생략된 채 관념적인 산에 감정이입시켜 회화적으로 묘사하고 있다. 다양한 시각적 언어(활자배열, 기호, 그림, 도표, 음운파괴 등)를 사용하는 실험시는 읽는 시에서 '보는 시'로서 새로운 시의 형태적·감각적 영역을 확대해 독자에게 시에 대한 안목을 넓혔다고 볼 수 있다.

등급이 없다는 뜻의 '무등'은 인간 관계에서 귀천이나 빈부, 권력의 차별이 없는 자연인으로서의 모습을 나타낸다. 「무등」은 광주에 위치한 무등산을 소재화한 것으로 5·18 광주민주화 운동과 연관시킬 수 있다. 무등산을 시각적으로 형상화한 시어들은 그 당시 광주에서 일어났던 사건들의 이미지라고 할 수 있다. 산 모양을 만들기 위해 피라미드 구조로 쌓아올린 문장 형태는 지나치게 길고 쉼표가 남발되어 형태 파괴의 의미를 담고 있다.

피라미드 구조가 먹이사슬이나 계층 구조를 반영하듯, 이 시에서도

위쪽은 힘 있는 지배계층, 아래층은 억압받는 피지배계층으로 피라미드 형태가 시의 내용이면서 시적 대상으로 자리 잡고 있다. 다양한 이미지의 집합체인 산은 위쪽 지배계층의 부정과 절망을 '민둥산', '벌거숭이', '분노' 등으로, 아래 피지배계층의 긍정적인 희망을 '새벽', '희망', '평등', '눈뜬', '일어나는', '감싸주는 어머니' 등으로 표현했다. 맨 아래층은 우리 사회의 안정과 기반의 기본적 토대를 이루는 민중이라 할 수 있다. 지배계층과 피지배계층 사이에는 '현실', '피투성이', '폭발적', '힘센' 등 갈등과 대립의 이미지가 중간층을 형성하고 있다. '~산'의 반복과 빈번한 쉼표 사용이 숨가쁘게 절박한 갈등 양상을 반영한다. 이러한 시어들은 민주화운동 과정에서 야기된 폭력성과 강제성을 사실적으로 드러낸 이미지라 할 수 있다.

제11장 시의 형태
ー행line과 연stanza

　시인이 시를 창작할 때 다양한 관점에 따라 행가름을 하겠지만, 일반적으로 리듬이나 이미지 그리고 의미에 초점을 두어 나눈다.[1] 시행은 단어·어구·어절·문장 등의 형태로써 의미와 율격이 합해서 되풀이되는 일정한 패턴으로 운율의 속성을 계측할 수 있는 시 전개의 기본 단위이다. 호흡률은 시행을 나누는 이론적 기본인자이다. 시행은 리듬의 변주를 위한 하나의 장치로 리듬의 한 단락을 나타내는 동시에 부분적인 의미의 한 단락을 나타낸다. 행과 행이 연결되어 의미의 파장을 형성하고, 하나의 단락을 이루어 연을 구성한다. 시행의 리듬이나 길이, 구조 등의 다양한 자질은 표현하고자 하는 의미 단위에 의해 결정된다. 따라서 시행을 잇거나 단절하는 구두점 같은 것 하나하나에도 유의해야 한다. 독자는 낭독 시 호흡률과 시행의 차이를 장단, 고저, 강약, 속도 등에 따라 적절하게 조절하는 것이다. 시행과 낭

---

[1] 김춘수, 『김춘수 전집 2』, 문장사(1982), p.342.
　김춘수는 시에 있어서 행의 기능을 리듬의 단락, 이미지의 단락, 의미의 단락으로 나누고 있다.

독하는 율행은 화자의 심리 상태나 시적 주제에 따라 일치하거나 변화가 따를 수 있다.

이에 반해 '방'이라는 의미의 연은 시행의 집합으로 이 행의 의미단위가 합해져 또 하나의 의미단락을 이룬다. 연은 화제의 속성에 따라 결정되는 형식으로 시·공간의 이동을 암시하고 의미상 단락을 구실화하면서 의미론적 층위의 리듬을 형성하는 역할을 한다. 연과 연이 긴밀하게 작용함으로써 형식과 의미와의 유기적 상관성이 형성되는 것이다.연의 수와 길고 짧음은 시적 내용의 구분에 밀도를 부여하고, 형식적 국면을 전경화시켜 각 연마다 한 단면을 아우르면서 통일성을 띠어 전체적인 주제를 뒷받침하기 위해 부분적인 역할을 수행한다. 연과 연 사이의 여백은 의미상 단락의 변화뿐만 아니라 시공간의 변화에 따른 생략된 진술을 독자가 생각하고 상상할 수 있게 하는 공간이다.

■1 리듬의 단락

간혹 한 단어나 구절이 행이나 연을 이루기도 하지만, 일반적으로 한 편의 시는 몇 개의 연, 연은 몇 개의 행, 행은 몇 개의 구절/음보, 구절은 몇 개의 단어/음절로 구성된다. 시 전개의 기본 단위가 되는 행에서 리듬 단위는 음절 중심의 음수율과 구절 중심의 음보율이라 할 수 있다. 음보율은 각 행의 율독 시 호흡이 잠시 멈춰지는 휴지 현상의 묶임 단위이다. 따라서 시에서 리듬은 다양한 시적 요소를 결합시켜 조화와 균형을 맞추어 주는 기능을 한다.

능금이
떨어지는
당신의
地坪
아리는
氣流
타고
수수 이랑
까마귀떼
날며
울어라
물매미
돌 듯
두 개의
태양.   - 박용래의 「액자 없는 그림」 전문 -

　이 시는 각 행마다 간결하고 짤막한 낱말을 계속 반복함으로써 의미의 연결 효과보다는 단순 간결한 리듬 효과를 자아낸다. 시행을 짧게 토막내기 때문에 매 행의 시작에 율격적 강음이 따른다. 가령 이 시를 "능금이 떨어지는 당신의 地坪/ 아리는 氣流 타고/ 수수 이랑 까마귀떼 날며/ 울어라/ 물매미 돌 듯 두 개의 태양"으로 행을 나눈다면 의미 전달 효과에 치중했다고 할 수 있을 것이다.

그립다
말을 할까
하니 그리워

그냥 갈까
그래도

다시 더 한번……

저 山에도 까마귀, 들에 까마귀,
西山에는 해 진다고
지저귑니다.

앞 江물, 뒷 江물,
흐르는 물은
어서 따라 오라고 따라 가자고
흘러도 연달아 흐릅디다려.   - 김소월의 「가는 길」 전문 -

「가는 길」은 전체 4연이 똑같이 3음보 형태이지만 각 연에 따라 3
음보가 입체적인 변주 형태를 취하고 있다. 1, 2연에서는 3음보를 각
각 1음보로 배열하여 경쾌한 리듬감을, 3, 4연에서는 2음보와 1음보, 1
행으로 열거된 3음보를 각각 불규칙하게 뒤바꾸어 변주의 입체성을
보여준다. 한 낱말이나 구가 행을 이루는 1, 2연은 각각 3개의 행이 똑
같은 의미의 비중을 지니지만, 이럴까 저럴까 망설이는 심적 상태의
미묘한 정서를 반영하고 있다. '그립다'는 말을 하고 떠날 것인지 안하
고 떠날 것인지의 망설임은 말없음표에 잘 나타난다. 거기에다 까마귀
의 지저귐은 화자의 결단을 재촉하는 강박관념으로 작용한다.
　이렇게 김소월 시에서는 7·5조 3음보 형태도 다양한 음보 배열을
택하여 관습적이고도 단조로운 틀을 벗어나고 있다. 똑같은 3음보이
지만 어떤 경우에는 3음보를 3행으로 배열하여 스타카토식의 경쾌함을,
혹은 3음보를 1행으로 나열하거나 2음보와 1음보, 1음보와 2음보로 뒤
바꾸어 변화를 주기도 한다. 따라서 이 시는 총 4연이지만 의미 중심
의 배열보다 리듬에 따라 다양하게 배열하고 있음을 알 수 있다. 만일
이 작품을 한용운 시에서 볼 수 있듯 3음보를 1행으로 나열하였다면

리듬의 경쾌함이 훨씬 반감되고 의미 중심으로 치우쳤을 것이다.

　향토 서정적이고 반복과 병렬의 민요풍인 이 시에서 1연과 2연은 짧은 시행과 긴 여운으로 망설임을, 3연과 4연은 리듬의 가속화와 감속, 까마귀 울음과 급박한 강물의 흐름을 통해 시적 화자의 절박한 심정을 반영하고 있다. 특히 까마귀가 우는 일반적 표현인 '우짖습니다'를 '지저귑니다'로 낯설게 표현하여 불안정한 심적 상태와 까마귀의 불길한 이미지를 완화시키고 있다.

　　머언 산 청운사(靑雲寺)
　　낡은 기와집

　　山은 자하산(紫霞山)
　　봄눈 녹으면

　　느릅나무
　　속잎 피어가는 열두 구비를

　　靑노루
　　맑은 눈에

　　도는
　　구름　　　　　　　　　　　　　　　　　　　- 박목월의 「靑노루」 전문 -

　「청노루」는 시적 자아의 감정은 배제된 채 자연물인 객관적 객체만이 존재하며, 주로 행말에 독립 체언을 사용함으로써 통사적 흐름이 정지되고, 의미적인 판단을 유보한 채 표상적 암시만 독자의 몫으로 남기고 있다. 매 연 2행씩 2음보가 중심이지만 3, 5연은 기본적인 외형률의 리듬을 일탈한 변주된 형태이다. 관형어인 '느릅나무'는 2음보로 나눌 수 없어 음절수를 늘인 1음보 1행으로 처리해 리듬의 정지와 공간 이미지의 확대가 이루어짐으로써 1, 2연에서 계속된 경쾌한 호흡을 잠깐 이완시키는 역할을 하는데, 이런 호흡의 여유는 "속잎/ 피어 가는// 열두/ 구비를"의 2음보 반복의 1행 배열로 뒷받침된다.

그러나 4연에서는 다시 호흡이 빨라지다가 마지막 연에서 1음보 1행의 '도는 구름' 형태를 2음보 2행의 "도는/ 구름"으로 배열하여 안정된 호흡으로 마무리하였다. 이처럼 2음보로 나눌 수 있는 것은, '도는'에서 '도'의 장음 효과의 등가적 범주화에 따라 3음절로 느낄 수 있기 때문이다. 한자 표기인 '靑'의 색감적 시각 효과와 함께 2음보 2행으로 끊어 배열함으로써 구름의 이동 상태를 선명히 부각시키고, 이미지의 이동 현상과 맞물려 시간적 길이를 가지려는 심리적 효과를 반영했다고 볼 수 있다.

4, 5연에는 울림소리(유성음)로만 짜여진 활음조(euphony) 현상이 주류를 이룬다. '루'의 혀 굴림소리는 '름'에서 반복되고, 여운을 남기는 '에'의 긴 울림소리는 '름'(음)에서 멎는 바, '구름'은 또한 '도는' 다음의 중간휴지 영향으로 약간 강세를 띠면서, 앞의 모든 울림소리를 집약시켜 독자의 심리 공간에 끝없이 반향하는 울림으로 남는다.[2] 이처럼 이 작품은 행과 연의 잦은 구분과 음수율과 음보의 변주, 'ㅅ'음 반복(1, 2연), 다양한 음운 배열이 리듬 형성에 도움을 주고 있다.

---

2) 권명옥, 「목월시의 연구」, 『목월문학 탐구』, 민족문화사(1983), p.152 참조.

2 이미지의 단락

시에서 이미지는 어떤 대상을 선명하게 떠오르게 하거나 과거의 기억을 구체적으로 되살려 새롭게 인식하게 한다. 감각적 체험을 구체화하는 이미지는 연상되는 감각적 지각의 대상 그 자체라기보다 그러한 대상을 환기시키는 상상력이 중요하다. 따라서 이 상상의 공간에 자리하는 이미지의 유기적인 결합을 통해 시적 의미를 해석하고 추체험하는 것이다.

> 헬리콥터가 떠 간다
> 철둑길 연변으론
> 저녁 먹고 나와 있는 아이들이 서 있다
> 누군가 담배를 태는 것 같다
> 헬리콥터 여운이 띄엄하다
> 김매던 사람들이 제 집으로 돌아간다
> 고무신짝 끄는 소리가 난다
> 디젤 기관차 기적이 서서히 꺼진다　　　- 김종삼의 「문장수업」 전문 -

이 시는 매 행마다 개별적인 정황들이 독립적으로 묘사되어 한 폭의 풍경화를 연상시킨다. 시적 화자의 감정은 배제된 채 원경묘사 기법으로 처리되었다. 이미지 중심으로 담아내는 매 행의 장면은 낱말들로 만들어진 그림처럼 비친다. ②행을 제외한 모든 행들이 주술 관계를 형성하여 현재 시점을 통해 속도감 있게 열거되므로, 행 간의 인과적 의미의 연결이 없이 별개의 정황들이 동시에 서술되고 있다. 서술적 상황도 행위를 보여주는 동사나 주관적 느낌을 나타내는 형용사가 중심을 이룬다. ②행만이 주술관계의 형태에서 예외인 것은 ①행과 ③행 사이에서 양쪽에 문맥적 행간걸림의 기능을 하기 때문이다. '철둑길 연변'의 공간성은 ①행과 ③행 양쪽에 구체적인 의미를 덧붙여 준다.

조약돌만한 종다리 떴다
단층층 수직으로
발발발발 희열(喜悅)이 솟아

비비
　　비오
　　　　비오
　　　　　　로롱

구름 속에
당신이 굴리는 은방울　　　　　　- 이철균의 「종다리」 전문 -

「종다리」는 일반적인 행 구분이 아니라 '종다리'가 울면서 비상하는 모습을 시각적으로 배열하는 기하학적 구성을 취하고 있다. '단층층'(斷層層)은 한자의 의미를 통해 종다리가 비상하는 모습을, '발발발발'은 의태어적 조어로서 종다리가 멈추었다 날아오르는 날개짓 시늉을 음성적 리듬과 함께 시각화한 것이다.

　2연에서도 종다리의 울음 소리를 1행으로 처리하지 않고 사선 형태의 여러 행으로 표기한 것은 종다리 소리와 비상의 시각화이다. 일상적 구문을 해체한 시행의 시각적, 기하학적 배열로 신선한 이미지 효과를 불러온다. 러시아 형식주의자가 사용한 '書記的' 이미지는 행 배치의 변용이 적극적으로 시각화된 경우로, 일정한 공간을 점유하고 있는 활자들의 배치에 의해 느껴지는 시각적 리듬을 뜻한다.3) 사선

---

3) 김영희, 「김수영 시의 리듬연구」, 『우리어문연구』 31집, 우리어문학회(2008),

형태의 의성어가 시행의 공간을 점유하고 분할하는 방식으로 리듬을
시각적으로 나타내는 것이다. 이처럼 이 시는 의성어와 의태어를 활
용하여 이미지 중심의 회화성을 차용해서 시각적 의미[4] 효과를 나타
내고 있다.

> 고자기(古瓷器) 항아리
> 눈물처럼 꾸부러진 어깨에
> 두 팔이 없다.
>
> 파랗게 얼었다.
> 늙은 간호부(看護婦)처럼
> 고적한 항아리
>
> 우둔한 입술로
> 계절에 이그러진 풀을 담뿍 물고
> 그 속엔 한 五合 남은 물이
> 푸른 산골을 꿈꾸고 있다.
>
> 떨어진 화판(花瓣)과 함께 깔린
> 푸른 황혼의 그림자가
> 거북 타신 모양을 하고
> 창 넘어 터덜터덜 물러갈 때

---

p.263.
4) I. A. 리처즈는 언어의 요소를 ① 말뜻(sense), ② 느낌(feeling), ③ 어조(tone),
④ 의도(intension) 등으로 나누고 있다. '말뜻'은 무엇을 말하기 위해 이야기
하거나 무엇이 말해질까 기대하는 것, '느낌'은 말뜻에 대한 태도나 관심의
뉘앙스, '어조'는 청자를 향한 발언의 태도나 감각, '의도'는 화자의 의식적·
무의식적인 목표를 각각 의미한다. 시에서 의미는 시각적 표기를 통해 심리
적 현상에 미치는 영향에 미묘한 차이가 있을 수도 있다.

다시 한 번 내뿜는

담담(淡淡)한 향기   - 장서언의 「고화병(古花甁)」 전문 -

이 작품은 아예 연을 구체적으로 나눔으로써 이미지를 선명하게 부각시키고 있다. 1연에서는 고화병의 모습을 한 폭의 그림처럼, 2연에서는 고화병의 고적한 상태를, 3연에서는 고화병 속의 구체적인 꽃과 물의 모습을, 4연에서는 고화병 주변의 풍경을, 5연에서는 고화병에서 나오는 향기를 각각 묘사하고 있다.

연의 변화에 따라 고화병의 단면을 이미지 형태로 보여준다. 특히 4, 5연의 경우에는 형태상 불완전한 모습을 띠고 있기 때문에 한 연으로 합쳐도 괜찮을 것 같지만, 이미지상으로 보았을 때 앞 부분은 고화병 주변의 모습이고, 마지막 연은 고화병의 향기에 대한 내용이기 때문에 연을 구분했다고 볼 수 있다.

무슨 용도인지 모를 돌깍담이 언덕으로 사안묵 이어지고 있

었다 물기 머금은 바람이 돌깍담을 넘어오고 또 넘어오고 있

었다 밤에는 별들이 내려오고 새들이 내려오고 시간의 그림

자 같은 것들도 검은 이끼처럼 내려오고 있었다 언제부터인

지 돌깍담 아래 우물이 흐르고 있었다 복사꽃 두 그루가 연

분홍 꽃들을 화들짝 화들짝 피우고 있었다 마을 사람들이 하

나 둘 **春事**라도 일어난 듯 돌깍담 아래로 모여들고 있었다

- 최하림의 「돌깍담」 전문 -

이 시에서 단절적 기능은 여러 문장으로 구성되었을 뿐만 아니라 매 행에 나타나 있다. '있/ 었다'의 어간과 어미, '연/ 분홍', '그림/ 자'의 보통명사 분리, '하/ 나'의 수사 분리, '언제부터인/ 지'의 부사어 분리 등으로 근본적인 통사구조를 일탈하고 있다. 통사구조의 일탈에 따른 시각적 효과는 마치 '돌깍담'(돌무더기)이 직사각형처럼 반듯하게 쌓여 있는 모습을 보여주는 듯하다. 그리고 행간을 마치 연 구분처럼 여백을 주어 무한한 상상력의 공간을 확대시켜 주고 있다. 이 여백은 시골 돌깍담의 풍경을 서정적·감각적으로 아름답게 묘사하는 데 주요인자로 작용한다. '~고 있었다'는 보조용언의 반복 사용은 돌깍담을 배경으로 어떤 동작이나 상태가 계속 전개되고 있는 상황임을 알 수 있다.

돌깍담에는 사시사철 자연의 변화 현상이 나타날 뿐만 아니라 마을 사람들이 모여든다. 돌깍담 아래 흐르는 '우물'은 복사꽃을 피우고 사람을 모으듯 생명의 탄생과 화합의 원형성을 반영한다. 이러한 물의 이미지는 그의 시에 빈번히 나타나듯 유·소년기의 성장 공간인 돌깍담 같은 고향과 밀접한 관련이 있다고 볼 수 있다. 그러나 일탈적인 시행에서 어간과 어미의 분리, 명사, 수사, 부사어의 분리는 언어적 통사구조의 근간을 파괴시키는 것으로, 파편화된 현대문명의 모더니즘적 실험 현상 외 어떠한 시적 의미의 설득력을 지니는 데 한계를 지닐 수밖에 없다.

③ 의미의 단락

시에서 연(stanza)은 '방'(房)의 의미를 지닌다. 하나의 방과 방이 모여 유기체적인 집 한 채를 구성하듯, 시라는 한 채의 집은 행이 모인

연이 이어져 이루어진 집합체라 할 수 있다. 행이 리듬, 이미지, 의미의 단락들을 구분하므로 연은 리듬, 이미지, 의미의 집합체이다. 즉 행의 집합으로서 형태나 의미 단락의 기본단위이다. 한 편의 시를 구성하는 연은 묘사나 진술을 통해 하나의 의미 단락을 형성한다. 의미의 가시적 형태 묘사는 서사적·서경적·서정적·축어적·비유적으로 다양하게 나타나고, 진술 형태는 독백적·권유적·해석적으로 기술된다.

> 여름날 옥상에 올라 보면
> 식료품 트럭,
> 왕왕거리는 메가폰 소리에 내 귀는 작아지고
> 몰려들었던 여인들이 흩어진다
>
> 조용하다
>
> 한낮의 골목 텅
> 텅
> 빈 골목을 꾸부정하니
> 지팡이를 짚은 늙은 고독이 지나간다
> 꺾어져 사라져버린다
>
> 흰 빨래에서 물방울들이 증발하고 있다
> 다시 커지는 내 귀 속에서
> 죽음의 망치가 쿵!
> 쿵!
> 외발로 뛰며
> 늙은 고독을 쫓고 있다
>
> 힘찬 죽음만이 새파랗게 젊었다.
> - 최승호의 「지팡이를 짚은 늙은 고독」 전문 -

이 작품은 시적 화자가 옥상에서 내려다 본 골목 풍경을 묘사하고 있다. 주택가에 찾아왔던 식료품 트럭이 떠나고 모여들었던 여인들이 흩어지자 골목은 조용하다. 그 고요를 깨고 난데없이 텅 빈 골목으로 지팡이를 짚으며 한 노인이 지나가고 있다. '지팡이'는 무력하고 기운을 상실한 삶을 가까스로 지탱해주는 지지대 역할을 한다. 2연에서 한 줄로 처리한 '조용하다'는 죽음의 공간과도 같이 고적한 분위기를 압축해 여백으로 나타내고 있다.

3연의 "한낮의 골목 텅/ 텅/ 빈 골목~"에서는 큰 것의 속이 덩그렇게 비어 있는 모양을 뜻하는 부사 '텅'을 별도로 행갈이 하여 단독 표기함으로써 고독과 어우러지는 골목의 고요함과 고적한 분위기를 한껏 고조시키고 있다. 그리고 지팡이 소리와 대비되는 4연의 "죽음의 망치가 쿵/ 쿵"도 마찬가지로 '힘찬 죽음'을 대변하는 망치의 울림소리를 '쿵'이라는 음성 상징어를 사용해 죽음의 힘이 막강하고, 또 무엇도 죽음을 당해낼 도리가 없음을 나타낸다. 이는 불가항력적 현상, 곧 '죽음'에게 추적당할 수밖에 없는 인간의 모습을 '늙은 고독'으로 치환된 노인을 통해 역설적으로 보여주고 있는 것이다.

저녁이 되면
나도 저렇게 가리
가을산 떡갈나무 잎새들은 떨어져 내려
제가끔 무게대로 눕고
동네 사람들 머리 숙이고
수군거리는 수수밭머리 끝도 없이 돌아가네
나는 소매 짧은 입성으로
어데 나서지 못하네
제 살 깎아 구덩이 만들고
아무개 아무개

입 열고 눈을 밝혀
제 앞 감당 못한 생애를 말하네
가을산 어두워지자
남은 사람들 연장을 챙겨 내려가며

- 이충이의 「가을산」 부분 -

「가을산」은 장지에서 돌아오면서 이야기를 주고 받는 사람들의 모습을 객관적으로 묘사하였다. 전체적으로 연 구분이 없이 죽음에 관한 정황을 몇 개의 이미지로 구성하였다. 하나의 문장을 2행으로 처리하여 독립된 의미 단위로 행을 배열한 것이다. 독립된 의미는 시적 자아의 독백, 자연의 섭리, 장송행렬, 인생의 회한, 하산 등으로 열거된다. 만일 이런 의미를 2행 1연으로 배열했다면 내용의 깊이가 없이 단순하여 불완전한 느낌이 들었을 것이다. 이런 단점을 극복하기 위해 연 구분 없이 집중적으로 묘사화 진술을 함으로써 구조의 탄력성을 뒷받침하고 있다. 비연시의 경우는 집중적인 정서와 작은 주제를 표현하는 데 걸맞다고 할 수 있다.

絶頂에 가까울수록 뻑국채 꽃키가 점점 消耗된다. 한마루 오르면 허리가 슬어지고 다시 한마루 우에서 목아지가 없고 나종에는 얼골만 갸웃 내다본다. 花紋처럼 版박힌다. 바람이 차기가 함경도 끝과 맞서는 데서 뻑국채 키는 아조 없어지고 8월 한철엔 흩어진 星辰처럼 爛漫하다. 山 그림자 어둑어둑하면 그러지 않아도 뻑국채 꽃밭에서 별들이 켜든다. 제자리에서 별이 옮긴다. 나는 여기서 기진했다.

- 정지용의 「백록담」 부분 -

「백록담」은 리듬이나 이미지, 의미 단락에 치중하지 않고 산문 형태로 열거하면서 백록담의 풍경이나 정서적인 분위기 중심으로 쓰였다. 땅과 하늘의 중간지대인 산은 천상을 향해 열려 있는 신성한 공간으로 인간의 사회적·역사적 현실과 대척점에 놓이게 된다. 따라서 산을 제재로 한 시는 극기, 청결, 무욕의 세계를 지향하면서 천국과의 접근을 갈망하는 상승적 이미지로 나타나게 된다.[5]

　산문시는 토의적·분산적이므로 문장 사이의 단절이나 비약이 없이 논리적 연결 형태로 시행이 배열되었다고 볼 수 있다. 만일 이 작품을 "絶頂에 가까울수록/ 뻑꾹채 꽃키가 점점 消耗된다./ 한마루 오르면/ 허리가 슬어지고/ 다시 한마루 위에서/ 목아지가 없고/ 나종에는 얼골만 갸웃 내다본다."의 형태로 행을 구분했다면, 호흡의 긴박감이나 함축미가 없어 느슨하면서도 서술적인 기술로 머물러 싱거운 느낌이 들었을 것이다.

　　　점심 때
　　　우리는
　　　나무저를 쪼갠다.

　　　전복
　　　민어
　　　삼치
　　　홍합
　　　문어
　　　회를 먹는다.
　　　생오이
　　　토마토
　　　참외가 곁들인다.

---

5) 정의홍, 『정지용의 시 연구』, 형설출판사(1995), p.256.

점심 때
나무저를 움직이는
네 손에는
네 살빛하고
같은 빛깔의
보석.
그건
먹지 못한다.   - 전봉건의 「빛」 부분 -

　1연에서는 각 행을 통해 식사를 하기 전 구체적인 행위, 즉 나무젓
가락을 가르며 밥상 위의 음식을 먹기 전 두루 살피는 모습의 여백을
연상시킨다. 가령 1연의 행을 "점심 때 우리는/ 나무저를 쪼갠다"로
배열했다면, 2음보 반복의 리듬은 돋보이지만 독립된 연으로서의 의
미가 미흡하여 단조롭게 느껴질 것이다. 2연에서는 간결한 명사 반복
의 이미지로 행을 배열하여 야채나 회를 먹는 구체적인 모습을 보여
준다. 3연에서 '네'(너)가 음식을 시중드는 여인이라면, 서두의 '쪼갠
다'가 성적 이미지로 연계되어 육체적 욕망을 내포한다. 젓가락으로
음식을 마음대로 골라 먹을 수 있지만, 바라만 보는 빛깔의 보석은
먹을 수 없다는 것이다.
　가령 1, 2, 3연을 별도로 구분하지 않고 산문시 형태의 줄글로 열거
했다면, 이미지나 리듬이 행 속에 묻혀버려 나무저를 쪼개는 행위가
어떤 의미를 내포하는지, 나무저를 움직이는 '네 손'을 여인과 연관시
키면서 다양한 암시를 느끼기보다는 사람들이 점심 때가 되어 식사를
한다고만 생각하기 쉬울 것이다.

4 행간걸침(시행 엇붙임)

　시에서 행과 행 사이의 분절은 대체로 시어의 통사적 분절과 일치한다. 그러나 통사적 분절과 행 사이의 분절이 일치되지 않은 채 부자유스럽게 배열될 경우 호흡 변화가 일어나고, 그에 따라 의미 변화와 애매성을 수반하는 시적 효과가 나타나는데, 이것을 '행간걸침'이라고 한다. 시상의 중심이 되는 단어나 어절을 위아래로 엇붙임하여 통사적 관련을 가진 앞뒤 낱말과 의미의 강제적 단절을 시도함으로써 그것의 독립적 의미를 강조하는 것이다. 이 기교의 기능적 효과는 의미 강조나 리듬 강조, 시상의 연결이나 전환[6] 등 다양하게 나타난다. 시상의 연결이 통사적 분절을 약화시켜 시행 사이의 의미나 정서를 강화시킨다면, 시상의 전환은 통사적 분절과 의미의 불연속을 야기시켜 선명한 이미지만 재현하는 것이다.

> 산 그림자 달리는 저녁답에서
> 풀뿌리 뜯으며 소리 지르는
> <u>소리들이</u> 지심을 울리어 터져 나오는
> <u>울음이거라</u> 웃음이거라 눈물을
> <u>뿌리며</u> 뿌리며 적벽을 올라가는
> <u>둥둥</u> 둥둥 북소리 속에서 올라가는
> <u>임방울이여</u> 우리, 임의, 방울이여 방울이여
> 　　　　　　　　　　　　　　- 최하림의 「적벽가」 부분 -

　'행간걸침'은 통사적으로 뒷행에 연결되어야 할 단어나 어절이 앞행에 붙는 '올려붙임'과, 통사적으로 앞행에 연결되어야 할 단어나 어

---

6) 황정산 편, 「김수영 시의 리듬」, 『김수영』, 새미(2003), p.291.

절이 뒷행 앞에 붙는 '내려붙임' 등이 있는데, 이 작품은 시종일관 내려붙임을 하고 있다. 소리꾼 임방울(본명은 임승근)의 예술적 경지를 표현하기 위해 '소리지르는/ 소리들이', '울음이거라/ 웃음이거라', '뿌리며/ 뿌리며', '둥둥/ 둥둥' 등의 반복적 리듬과 마지막 행의 언어유희적 이름 풀이가 제목에 걸맞게 소리의 경쾌한 리듬을 뒷받침하고 있다. 성씨 '임'을 '우리, 임'의 형태로 표현함으로써 개인적 차원의 존재로 머물지 않고, 모두에게 보편적 '님(임)'의 대상으로, 사랑받는 존재로 부각된다. 혼신의 힘으로 토해내는 그의 소리에는 한스러운 삶의 애환이 짙게 담겨 있다.

> 나는 매일 활을 쏜다 <u>나를 향해</u>
> 시위는 팽팽히 몸살이 나 있고
> 오늘도 빗나간 화살 하나
> <u>되돌아와</u> 내 가슴에 꽂힌다
>
> ……(중략)……
> 과녁을 향해 <u>힘껏</u>
> 당겨라 <u>뜨겁게</u>
> 시위를 당겨라.   - 양우정의 「화살」 부분 -

행간걸침의 올려붙임과 내려붙임이 나타나는 이 작품은 행의 통사적 분절을 일탈함으로써 역동성을 가져와 억양의 변화나 새로운 의미의 뉘앙스를 환기시킨다. ①행에서 '나를 향해'는 도치의 강조 형태이고, ②행에 연결하면 의미상의 해석이 구체화된다. '힘껏', '뜨겁게'의 부사어는 행간걸침으로써 단순한 행 배열에 따른 단조로운 구성을 일탈하여 반복해 의미를 강조하는 효과를 나타낸다. 가령 "나는 매일 활을 쏜다/ 나를 향해 시위는 팽팽히 몸살이 나 있고/ 오늘도 빗나간

화살 하나 되돌아와/ 내 가슴에 꽂힌다", "과녁을 향해 힘껏 당겨라/ 뜨겁게 시위를 당겨라"로 행을 배열했다면, 일상적 구문에 구속되어 억양이나 리듬의 변화가 없이 새로운 의미론적 뉘앙스를 창출하지 못했을 것이다.

　이런 행간걸침의 예보다 더 파격적인, 즉 통사적 문법의 근간을 무너뜨릴 정도로 일탈이 심한 경우도 있다. 명사와 조사, 어간과 어미, 용언과 보조용언 등 절대 분리할 수 없는 통사적 관계를 의도적으로 일탈하여 행간 휴지로 끊음으로써, 두 낱말이나 어절 사이에 단절을 시도하는 경우가 그것이다.

신익호 한남대 국문과, 전북대 대학원 국문과(문학박사) 졸업
육군 3사관학교 교수
University of Alabama, University of the Philippines 교환교수 역임
(현) 한남대 국문과 교수
저서 『기독교와 한국 현대시』, 『기독교와 현대소설』, 『문학과 종교의 만남』,
『한국 현대시 연구』, 『현대문학과 패러디』, 『현대시의 구조와 정신』 등
역서 『일본 문학 속의 성서』

현대시론

초판인쇄 2014년 08월 22일
초판발행 2014년 09월 02일

저   자 신익호
발 행 인 윤석현
발 행 처 도서출판 박문사
책임편집 이신
마 케 팅 권석동
등록번호 제2009-11호

우편주소 서울시 도봉구 창동 624-1 북한산현대홈시티 102-1106
대표전화 (02)992-3253
전   송 (02)991-1285
전자우편 bakmunsa@daum.net
홈페이지 http://www.jncbms.co.kr

ISBN 978-89-98468-34-7   93800   정가 20,000원